SAUL BELLOW

HENDERSON THE RAIN KING

雨王亨德森

［美］索尔·贝娄 著　蓝仁哲 译

上海文艺出版社

图书在版编目(CIP)数据

雨王亨德森/(美)贝娄著;蓝仁哲译.—上海:
上海文艺出版社,2015
(企鹅经典丛书)
ISBN 978-7-5321-5804-1

Ⅰ.①雨… Ⅱ.①贝… ②蓝… Ⅲ.①长篇小说-美国-现代 Ⅳ.①I712.45

中国版本图书馆 CIP 数据核字(2015)第 130078 号

Saul Bellow
Henderson the Rain King

Copyright © 1958,1959,1974,Saul Bellow
Copyright renewed © 1986,1987,Saul Bellow
Simplified Chinese Copyright ©
Shanghai 99 Culture Consulting Co., Ltd. 2015

"企鹅经典"丛书由上海文艺出版社联合上海九久读书人文化实业有限公司及企鹅图书有限公司共同策划。

"企鹅"、企鹅®和相关标识是企鹅图书有限公司已经注册或者尚未注册的商标。未经允许,不得擅用。

著作权合同登记号　图字:09-2014-695

总　策　划:黄育海　陈　征
责任编辑:张　翔
特约策划:邱小群
封面设计:丁威静

雨王亨德森

〔美〕索尔·贝娄　著
蓝仁哲　译

上海文艺出版社出版、发行
地址:上海绍兴路74号
新华书店经销　利丰雅高印刷(深圳)有限公司印刷
开本 890×1240　1/32　印张 10.5　字数 229,000
2015年9月第1版　2015年9月第1次印刷
ISBN 978-7-5321-5804-1/I · 4631　定价:49.00元

企鹅经典丛书
出版说明

这套中文简体字版"企鹅经典"丛书是上海文艺出版社携手上海九久读书人与企鹅出版集团（Penguin Books）的一个合作项目，以企鹅集团授权使用的"企鹅"商标作为丛书标识，并采用了企鹅原版图书的编辑体例与规范。"企鹅经典"凡一千三百多种，我们初步遴选的书目有数百种之多，涵盖英、法、西、俄、德、意、阿拉伯、希伯来等多个语种。这虽是一项需要多年努力和积累的功业，但正如古人所云：不积小流，无以成江海。

由艾伦·莱恩（Allen Lane）创办于一九三五年的企鹅出版公司，最初起步于英伦，如今已是一个庞大的跨国集团公司，尤以面向大众的平装本经典图书著称于世。一九四六年以前，英国经典图书的读者群局限于研究人员，普通读者根本找不到优秀易读的版本。二战后，这种局面被企鹅出版公司推出的"企鹅经典"丛书所打破。它用现代英语书写，既通俗又吸引人，裁减了冷僻生涩之词和外来成语。"高品质、平民化"可以说是企鹅创办之初就奠定的出版方针，这看似简单的思路中植入了一个大胆的想象，那就是可持续成长的文化期待。在这套经典丛书中，第一种就是荷马的《奥德赛》，以这样一部西方文学源头之作引领战后英美社会的阅读潮流，可谓高瞻远瞩，那个历经磨难重归家园的故事恰恰印证着世俗生活的传统理念。

经典之所以谓之经典，许多大学者大作家都有过精辟的定义，时间的检验是一个客观标尺，至于其形成机制却各有说法。经典的诞生除作品本身的因素，传播者（出版者）、读者和批评者的广泛参与同样是经典之所以成为经典的必要条件。事实上，每一个参与者都可能是一个主体，经典的生命延续也在于每一个接受个体的认同与投入。从企鹅公司最早出版经典系列那个年代开始，经典就已经走出学者与贵族精英的书斋，进入了大众视野，成为千千万万普通读者的精神伴侣。在现代社会，经典作品绝对不再是小众沙龙里的宠儿，所有富有生命力的经典都存活在大众阅读之中，它已是每一代人知识与教养的构成元素，成为人们心灵与智慧的培养基。

处于全球化的当今之世，优秀的世界文学作品更有一种特殊的价值承载，那就是提供了跨越不同国度不同文化的理解之途。文学的审美归根结底在于理解和同情，是一种感同身受的体验与投入。阅读经典也许可以被认为是对文化个性和多样性的最佳体验方式，此中的乐趣莫过于感受想象与思维的异质性，也即穿越时空阅尽人世的欣悦。换成更理性的说法，正是经典作品所涵纳的多样性的文化资源，展示了地球人精神视野的宽广与深邃。在大工业和产业化席卷全球的浪潮中，迪士尼式的大众消费文化越来越多地造成了单极化的拟象世界，面对那些铺天盖地的电子游戏一类文化产品，人们的确需要从精神上作出反拨，加以制衡，需要一种文化救赎。此时此刻，如果打开一本经典，你也许不难找到重归家园或是重新认识自我的感觉。

中文版"企鹅经典"丛书沿袭原版企鹅经典的一贯宗旨：首先在选题上精心斟酌，保证所有的书目都是名至实归的经典作品，并具有不同语种和文化区域的代表性；其次，采用优质的译本，译文务求贴近作者的语言风格，尽可能忠实地再现原著的内容与品质；另外，每一种书都附有专家撰写的导读文字，以及必要的注释，希望这对于帮助读者更好地理解作品会有一定作用。总之，我们给自己设定了一个绝对不低的标准，期望用自己的努力将读者引入庄重而温馨的文化殿堂。

关于经典，一位业已迈入当今经典之列的大作家，有这样一个简单而生动的说法——"'经典'的另一层意思是：搁在书架上以备一千次、一百万次被人取下。"或许你可以骄傲地补充说，那本让自己从书架上频繁取下的经典，正是我们这套丛书中的某一种。

上海文艺出版社编辑部
上海九久读书人文化实业有限公司
二〇一四年一月

目 录

雨王亨德森　　　1

导　读　　　316

第 一 章

是什么促使我去非洲旅行的呢？一下子说不清楚。那阵子好多事儿越弄越糟，糟糕透顶，过不久竟完全糟成了一团。

我是五十五岁那年买机票去的，回想当时的处境，真是痛苦极了。种种事儿开始纠缠我，很快就在我心里造成一种压抑。这样那样的事儿——我的双亲、妻子、女友、儿女、农场、牲畜、习惯、金钱、音乐课、酗酒、偏见、鲁莽、牙齿、面貌、灵魂——一窝蜂似的向我袭来，我忍不住大喊大叫："不行啦，不行啦，滚回去吧！他妈的，让老子清静一点！"可它们会让我清静吗？它们全都属于我，都是我自己的事儿。而且，从四面八方向我袭来，混作一团，简直弄得乌烟瘴气。

然而，我原以为强大无比的压迫者——这个世界，终于从我身上移走了它的愤怒。如果我要让诸位弄个明白，讲清我为什么要到非洲去，我得正视那堆事实。让我从金钱讲起吧。我从老头子手里继承了三百万美元，遗产税除外；但我是个不争气的家伙，我有理由这样认为，最主要的理由就是我的行径荒唐，像个无赖。不过当事情弄到很糟糕的地步，我常常暗自去翻阅书本，看是不是能找到一些富有启发性的字句。有一天，我读到这样一句话："罪过总会得到宽恕，善行不必非要先修。"这话给我极为深刻的印象，我随处都在暗暗念着它。但不久，我忘了这话是从哪本书里读到的。我父亲留给我成千上万册书，其中有好几本是他自己写的。那句话准出自那些书中的一本。于是我查了几十部书，但翻出来的尽是钞票，因为我父亲爱用钞票当书签，从衣袋里摸出什么算什么——五元、十元或二十元一张的，都用来当书签。有些竟是不再通用的三十年前的钞票，黄背面的大张钞票。也许是怀旧的缘故吧，见到这些钞票我很高兴；于是我闩上书房的门，不让孩子进去，花了整整一个下午的时间，搭着取书的梯子去抖动书页，抖出的钞票纷纷扬扬飘落到地上。可是我却始终没有找到那句关于宽恕的话出自何处。

另一桩事情是：我是一个名牌大学的毕业生——我想没有必要道出母校的大名使她难堪。要不是靠了亨德森这个姓氏和我父亲的名望，他们早就把我踢出学校了。我生下地就有十四磅重，而且是个难产儿。长大后，身高六英尺四，体重二百三十磅；偌大一颗头颅，凹凸不平，头发像波斯羊身上的毛；一双阴阳怪气的眼睛，常常眯成一条缝；举止粗野，还有一个大鼻子。父母生了三个孩子，惟有我活了下来。父亲给了我无比的慈爱想要宽恕我，但我认为他始终未遂心愿。到了结婚的年龄，为了讨父亲欢喜，我娶了个门当户对的女人，一个了不起的女人：漂亮、高大、优雅、矫健，长长的手臂、金黄的头发、挺懂感情、生育力强，还很娴静。不过，要是我补一句，说她神经不正常，她娘家的人都只好听着，没法争议，因为她确有精神分裂的症状。我呢，也被认为是个疯子，而且有充分的理由——喜怒无常、脾气暴躁、独断专横，真有些疯疯癫癫的。按孩子的年龄大小来推算，我们婚后在一起生活了二十年，生了爱德华，蕾茜，阿丽斯，之外还有两个孩子——噢，生的孩子可真不少啊！愿上帝保佑这一帮小子吧。

我以自己的方式努力干活，劳动真叫人受罪，常常不到午饭时刻我就喝醉了。战后归来不久，我的妻子弗朗西斯便与我离婚了。（参军时我的年龄已不适合战斗，但我非去参加战斗不可；我赶到华盛顿，一个劲儿地说服人们，直到他们允许我上前线为止。）离婚是在欧战胜利日①之后的事。有那么早么？不，一定是在一九四八年。不管怎么说，如今她住在瑞士了，和一个孩子在一起。她为什么要带一个孩子在身边

---

① 欧战胜利日，指第二次世界大战德国在一九四五年五月八日宣布投降的日子。

呢,这我无可奉告。但她确实带去了一个孩子,那也好。祝她幸福。

我对这次离婚感到高兴,它给了我一个开始新生活的机会。我早有了新欢,不久我们就结婚了。我的第二个妻子名叫莉莉(少女时的名字,娘家姓西蒙斯),为我生了一对孪生子。

我此刻又感到那种心烦意乱的劲头——我让莉莉吃了不少苦,比弗朗西斯过的日子更惨。弗朗西斯性格内向,这倒帮了她不少忙,莉莉却不然,于是遭了殃。或许是我期待变好的心情在搅得我不安宁,我这个人只适合过坏日子。每当弗朗西斯不喜欢我所干的事儿——这类事挺多,她掉头便走,像雪莱诗中歌咏的月亮,独自徘徊。莉莉就不同了,我当众跟她吵,私下骂她。我在离我农场不远的乡下酒吧里和别人大吵大闹,州警察把我关了起来,我提出要和他们所有的人较量;要不是我在当地赫赫有名,他们准会把我揍个半死。莉莉赶来保释了我。后来为了我养的一头猪,我和兽医扭打起来。我还和一个开扫雪机的司机在七号国道上干了一架,因为他想把我逼出车道。大约两年前,我喝醉酒从拖拉机上摔下来,碾断了腿。一连几个月我拄着一副拐杖,无论是人还是畜生,只要挡道我举起拐杖便打,弄得莉莉叫苦不迭,不得片刻安宁。我有一副足球运动员的体魄,吉普赛人的肤色,对人动辄又骂又叫,凶相毕露,摇头晃脑——难怪人们看见我都退避三舍。但我的乖僻还不止这些。

比如有一次,莉莉正在招待她的女客人,我走了进去,腿脚上绑着肮脏的石膏,穿双吸汗的粗袜子,身上是一件大红鹅绒睡衣,(那是弗朗西斯说要离婚那天,我一时高兴在巴黎的沙尔卡商店买的。)这还不算,我头上戴顶红羊毛的猎帽。我用手指擦鼻摸须之后,去和客人一一握手,一面说:"我是亨德森先生,您好?"我接着还走到莉莉跟前和她握手,好像她也只是一位女宾,同旁的陌生客人没有两样。而且我也说:"您好!"这时我想,在场的客人都会在心里嘀咕:"他不认识她。他心里想着的依旧是他的前妻呢。真可怕!"她们凭空想象的忠贞令她们不寒而栗。

可是,她们都错了。莉莉明白,那是我故意干的,剩下我们俩时,她哭喊着对我说:"金尼①,亏你想得出这种馊主意!你究竟安的什么心?"

我身穿红鹅绒睡袍,严严实实地束上一条红带子,端端正正地站在她面前,一面向后伸出绑石膏的脚,刮得地板直响,一面摇头晃脑,怪声怪气地对她说:"去——去——去!"

这是事出有因,因为我绑上这副倒霉的石膏夹板从医院回家的时候,恰好听见她在电话上说:"这只是他的又一次事故而已。他老在出事故,没什么,他棒极了,死不了的。"死不了的!现在让你尝尝这个滋味吧。她那话真使我气恼。

莉莉也许是说着玩的,她喜欢打电话时开玩笑。她是个身材高大、热情活泼的女人。她的面孔很悦人,性格也同样很温柔。我们在一起过了不少愉快日子。说来也怪,一些最愉快的日子恰好在她怀孕的后期。我们睡觉之前,我爱沾上婴儿油膏揉她的腹部,藉以缓和腹肌扩展会留下的痕迹。她的乳头已经由淡红色变成黄褐色;胎儿在肚里蠕动,改变着圆圆腹部的形状。

我轻轻地揉动,小心翼翼,生怕粗大的指头会造成任何轻微的伤害。熄灯以前,我把指头伸进头发里擦去油脂,和莉莉亲吻表示晚安;就这样,我们在婴儿油的气味里入睡。

可是后来,我们搞翻了。我听见她说我死不了,那话的意思尽管我心里也明白,却偏要往坏处想。是的,我当着客人的面把她当陌生人,因为我不愿看见她摆出一副女主人的派头;我虽是这煊赫姓氏和财产的惟一继承人,却是个无赖。她也够不上称作女主人,只能算是我的妻子——我的老婆而已。

---

① 金尼:亨德森本名尤金的昵称。

冬天似乎使我的情绪变得更恶劣，她决定我们全家到墨西哥湾的游乐胜地去住旅馆，在那儿我可以钓钓鱼。一个细心周到的朋友送给我两个孪生儿子每人一把胶合板做的弹弓；我解开行李时发现有一把放在我的箱子里，于是我便爱上了那玩意儿，拿来东弹西射的。我放弃了钓鱼，坐在海滩上用石子弹射玻璃瓶子。这样，旁的人说开了："你看见那大个子没有？一个大鼻子两抹八字胡。嘿！他曾祖父当过国务卿呢，他的叔伯祖父中间有几个当过驻英、法的大使呢，他的父亲是有名的学者魏纳德·亨德森，写过关于阿尔比教派①的书，曾经是威廉·詹姆斯②和亨利·亚当斯③的朋友呢。"人们不是这么说的吗？肯定是的。就这样，我和面目甜美、性格热情的第二任妻子（差不多有六英尺高）和两个双胞胎小子住在旅馆里。在饭厅桌上，我端起一大瓶波旁酒④往早餐的咖啡杯里倒；在海滩上，我不断射碎瓶子。旅客向经理抱怨那些碎玻璃片，于是经理找莉莉交涉；他们可不愿与我直接照面。这是一处很讲究的场合，他们不接纳犹太人，但他们接受了我 E.H. 亨德森。可是，别的小孩不再和我们的孪生子一块儿玩了，那些夫人太太也回避莉莉。

莉莉跟我理论。当时我们在旅馆套房里，我穿着游泳裤，她开始谈到弹弓、碎玻璃片和我对别的游客的态度。莉莉可是个很有见识的女人，不吵不闹，但会教训人。她爱讲大道理，每当她这样讲起来的时候，脸色就发白，谈话的声音也低沉了。这倒不是由于怕我，而是这时候她自己心里仿佛爆发了什么危机。

但是，同我理论全然没用，她哭起来了；而我这个人一见到眼泪就

---

① 阿尔比教派：1020—1280 年间活跃于法国南部，他们被视为异教徒而遭到残酷压迫。
② 威廉·詹姆斯（1842—1910）：美国心理学家及哲学家，名小说家亨利·詹姆斯之兄。
③ 亨利·亚当斯（1838—1918）：美国历史学家和作家。
④ 波旁酒：一种烈性威士忌，因最初产在美国肯塔基州的波旁而得名。

会失去理智,我大声叫道:"我去死好了!我把自己崩了!我收拾行装时没有忘记带手枪。现在就在我身上。"

"啊,金尼!"她哭喊道,双手蒙住脸跑开了。

这是怎么回事!我会告诉你的。

第 二 章

因为她的父亲也一样是用手枪结果自己性命的。

我和莉莉之间有一个共同点，我们两人的牙齿都有毛病。她比我小二十岁，但我们都镶了假牙，我的在口腔两侧，她的在口腔前沿。她上齿的四颗门牙都损失了。那还是她上高中的时候，有一次陪伴她所崇敬的父亲到外面去打高尔夫球。那天，可怜的老头子喝醉了，本不该去打高尔夫球的。他不打声招呼，也不四下瞧一眼，便在第一号发球处将球棍往后一挥，正敲着自己的女儿。一想起那情景真要命：在该死的七月大热天的高尔夫球场上，一个铅管供应行的醉老头，把一个十五岁的女孩儿打得鲜血直流。那些失控的酒鬼真该死！去他妈的，一喝醉了手脚就不灵！我最见不得那号小丑，喝醉酒便在众人面前显出一副可怜相。可是，莉莉从来听不得一句责备她老头子的话，为她老子的事远比为自己的更容易动感情。她腰包里总是装着她父亲的遗像。

我没有亲眼见过这老头儿。我与莉莉相遇时，他已经死了十一二年了。他死后不久，她嫁了一个巴尔的摩人，听说家境很不错——怪不怪，这些还都是莉莉亲口告诉我的。然而他们合不来，战争期间她获准离婚（当时我正在意大利作战）。当我遇见她时，她又在家里了，和她妈住在一起，她们是制帽业中心城市丹伯里①的人。在一个冬天的晚上，我和弗朗西斯碰巧去丹伯里参加一次聚会，弗朗西斯却有点儿半心半意，因为她正和某个在欧洲的大知识分子书来信往。弗朗西斯是个很

---

① 丹伯里市：位于美国新英格兰康涅狄格州的西南部。

深沉的读书人,擅长写书信,抽烟很厉害;每当她对某个哲学问题什么的钻研入迷的时候,我便很难见到她了。这时我知道她躲进了楼上她那间房里,一面抽索勃兰尼牌香烟,一面咳嗽写笔记,冥思苦想。嘿,我们去参加那次聚会时,她正处于这类似的心理危机之中。聚会进行到一半的时候,她突然想起某件必须马上要做的事,于是开车离去了,把我忘得一干二净。当天晚上,我和大家混在一起,而且是惟一打黑色领结、穿暗蓝色西装的客人,也许是该州那一带第一个穿正式礼服的人吧。蓝色衣料太显眼了,我身上仿佛裹了一大匹蓝色料子似的;莉莉穿的则是一件红绿相间的圣诞条花礼服;十分钟之前我才被介绍认识她,这会儿我们已在一块儿交谈了。

当莉莉知道我的车已经开走,她便主动提议送我回家。我应了一声"好吧",于是踏过一段雪地到了她的车旁。

夜色亮闪闪的,雪在脚下吱吱作响。她的车停在一处小山坡上,约有三百码的距离,道路像铁面一般滑。车刚开离路边,就从滑坡上往下溜,她慌了手脚,惊叫起来:"尤金!"她伸出双手抱住我。山边没有一个人影,铲开的雪道上也没有一个人,我朝四周望了一眼,也没见人。车子整个儿掉了个头。她一双光手臂露在短皮毛衣的袖口外,紧紧抱住我的头,两眼盯着汽车的挡风玻璃板,车子继续朝冰雪地面滑去,车轮还在转动,我赶忙伸手去把油门关了。我们滑进了一座雪堆,但滑得还不算远,我从她身边接过方向盘。月光十分明朗。

"你怎么知道我的名字?"我问。她说:"喔,大家都知道你叫尤金·亨德森。"

我们又交谈了一会之后,她对我说:"你该跟你太太离了。"

我说:"你在说些什么?那是可以随便说着玩的吗?而且我这把年纪,够当你的父亲了。"

直到夏天我们才又见面。当时她正在买东西,头上戴顶帽子,穿件白色凸纹布衣服,踏双白皮鞋。看样子,天要下雨,她穿上那身衣服不想被雨淋湿（我注意到她那身衣服已经脏了），便要求搭我的车，要我送她回家。我是到丹伯里买木料准备搭牲口棚的，我开来的客货两用车已经载上木料。莉莉一路上指示我去她家的路，但她心情紧张，把路指错了。她的长相很美，但她很容易激动紧张。天气闷热，不一会真下起雨来了。她叫我往右拐，结果开到了一处采石场的灰色挡风墙下，场内集了一大潭水——一条死胡同。天色灰暗，墙壁呈现出白色。莉莉叫喊起来："啊，请往后转！赶快往后转！我记不清街道了，可我得赶回家。"

我们终于到家了，一幢小屋子，屋内充满着大热天门窗紧闭的沉闷气味，这时真开始下暴雨了。

"我母亲在玩桥牌，"莉莉说。"我得打电话告诉她别回来。我的卧室里有部电话。"我们一齐上楼去了。我必须向你申明，莉莉绝不是那种不检点不自爱的女人。她脱下外衣，声音颤抖地对我说："我爱你！我爱你！"我们拥抱在一起，我暗暗对自己说："哦，她怎么可以爱上你——你——你！"一声巨雷响彻天空，接着雨哗啦啦地泻在街道、树木、房顶和隔板上，同时电光直闪。很快到处积满水，一片昏暗。我们躺在床上，从她身上散发出一种刚烤出的面包的温馨香气。盖在身上的被单罩在暴风雨带来的柔暗阴影之中。自始至终她都不停地说"我爱你！"就这样，我们静静地躺着，在黄昏前的几个小时里。太阳也一直没再露面。

她的母亲等在会客室里。我对这个不大介意。莉莉打过电话告诉她："过会儿再回家。"她反倒立刻起身离开牌桌，冒着多年来少见的夏季暴风雨回来了。噢，我不喜欢她这样，并不是我怕这老婆子，我只是感到事情有点蹊跷。莉莉明白这会被发现的。我第一个下楼，看见长沙发边亮着灯光。我刚下完楼梯就与她打了个照面，我说："在下名叫亨德森。"她母亲是个矮胖而耐看的女人，为了去打桥牌，脸上还涂得白白的，像个瓷器娃娃的面孔。她坐在那儿，戴一顶帽子，黑皮钱包放在结实的膝头上。我明白她心里正在数落莉莉的不是。"在我的屋里和一个结了婚的男人鬼混!"还有别的这类的话。我不动声色地坐在会客室里,面也没修,室外停着我那辆满载木料的两用车。我的身上一定还有莉莉的气味——烤面包散发出来的香味。这时莉莉满面春风地从楼上下来,向她妈表明自己干了多么了不起的事。我装出一副满不在乎的神情坐在那儿,两只大皮靴踏在地毯上,不时伸手去理一下八字胡。在她们之间,我还觉得出莉莉的爸爸西蒙斯的重要分量。那个寻短见的铅管批发商人,事实上他就是在莉莉卧室隔壁那间卧房里自杀的。莉莉拿父亲的死亡来怪罪她妈。我是何许人,是她的出气筒不成?我暗暗告诫自己:"哦,不,伙计,这与你无关。别牵涉进去。"

她的母亲似乎打算显示出点风格,以分外宽容的态度来挫败莉莉的把戏。也许这一切原本很正常。不论怎么说,在我看来她很有贵妇人风度,虽然有阵子她也感到难以抑制自己的感情。她对我说:"我遇见过你的儿子。"

"哦,是吗,个儿瘦高的?爱德华?他开一部红色的赛车。有时你会在丹伯里遇见他的。"

这时我起身告辞了,对莉莉说道:"你长得挺漂亮,但不应该这样对待你母亲。"

矮胖的老太婆坐在沙发上,双手握在一起,不知是因为掉泪还是恼怒,两眼在眉毛下紧锁在一起。

"再见,尤金,"莉莉说。

"再见,西蒙斯小姐,"我说。

我们分手时,并不见得已经成了朋友。

然而,我们很快又相遇了。这次却在纽约。莉莉已经离开丹伯里,不再和她母亲住在一起,而住在纽约哈得孙街一幢只有冷水供应的公寓楼房里,在冬天醉汉会跑到楼梯口来躲避寒冷。我来到这儿,巨大的身影,拖着沉重的步子往楼梯上爬,脸上呈现出乡下人的气色,醉醺醺的样子，双手戴着猪皮黄手套，我的内心深处有一个声音在不停地嚷：**我要，我要，啊，我要——**是的，往前走吧。我对自己说：**加油，加油，加油，加油**！我穿着厚棉袄，一个劲儿爬楼梯，戴一副猪皮手套，穿一双猪皮皮鞋，衣兜里装一个猪皮钱包，情欲在心中沸腾，烦闷在胸间燃烧，我炯炯的目光直射在顶层楼的栏杆上，在那儿莉莉早已开着门等候我。她白皙的面庞变得丰满了，一双明澈的眼睛眯成了一条缝。

"见鬼！你怎么住在这么个肮脏地方？满是臭味，"我说。这幢楼房的过道边设有公共厕所，门上的拉手把已经发绿，门上装着紫红色的玻璃。

她是贫民窟里这些人的朋友，尤其对那些老人和做母亲的十分和气。她说她理解这些人为什么靠领救济度日而又有电视机；她让他们在自己的冰箱里存放牛奶、黄油，帮他们填写社会保险单。我想她自认为替他们做了好事，并向这些移民和意大利人证明了美国人有多么善良。总之，她真诚地帮助他们，带着激情为他们奔走，老在前言不搭后语地同他们谈话。

这幢楼的臭味儿迎面扑鼻，我边爬楼梯边对她说："哎唷，我真受不了！"

我们进了她在顶楼的房间，那儿也很脏，不过光线倒还好。我们坐下谈话，莉莉对我说："你要把这辈子剩下的时间浪费掉吗？"

我和弗朗西斯的关系没有希望了。退伍以后，我和她之间只有过一次亲热，以后便不行了，我也就差不多听其自然。可是一天早晨，我们在厨房里交谈了一次，只有几句话，却使我们永远分离了。那次谈话是这样的：

"现在你打算做什么呢？"

（当时我对办农场的兴趣愈来愈淡薄。）

"我在想，"我说，"要是能进医学院，我去当个医生不会太迟吧？"

弗朗西斯张口大笑，往常她一句很冷静，既不说泄气话，也不会立即表示赞成。当她张口大笑的时候,我别的什么也没看见,只见她开着大嘴,黑洞洞的,连牙齿也没看见,她的牙齿原是很洁白的。她的牙齿哪去了?

"得啦,得啦,"我说。

我这时心里明白,莉莉刚才提到弗朗西斯的话完全正确。但是,她说的别的话却没有道理。

"我需要有个孩子,我不能再等了,"莉莉说。"过几年我就满三十岁了。"

"该由我负责吗?"我说,"干吗说这些?"

"你和我必须在一起生活,"她说。

"谁说的?"

"咱们要是不的话,谁也没法活下去,"她说。

差不多一年过去了,她没能说服我。我不相信事情会那么简单。于是她突然嫁给一个新泽西人,一个名叫哈泽德的经纪人。说来也怪,她曾几次提到他,我认为那不过是讹诈而已。的确,她是个爱搞讹诈的人。总之,她真和他结婚了,她的第二次婚姻。不久,我带着弗朗西斯和两个女儿去欧洲,在法国呆了一年。

我小时候有好几年是在法国南部一个离阿尔比城不远的地方度过的,我的老头子当时在那儿忙于考察研究。五十年前,我爱在街边嘲弄对过的一个小孩:"弗朗索瓦,哦,弗朗索瓦,你的姐姐拉不出屎啦!"我的父亲身材高大,体魄健壮,穿着讲究。他的衬衣是爱尔兰亚麻制品,他的帽盒用红天鹅绒缝成,他从英国订制皮鞋,从意大利的米兰订制手套。他还会拉一手好提琴。我的母亲常在阿尔比砖砌的大教堂写诗,喜欢讲述一个矫揉造作的巴黎女人的趣事。她们在教堂的狭窄门廊相遇,那女人问:"我可以咯——咯去吗?①"于是我母亲答道:"夫人,

---

① 这里指矫揉造作地发音,把"过"说成"咯"字,并拖长咯字音,仿佛母鸡叫。

请咯咯——咯去。"她逢人就讲这个笑话,许多年以后,有时她还感到好笑,并小声说:"咯咯咯——咯去。"去了,那些日子,都成了往事,一去不复返了。

可是,我和弗朗西斯没有带孩子上阿尔比去。她在法兰西学院念书,那儿有许多哲学家。当时找住宅很难,可我从一个俄国大公那儿租到了一套舒适的房间。这位德沃热公爵对我谈起他的祖父,说他曾在尼古拉一世时当过大臣。公爵身材高大,风度翩翩,他的太太是西班牙人,他的西班牙岳母格勒兰夫人成天嘲弄他,把他折腾得够呛。他的太太和孩子同岳母大人住在一起,他却住在阁楼上的用人房里。那时我大约拥有三百万美元,我想或许可以帮他点忙。可这时候我前面提到的要求又在心里作祟了——**我要!我要!**住在阁楼的王公啊,多可怜!他的孩子在生病,他对我说,要是他的处境得不到改善,他就只好跳楼了。

我说,"别发疯,公爵。"

我内疚地住在他的府宅里,睡他的床,一天使用他的浴池两次。两次热水浴没有帮上我什么忙,倒更增加了我的忧郁感。自从弗朗西斯嘲笑我当医生的梦想之后,我再不同她讨论任何事情了。我每天绕着巴黎城行走,一路经过戈布林工厂区、拉雪兹神甫公墓和圣克劳德,全是步行。世界上惟一关心我生活状况的只有莉莉,现在却成了莉莉·哈泽德。她婚后很久,我才从美国捷运公司收到她寄来的一张结婚请帖。我心里烦躁得要命,马德伦教堂附近一带有许多妓女游来荡去,我端详了好几张面孔,没有哪一张能够平息我内心里的可怕喊叫——**我要!我要!**我看过的面孔也真不算少。

"莉莉或许会来,"我想。她真的来了,坐着出租车在城里到处找我,终于在瓦万地铁站附近遇见了我。她喜形于色地从出租车内喊我,打开旧式的车门就想站上踏脚板。不错,她确实很美——那张俊俏的脸,眉清目秀,纯洁可爱,白里透红。她从车门边伸出粗壮匀称的颈项,上唇激动得直颤抖,但虽然如此激动,并没有忘记前沿的假牙,合拢双唇护住它们。这时要是我,才不管什么新珐琅质的假牙呢!感谢上帝不断赐予我恩惠!

"莉莉!亲爱的,你好吗?从哪儿来?"

我高兴极了。她认为我是个傻大个,但也有实实在在的价值;我应当活下去,不应该死去(像眼前这样在巴黎再呆上一年,我身上的某些东西可能会永远烂掉)。而且,我甚至可能会有所作为。她爱我。

"跟你丈夫闹什么别扭了?"我问。

沿着拉斯帕伊大街去她住的旅馆途中,她告诉我:"我原想早生孩子,我一天天老了。"(莉莉当时才二十七岁)"可是临到去办结婚手续,我才发觉是个错误。我穿着婚礼服,当车子在交通灯前停下时,我努力挣脱出来;他一把抓住我,拉了回去,朝我眼睛揍了一拳。眼被打青了,幸好我戴了一副面纱;整个结婚仪式过程中,我一直在哭。还有,我的母亲死了。"

"什么,他把你眼睛打青了?"我满腔愤怒地说。"我要是再碰见他,一定把他砸个稀巴烂。噢,你母亲去世了,我感到遗憾。"

我亲吻她的双眼,然后回到了伏尔泰码头的旅馆。当我们搂抱在一起时,真是心花怒放,快活极了。接着又愉快地度过了一周。我们到处游玩,每到一处,哈泽德雇的私人侦探总跟着我们。因此,我租了辆车去游历那些有大教堂的城市。这时,莉莉开始以她那奇妙的方式——常常令人妙不可言——来折磨我。"你以为能够离开我过日子,可是你办不到,"她说,"同样我也不能离开你。悲伤简直就要淹没我。你想我为什么离开哈泽德呢?就是因为这种悲伤。当他亲吻我时,我更尝到这可悲的滋味。我感到非常孤单,当他——"

"够了,别讲了,"我说。

"当他朝我眼睛猛揍时,我还感到好受些。那里面却有一些道理,那时我不再感到像要被淹没了似的。"

我开始酗酒,愈喝愈厉害,每到一个大教堂我都烂醉如泥——无论是在亚眠、沙特尔、韦泽莱①或在别的地方。常常只好由她开车，车子很小（一部车盖可折叠或去掉的篷车），我们俩都是大个子，高高耸立在座位上，一个是俊俏的美女，一个是黝黑的醉汉。为了我，她千里迢迢从美国赶来，而我却不让她如愿以偿。就这样，我们一直旅行到了比利时，然后又回到马西夫。要是喜欢法国，那也罢了，可是我不喜欢。莉莉自始至终不离开那个道德说教的话题：人不能为这而应为那活着，应该向善而不可从恶，需要面对人生而不要屈服于死亡，必须接受现实不可抱着幻想。莉莉讲话的声音总不清楚。我猜那是寄宿学校教给她的：一个有教养的女人，讲话应当轻柔。结果，她养成了咕咕哝哝的习惯。我左耳听觉不灵，加上刮风、车轮和马达声的干扰，常常听不清她咕哝些什么。不过，从她那张白净纯洁的脸上所显露出的兴奋神情，我知道她还在唠叨那个话题。她那张神采奕奕的脸孔，那双充满喜悦的眼睛，不断折磨着我。我知道她有许多马虎甚至邋遢的坏习惯。尽管我喝醉了，还得下命令，否则她总是忘记洗内裤。也许因为她太喜欢思索和说教，每当我说"去洗洗你的内裤吧"，她就同我辩论。我对她说："我猪场里的猪比你还干净呢。"这便会引起一场争论。大地自身在这样销蚀着，可它也在转换生成。我对她说："一个女人不能独自完成氮气循环。"她却会说："是呀，难道我不知道爱情会创造奇迹？"我叫喊起来："住嘴！"这并不使她生气，她只是为我感到难过。

旅行继续进行，我成了双重奴隶：一是宗教及其教堂建筑美的奴隶，我虽醉酒，却不可能视而不见；二是莉莉的奴隶——她那炯炯的目光、柔和的喁语以及她多情的拥抱。这话她说了足有一百遍："跟我一道回美国吧，我是专程来接你回去的。"

"不行，"我决断地说，"你要是还有良心，莉莉，就别再折磨我好

---

① 这是三个位于法国北部的古城，著名的大教堂所在地。

了。他妈的,别忘了我是荣获过紫心勋章①的军人,我为国家效过劳。我已经五十多岁了,历尽了人间沧桑。"

"那你就更有理由该有所作为,"她说。

最后到了沙特尔,我这样对她说:"要是你再唠叨,我就把自己的脑瓜崩了。"

我这样说也太狠心,因为我知道这正是她父亲干过的事。尽管我喝醉了酒,我也不该这样残酷。那老头儿是在一次家庭争吵之后开枪自杀的;他是个可爱的人,到了身心交瘁的时候,仍富有人情味。他喝一肚子威士忌酒回家后,喜欢为莉莉和厨子唱起古老的歌曲,讲笑话,在厨房里跳踢踏舞,表演粗俗的杂耍动作,怪声怪气地逗人笑——当着自己孩子的面这样做是很可鄙的。这一切莉莉统统都对我讲了,我仿佛亲自见过他似的,既喜欢又厌恶这死老头子。"嗨,你这木屐舞迷,可怜的家伙,可悲的小丑,粗俗的乡巴佬!"我对他的幽灵嚷道,"你在自己的女儿面前这样出丑,然后把她丢给我,你究竟安的什么心?"当我在沙特尔大教堂内,在庄严静穆的圣殿面前,威胁说要自杀时,莉莉吓了一跳,但她脸上却焕发出耀眼的光彩。她不声不响地宽恕了我说的话。

"你原不原谅我都一样,"我对她说。

我们在韦泽莱时闹翻了。从一开始,我们的旅行就很异样。早上我们下楼后发现,那辆二〇二型篷车的轮胎漏气了。那是一个风和日丽的六月天气,我拒绝把汽车开去修理,认为轮胎的气是管理人员放掉的;我责怪旅馆,站在那儿大吼大叫,办事员只好放下铁窗板。我不用任何工具,一气之下抬起小车,在轮轴下垫起一块石头,迅速换了轮胎。和旅馆的经理吵了一架之后(我们双方都气得吹胡子瞪眼睛的),我的情绪才缓和下来。然后我们去教堂附近漫步,买了一公斤草莓放在漏斗形的纸包里,然后到防护墙边躺卧下来,沐浴在阳光里。椴树枝头飘下

---

① 美国授予在战斗中负过伤的士兵的奖章。

黄色的花粉，苹果树干上开出多姿多彩的野玫瑰：有的淡红，有的殷红，有的红似火、灼人发痛，有的盛开怒放，有的淡雅宜人。莉莉解开罩衫，让阳光照在肩膀上；不一会，她又脱下长衬衣；没过多久，又解下奶罩，躺在我的膝头。我的心里烦起来，对她说道："你怎么知道我想干什么？"可是，看着野玫瑰花覆盖了整个树干，相互拥簇，殷红似火，我的口气又缓和下来，我说："你干吗不静静地欣赏这美丽的教堂墓地呢？"

"这不是教堂墓地，这是果园，"她说。

"你的月经昨天才开始，究竟想干什么？"

她说我从来没拒绝过她，那也是实话。"可是现在，我坚决反对，"我说。于是我们争吵起来，而且愈吵愈凶，我叫她独自乘下一班火车滚回巴黎去。

她不做声，我以为镇服了她。可是错了，这仿佛恰好证明我多么爱护她。她那撩人的面庞罩上狂喜和炽热爱情的红晕。

我朝她喊道："你休想迷住我，休想把我扼杀掉，我壮实着呢！"随后我为心里郁积的难以排遣的种种烦恼，不禁痛苦起来，时而号叫，时而啜泣。

"上车吧，你这疯婆娘！"我哭着说。我把篷车的顶盖卷起，车上有撑杆可以收卷帆篷。

她的脸色吓得惨白，但也带着那该死的得意扬扬的神气。我一边抽泣一边驾车的时候，她细声细气地咕哝着什么骄傲、力量、灵魂、爱情，以及诸如此类的东西。

"去你的，你这疯子！"我嚷道。

"不和你在一起，也许是疯子；也许不是，我不知道。"她说。"可是，当咱俩在一起时，我完全明白是怎么回事。"

"你明白个屁！我怎么一无所知呢？远远地滚蛋吧，你简直把老子缠死了。"

我把她那塞满脏衣服的劳什子皮箱扔在站台上，这个站离韦泽莱约莫二十英里。我还在抽泣，把车掉了个头便朝法国南部开去。我到了韦尔米尼翁海岸一个叫巴尼乌尔斯的地方。那儿有一个海洋生物站，我在水族馆获得一次奇特的经验。那是薄暮时分，我望着一条章鱼，它仿佛也在盯住我，把它柔软的头部紧贴在玻璃上，苍白的肌肤现出银白色的粒斑。它那双眼睛像在冷静地和我交谈；比冷静交谈更具深意的是它那软软的布着粒斑的头部，以及那些粒斑正在进行的布朗运动。我感到无边的寒气，像要当场死去。它的触须在玻璃箱里伸卷，向水面放出连串的水泡。我心里暗暗在想："这是活着的最后一天，死亡在向我发出警告了。"

我以自杀来威胁莉莉的事就讲这些。

第 三 章

现在，让我简要谈谈去非洲的原因吧。

战后归来，我就想办一个养猪场，这或许能够说明我对生活的基本看法。

蒙特卡西诺①本不应该被炸毁的，有人把这归咎于军事长官的无能。许多得克萨斯州人丧命，我所在的部队也一败涂地。可是，在这场血腥的战役中，尼克·戈尔茨坦和我两人却幸免一死；这确是一件怪事，因为在那队人马里就数我俩的个头儿大，应当成为头号目标的。后来，我也受了伤，中的是地雷。当时我和戈尔茨坦正躺在橄榄树下——一些树枝散开如花带，阳光从空隙处漏下——我问他战争结束后打算干什么。他回答说："哼，我和我哥要是能活下来的话，我们会在卡茨基尔山区②办一个水貂养殖场。"我说，也许是有什么鬼在怂恿着我说，"我要养猪。"说了这话之后，我才意识到戈尔茨坦是犹太人，我应该说养"牛"而不说养"猪"；但一言既出，驷马难追。总之就这样，我得知戈尔茨坦和他哥要养水貂，而我则要养——别的什么。我把自己所有漂亮的旧式农场，一间间用嵌板隔成的马厩房（旧时候富人的马被看做是歌剧院的演员一般），以及建筑精美、屋顶上有观景台的旧粮仓，统统都关进猪仔，俨然成了一个猪的王国，无论是草坪或是花圃，到处都立起猪圈。我还让猪仔进入温室，将往日的球茎、鳞茎连根拔起；从

---

① 蒙特卡西诺：卡西诺附近小山上的一座著名的修道院，位于意大利中南部，第二次世界大战中曾在卡西诺城发生过激烈的战斗，修道院亦被炸成一片废墟。
② 卡茨基尔山区在美国纽约州东南部。

佛罗伦萨和萨尔茨堡运来的塑像，全给掀倒在地；整个地方满是猪饲料、煮熟的猪食和猪粪，气味冲天。我的邻居气愤极了，找了卫生官员来干涉我。我量他不敢提出诉讼，我对那个叫什么布洛克的医生说道："亨德森家拥有这块地产两百多年了。"

那时弗朗西斯还是我妻子，她倒没有说什么别的，只说："请你别让它们上公路。"

"你可别伤害它们，"我对她说。"那些牲畜已经成了我的一部分。"我还对那个布洛克医生说："所有那些家伙都去找你出面干预。那群白痴，难道他们没吃过猪肉吗？"

从新泽西到纽约的沿途，你可曾注意到那些用来喂养牲畜的三角墙围栏和围场，看上去不正像是黑森林一带①典型的德国村庄？你闻到它们的气味没有（当火车钻进哈得孙河床下的隧道之前）？那是把猪催肥的地方。从衣阿华州和内布拉斯加州赶来的瘦骨嶙峋的猪仔，都在这儿养肥。一句话，我当时是一个养猪人。正像但以理先知警告尼布甲尼撒王说的："你必被赶出离开世人，与野地的兽同居。"②大母猪吃仔猪，因为它们缺少磷质，像女人一样，常患甲状腺肿的毛病。哦，说真的，我可对那些机灵的却又必被宰杀的牲畜作过不少研究。每个养猪人都知道它们很机灵，而这一发现使我受到某种伤害。但是，如果我没对弗朗西斯撒谎，说它们实际上成了我自己的一部分，而我又对它们无动于衷，那才是怪事。

我知道，说了这么一大堆还没说到我去非洲的原因。最好还是从别处开头吧。

从我的父亲谈起好吗？他是一个很有名望的人，蓄着一把胡须，喜

---

① 黑森林一带是原德意志联邦共和国西南部的广大山区。
② 尼布甲尼撒是公元前 605—562 年的巴比伦国王，他摧毁了耶路撒冷及其神庙，有一次他做了一个梦，没人能解释，于是请来希伯来先知但以理，但以理先知根据他的梦作出预言：他将失去王位，被逐去旷野，与兽同居。后来果然应验了。见《圣经·但以理书》第 1—4 章。

欢拉小提琴，而且他……

不，不那样说。

唔，这样说吧：我的祖先从印第安人手里夺取了土地，然后从政府那里获得了更多土地，还欺骗了其他殖民者。于是，我成了一笔巨额产业的继承人。

不，这样说也不得要领。这与到非洲有什么相干呢？

不过，还是有必要加以说明，因为具有重大意义的活生生的证据就摆在面前，我必须交代清楚。困难的是，这一切就像发生在梦里的情形一样。

好吧，那是战争结束之后，离现在准有八年时间了。我和弗朗西斯离婚，又和莉莉结婚，我感到有些事非做不可。我是同我的一个朋友去非洲的，他名叫查理·艾伯特，也是个百万富翁。

我的气质向来更像一个军人而不像一个庶民百姓。我在部队时长毛虱，自己去弄了些药粉。可当我如实向上司报告后，四名军医立即抓住我，就在十字路口的光天化日之下，把我剥得精光，涂上肥皂泡沫，将我周身的毛发——腋毛、阴毛、胡须、眉毛等等，剃得一根不剩。那地方恰好在意大利萨莱诺的滨水区。载满士兵的卡车打那儿经过，还有渔民、庄稼汉、小孩子、大姑娘、妇女，都在一边看热闹。那些大兵乐得又是欢叫又是大笑，庄稼汉也放声大笑，整个水边充满了笑声，连我自己也觉得好笑。我恨不得宰了那四个家伙。可是，他们跑了，留下我一个大光头，赤身裸体，浑身哆嗦，丑态百出，胯下腋下直发痛，难堪极了；我又好气又好笑，发誓要报复回来。这样的事谁也忘不了，此后也会受益不浅。我还能记起那晴朗的天空，周身剃光后难忍的奇痒；人类摇篮的地中海，舒卷自如的气流，缓缓流淌的海水；在这儿，俄底修斯①迷过途；也是在这儿，当妖女轻歌曼舞之际，他同样赤身裸体。

---

① 俄底修斯：荷马史诗《奥德赛》中描写的英雄，这儿指他在特洛亚战争后渡海还乡途中的许多奇遇之一：当他经过希伦岛时，岛上的女妖唱起迷人的歌曲，欲诱而后置之于死地。

顺便提一句，那些毛虱躲进罅隙去了，我后来还跟这种狡猾的家伙打过交道。

那场战争对我可谓意义重大。我踩地雷受伤后获得了一枚紫心勋章，还在那不勒斯的医院住了好一段时间。说真的，我很庆幸自己活了下来；整个经历使我内心获得了一种巨大而真实的感受，那是我一直追求的。

去年冬天，我在地下室门边劈柴——有位修树工留给我一些松树枝干——一段木片从砧上飞起来，击中了我的鼻子。由于天寒地冻，我一点没有感觉，直到看见方格纹衣襟上的血痕才明白发生了什么事。莉莉惊叫："你的鼻子给划破了！"不，还没有破，我的保护皮层很厚。不过，后来鼻子青肿了好长时间。然而在我受到撞击时，我才领略出"真理"的味儿。真理来源于打击吗？如果是的话，那是军事上的概念。我极力向莉莉阐明这个道理；她也有过这种感受真理的体验，那是她第二个丈夫哈泽德朝她眼睛一拳揍去的时候。

说起来，我倒是一向健壮结实，粗鲁好斗，从小就喜欢欺侮人。在大学里，我佩戴着金耳环去寻衅闹事；为了讨好我父亲，我拿到了硕士学位，但我的举止总像个无知的流民。和弗朗西斯订婚后，我去康尼岛，把她的名字用紫色刻绘在我胸膛上，这对她没起什么作用。欧战胜利日（一九四五年五月八日，星期四）之后，我从欧洲回国已经是四十六七的人了。我开始办猪场，后来我对弗朗西斯推心置腹地说，我想去学医，她却讥笑我，因为她记得我十八岁时曾对威尔弗雷德·格林菲尔爵士[①]入迷，以后又对艾伯特·施韦策[②]钦羡不已。

[①] 威尔弗雷德·T.格林菲尔（1865—1940）：英国内科医生和传教士，以其为拉布拉多岛的渔民作出的特殊贡献而闻名。自1892年抵拉布拉多后，四十余年如一日地在该岛和纽芬兰岛服务，为当地建立起医院、学校、图书馆、保健站、农业中心和合作商店等。

[②] 艾伯特·施韦策（1875—1965）：法国医务传教士、神学家、音乐家，长期服务于加蓬，为该国建立了广泛的医疗设施，赢得了世界声誉，1952年荣获诺贝尔和平奖金。

要是你的气质像我，你打算怎么办？有个搞心理学的学者曾向我这样阐明：如果你把怒气发泄在无生命的事物上，你不仅能宽容活着的人（文明人应当这样做），而且也排遣了体内的郁积。这似乎颇有道理。我曾试过，全心全意地劈柴、举重物、犁地、砌水泥板、浇混凝土、煮猪饲料。在自己家里，我像个囚犯那样袒露胸臂，抡起大锤把石头块砸碎。这样干的确有帮助，但还不够。粗暴产生粗暴，撞击产生撞击，至少我的情形是如此；还不止是产生而且是增加，火上浇油。因此，设身处地想想，你看该怎么办？钱倒是有三百多万；除了纳税、赡养费和一切开销，我还有一百一十万净收入。像我这样一个军人气质的人，拿着这笔钱有什么用？就算上税吧，我养猪也营利，绝不会亏本的。猪可以杀，可以食肉，可以用来制火腿、手套，还可以熬胶，造肥料，我可以制造什么呢？噢，我想可以当作展示品吧。像我这样的人，洗干净弄整洁，再穿上华丽的衣衫，是有可能成为展示品的。房顶隔着绝缘板，窗户安装上隔热玻璃，地板上铺着地毯，地毯上摆放家具，家具上盖套子，布套上还罩一层塑料薄膜，墙上糊着装饰花纸，悬挂起帷幕。这一切都耀眼生辉，富丽堂皇。可是谁住在里面呢？谁坐在那儿呢？人！对了，人！

可是有一天，这样的一天总是难免的——悲伤而发疯的一天。

我曾讲到我内心里感到困扰，有一个声音在那儿说：**我要，我要，我要！**它在每天下午出现，我愈想抑制它，它变得愈强烈。它只一个劲儿地说：**我要，我要！**

于是我问道："你要什么？"

别的什么也没说，得到的回答仍是那句话：**我要，我要，我要！**

有时我对它像对待一个生病的孩子那样，给它念顺口溜或者赏它糖果，我伴着它散步、慢跑、唱歌或朗诵给它听。没有用。有时我换上工作服，爬上楼梯去堵天花板的裂缝；有时我去劈柴，到野外开拖拉机，到猪群中去干活。不行，仍然没用！殴斗、酗酒、干重活，它还是跟着我，跟到乡村，跟到城市。无论花多大代价，都无法使它安静。于是我说："好啦，直说吧！有什么要求？要莉莉吗？要别的什么臭婊子？一定是什么淫念在作祟！"可是，这仅仅是一种猜测而已。呼声更高了：**我要，我要，我要，我要，我要！**我急得哭了，最后哀告着说："唉，告诉我吧。告诉我你要什么！"末了我说："那么，好吧。该死的，总有这一天，你等着！"

这就是我举止荒唐的原因。到下午三点钟，我便陷入绝望。只有临近黄昏的时候，那声音才会平息下来。有时我想，这或许与我干的活儿有关，因为五点左右它又自动停歇了。美国的幅员如此辽阔，每个人都在干活：制造呀，挖掘呀，推土呀，运货呀，运载呀。我想受苦者受苦的程度都是一样的，虽然每个人总想奋发振作。我试过了一切能想到的解脱办法，没用。在一个疯狂的时代，想要避免受疯狂的影响，这本身就是一种疯狂的表现。而追求神志清醒的努力，也会是一种疯狂的行为。

在众多的解脱办法之中，我选择了拉小提琴。一天，我在贮藏室里东张西望，发现一个布满灰尘的琴盒，打开一看，棺材般的琴盒里面有一把我父亲用过的提琴——漩涡形的狭窄颈部，弯曲的琴身，弓弦都松弛垮塌了。我拧紧弦柱，试拉了两弓，它便复活了，发出嘶沙的声音，像是一只长期被忽视的懂感情的动物。这不禁使我回忆起老头子来。他也许会愤怒地否认，但我同他实在非常相似，他也是个难以安定下来清静度日的人。有时候他对妈妈很凶狠。有一次，他让妈妈穿着睡衣在他门口睡卧了整整两个星期，然后才肯宽恕她说过的几句蠢话，也许像莉莉在电话上说我"死不了"一类的话。他也是个很强壮的人，不过后来渐渐虚弱了，尤其在我哥哥狄克死去以后（狄克之死使我成为继承人）。自那以后，他关起门来，愈来愈多地拉提琴。我还记得他那弯曲的背，扁平的臀部，以及他随着年迈、气血不足而变苍白的胡须，翘起来像是从灵魂深处发出的抗议。曾经一度勃起的腮须，后来也失去了卷势。他拉提琴时，腮须被琴掀向锁骨后面，左眼瞟着指板，一条宽大乏力的胳膊来回拉动，提琴发出颤抖尖锐的声音。

所以，我立即决定："我也要试试。"我砰地关上盒子，扣上盒钩，马上开车送它到纽约五十七街的一家修理店去修理。提琴一修好，我就开始在一个匈牙利老头的指导下学习，他名叫哈朋侬，住在巴比隆广场附近。

当时我已经离婚，独自住在乡下；住宅对面一位叫勒诺克斯的老妇人每天来替我张罗早餐，那便是我当时惟一需要人帮助的事。弗朗西斯留在欧洲没再回来。一天，我夹着琴盒匆匆忙忙往五十七街去上提琴课，忽然遇见莉莉。"喂！"我招呼了一声。自从我把她扔上去巴黎的火车以后，已经一年多没见到她了，但我们立即和好如初，亲密无间。她那张宽阔纯洁的面孔同从前没有两样，虽然表情不稳定，但总是令人赏心悦目。惟一的变化是她染了发，染成一头橘黄色。这没有必要。她的头发沿前额从两边分开，像是两幅窗帘。这些大美人儿有时候情趣不高，实在是值得诅咒的事。她还在眼上涂了睫毛油什么的，以致两眼显得不很对称。如果这样一个女人"容颜如初"，你打算怎么办呢？当这个身材颀长、将近六英尺高的女人，身穿一套漂亮的绿绒服装（这料子是高级卧车车厢惯常采用的），踏着高跟鞋，婀娜多姿地走过你面前，你看了会作何感想？尽管她腿部敦实，双膝粗壮，她的步履却仍然婀娜。一见之下，她全然不顾身在五十七街所要遵循的礼仪——仿佛要迎风扔掉身上的绿绒衣装、帽子、罩衫、长袜和腰带，同时高声叫喊："金尼，没有你，我的生活是一场灾难。"

然而，她告诉我的第一件事却是："我订婚了。"

"什么，又订婚了？"我问。

"呃，我是听了你的忠告，我们**只是**朋友。你**是**我的朋友，对吗？我认为咱俩是在这个世界上彼此惟一的朋友。你在学音乐？"

"是呀，要不在学音乐的话，我准在打群架，"我说。"因为我这个盒里装的要不是提琴，就会是冲锋枪。"我当时准是感到挺别扭。接着她咕咕哝哝地谈起她的未婚夫。"别这样谈话，"我说，"你是怎么搞的？鼻子不通吧。为什么给我来这一套名牌大学的把戏？这么个有气无力的声调，只能用来糊弄一般人，好让他们俯身凑近你。你明知道我的耳朵不太好使。"我又说："讲大声点，别来虚的一套。告诉我，你的未婚夫上过乔特或圣保罗那样的私立学校吗？你的前夫上过罗斯福总统的预备学校——名叫什么什么的。"

这下莉莉讲话才清楚多了："我母亲去世了。"

"去世了？"我说，"唉，太糟糕了。不过请让我想想，你不是早在法国就告诉我她死了？"

"说过，"她说。

"那她究竟是什么时候死的？"

"就在两个月前。我上次说的不是实话。"

"那你为什么要那样说？简直太不像话了，你可不能那样做。你用你妈的死来玩花招吗？你原想欺骗我。"

"哦，金尼，我那样做太不好了。可我并没有任何恶意。这一次是真的。"我看见她眼里噙着热泪。"她去世了，按照她的意愿，我还得雇飞机把她的骨灰撒在乔治湖上。"

"是吗？天啊，我很遗憾，"我说。

"我顶撞她的时候太多了，"莉莉说，"就像我领你去我家那次。但**她**可好胜啦，而我也不示弱。我未婚夫的事你说对了，他的确上过格罗顿预校。"

"哈，哈，我说对了，不是吗？"

"他是个好人，和你想象的不一样。他很诚实正派，还在供养他的双亲。可是当我扪心自问：没有他我能否活得下去？答案却是肯定的。我正学着一个人独自生活。天地如此广阔，女人不一定非嫁人不可，人们孤立独处完全是有道理的。"

你知道，同情无益，有时我也感到同情毫无用处，同情多了反会使你陷入困境。我曾为莉莉感到难过，可那之后她又想过要骗我。

"好吧，亲爱的，你现在打算怎样办？"

"我卖掉了在丹伯里的房产。现在住进了公寓。可我有一样东西想给你，已经把它寄出了。"

"我什么也不缺。"

"那是一张地毯，"她说，"还没有寄到吗？"

"见鬼，我要你那神圣的地毯干什么！是你房间里的地毯吗？"

"不是。"

"你骗人，就是你卧室里的地毯。"

她拒不承认。当地毯被送到养猪场时，我从投递员手里接了过来，我感到应当收下。那是张陈旧而难看的深黄色地毯，针线脱落，布满枝条状的绿线。这副丑样子，我看了忍不住好笑；送这样一张不值钱的地毯，实在令人捧腹！于是我拿到地下室，铺在琴房的地板上。我已经在那儿浇了混凝土，但浇得不够厚，仍然潮湿。无论如何，我认为这块毯子也许可以增强音响效果。

就这样，我进城去跟那位肥胖的匈牙利人学提琴，也去看望莉莉。我们往来了十八个月后，终于结了婚，又生了孩子。至于提琴呢，我虽然没有海菲兹①的天才，但总算能够坚持不懈。不久，我每天又听见那声音了：**我要，我要**。和莉莉结合的家庭生活，完全不像乐观者所预料的那样；但我相信，她得到的比她要求的多。她以家庭主妇的身份巡视了整个住宅之后，作出的第一个决定便是给她自己画一幅肖像，好和其他成员的像并排挂起来。画像这桩事，对她来说至关重要，直到我启程去非洲前六个月才画好。

让我们来看看我和莉莉婚后的生活吧，以一个典型的上午为例。不

---

① 杰斯卡·海菲兹（1901—1987）：美国著名小提琴家，生于俄国。

看室内只看室外,因为室内太脏。假定那是初秋的一个宜人的早晨,阳光洒在松树上,空气带着些寒意,吸进肺里令人爽快。我的住地长着一棵高大的青松,下面是一片绿阴的地面。这儿猪群从不涉足,盛开着红艳艳的晚香玉和秋海棠,一块由我母亲竖立的残碑,上面镌刻着这样几个字:"美好快活的玫瑰……"就只剩这几个字了,松针下一定还埋着更多的残块碎片。太阳像一个巨大的滚筒,把草地压得一溜平。草底下的泥土里也许满是动植物的残骸,但这无损于艳丽的天日,因为它们早已变成腐殖质,草也才长得这样茂盛。清风吹拂,各种鲜花艳朵一齐在树阴下的深绿丛中摇曳。它们扰乱了我的坦荡心境,因为我正穿着那件从里沃利街买来的红绒睡衣,而在买这件睡衣的当天,弗朗西斯说出了要离婚的话。我站在那儿,完全是在自寻烦恼。殷红的秋海棠,深绿和鲜绿的草木,沁人肺腑的芬芳,悦目的金黄颜色,枯萎的枝叶,面前晃动的花朵——这一切只是令我感到悲哀,悲哀到发狂的地步。在有的人眼里,这些景物一定赏心怡人,但身穿红绒睡衣的我不是那种人。所以,我站在那儿有啥意思呢!

不一会,莉莉带着我们的双生子来了,两岁零两个月,乳臭未干的小子,穿着短裤衩,整洁的绿毛衣,黑发覆在前额。莉莉脸上露出她常有的纯洁神色,就要去坐着让人画她的像。而我呢,身着厚实的红绒睡衣站在那儿,脚下穿一双干农活的脏靴子,两脚轮流地支撑着身体。我喜欢在家里穿这种惠灵顿长筒靴,因为穿脱起来都很方便。

她正要坐进客货两用车,我说:"用那辆篷车吧。过会儿我要去丹伯里买东西,我需要这辆车。"我气得直咬牙,面色铁青,齿龈发痛。篷车的接头出了毛病,她仍然要去。她坐着让人画像时,孩子可以在工作间内玩耍,因此,她把两个孩子安顿在篷车的后座上,驾车走了。

然后,我到了地下室琴房,拿起提琴开始练习塞维西克[①]指法。奥

[①] 塞维西克(1852—1934):捷克小提琴家,著有《小提琴演奏法》等作品。

托卡·塞维西克发明了一种迅速而又准确的提琴变位法。初学者只消沿着琴弦上下滑动手指,从第一音位到第三音位,从第三到第五,从第五到第二,如此等等,待手指和耳朵受到训练后,就可以精确地找准音调了。你甚至不必从音阶而从乐句开始,沿着琴弦上下缓缓滑动就行。这真有点儿不可思议,但那位肥胖的匈牙利人哈朋依说,这是惟一的办法。他只会说五十个英语字,最常说的字是"亲爱的"。他说:"亲爱的,这样拿弓,别那样拿。呃,对,对,对。弓上不要用猛力,轻轻地。不要压住弦。哟,哟,哟。塞维西克,妙!"

你可知道,我毕竟是干过突击队的军人,我一双手现在成天和猪打交道,我把公猪掀倒在地,按住它把它阉了。现在,可要用同样的手指去抚弄琴弦,去抓住琴的颈部,依照塞维西克的指法上下挪动。奏出的声音像是在摩擦装鸡蛋的塑料泡沫壳,尽管如此,我想只要悉心练习,终会奏出仙乐般的音调。当然,我不敢奢望自己成为一个艺术家,我的主要目的是想通过拉他的提琴来接近逝去的父亲。

在地下室里,我同干别的事情一样,干得十分起劲。我感到我在追求父亲的神灵,我默默地祈告:"呵,父亲,爹,您能听见我奏的声音吗?这是我,您的金尼,在拉您用过的提琴,极力想接近您。"我这个人也怪,怎么也不能令自己相信,死者已经完全死去。我赞赏理智的人们,羡慕他们有清醒的头脑。可是,我何必勉强相信,自己欺骗自己呢?我在地下室里为我的双亲演奏,当我学会几支曲子后,我就轻声祈告:"妈,这支《诙谐曲》是为您奏的。"或者说,"爹,听吧,这是泰易斯中的《冥想曲》。"我虔诚地演奏,带着激情,充满渴望和热爱,直演奏到感情崩溃的地步。我在地下室边奏边唱:"回答我吧,我美丽的姑娘!"(莫扎特)。"他遭到鄙视和拒绝,是一个深罹忧患的愁苦人。"(亨德尔)。我紧紧钳住提琴的颈部,仿佛那是我心脏跳动的依赖,我的颈项和肩部都勒出了痕迹。

那年月,我特意把这间小小的地下室收拾出来,用栗木板嵌上四壁，还安装了防潮器。我把小保险柜，重要案卷，参加战争的纪念品，统统摆在那儿。手枪靶场也设在那儿。地板上铺着莉莉送的地毯。在她的坚持下，我卖掉了饲养的大多数猪仔。莉莉可不是个爱整洁的人，不知是什么缘故，我们无法从附近雇人来打扫卫生。当然，她自己偶尔也打扫一次，但只扫到门边不扫出门外，结果门边的尘土积成了堆。后来更糟，她去让人画像，完全逃避了家务，而我一心在拉塞维西克练习曲，以及别的歌剧曲和圣乐曲，借以寻求与内心那个声音之间的平衡。

第 四 章

我非去非洲不可,这有什么可奇怪的吗?我已经对你说过了,令人悲伤发狂的一天总会来到。

我打过架,和警察闹过别扭,动不动声称要自杀,而到了上个圣诞节,我的女儿蕾茜又从寄宿学校回家来了。她有些家传的毛病。说实话,我不想让孩子孤单在外,于是我对莉莉说:"多照顾她些,好吗?"

莉莉的脸色苍白,她说:"哦,我会帮助她的,我很乐意,但我必须先赢得她的信任。"

把这桩事托付给她之后,我从厨房后面的楼梯进入地下演奏室,拿起闪烁着松脂光泽的小提琴,我在琴谱架前的荧光灯下开始练习塞维西克的曲子。听见那些尖锐聒耳的可怕滑音,我不禁眉头紧皱,弯下我穿着宽大袍子的身躯。啊,上帝,生与死的主宰!我的手指尖都损伤了,尤其是被那根 E 音钢弦磨损得更厉害。我的锁骨发痒,下颚出现一块块蜂窝眼似的红斑。尽管如此,我的体内仍然发出那个声音:**我要,我要!**

不久,屋内出现了另一种声音。也许是我的提琴声把蕾茜赶出了屋子。当时莉莉和画家斯泼正加紧工作,想赶在我生日之前把她的肖像完成;莉莉不在家,剩下蕾茜独自一人,她便去丹伯里拜访同学,可又找不着去同学家的路。当她在丹伯里的僻静街道闲逛,走过一辆停放着的车边,听见这辆别克车的后座传出初生婴儿的哭声,婴儿被放在一个鞋盒里。那是一个特别寒冷的日子,她把婴儿抱回家,藏在她房间的衣橱里。十二月二十一日中午,大家正围桌午餐,我说:"孩子们,今天是冬至日。"这时婴儿的哭声沿餐具架下的导热管传了出来。我当天恰好戴着一顶猎帽用餐,于是狠狠地拉下厚实的毛绒帽檐。为了强装镇静,我立即转了话题。莉莉却朝着我意味深长地笑起来,上嘴唇竭力掩住前齿,白脸变得红润了。我瞧了瞧蕾茜,发现她眼里流露出内心的喜悦。这孩子才十五岁,虽然平日无精打采的,长相却有几分俊。这会儿她一心想着婴儿,再看不出任何无精打采的痕迹。当时我不知道那是谁家的婴儿,更不明白是怎么抱回家的,因而感到很惊异;为了掩饰一下,我对两个双生子说:"哈,楼上有只小猫咪吧?"两个崽儿才不傻呢,谁蒙得过他们!蕾茜和莉莉把奶瓶放在厨房的炉子上消毒,我去地下室练琴经过厨房时,曾注意到锅里有奶瓶,但没有说什么。那天下午,我不断听见从热气管传出婴儿的尖声啼哭。于是我只好出外散步,但又不忍看见这个一度是养猪王国的府宅,到十二月严冬竟然如此萧索。还剩下几只珍贵的猪没出卖,我不准备和它们分离。

我计划在圣诞之夜演奏一曲《第一个圣诞节》,我正专心排练时,莉莉到地下室来找我谈话了。

"我什么也不想听,"我说。

"可是,金尼,"莉莉说。

"你的事儿,"我大声说,"该你的事儿,你就看着办吧。"

"金尼,你心里不痛快时,你比别的任何人受的罪都多。"她说着忍不住笑了,当然不是笑我受罪,而是我受罪的方式。"谁叫你这样自寻烦恼呢,绝不是上帝。"她说。

"你既然代替上帝讲话,"我说,"那么请问,上帝对你每天离家去画像有何看法?"

"哦,我想不用你为我感到羞耻,"莉莉说。

楼上的婴儿在不住地声声哭泣,但那不再是谈论的话题了。莉莉认为我对她的社会出身抱有偏见——她是日耳曼人和渴望成为中产阶级的爱尔兰人的后代。去她妈的,我才没有这种偏见呢。真正使我烦恼的是另外一些事儿。

没有谁真正在生活中占有一席地位。大多数人都认为自己占据了属于他人的正当地盘，到处都是不得其所的人们。

"谁会等待真正主人到来的一天。"

"当真正的主人出现时，谁会站着不动？"

当真正的主人到来，我们都要站起身，依次离开，真心实意地感到欢欣，说道："欢迎您归来，朋友。这一切都是您的：粮食、府邸，以及秋天的美丽景色。收回去吧，收回去吧。"

也许莉莉正在这样行事，那幅肖像将证明她和我便是这家庭的正当主人。可是，我已经有了一幅画像挂在那一长排肖像的末尾。我身穿国民卫队制服，手执一柄短刀；而其余的画像，个个都竖起笔直的硬领，蓄着髭须。挂一幅肖像究竟对我有过什么好处呢？因此，我对莉莉认为她的做法能解决我们的问题大不以为然。

听我说吧，我很喜欢我的六哥狄克，他是我们兄弟姊妹中最有头脑的人，是一头不倦的雄狮。他在第一次世界大战中战功卓著，但有个时候，他完全像我——他亲爱的小弟弟——一样行事，为此他竟丧失了性命。那是他休假的一天，他到了纽约州普赖兹堡附近的一家希腊人开的便餐馆——卫城馆，坐在柜台边和一个朋友喝咖啡，想写张明信片寄回家。但是他的钢笔写不出水，他骂起来了，然后对朋友说："劳驾，请你这样举起笔。"那位年轻朋友照他的话做了，狄克掏出手枪就朝钢笔开火。笔打掉了，没有伤着任何人，但引起轩然大波。事后发现，击碎钢笔的飞弹打穿了店里的咖啡壶，滚烫的咖啡越过就餐者直往对面的窗边喷射。希腊店主打电话叫来地方警察。在狄克被追赶的途中，车撞毁在路障壁上。他和他的朋友打算泗水过河，那位朋友比较沉着，脱掉衣服再跳下水去，狄克却连大皮靴都没脱就纵身跳去，靴子灌满水后，他便淹死了。我的姐姐早在一九〇一年去世，狄克一死只剩下父亲和我两人在世了。那年夏天我帮邻居韦伯干活，拆他那些破车辆。

现在到了圣诞节的一周,莉莉站在通向地下室的楼梯上,我们一起在巴黎、沙特尔、韦泽莱和五十七街的记忆早被抛在脑后。我手里握着小提琴,脚踏着那张从丹伯里寄来的该死的地毯,红绒衣披在我背上。还戴着猎帽吗?有时我认为这顶帽子与我的头很相称。十二月的阴沉沉的风顺着房顶吹下来,吹得松开的水槽嗡嗡直响。尽管风在吹,我仍然听得见婴儿的哭声。这时莉莉说:"你听得见吗?"

"我什么也听不见,你知道我的耳朵不灵,"我说,我的听力的确不好。

"那么,你怎么听见琴声的呢?"

"哼,提琴就在我耳边,连这也听不见还行,"我说。"但愿我没有说错,我仿佛记得你对我说过:我是你在这个世间上的惟一朋友。"

"可是——"莉莉说。

"我不能理解你,"我说,"走开些吧。"

两点钟的时候,有几位客人来访,他们听见楼上的哭声,但他们很有教养,绝口不提。我相信他们会这样做的。为了打破紧张气氛,我说:"谁愿意到楼下去参观参观我的手枪靶场?"没有人愿意,我便独自下去,并在那儿一连放了几枪,子弹在暖气管中间发出震耳欲聋的声音。很快,我听见客人们告辞走了。

后来,婴儿入睡了,莉莉劝蕾茜到池塘去溜冰。我为家里的每个成员买了一双冰鞋,蕾茜年纪轻,被去溜冰的法子给笼住了。既然莉莉给了我这个机会,等他们一离开,我就放下提琴,悄悄溜进了蕾茜的房间。我轻轻打开衣橱,看见婴儿躺在蕾茜的旅行袋的衣物当中,她还没有来得及把衣服收拾出来。那是一个黑孩子,给我留下了庄严的印象,两只小手握成拳头,举在宽阔的头颅两边,腰间裹一条土耳其毛巾当厚尿布。我身穿红绒衣,脚踏大皮靴,弯下身去看婴儿时,我感到面部发烫,戴着羊毛帽的头顶在发痒。我要不要合拢旅行袋,把婴儿提去交给有关当局?当我仔细端详这弱小的婴儿,这个可悲的孩子,我仿佛像埃及的法老看见小摩西时的情景。于是我转身走开,独自去林中漫步。在池塘边,溜冰人迅速滑动,冰上发出吱吱的响声。太阳快要偏西,我心里暗暗祈祷:"孩子们,愿上帝保佑你们。"

当晚我在床头对莉莉说:"现在,我想认真同你谈谈这事儿。"

莉莉说:"哦,金尼,我很高兴。"她很赞赏我的态度,"这很好,表明你更容易接受现实了。"

"什么?"我说,"我过的桥比你走的路还多。你别忘了,我是最懂得现实的。"

过一会,我开始大叫大嚷,蕾茜听得见我继续吵嚷,甚至可能从门边看见我穿着短裤站在床头,挥动拳头要动武的样子,她一定为婴儿捏了一把汗。十二月二十七日,她带着婴儿逃跑了。我不想为这事惊动警察,只打了个电话给庞泽尼,一位曾帮我办过事的私人侦探。他还没有开始查访,寄宿学校的女校长就来电话说,蕾茜到了学校,把婴儿隐藏在宿舍里。我对莉莉说:"你到学校去一趟。"

"金尼,我怎么好去呢?"

"你怎么不好去?"

"我离不开家里的两个孩子,"她说。

"依我看,这会耽误你去画像,对不对?可是,我很快就要放火把这幢房舍——连同室内的每一张画像烧掉。"

"不是那个意思,"莉莉嘟哝着说,脸刷地白了。"你不理解人,这我已经习惯了。我原想能让人理解,但我看一个人必须学会在不为人理解的情况下过日子。也许要求别人理解是一种罪过。"

结果是我亲自去了一趟。女校长说:蕾茜已经留校察看好一段时间了,她必须退学。"我们得考虑这将对别的女孩子产生什么影响。"

"你这话从何说起?这只会使别的女孩子从蕾茜身上学到高尚的感情,比心理影响强多了。"我说,那天我多喝了几杯。"蕾茜容易感情冲动,是那种热情奔放的女孩子,只不过不爱多说话……"

"婴儿是哪儿来的?"

"她告诉我妻子,是从丹伯里的一辆车里发现的。"

"她可没那样说,她声称自己是妈妈。"

"嗨,你才怪呢,"我说,"你应该多了解一点情况。她的胸脯去年才开始发育,她是一个处女,比起你我来,何止纯洁千万倍。"

我只好让女儿退学了。

我对她说:"蕾茜,我们得把这婴儿还回去。你还不到自己喂养孩子的时候。他的妈妈要他回去。亲爱的,他的妈妈已经回心转意了。"现在想来,让我女儿与婴孩分手真对不起她。婴儿被丹伯里当局领去之后,蕾茜显得心神不定。"你知道你不是婴儿的妈妈,对不?"我问,可她一声不吭,不答一句话。

弗朗西斯的姐姐住在普罗维登斯①,我送蕾茜去那儿她姨妈家住,途中我对她说:"亲爱的,你爹只不过做了别的爹妈也会做的事情。"她还是不吭气,再说也枉然。十二月二十一日那天她眼里曾流露出的那种内心的喜悦,已经无影无踪了。

我独自从普罗维登斯返回,不禁在火车上喟然叹息。我拿出一副纸牌,在娱乐车厢里玩单人牌戏,好几个乘客等着坐下来,可我霸占着牌桌不理。我喝醉了,但那些神志清醒的人都不敢来打扰我。我大声地自言自语,唉声叹气,纸牌不住地往桌下掉。到了丹伯里,列车员和另一个伙计只好扶我下车。我坐在车站的长凳上咒骂:"这个该死的国家,准是出了什么毛病,出了什么差错。这个该死的国家!"

我早就认识这个车站的站长,他是个大好人,没让警察带走我。他打电话通知莉莉,她开了那辆两用车来接我回家。

而那个悲伤和疯狂的日子是这样来到的:那是冬天的一个早晨,我在早餐桌上和妻子为了房客的事争吵起来。她把我地产上的一幢房子重

---

① 美国罗得岛州东北部的一个海港城市,又为该州首府。

新翻修了，这幢房年久失修，又不当道，是少数几幢未用来养猪的房屋之一。开始我鼓励她去办，后来我又扣住钱，不用木料而用墙板，以及别的类似节省办法。她增修了一个卫生间，里里外外都重新油漆了一遍。可是这幢房不保温，十一月到了，房客便开始感到冷。他们是些书呆子，很少到处走动走动，怎么能不感到冷呢。他们向莉莉抱怨几次之后打算搬走。我说："好吧，随他们的便。"当然，我不肯退还押金，只叫他们滚蛋。

这样，翻修过的房子空了下来，花在砖石、卫生间、下水道等项的钱也就白搭了。房客还留下一只猫。我心里老大不舒服，就在早餐桌上高声吵嚷，拍桌子打巴掌的，咖啡壶也给掀翻了。

突然，莉莉露出一副吃惊的神色，久久不动地侧耳细听，我也跟着这样做，只听她说："在这以前的一刻钟内，你见到勒诺克斯小姐没有？她该把鸡蛋端上桌啦。"

勒诺克斯是住在大路对面的一位老女人，每天来帮我们弄早餐。她是个怪里怪气的老处女，个子瘦小，戴顶苏格兰便帽，两颊红润，说话咕咕哝哝。她像只老鼠那样，老在屋角里叽里咕噜个不停，回家时把空瓶子、废纸盒之类的破烂捡回去。

我进厨房一看，老小姐倒在地上死了。我刚才大吵大嚷那时，她的心脏停止了跳动。鸡蛋还煮在锅里，还在砰砰地撞着锅壁发出响声，水开后煮在锅里的蛋总是这样。我关掉火门。死了！我用手指摸了摸她瘦小而又掉光了牙齿的面部，已经变冷了。她的灵魂像一股气，一丝风，一个泡，飘出了窗户。我凝视着她。这就是一切，原来这就是死亡——永别？这些日子，这几个星期，冬日的庭园一直在向我述说眼前的这个事实；但直到此刻，我还不明白灰色的树皮、洁白的雪和棕褐的树枝一直在对我说什么。我没对莉莉说一句话，我不知道还有什么别的事可做，拿起笔写了张"**请勿移动**"的字条，别在老妇人的衣裙上，然后走出冬天冰冻的园子，穿过大路朝她的小屋走去。

她的院子里长着一棵古老的梓树，树干和矮枝被涂上浅蓝色。她在那儿悬挂了几面小镜子，几盏在黑暗中发亮的旧自行车的灯；夏天，她喜欢爬上树去和她的猫呆在一起，一面喝啤酒。这会儿有一只猫正从树上盯住我，我打树下走过，毫不理会它射出的任何责备的目光。我能负什么责？能怪我嗓门高、脾气大吗？

她屋里堆满了捡来的纸盒、木箱、小儿车之类的破玩意儿，我得费力地从一间屋爬进另一间屋。有的小儿车还是上个世纪的东西，说不定我坐过的小儿车也在里边。这些东西都是她从远近各处捡来的。瓶子、灯泡、奶油碟、枝形吊灯，通通摆在地板上；大大小小的购物袋里塞满线头破布和尖形开瓶刀（这种刀原是牛奶店用来撬奶瓶纸盖的），还有装满纽扣和瓷器门把的篮子，墙头贴满了日历、三角锦旗和陈旧的照片。

这时我想："啊，惭愧，惭愧！啊，太惭愧了！我们怎么能这样？我们为什么放纵自己呢？我们究竟在干什么？最后的狭小泥穴在等着，那儿没有窗户。因此，亨德森，看在上帝的面上，鼓起勇气，离开吧。否则，你也会落得同样下场。死亡将摧毁你，没有什么东西可以长存，除了一堆破烂，再没有别的东西留下——因为将来不会存在什么，自然什么也不可能留下。而仍然**存在**的东西，就是**现在**！为了一切的一切，出走吧。"

莉莉守着老妇人哭泣。

"你为什么留下这么一张字条？"她问。

"这样，验尸人到来之前谁也不会动她，"我说。"这是按法律办事。我只伸手摸了摸。"然后我递给莉莉一杯酒，她不喝；我便在自己杯里倒进波旁烈性威士忌，一饮而尽。这酒的惟一效力在于给人烧心的感觉，威士忌并不能掩盖可怕的事实。老妇人是由于我暴怒时受了惊骇而倒下的，就像在热浪中或爬地铁阶梯时有人会昏倒那样。莉莉心里明白这个缘故，便咕哝了几句。可她很体谅人，过一会便不做声了；不过，她那纯洁的苍白脸上，愁云直布上眼窝。

城里办丧殡的人买下了我曾经去学舞蹈的那幢屋子，四十年前我总是穿着黑漆皮靴上那儿去。当柩车开上大路后，我说："莉莉，你知道查理·艾伯特是要去非洲旅行吗？一两周之内他就要动身了，我打算跟他和他的妻子一道去。咱们把这辆别克车存放起来吧，你反正用不了两部车。"

只有这一次，她没有反对我的想法，她说："你也许应该去。"

"我应当做点事情。"

就这样，勒诺克斯小姐被送到墓地，我却到了艾德威尔德机场，登上一架飞机。

第 五 章

我和查理还在孩提时代便形影不离了,他在许多方面和我相似。一九一五年我们一起上过舞蹈学校(勒诺克斯小姐后来就埋葬在该校址的外边),此后友谊长存。论年纪,他只比我小一岁;论财富,他却比我更殷实,因为一旦他母亲去世,他还要继承一笔财产。我是与查理一道乘飞机去非洲的,希望能在非洲找到摆脱困境的出路。与他一道也许是个错误,但我独个儿弄不清去非洲的捷径。那可是一项专门的学问。我们去非洲的理由是,查理和他妻子要拍摄有关非洲土著人和动物的影片;战争期间查理就是巴顿部队中的摄影师(他同我一样在家呆不住),因而学会了摄影这一行。我对摄影并不感兴趣。

去年我请查理为我的部分猪仔拍照。这个能显示他本领的机会使他高兴,他真拍了几张一流的照片。从牲口棚回来的路上,他说他订婚了。于是我说:"嘿,查理,我看你下窑子满内行的,但关于正经的女人——你懂吗?"

"喔,"他说,"说真的,我不太懂,但我的确知道她是独一无二的。"

"哼,这种独一无二的事情我全懂,"我说。(类似的谈论,我从莉莉那儿听得够多了,可现在她几乎不着家。)

尽管如此,我们回到练琴间后还是为他的订婚干了一杯,他还请我做他的傧相。他几乎一个朋友也没有。我们边喝酒边开玩笑,回忆起一同学习舞蹈的事儿;抚今思昔,彼此眼里都盈盈含泪了。就在大家十分融洽投机的时候,他邀请我一道去非洲,他打算和新婚妻子去那儿度蜜月。

　　我出席了他们的婚礼，当了他的男傧相。然而，由于我忘了在仪式完毕时亲吻新娘，她便对我很冷漠，后来竟完全成了我的仇人。查理计划的这次远征，配备全新，在各方面都很现代化。一台轻便的发电机，一套淋浴装置和热水设备。一开头我就很不以为然，我说："查理，我们打仗那会儿可没有这些玩意儿。他妈的，咱俩可是老兵啰。带这些玩意儿干啥？"这样去非洲旅行我心里像受了伤害似的。

　　我是打算到非洲大陆长住下的。在纽约买机票时，我在机场售票处（佩脱雷公园附近）进行了一番思想斗争，决定是否买来回票。为了表明真心实意，我购买了单程票。我们从艾德威尔德直飞开罗。在开罗，我乘上公共汽车去参观金字塔和狮身人面像，然后再飞往内地。还在非洲上空飞行的时候，我就十分兴奋；从空中俯视，非洲像是人类的古老繁殖床。置身三英里高空的云海之上，我仿佛是一粒凌空的种子。蜷曲在大地沟壑的河流，在阳光下蜿蜒穿流，像冶炼厂的熔液洼迎着阳光闪烁，一会儿表面结上一层壳，一会儿又隐然不见了流向。绿色的植物地带，在高空几乎看不清，植物仿佛只有一英寸高的光景。我梦想自己悬在云层之下，又忆起儿时曾梦想卧在云层之上。经历过置身在云层上下的幻觉之后（这是以往时代的人想象不到的），接受死亡应当很容易了。不过，我们每次都平安着陆。既然我已经从前文描述过的困境里挣脱出来到了这块陆地，自然会怀着某种激情向它致敬。不错，我身上带着一笔可观的钱，我不断在想："多盎然的生机！啊，生机是如此的盎然！"我感到在这儿可能会交好运。首先，这儿的高温是我所渴望的，比墨西哥湾的温度还高得多；其次，这儿万紫千红的色彩令人心旷神怡。我不再有胸口烦闷的感觉，身内也不再听到什么声音——这时它已默不作声了。我们三人，查理，他的妻子和我，还带着土著人、卡车和行装，总是在湖边扎营。这儿的水性很软，苇草连根泡烂，螃蟹钻在泥沙里。鳄鱼在百合草丛中浮游，当它们张开大口，我才意识到栖息在水中的动物会感到多么炎热。鸟儿飞进它们的口腔，把它们的齿槽啄洗得干干净净。然而，这个地方的人个个垂头丧气，没有一丝儿生气。树枝头开着羽毛般的花朵，纸草开始显出让人想到办丧事的白花。我帮着查理搬摄影器具，努力使自己对他的摄影活动发生兴趣。这样合作了大约三周之后，我的不满情绪又回复了。一天下午，我又听见体内那个熟悉的声音开始叫喊：我要，我要，我要！

于是我对查理说："我不想让你生气，但我看，咱们三人这样在非洲过下去是行不通的。"

透过太阳镜，他茫然地仰望着我。当时我们正在水边。这是我原来在舞蹈学校认识的小伙子吗？时光不饶人，我们都变多了。可是我们现在同从前一样，仍然爱穿短裤。他的胸脯发育得很好，比我的宽阔，但我却比他高大得多；他抬起头望着我，不是感到为难，而是感到气愤。他慢声慢气地说，嘴边的肌肉都不听使唤了："行不通？为什么行不通？"

"噢，"我说，"查理，能利用这个机会到达这里，我是很感激你的；我一直是个非洲迷，可现在发觉，我并不是到这儿来拍照的。卖一辆吉普车给我吧，我马上离开。"

"你打算到哪儿去？"

"我只感到这不是我呆的地方，"我说。

"好吧，你要离开，听便吧。金尼，我不阻拦你。"

这一切都是我忘了在结婚仪式后亲吻他的妻子造成的，她始终不原谅我。她干吗想从我这儿得到一吻呢？有的人不明白自己是什么时候富起来的，我呢，却不明白为什么没吻她，或许我当时正在想别的什么事儿。可是我想，她一定认为我是出于对查理的嫉妒。无论怎么说，我正在破坏她的非洲蜜月。

"那么，不怨恨我了，查理，对吗？你可知道，这样的旅行方式对我没什么好处。"

"行啦。我不想阻止你，只管去吧！"

就这样，我离开了他们。我单独筹划了一种更适合自己军人的粗犷气质的远征。我从查理雇的土著人中要了两名，我们一干动吉普车离开，我顿时觉得坦然多了。几天以后为了进一步减少拖累，我辞掉了一名土著人，和剩下的一位作了长谈，他的名字叫罗米拉尤。我们好容易才弄明白彼此的想法。他说，如果我想见识一些人迹罕至的地方，他能够领我去。

"这就对了，"我说."现在你明白我的意思了。我到这儿来不是为了一个吻而继续与那个臭娘们儿闹别扭的。"

"我带您到远，远，'他说。

"啊，好伙计！愈远愈好。哎，咱们走吧，走吧，"我说。我找到了我所需要的人，十分理想的人选。我们又扔掉一些行李，但我知道他挺喜欢那辆吉普车，我便对他说，要是他真带我到很远的地方，我就把吉普车送他。他说他要带我去的地方太偏远了，只能步行。"真的吗？"我说，"咱们就步行吧。把吉普车封存好，咱们回来时，它就归你。"他听了很高兴。当我们来到一个叫塔鲁西的小镇，便把吉普车存在一间无人管的茅草房里。从那儿，我们乘飞机到了帕汶台，那是一架老式的伯兰卡飞机，机翼像要往下掉似的；驾驶员是个阿拉伯人，光着脚开飞机。那是一次不寻常的飞行，飞机降落在大山那边的一片硬地面上。一群高大的牧牛黑人拥上前来，一个个长着厚厚的嘴唇，油腻的鬈发，我从未见过这样粗俗的人，我问向导罗米拉尤："这还不是你答应要领我去的地方，对不对？"

"哦，不，先生。"他说。

我们接着旅行了一周，步行——全是步行。

从地理位置讲，我压根儿不知道我们究竟到了什么地方，但我并不在乎。既然我来这儿的目的是为了把许多事情忘却，那么我就根本无心过问方位，而且我对老伙计罗米拉尤深信不疑。他日复一日地领着我穿过村庄，爬过山间小道，进入沙漠，向远处、更远处走去。他懂得的英语很有限，不可能讲明到了什么地方。他只是说，我们要去一个叫做阿纳维的部落。

"你认识那儿的人？"我问他。

那是很早以前的事了，那时他还没有长大成人，曾跟随他的父亲或者叔叔到过阿纳维。他多次对我说起这事，但我还是没弄清那究竟是他的父亲还是叔叔。

"总之，你想回到你年轻时到过的地方，我明白了。"我说。

行走在乱石之间，沙漠之上，我感到快活极了，我不断暗暗为与查理夫妇分道扬镳而庆幸，庆幸挑中了这个土著向导。找到一个像罗米拉尤这样能理解我在追寻什么的人，真是一大幸运。他告诉我，他还不到四十岁；但他未老先衰，满脸褶皱，看上去比他实际年岁苍老得多。他的皮肤松弛，这对某些种族的黑人来说很普遍。据说，这与他们身上不同部位的脂肪分布不匀有关。他留着一头灰扑扑的乱发，不时伸手去抚压，但总弄不平顺；梳也没法梳，头发朝头的四周长出，像一棵矮脚松似的。古老的部落疤痕刻在他的两颊，两只耳朵被割成锯齿形状，尖齿部分直插进头发。他的鼻子却很耐看，像阿比西尼亚人①的鼻梁，但不扁平。面颊上的疤块和锯齿形的耳尖表明他生来是一个异教徒，但后来皈依了基督教，现在每晚都做祷告。他祈祷的时候，双膝下跪，布满青筋的两手合在一起，支在后缩的下巴边，双唇前努，短而有力的肌肉在手臂皮下颤动，从胸中发出深沉的声音，像在吐露心灵的哀怨。他常常是在我们停下来搭帐篷的黄昏时刻做祈祷，这时群燕来回翻飞，我坐在地上，总是鼓励他说："祈祷吧。对神灵祷告，也替我说两句话。"

我把带的东西统统扔下了。不久，我们来到一片平坝，周围群山环绕，气候炎热干燥，土地贫瘠枯裂，一连几天不见人的踪迹，也很少见

---

① 即今埃塞俄比亚人的旧称。

到植物。因而，这地方可说是几乎什么也没有。周围的一切都呈现出一片单纯，十分静穆。我仿佛进入了远古时代——真正的往昔，没有历史或任何与历史有关的东西，一幅人类出现以前的洪荒景象。我相信，那些石头与我之间存在着联系。座座山峰光秃秃的，形状像蛇，没有树木覆盖，你可以一眼望见云彩在山坡上聚成的情形。雾气从岩石边升起，投下耀眼的光影，这与通常的雾气不同。总之，开头几天，尽管十分炎热，我感到心情非常舒畅。晚上，罗米拉尤祈祷之后，我们躺在地上，微风吹拂，我们每呼出一口气，微风又把它送回来。不一会，天空闪现出沉静的繁星，像在移动歌唱；夜间的雀鸟不时举起习翼，载着笨重的身躯飞过。世界上还有比这更令人赏心悦目的吗？我侧耳朝向地面细听，仿佛听见了蹄声，像是躺卧在鼓面上一样；那些蹄声也许是野驴或斑马在成群地奔跑。就这样，罗米拉尤领着我漫游，我完全忘记了天日；也许，这个世界也乐意暂时将我忘掉。

雨季很短，溪流不久便干涸了；你要是擦根火柴去点树丛，一触即燃。晚上我总是用打火机点火堆，我的打火机是奥地利境内常用的那种，带着长长的芯线。如果成打地购买这种打火机，每只只值十四美分，还有比这更合算的吗？现在我们来到一个高原，罗米拉尤管它叫亨恰加拉——这块地方在地图上从未标明清楚。我们大步走过炎热而略成凹形的高原（我感觉如此），一种像烟似的橄榄色热气在树下形成，这些树矮小而坚硬，像是芦荟又像桧属植物（我可不是植物学家）。罗米拉尤走在我背后，他的身体投过来奇怪的影子，使我联想到面包师伸向烤炉的一把长铲。这地方真是火辣辣地炙人。

后来在一天早晨，我们发现终于到了一条相当宽阔的河床——阿纳维河。河水已经干涸，我们顺着河床往下走。河泥成了干土块，石头陷在灼热发亮的泥土中像是一块块金子。然后我们看见阿纳维村庄，处处是椭圆形的尖屋顶。我知道那是茅草屋，盖得薄薄的，轻而透气，它们像羽毛，很重的羽毛。屋顶上缓缓升起炊烟，直升上沉静烁亮的天空，古色的茅草顶还在隐隐地闪亮。我止住罗米拉尤说:"这不是一幅绝妙的画面吗?我们到了什么地方?这地方有多少年代了?"

他对我的提问十分吃惊,说道:"我不晓得,先生。"

我对此有种奇异的感觉。不简单,看样子像是一处原初的地方,一定比尤尔城还要古老①。我甚至认为,这儿的泥土都带着古老的气味,于是我说:"我有种预感,这地方对我会很适宜。"

阿纳维人以养牛为生。我们惊扰了在河岸上放牧的牛群,这些牛瘦骨嶙峋的,开始折转身奔跑。不一会,我们发现一群赤身裸体的非洲小孩围上来,有男孩也有女孩,朝我们大声叫嚷。身子最瘦的孩子都鼓着大肚子,他们皱起面皮,和着别人一齐喊叫,连牛群的吼叫也给淹没了;成群栖息在树上的鸟儿闻声展翅,穿过枯黄的树叶飞去。在我看清楚之前,他们的喊叫像是朝我们掷石子的声音,我还以为遭到了攻击。我感到好笑,责骂自己竟会产生朝我们扔石头的错觉(他们会向我扔石头的想法真滑稽)。我暗暗叫道,"我的天,难道这就是他们迎接客人的方式!"可是没有石块扔来,这时只见惊鸟凌空飞去。

罗米拉尤向我解释,阿纳维人对牛群面临的处境非常敏感,它们几乎被视为亲人而非牲口。这儿不吃牛肉。牛群不是由一个小孩去牧放,而是每条母牛都由两三个孩子去陪伴;牲口要是受了惊,孩子总是追上去安抚它们。成年人就更眷爱这些牲口了。过了一段时间我才逐渐理解了这点。这时候我想到早该带些东西来招待这群孩子。我在意大利作战时,总是从部队供销合作社买些巧克力和花生米带在身上,以便给孩子吃。这会儿我们沿河床走着,逐渐接近城墙;城墙用荆棘混合牛粪垒起,外边再糊上一层泥。我们看见一些小孩站在河岸上等候,其余的孩子则四处奔跑,传布我们到达的消息。"你看,他们不是挺有意思吗?"我对罗米拉尤说,"天啦,这些小东西个个都鼓起大肚皮,一头紧密的

---

① 尤尔城:古代撒摩亚人的城池,在幼发拉底河上,位于现代的伊拉克南部。

鬈发。可是他们大多数的人还没有换牙呢。"他们蹦蹦跳跳,沿路叫喊。我说:"我真希望有什么东西可以给他们,但我身上什么也没有带。要是我用打火机点燃一丛灌木,你认为这可以使他们高兴吗?"不等罗米拉尤答话,我掏出奥地利打火机,用拇指旋动火轮,一丛灌木立即燃烧起来,但在强烈的阳光下,几乎看不清火焰。火势很大,哔哔剥剥十分壮观,燃到尽头便熄灭了。我手executing打火机仍站在那儿,引火芯线像白胡须似的从手里拖出一长截。孩子们鸦雀无声,只是眼睁睁地瞧着,我也望着他们。这便是人们所谓的现实中的噩梦吗?接着大家又四散开去,母牛也奔跑起来。烧后的灰烬落在我的靴边。

"你对刚才的事有什么看法?"我问罗米拉尤,"我本是一番好意。"我们还没来得及讨论这桩事,迎面来了一队裸体的成年人,为首的是一位年轻女人,我相信她不会比我女儿蕾茜大多少。她一见到我就放声大哭,泪如雨下。

我绝没有想到这会如此令我难过。人活在世上要想不接受考验,遭到磨难和不幸,那是不现实的,但见到这位女人的痛苦情景真叫我受不了。女人的眼泪总是深深地影响我,就在不久以前,莉莉在墨西哥湾旅馆哭哭啼啼,我曾最凶狠地威胁过她。然而这位女人是个陌生人,她的哭泣为什么竟如此牵动我的感情,这就不大容易解释了。我立刻想到的是:"我到底做了什么事?"

我暗暗在想:"我必须跑回沙漠去吗?呆在那儿直到我身上的邪恶消失,直到我能和和气气地会见别人,不致让人一见到我就绝望伤心?我在沙漠里也许还没有呆够。让我扔掉我的枪、头盔、打火机和所有的一切,说不定这样做可以抹去我的凶相。我可以呆在那儿以捕食虫子为生,吃蝗虫也行,直到我身上的邪恶东西化为灰烬。啊,邪恶的东西!啊,错误的东西!我拿它有什么办法?我所破坏的一切,我将如何弥补?我这坏性格!上帝保佑我吧。我把一切都搅得一团糟了,真是罪有应得,无法逃遁。人家只消看我一眼,就把我的一切看透了。"

你瞧，我开始相信，与罗米拉尤一道翻越亨恰加拉高原的那些快活日子，已经在我身上引起变化。但现在看来，我还是不能对付社会，在社会面前我总是吃败仗。我独自一人还能善处，一旦置身人群，就为邪恶左右了。面对这位哭泣的女人，我乐意谴责自己，我想起莉莉和孩子，我的父亲和小提琴，那个婴儿，以及我一生的悲伤。我感到我的鼻子在扩张，变得通红。

其他站在那哭泣女人背后的土著人，也低声地跟着哭。我问罗米拉尤："这究竟是怎么回事？"

"他们，遇倒霉事，"罗米拉尤说，竖起那蓬乱不驯的头发，表情非常严肃。

就这样，那位强健的圣洁般的女人继续哭着——只是啼哭，没有任何举动。她的手臂自然无力地垂在两侧，身上一丝不挂，通身的秘密都向世界裸露，汩汩的泪水流过宽阔的面颊，直滴在她的胸脯上。

我说道："是什么使这年轻女人如此伤心？你说倒霉事是什么意思？罗米拉尤，这太糟了。我看咱们处境不妙，我不喜欢看到这种情景。咱们不可以绕道过城再回到沙漠里去吗？在那儿我可开心透了。"

显然，罗米拉尤感觉到这批痛哭流涕的人使我很不安，于是他说："不，不，先生。与您无关。"

"是不是由于我莽撞地烧了那丛灌木？"

"不，不，先生。你没使他们哭。"

听了这话，我用手掌击了头部一下，说道："啊，对啦！**我应该**（意思是'**我应该**首先想到自己的责任'）。这可怜的人一定遭了不幸。我能帮她什么忙吗？她是来向我求助的，这我感觉到了。或许是狮子吃掉了她的全家。这附近有食人的动物吗？罗米拉尤，问问她。说我是来帮忙的，如果周围有动物伤人，我就毙了它们。"我掏出我的带有瞄准器的枪给众人看。我明白了他们的啼哭不是我的过错后，大为放心了；而且我还可以帮忙，不致站在一旁，空望着他们的眼泪横流。"嘿，你们大家都相信我，"我说，"瞧我的，瞧！"说着，我就开始表演教练兵器那一套，像指挥操练那样数着："一、二、三、四！"然而，众人继续流泪。只有一个年龄最小、长着空心南瓜灯般脸蛋的小孩被我逗乐了，其余的人仍然悲伤不已，双手掩面痛哭，裸露的身子不住地哆嗦。

"唉，罗米拉尤，"我说，"我实在没办法。我们出现在他们面前，叫人家非常难堪，这点我毫不怀疑。"

"他们哭为牛死，"他说。这桩事他倒解释得很清楚：他们为在干旱中死去的牛悲伤，并且认为干旱的降临该由他们自己负责——冒犯了神明或者别的这类原因，因而遭受诅咒。由于我们是不知情的陌生人，他们有责任前来陈述一切，想知道我们是不是知道灾祸的原因。

"我怎么知道呢？除了干旱还有别的原因？干旱就是干旱，"我说。"不过，我完全理解他们的心情，我知道心爱的动物一旦死去的滋味。"于是我几乎像在喊叫似的说："得啦，得啦。明白了，妇女们——明白了；男人们，别再哭了。够了，我全明白了，请别哭了。"这话真有些效力，我猜想他们听懂了我的语气，同时我自己也感到挺难受。我告诉罗米拉尤说："好吧，请问他们希望我帮什么忙。我乐意效劳，真心实意的。"

"什么您能干，先生？"

"别管这些。总有些事儿是非我不行的。你只管去问他们。"

于是他同他们拉起话来，那些皮色光滑的驼背牛群不住地噜噜叫唤，声音低沉动听（非洲母牛不像我们美洲的牛那样哞哞叫）。哭声渐渐平息下来。我开始注意到这些人的肤色很别致，眼眶周围黑得比别处更光亮，而手掌心的颜色却像刚洗过的花岗石，仿佛他们同光线玩过抓接的游戏，有些色彩消退了。这种奇特的肤色我还是第一次看到。罗米拉尤到一旁去和一个人交谈，留下我一人在土著人中间，这时他们的哭泣几乎完全止住了。我深深感到自己的外貌与众不同，我的面部像铁路终点站，像纽约的中央地铁站——我是指我有大马般的鼻子，洞开的大嘴几乎碰到鼻孔，像隧道般深陷的眼窝。我站在那儿等候，满身泥土香气的黑人围在我四周，附近是熠熠生光的小茅舍。

不一会，那个和罗米拉尤交谈的人走了过来，用英语同我谈话，这使我大为惊讶，我从未料到一个会讲英语的人竟然这样大动感情。不过，他不属于那些哭哭啼啼的人。单从他的块头就可以看出，他是一位重要的人物；他的身躯高大，比我还高过一两英寸。然而他不像我这样笨重，他的肌肉发达，骠悍强健；他也不像别人那样赤身裸体，他的腿部而不是臀部绕上一块白布，齐腰围了一张绿色的绸巾，身上穿一件宽大的水手领式样的上衣，自在地披在肩上，便于他的双臂活动；大量的运动正是他那肌肉发达的胳膊所需要的。开始他的表情有些古板，我还以为他要来找麻烦；他上下打量了我一眼，好像我是一朵人形蘑菇，立起一大堆却经不住一碰。我感到局促不安，但使我不安的并非他的表情——表情很快就变得和气了，而是他竟然会用英语同我讲话这桩事实。我不知道自己为什么会感到惊讶——或者说感到失望。这是当今流行的帝国语言，继希腊语和拉丁语等之后。我想，当帕提亚人或鲁米底亚人①用拉丁语和他们讲话时，罗马人不曾感到惊讶，因为他们把这视为当然。可是这位裹白披绿的彪形大汉用英语和我搭话，我感到既惊骇又可悲。他开口之前，先费劲地端正他那苍白而略带斑点的嘴唇，努着嘴说道："我叫依特洛，是来领路的。欢迎光临，向您请安。"

"什么，什么？"我说，并竖耳倾听。

"依特洛，"他躬身说。

我也连忙打躬，尽管我穿的是一条短裤，戴着白色的盔帽，热得满脸通红，大鼻孔直冒粗气。我这张脸颇像一道突然响起的铃声让人诧异，因为我右耳不灵，总是习惯地把脸转向左面，同时两眼注视着某件

---

① 帕提亚人：即安息人，帕提亚是位于里海西南的古国，公元 226 年左右被波斯所灭；鲁米底亚是位于北非的一个古国，即今阿尔及利亚东部一带。

东西，努力集中心思。我这样侧过脸来，等候他还要说些什么；我感到浑身直冒汗，惶惑不知所措了。我简直不敢相信这是怎么回事，我满以为已经远离了世界。谁还能责备我，当我已经长途跋涉，翻越了人迹罕至的大山，见过闪烁着橘黄色光辉的星辰，目睹了漫天云彩舒卷在夜空的壮丽景象——总之，这一切是那样清新，就像秋天早晨你走出室外，发现秋天的花朵傲霜盛开。我在沙漠中日日夜夜的经历使我感到一切都返璞归真了。我深信已经完全步出了尘世人寰，因为众所周知，世界是混沌复杂的。而且，这一带地方的原始状态也给我留下了深刻的印象，我相信已经到了一个新地方。可是现在遇见了一群哀哭的人，而且，有一个人显然一直跟在他们后面，他会讲英语，我刚才老在吹牛皮，说什么"把你们的敌人告诉我，我去杀死他们。吃人的野兽在哪里，领我去找它"。我还放火烧了灌木丛，炫耀自己的武器，言行举止活像一个小丑。我感到自己太荒唐可笑了，我朝罗米拉尤投去冷冷的愤怒目光，仿佛在责怪他事先没给我把情况介绍清楚。

可是这个叫依特洛的土著人，并没有因为我到达时的可笑举止跟我过不去，他甚至一点也没有放在心上。他拿过我的手平放在他的胸口，说了声"依特洛"。

我也依葫芦画瓢地做了一遍，说声"亨德森"。我不想显得很蹩脚，但你知道，我不善于抑制我的感情，尤其是那种坏的情感，总是一股脑儿统统呈现在我的脸上，让人一望便知。我控制不了它们。"您好，"我说，"喂，这儿究竟出了什么事，每个人都这样伤心地痛哭？我的向导说这是母牛引起的。看来这不是访问的好时机，对不对？或许我应该离开，过些时候再来？"

"不，您是贵客，"依特洛说。这使我感到自己是受欢迎的。但他已注意到我很失望，我提出要走并不是百分之百地出于豪爽。于是他说："您认为自己是第一个来到这儿的人？发现了一个陌生的地方？我很遗憾，我们已被发现过了。"

"我要是真那样想过，"我说，"那是我自己犯的天大错误。我知道整个世界早已被发现了。见鬼，我准是疯了。我可不是什么探险家，总之，我并不是为探险而来。"想到我来此的目的，我开始仔细观察站在面前的这人，想知道他对于人生的更伟大、更深奥的哲理懂得些什么。我很快发现，他那古板的神情只是一种假象，他生性是个憨厚爽快的人，只不过显得太高贵严肃罢了。从鼻孔划到他嘴边有两条大曲线，使人容易对他产生误解。他的上体呈后倾的姿态，更显出他腿膝强健有力；像部落里其余的人一样，他的眼角周围有一圈黑晕，光亮得令人想起一片金箔。

"喔，"我说，"我看您是见过世面的人。要不然，英语准是这儿的第二种语言，对不对？"

"先生，"他说。"噢——不，只有我会。"也许由于他鼻腔过宽的缘故，他讲话总带点儿鼻音。"我上过马林迪中学，还有我死去的哥哥。从各地送到马林迪中学的年轻人很多。念完之后，再到贝鲁特中学。我到处游历过，所以惟有我会英语。方圆几百英里地，除了瓦里里的国王达甫以外，再没有人会讲英语了。"

我刚才完全忘了问他是谁，于是我问："噢，敢问您就是王室的人吗？"

"女王是我伯母，"他说，"名叫薇拉塔勒。先生，您将在我另一位姑母蒙塔巴府上下榻，她会把房屋借给您的。"

"啊，那太好了，"我说，"太好客了。您是一位王子吗？"

"噢，是的。"

这就好了。从他的魁梧身材和非凡相貌来看，我一开始就感到他与众不同。接着为了安慰我，他说据他所知，我是三十多年来第一个来访的白人。我说："殿下，没有引来很多外地人，你照样过得很好。我认为这对你们来说是桩好事。尽管我对贵国还一无所知，但我游历过欧洲一些最古老的遗迹；要说古老，它们还不及你们村庄的一半。如果你担心我会很快将你们这方宝地公诸于世,或者拍摄些照片带走,那完全没有必要。我不是搞那一行的。"他很感谢我这番表白,但又说这儿没什么吸引游客的价值。然而我心里仍然不相信,我还没有越过地理书本的范围。并不是我喜欢谈论地理什么的,而是有一种专横的观点认为,要是你发现一块地方,别人就很难再有什么可说的了。

"尊敬的亨德森先生,请进城吧,"他说。

我说:"我想您要我去见见大家。"

虽然很干燥,确是极好的天气,到处烁然耀眼,尘埃也仿佛散出香气,令人兴奋。迎候我们的是一队女人,依特洛的妻室,她们一丝不挂,个个眼眶周围乌亮,像是太阳的特殊作用造成的。她们双手的肤色浅淡一些,不断使我联想起粉红的宝石;她们的手和指头显得比一般人的更粗实。后来我看见有的年轻女人手执一条线,整小时地站在那儿,玩着挑绷子游戏,每一对游戏者都有几个观众围着,当谁挑出一个复杂的式样,在旁的人一齐喊声"啊嚆"!这些围观女人的手腕并在一起,缓缓拍手,这便是她们喝彩的方式。男人们把手指头放进嘴里打起呼哨,有时大家一起合吹口哨。这时,不再有人哭泣了。我头戴着污秽的大盔帽,站在那儿咧嘴大笑。

"喔",依特洛说,"咱们去拜方女王,我的姑母薇拉塔勒,然后,或者就在同时,拜访另一位姑母蒙塔巴。"这时已有两个女人走来,支起两把大伞。烈日炎炎,我浑身直冒汗。两把庄严的伞,足有八英尺高,形状像南瓜花,投下的庇荫非常有限。随行的人个个都很标致,有的甚至达到了令米开朗琪罗①满意的标准。依特洛走在前头,我们两人走成一排,礼式相当隆重地出发了。我咧嘴想笑,但又强装出这副笑脸仿佛是暴晒在太阳底下的缘故。这样,我们一行人朝着女王的庭院前进。

---

① 米开朗琪罗(1475—1564):意大利雕塑家、画家、建筑师和诗人。

这时，我开始明白这儿遇上了什么麻烦和导致众人悲伤掉泪的原因。走到牛栏边时，我看见一个人拿着一把大而粗制的木梳站在母牛身旁——和别的母牛一样，这头母牛的背部也隆起。问题不在这儿，问题在于那人满面忧郁地抚摸母牛的神情，那是我从未见过的。他拿着那柄木梳正在梳理母牛头角边茂密的额毛。母牛病了，他轻轻拍着她，亲偎着她；我是在乡间长大的，但你不需要在乡间长大也会一眼看出来，这牲口出了毛病。母牛的头甚至没朝他动一下，通常它受人抚爱的时候，总要连连翘首的。那人沮丧地梳理着额毛，完全陷入了悲哀，牛和人都笼罩在绝望的气氛之中。过了一阵，我才把这些细节联系起来。你必须明白，这儿的人把牲口当作自己的兄弟姊妹或自己的子女，百般加以抚爱。他们用来描绘牛角的种种形状的短语就有五十多个，描绘牛的面部表情的词成百上千，谈论牛的举止更有一套专门的语汇。我在一定程度上能够理解这个，因为我自己对饲养的某些猪也产生过厚爱。可是，猪属于专门饲养了来食用的动物，对人的意向或驱使相当敏感，不需要使用一套专门的词汇。

随行的一队人都跟着我和依特洛停下脚步，大家一齐望着这头母牛和她旁边的人。我意识到这幅景象会引起的感情刺激，又开始移步前进了。可是我看见的下一桩事更加悲惨。一个大约五十岁的白发老翁，跪在地上放声大哭，全身颤栗，不断往头上撒泥土，因为他的母牛正在咽最后一口气。大家都满怀悲痛地瞧着，老人握着那琴状的牛头角，苦苦哀告她别离开自己。但是她已经进入昏迷状态，眼皮已皱垂下来，仿佛由于他的哀告才没有最后合拢。这给我很大的震动，我心里充满同情。我问："殿下，看在上帝的面上，难道没法可想吗？"

依特洛的宽阔胸脯在短小的上衣下起伏着，他深深地叹了口气，似乎不想让这种种悲愁和哀痛破坏我的来访。他说："我看没有办法。"

就在这时，完全出乎预料的事发生了：我瞥见一片相当宽阔的波光粼粼的水，起初我还以为是眼前有一块金属薄板在晃动闪光。但这片水显然离得很近，不可能看错，我甚至闻到了水的气味，我止住王子并对他说："您愿意让我把这个弄清楚吗，殿下？这儿有人悲痛欲绝，可是我要没看错的话，离这儿不远的左边就有闪闪发光的水。是事实吧？"

他承认那的确是水。

"那么，母牛为何饥渴而死呢？"我说。"这里边一定有什么问题。水被污染了吗？可是，瞧，您总可以采取点措施，过滤或者什么的。您可以制造些大锅、大盆，把杂质煮掉除去。嗨，听起来也许不实际，但您要是把本地的人都动员起来，让大伙儿一齐动手——同心协力，您会感到惊讶的。我知道眼前的这种形势将会变得多么糟糕！"

王子不断点头，像是表示同意，但实际上他并不赞成我的看法。他把一双沉重的胳膊交叉在短上衣前面，南瓜花形的太阳伞投下残缺的阴影，赤身裸体的撑伞女人用劲地高擎着伞柄，像是怕风吹跑了。可惜，一丝风也没有。空气凝重得像结成了一块，蓝焰焰地纹丝不动——这正是烈日在正午时分的美丽杰作。

"啊……谢谢您，"他说，"为了您的一片好意。"

"可是我不应该管闲事？您也许说得对。我不想干涉贵国的风俗，但眼睁睁地看着这一切持续下去，连建议也不提，那太难了。我总可以参观一下你们的水池吧？"

他很勉强地答道："好吧，我想是可以的。"依特洛和我俩几乎一般高大，抛下他的妻室和其余百姓，来到水池观看。我仔细地察看了一遍，除了有些粘泥和水藻外，看不出什么问题，而且贮存的水量的确不小。一道用暗绿色的石头筑成的厚墙，围护着这片水，半像池塘半像水库。我猜想水底一定有股活泉；从山上下来的一条干涸的水道表明，这是往日的主要水源通道。为了避免让水蒸发，池上盖了一个茅草大棚顶，约莫五十英尺长七一英尺宽的光景。经过长途跋涉，尽管水有些重浊，我多想解下衣服，纵身跳进这潭阴凉温暖的水中去漂浮。在如此精巧的茅草棚下，仰浮在水面，还有什么比这更惬意的呢！

"那么，殿下，还有什么可抱怨的？你们为什么不利用这水？"我问。

只有王子和我来到这低洼的水潭边，其余的人离得有二十码远，都显得心绪不宁，焦躁不安。我说："是什么使您的同胞惊惶不安？水里是不是有什么东西？"我定睛细看，发现大量的活动就在水的表面之下。透过水光，我先看见一群群大头的蝌蚪，处于各种不同的发育时期，有的像巨头鲸拖着长大的尾巴，有的已开始长出脚来。然后我看见粗壮的青蛙，身上有着块状花纹，晃着没有颈项的粗实头部，划动着又白又长的大腿，配合着前面两只警惕的短脚惊惶游过。在附近的所有动物之中，它们似乎最为得意，我自己也羡慕它们。我对依特洛说："啊，不用说啦！就是这些青蛙在作怪？是它们使人不敢让牛饮用这水，对吗？"

他忧郁地点了点头。不错，正是这些青蛙。

"它们是怎样钻进去的？从哪儿来的呢？"

依特洛回答不了这些问题。整个事儿是一个谜。他只知道这些小动物以前从未见过，约在一个月前出现在水潭里，使得牛群无法饮水。这就是人们曾提到过的诅咒。

"您把这叫做诅咒？"我说。"可您是见过世面的人。难道他们在学校里没有让您见识过青蛙——连青蛙的图片也没见过？它们完全是无害的动物。"

"哦，不错，当然见过，"王子说。

"现在您该明白了，不必因为几只青蛙在水池里，就活活地让牛群渴死。"

对于这，他无能为力。他挥了挥那双大手说："饮用的水中绝对不应当有动物。"

"那么，你们为什么不除掉它们？"

"啊，不行，不行。绝不可以惊动饮用水里的动物。"

"哎，得了吧，殿下，看您在说些什么，"我说。"我们可以把它们滤掉，也可以把它们毒死。我们可以采用的办法多着呢。"

他闭上眼，牙齿咬着嘴唇，一边大声地呼气，表示我的建议断然行不通。他搧动鼻孔，不住地摇头。

"殿下，咱们俩好好谈谈吧。"我变得很激动。"要是这样下去，过不了多久，您这城镇就会成为不断为牛举行葬礼的地方。雨季已经过了，下雨的希望很渺茫。你们缺水，却又蓄存了一库水。"我放低声音说："听我说，我虽是个缺少理智的人，可是您知道，人总得活命呀！"

"唉，先生，"王子说，"我们的人吓坏了，从未有谁见过这种动物。"

"对啦，"我说，"我听说过的最后一次蛙害发生在埃及。"这增强了我一开始就对这个地方产生的古老感觉。无论怎么说，就是因为这所谓的诅咒，人们才由那个少女领着来到城边，以哭泣和眼泪迎接我。其中必有奥妙。现在我把各种事联在一起，这水潭在我眼里成了一个黑魆魆的阴森小湖。水里的青蛙数目众多，有的簇拥在一起，有的在水里翻滚，映现出背上的斑纹，一个个自由自在，像是池水的主人。有的还爬出水面，用鼓胀而富于感情的喉头在湿润的石头上敲击，大理石般的古怪眼睛隐约反光，有的呈红色，有的呈绿色，有的呈白色。我不禁摇头叹息，我暗暗在想：一个该死的笨蛋周游世界，命中注定要遇上该死的怪现象。但是，我告诉这些家伙：等着瞧吧，你们这群小龟孙子，在我完蛋之前，我要叫你们进地狱去呱呱啼叫。

第 六 章

被阳光烘热的水面，腾起团团翻飞的蚊虫，忽而变绿，忽而转黄。我对依特洛说："您处于无法加害这些小动物的地位，但要是来了一位陌生人——譬如说我，代替您去干，那又怎么样？"我感到非对付这些青蛙不可，必须除掉祸害，否则我心里永远不会安宁。

从他的态度看来，我想一定有什么不成文的法规，限制他鼓励我去达到目的，但他和阿纳维部落的人将会把我当作大恩人的。依特洛总是避免直接回答我的问题，而又不断地唉声叹气，一再重复说："嗯，时运不济，倒霉透了。"这时，我深沉地瞅了他一眼，说道："依特洛，您把这事交给我。"说完从齿间嘘了一口气，决心以除青蛙为己任。你可知道，阿纳维人专门靠牛奶为生，母牛是他们惟一的生计。他们从不吃牛肉，除非母牛自然死亡，他们才礼仪性地吃一点。即使在这种情况下，他们也认为这是同类残食，边吃边掉眼泪。因此，现在母牛死亡简直是天降灾祸，凡有母牛死去的家庭，每日都在举行最后的仪式，一面吃肉一面痛哭流涕。难怪他们现在处于悲伤的境地。我们转身离开时，仿佛这潭长着水藻、有青蛙为害的祸水已经进入了我全身，集满了我的五脏六腑，每走一步都在体内晃荡。

我想在觐见女王之前先洗一洗，于是朝着依特洛和蒙塔巴赐予我的小屋走去。途中我给王子上了一堂为时不长的课。我说："您知道犹太人为什么被罗马人击败吗？因为他们没有在星期六反击。这也适用于你们的饮水问题。你们究竟应该保全你们自己和你们的母牛，还是维护你们的习俗？依我说，应该保全你们自己，活下去，在未来建立个新的习俗。干吗要让青蛙把你们给毁了呢?"王子仔细倾听,却答道:"嗯,很有趣。那是真的吗?太有趣了。"

我们来到罗米拉尤和我要住的屋,它在一处庭院之中,像别的住屋一样,泥土筑的墙,圆形的屋,锥形的顶。屋内显得明亮空荡,给人不结实的感觉。被烟熏黄的一根根竹竿横过房顶,间隔约莫三英尺左右,上面铺盖着像鲸鱼骨形般的长长的棕榈叶梗。我在屋里坐下,依特洛在我对面就座,让他的随从人员在外面的阳光下等候。罗米拉尤开始解开行李。这正是一天中阳光最厉害的时刻,空气完全静止不动,只有从我们头上方的浅黄茅屋顶散发出来的干枯植物的气息。我听见小虫子的声音,硬壳虫,也许还有小鸟扑翅拍打的声音,还有老鼠的窸窸窣窣声。我精疲力竭,连饮料也不想喝(我们带了几壶威士忌),头脑里只想着面临的危难,琢磨该如何除掉水池里的青蛙。但是王子想同我交谈,开始我以为这是客气的表示,不一会我发现他想引出什么话题,便留神起来。

"我是在马林迪上学的,"他说。"那是一座绝妙而又漂亮的城市。"后来我查明了马林迪这个城市,位于东非海岸的一个停靠帆桅船的古老港口,在阿拉伯地带素以贩卖奴隶闻名。依特洛谈起他游历过的地方,同他一道游历的是他的朋友瓦里里的当今国王达甫。他们从南部出发,乘上一条古老的船艇到了红海,再沿土耳其人修的铁路,在第一次世界大战之前到达了阿默迪纳。这些我还有几分了解,因为我的母亲很热中于亚美尼亚人的事业,而且我读过关于阿拉伯的劳伦斯的事迹[1],早就明白美国教育在中东各国的影响。要是我没记错的话,年轻一代的土耳其人,包括恩弗尔帕夏本人[2]都到过美国求学;至于他们如何从阅读

---

[1] 阿拉伯的劳伦斯(1888—1935):即托马斯·爱德华·劳伦斯,英国探险家、学者和军人,由于长期住在中东,深深卷入阿拉伯各种事务而得名。

[2] 恩弗尔帕夏(1881—1922):土耳其将军和领袖,曾在1908年的土耳其革命中起过重要作用,但后来通过抢政变,于1913年成为土耳其的军事独裁者;在巴尔干战争中失利后,又使土耳其站在以德国为首的同盟国一边,卷入第一次世界大战。

《乡村铁匠》和"逗人喜爱的阿丽丝和乐哈嬉笑的阿勒格拉"[①]到后来又参加战争,玩弄阴谋,进行大肆屠杀,谈起来倒是挺有趣的话题。依特洛王子虽然出生在亨恰加拉高原上一个无名的养牛部落,却和他的瓦里里朋友上过叙利亚的一所教会学校,后来两人都回到了自己偏僻的国土。"喔,"我说,"您有机会出去见见世面太好了。"

王子微微一笑,但同时摆出一副临阵的姿态,两膝分开,以一只手的拇指和指关节支在地上。他脸上仍然浮现出笑容,不过我意识到就要发生什么事。我们面对面地坐在两张矮凳上,这间茅屋像是一个针线篮。近来我经历过的每一桩事——艰苦的旅程,夜间听见斑马的嘶鸣,太阳像音符一般每日升起又落下,非洲的色彩,牛群和悲伤的人们,黄色的水池和青蛙,这一切都在我思想感情上产生感触:每一桩事内部都保持着微妙的平衡,而不是摇晃不定的。

"殿下,"我说,"这要发生什么事呀?"

"每当有陌生客人到来,我们总是以角力来结识客人。这是不可改变的规矩。"

"看来确实是条成规啰,"我说,非常犹豫。"唉,我说呀,您能不能破一次例?或者稍待一会再说,我已经疲惫不堪了。"

"噢,不行,"他说。"来者一到,就得摔上一跤。历来如此。"

"我明白了,"我说,"我想您一定是这儿的冠军吧?"这个问题的答案我自己也清楚。不消说,他是冠军。这也是他亲自来迎接我并且单独走进茅屋的原因,这也说明了河岸边的群群小孩为什么那样兴奋,他们知道即将有一场角力搏斗。"哎,殿下,"我说,"我甘愿不摔就认输。说到底,您体魄健壮,而我呢,您瞧,比您也年长。"

然而他不理睬我的话,随即把手搭上我的后颈,就要掀我下地。我

[①] 这里指美国诗人朗费罗的诗篇,《乡村铁匠》是一首名诗,后者引自另一首诗《孩子的时刻》的最后一行。

不胜惊愕，但仍然满怀敬意，我说："别这样，殿下。别这样做。我想我的体重对您不利。"说真的，我简直不知道如何是好。罗米拉尤站在旁边，但他没有回答我向他投去的目光。依特洛把我掀倒在地，我的白盔帽掉了，里面粘贴着我的护照，钞票和文件，我很久没理过的一板长发披在后颈。我心里一直纳闷着——这，这，这究竟是怎么回事。这个依特洛壮极了，身穿宽舒的短上衣，白衬裤，两脚跨在我身上，竭力让我全身着地。但我死死地把胳膊支撑在两侧，任他拉来推去。我以腹部着地，面朝着泥土，双脚长伸在地面。

"喂，喂，"他不住地说，"您得跟我斗呀，先生。"

"殿下，"我说，"只好遵命了，我在斗呢。"

你不能怪他不相信我。他趴在我身上，我望见他系着白裤衩的粗实的两腿，同手一般浅黑的赤脚；他把重心倒向一侧，用劲从我身下伸进一条腿作为支点，以手扼住我的喉咙。他一面喘粗气，一面说（他太凑近我面前，叫我感到不自在）："角斗吧。斗，亨德森！怎么搞的？"

"殿下，"我说，"我属于突击手一类的人物。战争期间，我曾在布兰顿营受过极好的训练。他们教的不仅仅是角斗，而且是杀人。到头来，我对角斗倒生疏了。但在面对面的搏斗场合，我是很难缠的，我懂得所有的手段，比如，把指头伸进人家嘴里去撕开他的面颊，如何敲断人家的骨和挖出人家的眼。自然，我不喜欢那种斗法，而且我正打算停止使用武力。唉，上一次我只不过提高了声音，竟引出悲惨的后果。您懂我的意思吧。"尘灰上腾，钻进我的鼻孔，我停下喘了口气，"他们教了我各种各样致命的诀窍，老实对您说吧，我无心使用。所以，咱们别斗吧。咱们都是站在高度文明水准之上的人——咱们应当把精力用在解决青蛙问题上才对。"

由于他仍然用胳膊扼着我的喉头往下坠，我只好示意有很要紧的事要讲。我告诉他："殿下，我真在进行某种探索。"

他放开我。我想我并不是像他所喜欢的那种容易冲动或者富于激情的人——不会立即作出反应。这些我从他的表情上一眼就看出来了。这时我从一条木橼上取下一方深蓝布巾擦去脸上的尘土，这布巾属于屋里的女主人。在他看来，我们现在可算是结识了。他曾经见过世面，至少见过从非洲的马林迪到小亚细亚沿途的风物，一定知道好心办坏事的人像什么样子；从他这时的表情判断，他认为我就属于那类人。不错，由于心里叫唤**我要**的声音以及别的种种烦恼，我曾经一直感到很沮丧。我曾把人生出现的各种现象当作五花八门的药方，它们要么能解脱我的处境，要么使我的病情更为恶化。可是，这病情！啊，我的处境！我难以解脱的那种处境！它使我用手抚摸着胸膛走动，像那幅老画中蒙卡尔姆将军①在亚布拉罕平原上死去时的情形。而且我告诉你，过度的悲伤使我身体变得笨重——尽管体重不轻，而我原来是很灵巧的。我打网球直打到四十岁左右，曾在一个季度创过打五千场的纪录，几乎整季都在户外饮食和住宿。我在球场上往来如飞，像神骑手那样，见球就打，每打必中；地面被我踩成了坑，网球拍打坏了若干，猛烈的截击会把球网给冲倒。我引述这些是为了证明，我原来并不像现在这样萎靡不振，动作迟缓。

"我想，您是这儿的常胜将军，对不对？"我问。

他说："不错。我总是获胜。"

"我对这一点儿也不觉得奇怪。"

他漫不经心地回答我，眼角边透出得意的目光。由于我任他掀倒在地，脸上沾满了尘土，他以为我们已经完全结识，并证实了我大而无力，看起来是个庞然大物，却像一根孤立的图腾柱子，或者像只加拉帕戈斯海面的龟，笨重无能。因此我明白，要挽回他对我的尊敬，我无论如何必须打起精神来，同他角斗一番。于是我摘下头盔，脱去短袖圆领

---

① 路易·约瑟夫·蒙尔卡姆（1712—1759）：法国将军，被伍尔夫统率的英军在魁北克圣劳伦斯河上的亚布拉罕战场上击败，由此，加拿大隶属于英国。

汗衫,说道:"殿下,咱们真来试一下吧。"比起对依特洛提出的挑战,罗米拉尤并不对此表示出更多热情,他不是那种喜欢干预的人,只是静静地翘首观望着,他的头发在他那阿比西尼亚人所特有的大鼻子上投下浓影。王子呢,他一直大模大样地坐在一旁。当我脱下汗衫时,他喜形于色地大笑起来。他站起身,屈膝半蹲,向前伸出双手护卫,我也做出同样的姿势。我们在小屋内转来转去。然后我们开始交臂角斗,他两肩的丰满肌肉一齐使劲,我决定在被激怒之前立即运用体重的优势。如果他用强健的臂力折磨我,我有可能失去理智,不知不觉地使出我的突击手伎俩。于是我干脆来一手简便的:我用腹部抵住他(肚子上因为刺刻弗朗西斯的名字有些肿胀),同时伸腿到他身后,仰面一掀,冷不防地把他翻倒在地。干得这样利落,我自己也很惊异。尽管我用了双手和腹部向他猛击,但他这样下地也许只是在玩什么花招;我顾不了这些,身子顺势扑上去,一面用双手蒙住他的脸部。这样,我让他无法看见,出气也困难;虽然他个子大,我不断将他的头撞击地面,撞得他上气不接下气。当我啪地一下掀他下地时,我早用双膝压住了他的双手,叫他固定在那儿动弹不得。

  值得庆幸的是,没有必要用上我那些致命的手段就赢了,我马上让他爬起来。我承认这主要是出奇制胜或者说是侥幸,算不上一次公正的较量。他动气了,从他气色的变化可以看出来,尽管他眼眶边的黝黑没有变化。他一句话也不说,但开始脱掉短上衣,解下围在腰间的绿巾,深深地吸了几口气,腹部的肌肉内收直贴近腰背。我们又一次面对面转动,在屋内绕了几圈。我十分注意自己脚的动作,那是我最大弱点所在,我会像一头犁地的马直往前倾,用上颈部、胸部、腹部,对了,还有面部的所有力量。这次他意识到,最好的办法是把我引上草垫,这样我便没法发挥体重的威力了。我半蹲着面对他,小心翼翼地把两只胳膊像螃蟹大脚那样伸着。他迅速往下一钻,抓住我的下颔,接着从背后压过来卡住我的头,开始压力挤压。他这一招并不真是挟头腋下的摔法,而像是摔斗内行称作挟头于臂与身体之间的角斗。他的另一只手臂还空着,满可以朝我的面部揍去,但似乎没有这种规矩。于是他抬起我的身子,想使我背部着地,但着地的却是前部;摔得痛极了,我仿佛觉得身子已从肚脐处折断。同时我的鼻子被狠狠地揍了一拳,我担心鼻梁给打破了,我几乎感到空气是从断骨处吸进去的。可是我尽可能保持头脑冷静,忠告自己要有节制,这条忠告的贡献可不小。自从那天我在零度的天气劈柴,被飞溅的柴禾击伤后悟出"承受打击方知真理"以来,我懂得了如何利用这种经验,此刻这对我有用了,虽然以不同的方式。不是"承受打击方知真理",而是别的字句,这些字句是挺奇怪的,大意是说:"我清楚记得打破我心灵沉睡的时刻。"

依特洛王子这时用双腿挟住我的胸部,由于我腰围很大,他不可能在往下的身躯部位挟住我。当他使劲挤压时,我感到血液停止了流动,双唇张开,伸着舌头呵气,眼珠开始胡乱滚动。可是我的双手还使得上力,我用两个拇指猛压在他膝头附近的腿上,直挖进他肌肉里去(我相信这叫内收肌),这样我使他的双腿伸直,不再能挟住我了。我迅速起身抓他的头,头发很短,但刚好能够抓住。抓住头发将他身子一转,又扳住他背部把他一旋。我抓住他那条宽松内裤的腰带,手指插进腰带内,把他高高举起来。我没有在空中旋转他,那会把屋顶撞坏的。我把他扔在地上,随即扑上去,揍得他喘不过气来。

当初他见我个儿虽大年纪却不轻,浑身臃肿直冒大汗,举止笨重,萎靡不振,他一定感到很有信心取胜。你不能怪他自以为更加壮实。可我这时多么希望他是胜利者——见他倒栽下地,像一个瓶子什么的孤单物品坠下尼亚加拉瀑布那样,他的脸部表情是那样痛苦难堪。他简直不能相信,像我这样一个大块头的笨汉,竟会从他手里夺走冠军。当我第二次把他按倒在地,他的两眼直朝上乱转,这种紧张的神情并不完全是我体重压上去引起的。

老实说,我并不感到有什么了不起,或者要以任何方式表露出胜利者的矜持。我几乎和他一样难受。王子的背着地时,整座茅屋顶几乎都要坍塌压下来,我们两人都感到难堪。罗米拉尤老远地靠墙站着。尽管胜利令我内心不安和胸口发痛,我还是跪压在他身上叫他动弹不得,因为我要是不把他牢牢地压在地上而让他站了起来,他的感情会更受伤害。

我敢打赌,这场角斗要按常规进行的话,他会胜利的,但是他与我的较量并非在筋骨。这还牵涉到精神状态的问题,一角斗起来,我总是浑身格外上劲,我从小养成了坚韧不拔、连续猛干的习惯。他用双手掩住面孔——面色惨白,像冲洗过的石头,没有要站起来的意思。我说:"殿下,别这样认真。"我安慰他时,只会说莉莉曾对我说过的那些话。我记得很清楚,她劝慰人时总是脸色刷白,茫然望着前方,细声细气地嘟哝,前言不搭后语。她会说:任何人都是血肉之躯,凡是以力量自诩的人,终有力气消减、顾影自怜的一天。莉莉说的这类话,我可以给你说上半天,但此刻我只默默地为他感到难过。他们遭受天旱和蛙害已经够苦了,又碰上我忽然从沙漠走出来,先在干涸的阿纳维河边掏出打火机来炫耀,进城之后又连续两次击败他。王子跪立起来了,直捧尘土往头上撒,然后又举起我穿着靴子的脚放在他头上。这时他放声大哭,哭得比那位少女和在篱笆城墙迎接我的那一队人还要厉害。但是我得告诉你,他哭成这样子并不全是由于被击败的缘故,他百感交集,正经历着巨大的感情冲击。我努力把脚从他头上缩回来,可他死死地抱住不放,说道:"噢,亨德森先生!亨德森,我现在了解您了。噢,先生,我现在与您结识了。"

我的感受难以表述,我想说的是:"哦,您不了解我,永远不会了解的。是悲哀使我处于这种状况,所以我的身体才这样壮实。举石头,浇混凝土,劈柴,在猪群中周旋——但我的力量并不使我感到愉快。刚才的竞赛不公平,相信我吧,您比我更配称为胜利者。"

不知怎么搞的,无论我在比赛时多么想输给人家,总输不了。甚至同我的小孩一起下跳棋也一样,我想方设法让他们赢,他们却很失望,气得小嘴唇直颤抖(哦,他们一定会记恨我的),我总是满盘跳动,粗暴地说:"将吧!"虽然我心里一直在说:"哦,我怎么搞的,真蠢,真蠢!"

可是,直到王子站起身来,用双臂紧抱住我,把满是尘土的头靠在我肩上,并说我们现在成了朋友,我才真正懂得他的感情。这使我心灵上大为震惊,深深地打中了我心窝,既悲哀又欢欣。我说:"殿下,能做您的朋友,我感到很骄傲,很快活。"他握着我的手,我感到别扭而又激动。我被一阵喜悦的光辉包围着,这光辉只有一个年长者角力获胜后才有可能感到。但是我尽量不把这整个事儿当回事,我对他说:"我不过更有经验而已,您永远不可能弄清我有过多少经验,是些什么样的经验。"

他回答说:"先生,我现在了解您了,真正认识您了。"

第 七 章

我们离开小屋，依特洛走在我身边的姿态和他头上的尘土，向人们表明我获得了胜利。所以，当我穿上汗衫，重新戴好盔帽步入阳光照耀的室外，人们一齐欢呼。女人并着手腕拍手向我致意，同时乐得大张着嘴。男人把手指头放在嘴边，龇牙咧嘴地打起呼哨。王子没有一点丧气或者不悦的表情，他也跟着大家一起欢呼，一边满面笑容地指着我。我对罗米拉尤说："你知道吗？这真是些可爱的非洲人，我喜欢他们。"

薇拉塔勒女王和她的妹妹蒙塔巴，正在女王庭院里的一处茅草亭下等待我们。女王端坐在用竹竿制成的长凳上，身后挂着一面旗子似的红色壁毯。罗米拉尤背上背着礼物袋，我们一道走上前去，老女王咧着嘴朝我们微笑。在我看来，她属于一类典型的上了年纪的女人。你也许会懂得我这话的意思，如果我说她手臂上的肌肉松弛地垂向胳膊。我看这也是福禄身份的标志。她的牙齿没剩几颗了，热情地微笑着，伸出一只相当瘦小的手。善良的性格射出光彩，像是随着她气息不断地扩散开来；端坐微笑的慈祥表情，像在表明她的欢迎和恭贺。依特洛示意我向老人伸出手去，我感到十分惊讶，她径直接过手放进乳房之间。这本是这儿通常的欢迎礼节，依特洛也曾把我的手贴在他胸脯上，但男女之间也行同样的礼，这是我不曾料到的。更令人惊奇的是，我的手感受到一种热力和巨大的重量；伴随着她自我介绍的是她心房的沉静跳动，跳动的节奏像地球的转动那样有规律。这真了不起，我惊奇得目瞪口呆，像是触到了人生的秘密。然而我不能老让手放在那儿，我定了定神，把手抽回来。接着我也如法炮制地施礼，接过她的手放在我的胸脯上，说道:"我叫亨德森,亨德森。"见我紧紧地握着她的手,满庭院的人一齐欢呼。我心里暗暗在想:"啊,我多么幸福!"同时深深地往肺里吸进一口气。

  女王身上的每个部分都给人以端庄的感觉。她满头银发,面部宽阔安详,身上穿一件狮皮。当时要是我对狮子了解得像现在这样多,她这身打扮定会增进我对她的认识。不过,这也给我留下了深刻的印象。那是一张雄狮皮,出人意料的是,宽大的部分穿在她身后而不在胸前,狮尾部从肩头垂下,狮爪自下上抄,末端在腹前打了个结。我真不知如何告诉你,我感到多么高兴。长长的狮鬃毛当了她的衣领,她的下巴就支在这匹刺痒的灰色毛领上,她的面孔泛出快乐的光彩。然后我注意到她的一只眼有毛病,长了一层淡蓝的白内障。我上前向她深深地鞠了一躬,她看见我穿着短裤打躬的样子不禁笑了,笑得连狮皮遮着的肚子都在颤动,满头银发直晃荡。我满脸涨红,因为躬身时血液涌上了我的脸部。

  我对他们正遭受的灾害表示遗憾:旱灾、死牛和蛙患。我说能理解遭受灾害的滋味,并且十分同情。我明白他们处境困难,流泪度日,我希望不会在这儿给他们添麻烦。依特洛替我翻译,老女王听了很满意。当我谈到种种灾害时,她微微一笑,笑容缓缓地消散,像月光掠过清澈的水底。同时我心情很激动,不断暗暗发誓,一定要拿出行动来为这儿的人做点贡献。我对自己说:"我要是不能驱除那些青蛙,彻底消灭那些青蛙,我宁愿死去。"

  这时,我吩咐罗米拉尤献礼品。他先拿出一件塑料薄膜袋装好的塑料雨衣。我瞟了他一眼,拿出这种不值钱的东西送给女王使我感到很羞愧,虽然我有极好的借口——我在轻装旅行,而且,我是打算到这儿来效劳的,要让任何贵重的礼品在我的劳绩面前显得渺小可笑。然而,女王并腕拍手,这比别的女人做得更加娴熟,同时满面春风,庄重地微笑着。在一旁侍立的妇女跟着这样做,手中抱小孩的女人则把孩子高举起来，仿佛要他们特别记住这位不同寻常的贵宾。男人们咧着嘴，用手指吹出委婉动听的哨音。好几年以前，车夫的儿子韦恩斯想教我吹口哨，我把指头放进嘴里，皮都泡皱了，可怎么也发不出这种尖啸的声音。于是我决定请他们教我吹口哨，作为替他们驱除蛙害的报答。能从我自己的指头上发出这样的哨音，该令人多么兴奋啊。

我对依特洛说："殿下，请原谅我献上这般菲薄的礼品。尤其在天旱的时刻，我真不该献出雨衣。这简直是讽刺！您明白我说的意思吗？"

可是，他说这礼物使她高兴，这显然是事实。我收藏了不少别致的小玩意儿，那是我看了《纽约时报》星期日的体育栏，然后沿着纽约三马路去那些当铺和军用品商店买来的。我给王子的礼物是一个附有小型双目望远镜的罗盘，但望远镜连鸟都难以看清。我注意到女王的胖妹妹蒙塔巴会抽烟，我送她一把拖着长芯的奥地利打火机。蒙塔巴身上的某些部位很臃肿，尤其是胸部，皮肤由于挤压而成粉红色。在非洲的某些地区，妇女有意养得一肥二胖，这样才会被视为真正的美人。她打扮得花枝招展；像她那样庞大笨重的身躯，不用衣饰来装点陪衬也的确不行。她的双手染成棕红色，头发染成深蓝，一齐竖立，看上去像个愉快活泼、娇生惯养的孩子。也许正是王室的小宝贝儿呢，她浑身上下，涂油擦脂，珠光宝气，丰腴的肌肉堆出皱纹，像一幅织有金线浮花的锦缎。在不断飘动的衣衫下，她的臀部像沙垫那样厚实宽阔。她也把我的手放进她的乳房之间，说道："蒙塔巴，蒙塔巴阿旺托。"意思是说，"我叫蒙塔巴，蒙塔巴喜欢您。"

"我也喜欢她，"我告诉王子。

我设法让王子向女王说明，她现在穿在身上的雨衣是不透水的。当王子似乎找不到一个与"不透水"相当的词时，我便抓起雨衣袖子，以嘴舔袖暗示。女王对此产生了误解，便抱着我舔起来，我不禁叫唤了一声。

"别叫，先生，"罗米拉尤说，语气很急迫。于是我不做声了，静静地让她舔我的耳朵,满是短髭的面颊,末了,把我的头偎在她的腹部。

"得啦,这又是干什么?"我问,罗米拉尤点了点他乱蓬蓬的头,说道:"没什么,先生。随便她吧。"一句话,这是表明老女王对我特别宠爱。依特洛努着嘴唇示意,她正等我去吻她的肚子。我先吞了吞口水,好让嘴里干燥一些。我刚才角力时摔破了下嘴唇,吻在她肚子上时,她的体温不禁使我怔了一下。我的面孔先将狮皮末端打的结掀在一旁,凑近面孔去吻。当我感到女王的肚脐和腹中的脏腑隐隐回动的声息,我仿佛飘飞在气球上,掠过香料岛上空,扑鼻的异香从下边直冲进身畔飘忽的云彩。我脸上的髭须倒戳着自己的嘴唇。毫无疑问,我接触到了某种力量——从女王腹中发出的力量。当我仰起头脱离这种奇妙的经验时,蒙塔巴把手伸向我的头部,以温柔的手势暗示我,她也要我同样来一遍,但是我佯装不懂,转向依特洛说:"这是怎么回事,大家都很忧愁悲伤,您的姑母却这般快活?"

他说:"这两位女人是比塔式的人物。"

"疲沓?我才不管谁个疲沓或者轻快。"我说,"这两姊妹要不是在寻欢作乐,一定是我心理失常了。哼,她们俩都过得惬意极了。"

"哦,惬意!是的,惬意——比塔,大多数比塔都很惬意的。"依特洛说着开始向我解释。比塔是一个有血有肉的人,没有谁能超过比塔的地位或者生活得更优越。比塔既是女人又是男人。薇拉塔勒年长一些,她在比塔阶层中也是长辈。站在这个院子里的有些人是她的丈夫,有的人则是她的妻子,丈夫和妻子的人数都很多。妻子称她丈夫,孩子既可称她妈妈,也可称她爸爸。她已经超脱了普通人的局限,由于她在各个方面都出类拔萃,完全可以随心所欲。蒙塔巴也是一位比塔,她的地位正在上升。"她们两位都很喜欢您。这对您很有利,亨德森先生。"依特洛说。

"她们对我有好感吗,依特洛?这是真的吗?"我问。

"很好,好极了,顶呱呱!她们赞美您的长相,还知道您打败了我。"

我说:"噢,我的体力居然还有些用处,有生以来,我的体力差不多一直是我的负担。别的不说啦,告诉我,难道比塔式的女人也对青蛙无能为力吗?"

听了这话,他表情很严肃。他的回答是肯定的。

接着,该轮到女王提问题了,首先她对我的到来表示高兴。她讲话时身子有些坐不安稳,她的头慈祥地晃动,口里直向外喷气,摊开的一只手在面前比划手势。说完,她停下来,抿嘴微笑着,那只灵活的眼睛朝我射出光芒,随着她前额的活动,干枯的白发随着前额轻柔的活动上下直晃。

我有两个人当翻译,因为不能把罗米拉尤扔在一边。他是一个很有自尊心和地位感的人,而且是非洲人言谈举止的楷模。他好像受过宫廷训练,讲话声音洪亮,拖声拖气的;当他彬彬有礼地朝上伸出一根指头时,他的下巴矜持地后缩。

王后向我表示欢迎之后,便问我是谁,从哪儿来的。我一听见这个问题,心里就感到不安,刚才的一切喜悦和愉快顿时蒙上了阴影。我说不明白为什么一谈到自己,心里就不舒服,但事情确实是这样。我不知道该说些什么。我要不要告诉她,我是从美洲来的一位富翁?也许她甚至连美洲在哪儿也不知道,即使是文明的女人对地理也是不感兴趣的,只关心她们所处的小天地。莉莉可能会给你说一大堆关于生活目标的话,一个人应不应当期待,或者该不该做这样那样的事,但是我怀疑她能不能说出尼罗河流向北面或者是南面。因此,我相信像薇拉塔勒这样的女人问我这个问题,不是答出一个大陆的名称就可以了事的。我站在那儿思考着该说些什么,肚子挺着(刚才和依特洛角力时被抓伤了),满面愁容,一副冥思苦想的样子,眼睛差不多合成一条缝。而我的面孔,我得再说一遍,我的面孔和一般人不同,活像一座未完工的教堂。这时我意识到哺乳的妇女正在把吮乳的婴儿拉开乳头,高举起来好让他们观看我这个难忘的形象。在非洲,一切都显得很奇特,我想他们是真心实意地欣赏我的古怪模样。可是,婴儿丢了奶头便哭起来了,这哭声不禁使我忆起我那可怜的女儿蕾茜从丹伯里捡回家的婴儿。这直接使我在精神上受到打击,回想我的处境,我所经历过的磨难太多了。桩桩件件的往事浮现脑际,压上心头。我——我是谁?一个家财万贯的流浪汉,一个被驱逐到世上的粗暴之徒,一个离开了自己祖先移居之国土的逃亡者,一个心里老叫唤着"**我要,我要**"的家伙——他绝望地拉小提琴,为的是追寻死者的声音,他必须打破心灵的沉睡。所以,面对这位身披狮皮又套上雨衣的女王(这时她已扣上了雨衣纽扣),我有什么好说的呢?我能对她说:我糟蹋了天生的气质,而今正云游四方以寻求补偿吗?我能对她说:我曾在什么地方读到"**罪过总会得到宽恕**",但由于粗枝大叶却把书丢失了?我暗暗对自己说:"亨德森,你必须回答这位女人。她正等待着呢。可是该说什么呀?"于是整个过程又重演一遍。仍然是那个问题:你是谁?我得承认,不知从何说起。

她发现我站在那儿心事重重,一言不发,尽管我看上去能干,但模样粗犷,有些傻头傻脑。于是她换了个话题。这时候,她已经明白雨衣不透水是怎么回事。她把一个长脖子的女人叫到身前,要她在雨衣上吐口水,伸指头去擦,然后再看背面。她露出惊讶的神情,并且告诉在场的人,叫大家都把自己的指头蘸上口水,在她衣袖上擦抹。这时人们又开始连声高喊"阿嗬!"打呼哨,转手腕拍手。女王再一次拥抱我,我的面部又一次扑近她的腹部,随着那系着狮皮结的橘黄的肚子的起伏,我再度感到她生命的活力。我没有弄错。像刚才一样,我心中念念不忘的仍然是"打破心灵沉睡的时刻"。与此同时,身强力壮的男人继续吹奏出和谐的哨音,他们像猩猩似的张着大嘴(并不是说他们就是猩猩)。女人也继续并腕拍手,完全像女人玩接球时做的那样(球传来时她们屈膝去接)。因此,一见到这地方,我就有一个感觉,生活在这些人中间会使人弃恶从善。我感到自己已经受益不浅了,想为他们做点事——我的这种愿望相当强烈。我想:"假如我是医生的话,至少可以为薇拉塔勒的眼动手术。"哦,对啦,白内障的手术可不同寻常,我不想冒险一试。我不是医生,真感到惭愧。也许更令人惭愧的是,千里迢迢地来到这儿,几乎不能有多大的作为。这样迅速地深入到非洲腹地,费了多大的心思,花了多大的力气,靠了多密切的合作啊!可到头来,却是个无用之徒!这样,我再次感到深信不疑,我实在不配来到这个地方,我占据了一个本该由更合适的人来占据的生存空间。而我竟懊悔自己不是医生,便显得更滑稽可笑了。医生之中也不乏庸庸碌碌之辈,我遇到的不少医生就是骗子。不过此刻,我心中更多地浮现出我在童年时代崇敬的医生形象——到拉布拉多服务的威尔弗雷德·格林菲尔爵士。四十年前我在家里后门廊口阅读他的著作时,我发誓要当一名从事医务工作的传教士。太不幸了,忍受苦难几乎是唤醒精神沉睡的惟一可靠的办法。据信自古有种说法,爱情也具有同样的魔力。总之,我心里在想,一个更有用的人应当在这时来到阿纳维人中间,尽管这两位比塔式的妇女大有法力,可一点不假,事已危在旦夕。我忽然记起和莉莉的一段对话。我问她:"亲爱的,你认为我现在去学医迟不迟?"(并不是因为她是回答这类实际问题的理想女人。)她说:"哎,不,亲爱的,绝不会迟的,你可能活到一百岁。"——这是她认为我死不了的一种推论。于是我告诉她:"我必须活那样长才会使生命具有意义。我将在六十三岁时开始当实习医生,在这个年龄,别的医生该退休了。可是在这方面,我也与那些人不同,我没有什么职业可退。不过,我总不能企望有五六次生命,莉莉。说来也怪,我年轻时认识的人,有一半多已经过世了,而我还在这儿安排未来。我曾经饲养的那些动物也都死了。我的意思是说,谁要在一生口养过六七条狗,那他也该辞世了。所以考虑选课、教材、手术器械和解剖尸体之类的事有什么用?我哪里还有耐心去研究解剖学、化学和妇产科这些学问?"可是至少莉莉没像弗朗西斯那样嘲笑我。这时我心想:"假如我真学过几天科学,或许想得出一个消灭青蛙的简便办法。"

然而我感到愉快,该轮到我接受礼物了。我从两姊妹那儿得到一个豹皮垫枕,一篮烤熟的冷甘薯,上面用一块草席盖着。这时蒙塔巴眼睛愈睁愈大,眉头缓缓地皱起,仿佛她的鼻梁不舒服似的——这一切都表明她看中了我。她伸出小舌头来舔我的手,我缩回来在短裤上擦了擦。

我自以为很幸运。这是一个美丽而又奇特的地方,我深受感动。我相信要是女王乐意的话,她能拯救我;这时候她只消摊开手,就可以向我显示万灵的生命源泉,万物的胚胎——人生的密码。你懂吗?一件神秘的法宝。我绝对相信,她拥有这件法宝。大地是一个巨大的圆球,靠着自身的运动和磁场而独自悬在空中;而我们相信,居住在地球上具有意识的人,也必须在各自的空间里活动。我们不能听任自己躺着,百事不干,不去仿照更大实体的存在方式,尽自己的职责。对吗?这该是我们的生活态度。可是,现在看看薇拉塔勒女王吧,这位比塔式的女人,她完全抛弃了这些观念,无忧无虑,照样活着。瞧,没有什么不幸发生,相反,一切都显得称心如意。瞧她多快活,扁平的鼻梁下,笑得嘴都合不上;那只病眼像嵌着珍珠母似的,那只没有毛病的眼睛,矍铄有神;还有那头白发!我看见她就感到欣慰,我想,假如以她为榜样,我也会达到同样的境地。总之,我感到精神沉睡的状态就要突破,心情舒畅的解放时刻愈来愈近了。

这种令人兴奋的激情使我咬紧牙,我的牙齿总是由于某些激动情绪而作痒,尤其是在做审美活动的时候。是的,每当我赞赏美好的事物,我的齿龈就剧烈疼痛,像是牙龈要翻出来似的。这和秋天的那个早上一样,晚香玉开得红艳艳的,我穿着鹅绒睡衣站在苍松的浓阴之下,太阳像暖烘烘的狐裘,牲畜在高声嘶鸣,乌鸦在枯朽的断枝上尖叫——那时我的牙龈感到刺痛,跟我这会儿的情形极为相似。有了这种感觉,我平素难以克制的咄咄逼人的蛮横态度仿佛烟消云散了,甚至我满肚子的愤懑也像缓和了下来。我对依特洛王子说:"嘿,殿下,您能不能安排我与女王认真谈一谈?"

"您不正在谈吗?"他说,有点诧异。"您正谈着呢,亨德森先生。"

"唔,我是指真正的谈话,不是社交场合的客套,而是严肃认真地谈论关于人生的真谛。我明白她已经获得它,我不领教到它绝不离开,除非我疯了。"

"噢,是吗,那好,那好,"他说。"噢,不成问题。既然您击败了我,我不会拒绝为您做一次困难的翻译的。"

"好,您真懂我的意思了吗?"我说。"这太好了,好极了。殿下,我很感激您,至死不渝。您不知道那是我多么渴求的东西啊。"这时,年轻的比塔妹妹蒙塔巴握着我的手,我问:"她要干什么?"

"哦,她深深地爱上了您。难道您不明白她是最漂亮的女人,而您正是最强壮的男子吗?您已经征服了她的心。"

"见鬼,她的心。"我说。然后我开始考虑怎样引入与薇拉塔勒交谈的话题。我应当集中谈什么?婚姻与幸福?孩子与家庭?责任?死亡?那老叫**我要**的声音?(我怎样才能把这向她和依特洛解说清楚?)我必须抓住那些最简单最本质的要点,但不巧的是,我的思想却杂乱无章。就以当时的一个想法为例吧,当我站在那焦干的院子里,笼在茅舍的淡淡阴影之中时脑海里产生的想法——那个无法替代的女人,终于成了我爱妻的莉莉,她希望咱们都结束孤苦的日子。现在她不再孤苦寂寞了,而我却依然如故,这是怎么回事?下一步再谈:能否从别人那里或者从改换的环境中获得益处?人与人之间的关系只有两种选择,不是和睦相处便是尔虞我诈。是什么使善良的人们撒谎呢?噢,人们总信口雌黄,不把撒谎当回事。很明显,他们相信尔虞我诈是不可避免的,而撒谎是最有用的一招,至少用心不坏。当我受到感召,受到推动,我要从善是不难的,可是我很怀疑这样做会有什么用。总之一句话,最好的生活方式是什么?

然而,我不能一开始就对这位比塔式的女人谈起我的思想中最困惑的问题,我必须一步步地前进,才能把握住我的立场。于是我对依特洛说:"朋友,现在请替我向女王说,能够见到她我感到三生有幸。我不知道究竟是她的尊颜,或是那张狮皮,或是她身上别的什么,使我感到振奋——总之,它使我心灵得到安静。"

依特洛把这话转述了一遍,女王硬朗的身子微微前倾,满面笑容地说话了。

"她说她也很高兴见到您。"

"哦,真的。"我兴奋地说。"这简直太好啦。这是我一生中的非常时刻。天空仿佛显得更加开阔了。能到这儿来,真是不胜荣幸。"我从蒙塔巴那儿抽回手来挽住王子,兴奋得摇头晃脑;我感到心旷神怡,心都快蹦出来了。我说:"瞧,您比我强大多了。不错,我有力气,但不是一种正常的力气,而是匹夫之勇,因为我处于绝望之中。您才真正有力量——勇敢刚强。"王子听了这话很不安,矢口否认,可是我又说:"哎,相信我的话吧。假如我要细细向您解说,得花几个月时间,而您甚至也难以了解一星半点。我的心灵像一家当铺,懂吗?里面堆满了未被赎回的欢乐,旧簧管,照相机,被虫蛀过的皮衣。但是,咱们不用争论,我只想告诉您,您使我在这个部落里获得了什么样的感受。依特洛,您真了不起。我热爱您,也热爱这位老夫人。事实上,你们大家都顶呱呱,我一定要替你们除掉那些青蛙,即使豁出生命也在所不惜。"他们都看出我很激动,男人们又开始咧开大嘴,放进指头,吹奏起哨声,像猩猩似的,但声音悦耳宜人。

"我姑母问您有什么要求,先生?"

"啊,真的?那太好啦!首先请问问她,她从我身上看出了什么,因为我自己很难向她说清楚我究竟是谁?"

依特洛转述了我的问题,薇拉塔勒深皱眉头(这种灵活的皱眉方式是阿纳维部落的人所特有的),这使她的眼睛现出一半眼珠,并闪烁着急切的纯洁目光;而另一只罩上一层白膜的瞎眼,流露出幽默的神情,仿佛她瞟我一眼便会延续我的生命，同时那层封闭的白膜也向我表明了她的内在本性。她讲话徐慢，凝滞的目光一动不动，手指在她结实而显得粗短的腿部移来移去，像在摸读盲文。依特洛转译她的话说："先生，您具有显明的个性，强壮有力。（我表示赞同。）您的头脑善于思考，也具有比塔的某些基本特征。"（说得好，好！）"您喜欢送……"我全神贯注地站在那儿，依特洛花了好一会工夫来选择一个适当的字眼，我专心专意地倾听她要对我作出的明智判断。与此同时，我站在色彩鲜明的庭院里，地上是金黄的泥土，周围的事物被染成深红色或黑色，灌木丛中的棕色枝茎散发出樟树的芳香。

"传送感受。"我点了点头，薇拉塔勒继续往下讲。"她说……您心里很痛苦。哦，先生，亨德森先生！您的心在叫唤。"我说："那是真的。像地狱里那只长着三个脑袋的看门狗塞巴那斯①。可是我的心为什么叫唤呢？"依特洛侧耳细听，脚都踮了起来，像是怕得知曾和他在草垫上进行传统的结交仪式的是个什么样的人。"性情狂暴，"他说。"是的，是的，我可以承认这个说法。她真有天赋。"我说，并且进而鼓励她说："薇拉塔勒女王，往下讲吧！我要了解真相，不希望您照顾我的情绪。""遭受苦难。"依特洛说。这时蒙塔巴同情地抓住我的手。"是的，我当然遭受了苦难。""亨德森先生，她说您具有巨大的能量，您魁梧的身体，特别是您的宽大的鼻梁，表明了这点。"我睁大眼睛，忧伤地摸了摸面部。我的美自然已经不再存在了。我说："我曾经是个漂亮的小伙子。我的鼻子无疑是一个可嗅整个世界的大鼻子，它是我祖上遗传下来的。我的祖先原是制香肠的荷兰人，后来成了美国最不择手段的资本家。"

"请您原谅女王，她说她很喜欢您，不想给您增添烦恼。"

"因为我的烦恼已经够多了吗？可是请您注意，殿下，我不是到

---

① 塞巴那斯：古希腊罗马神话中守卫在冥府入口的三头狗。

这儿来闲逛的,所以请别说任何有碍于她发表意见的话,我喜欢直截了当。"

这位比塔式的女人又缓慢地开口了,一边用那只带着梦幻的眼睛凝望着我的外表。

"她说什么——她说什么?"

"她说她希望您告诉她,为什么到这儿来。她知道,您得翻山越岭,长途跋涉。亨德森先生,您已经不年轻了,体重或许有一百五十公斤;您的气色挺好,身躯结实活像旧式的火车头。您非常强壮,这我知道,也完全承认,可是您的肌肉臃肿,耸立起来像座纪念碑……"

我一面听着,一面为他说的话感到难为情,同时我的眼睛都畏缩进周围那些深陷的皱纹里。然后我叹了口气说:"谢谢您直率的谈话。我由向导引着,跨过沙漠,千里迢迢到达这儿,这自然是很古怪的行动。请告诉女王,我这样做是为了自己的身心健康。"这话使依特洛好生奇怪,他禁不住笑了一声。我说:"我知道,表面看来我没有病。像我这副模样的人还关心自己的健康什么的,听起来确实怪可笑。但事实就是如此。啊,做人是很可悲的。人会害奇奇怪怪的病,不为别的原因,只因为是人。岁月不知不觉地流逝,转瞬你便成了你曾见过的别的人,周身染上怪七怪八的疾病。人只不过是暴躁脾气、虚荣心理、鲁莽举止,以及所有类似邪恶的表现工具。谁稀罕它?谁需要它?那些邪恶表现占据了人的本来该由心灵主宰的地盘。她既然已经说开了头,我求她对我作出全面彻底的裁判。我可以把她说的归入各种各样的罪状,虽然这似乎大可不必。淫欲、狂怒,以及诸如此类的罪恶,她仿佛都明了,而这些恰好构成了丑恶事物生长的基本土壤……"

依特洛犹豫了一下,然后尽可能地把我的话翻译给女王听。她真诚地点了点头表示同情,慢慢地在她那狮皮活套上把手摊开又合拢,眼睛凝视着棚顶——那些褐黄色的竹竿和静静覆盖在上面的对称棕榈叶。她的头发颤巍巍的像千万条蜘蛛网丝,她手臂上的肌肉松弛垂向胳膊。依特洛细心地翻译说:"她说,对一个孩子来说,世界是奇怪的。您已不再是一个小孩了吧,先生?"

"啊,她多么了不起!"我说。"说得很正确,再正确不过了。我一生从来没有自在过。我所有的毛病都源出于我对孩子的认识。"我两手紧握,受了这番启示后,我盯着地面开始思索起来。每当我动脑筋思索,我就像接力赛跑中的第三人,迫不及待地等着接力棒。而一旦接棒在手,却又很少能够沿着正确的方向奔跑。就这样,我在脑海里思考着:小孩也许会认为世界很奇怪,但他不像成人那样畏惧它。小孩对它感到惊奇,成人则主要感到恐惧。为什么呢?因为明白了死亡的缘故。所以,成人千方百计要使自己像孩子那样受人拐骗。这样,发生的一切才不至于是他的过错。但谁是这拐骗者——这个吉卜赛人呢?那是人生的不可思议性——一个令死亡显得更加遥远的东西,正像孩提时代死亡显得遥远一样。老实告诉你,我颇有些自负。我对依特洛说:"请替我向老女王说,大多数人都不喜欢面对人生的烦恼。烦恼惹人讨厌。因此,我不会忘记您的宽宏大量。现在听我说,"我朝着薇拉塔勒、蒙塔巴、依特洛和宫廷的所有人大声说,说着开始唱起韩德尔的《弥赛亚》曲①:"他遭到鄙视和拒绝,是一个深罹忧患的悲苦人,"由比我又跳到同一圣乐的另一部分:"因为他将等候上帝到来的一天,当上帝出现时,他将站立恭迎。"就这样,我唱起圣乐,阿纳维的女王薇拉塔勒轻轻地晃动她的头,像在表示赞赏。蒙塔巴的面孔也容光焕发,额头开始柔和地朝她竖立的深蓝头发皱起,与此同时,女人们又转动起手腕,男人们一齐吹起口哨,依特洛说:"啊,先生,我的朋友,多精彩的表演!"只有矮胖结实、满是皱纹的罗米拉尤显出一副不以为然的神气,但正是由

---

① 乔治·韩德尔(1685—1759):德国著名音乐家,1714年起定居英国,1727年加入英国籍,平生创作甚丰。《弥赛亚》是一部清唱剧,根据《圣经》写成,"弥赛亚"系希伯来语,指上帝所派遣者,后用于指耶稣。全剧分为三部分,是最受后世欢迎的清唱剧之一。

于他满脸皱纹,他这副表情是天生自然的,也许他心里并没有不以为然的想法。

"格朗—图—摩拉尼,"年老的女王说。

"什么?她说的什么?"

"她说您想生活下去。格朗—图—摩拉尼的意思是,人想活下去。"

"是的,是的!摩拉尼。我是摩拉尼。她真明白这个吗?告诉她,她对我这样说,上帝会酬谢她的。我自己也要报答她。我要消灭那些青蛙,把它们炸得腾空而起,通通清除出水池,叫它们后悔不该从山上下来和你们作对。我不仅为我自己摩拉尼,而且要为大家。我不忍看见世上出现这种悲惨的景象,所以为了摩拉尼,我决心豁出去。格朗—图—摩拉尼,年老的夫人——年老的女王!格朗—图—摩拉尼,我们每一个人!"我举起头盔向王家成员和宫廷的每个人致意。"格朗—图—摩拉尼!上帝并没有和我们的灵魂玩赌博游戏,因此,格朗—图—摩拉尼!"在场的人朝我微笑,也嘟嘟囔囔地回应:"图—摩拉尼!"蒙塔巴的双唇虽然闭着,但她脸上的其余部分呈现出无限快活的神情,她那双胖得叠皱的棕红色小手贴在臀部上,无比温柔地直视着我的眼睛。

第 八 章

我出生在一个一百多年来被人诅咒和嘲笑的家族。当我坐在海边以砸玻璃瓶来消磨时间的时候,人们联想起的不仅是我那些大名鼎鼎的当大使和政界领袖的祖先,也包括那些疯疯癫癫的前人。其中有一个把自己视为东方人,混进了中国义和团的起义队伍;有一个被一位意大利歌女骗走三十万美金;还有一个为了宣传妇女参政运动被气球载入了太空。我们家里还出过不少好冲动者或低能儿(法语词"Am-Bay-Seel"词意更强)。三十多年前,亨德森家的一位胞兄荣获了一枚意大利科罗纳勋章,作为奖赏他在西西里的麦西纳大地震中的营救功绩。当时他闲散在罗马,无所事事,对一切都十分厌倦,每天离开卧室骑马进王宫大院的沙龙消磨时光。地震发生后,他却乘上第一班火车到了麦西纳。据说他整整两个星期没有睡觉,刨开成百上千的倒塌了的房屋,营救出无数人家。这个例子表明我们家族具有献身的服务精神,虽然有时会以疯癫的方式表现出来。老一代的亨德森中,还有一个自己不是牧师却向邻居传布教义的人,他在院子里敲响铁棍召唤邻人,邻居也居然闻声而到。

人们说我的长相像他,脖子一样粗,都是二十二英寸。也许我可以举个例子,我曾在意大利支撑起一座被炸的桥梁,不让它坍塌下来,一直坚持到工兵到达的时候。当然这属于执行军事任务的范畴,更恰当的例子是我腿断后住在医院里的表现。我整天呆在儿童病室内,陪伴并鼓励孩子们。我身穿病员制服,撑着一副拐杖,一跛一跛地到处跳,有时连胶布都顾不上包扎好就开步;胶布散开拖在身后,老护士直追上前来阻拦我，但我还是往前走个不停。

现在我们到了非洲的偏远山区——他妈的，没有比这更偏远的了！倒霉的是，这些善良的人们却被青蛙害得这样苦。要去解除他们的痛苦，在我是很自然的事。凑巧，我也可能帮上忙，这在当时是容易办到的。瞧，薇拉塔勒女王为我做了什么——说出了我的性格，向我揭示了格朗—图—摩拉尼的真谛。我猜想这些阿纳维人也不例外，他们的发展也不平衡；他们也许掌握了人生的智慧，但对于这些青蛙却束手无策。这一点，我自己已经得出了满意的解释。犹太人有耶和华作保护神，却不能在安息日保卫自己。爱斯基摩人生活在鹿群之中却会挨饿，因为他们在捕鱼季节不准食鹿，而在捕鹿季节又不许食鱼。世上的一切均赖其实用价值而存在——实用价值。现实在哪里？我问你，现实在哪里？以我自己的情形而论，我痛苦厌倦得要死，却又享有幸福，而且是实实在在的幸福，围在我的四周，像那池里的水一样丰盈；可是，牛群却不能饮用。因此，我认为这是一桩互助互利的交易，阿纳维人不理智的地方，我帮助他们；而我不理智的地方，他们帮助我。

月亮已经升起，露出一张长脸对着东边，月背后浮着一抹淡云。借着月光，我可以目测这些山的高度，我相信它们几乎有一万公尺的光景。傍晚的空气变得绿沙沙的，但皎洁的月光没有任何变化。茅舍比任何时候更像用羽毛盖成，丰满厚实而又黑黝黝的。依特洛王子还站在这样一幢映着月光的茅舍旁边——他那群夫人太太和亲戚仍然侍候在周围，手擎着南瓜花形的伞。我对他说："王子，我打算去炸水池里的小动物。我相信我能对付它们。您与此事毫不相干，也用不着发表任何意见。这事完全由我一人负责。"

"哦，亨德森先生——您是个非凡的人。可是，先生，别太自信了。"

"哈，哈，殿下——请原谅我，您的看法恰好错了。假如我没有这点自信，我会永远一事无成。可是，这是可行的。您尽可不管。"

就这样，他让我们留在屋里，告辞去了。于是罗米拉尤和我一起开始晚餐，吃的主要是冷甘薯和硬饼干，饭后我再吞了几粒维他命丸子，而且最后我还喝了一口威士忌。然后我说："喂，罗米拉尤．咱们到水池去一趟，趁着月光作一番实地考查。"我带上了手电筒，因为我早注意到水池上盖了一个茅棚。

这些青蛙比谁的日子都过得快活。由于潮湿，这儿是附近惟一生长水草的地方，这些古怪罕见的山蛙，白绿白绿的身躯，四处蹦跳，满池乱游，得意极了。人们说空气是灵魂的最后归宿，依我看，就感觉而论，恐怕找不出比水中更为宜人的场合了。因此这些青蛙过得十分逍遥自在，我看简直是心满意足。你只消看看它们蹲在我们脚边的神气：湿漉漉发亮的皮肤，洁白有力的大腿，不住弹动的喉头，瞪得圆鼓鼓的大眼睛。而我们这些人，以罗米拉尤和我来说吧，热得心如火焚，浑身淌汗。即使傍晚站在茅棚下面，我的脸孔仍如烤在火上一般，像站在一座火山的火口。我整个下巴都隆肿了，我几乎不怀疑，要是我熄了手电，单靠我身上散发的闪光，就可以看清水池里的青蛙。

我对罗米拉尤说："这些家伙，这样活下去太惬意了。"我用手电在水面上晃来晃去，看见它们簇拥在水里。要在别的场合，我或许会采取容忍甚至喜欢它们的态度。我和它们本来就一无冤二无仇。

"先生，您笑什么？"

"我在笑吗？我倒没留意到呢。"我说，"这些青蛙真是了不起的歌手。在我老家康涅狄格那一带，多半是些咯咯叫的青蛙，而这些却有着浑厚的低音嗓子。听吧，我能听出各种各样的调门。嗒，打—打—顿。'上帝的羔羊，您拯救了世间的罪孽，怜悯我们吧．'① 这是莫扎特的曲子。是莫扎特，我敢发誓！它们有权利唱'怜悯我们'，可怜的家伙，因为命运之门就要朝它们关上了。"

我口里说"可怜的家伙"，而心里却幸灾乐祸——直想哈哈哈大

---

① 莫扎特为天主教弥撒书里的祈祷所谱的曲。

笑！想到它们死难临头，我心里简直乐开了花。我们憎恨死亡，惧怕死亡，但是接触到不同的具体情形，却不一定了。不错，我为阿纳维的牛感到忧伤，在人道这方面，我是通情达理的。我反反复复想过了，但我最终还是渴望用暴力去结果水池里那些动物的性命。

与此同时，我不得不注意到我们之间的差异。这些青蛙基本上是属于鱼类的无害小动物，阿纳维人对它们怀着恐惧，这与它们不相干。而我呢，一个家财百万的富翁，身高六英尺四，体重两百三十磅，社会上的显要人物，曾获紫心勋章和其他奖章的作战军官，干这事儿可说没有任何责任，不是吗？而且值得一提的是我曾经一度与动物结下不解之缘。按照但以理的预言（这说法我一直无法忘怀）——"你必被赶出离开世人，与野地的兽同居。"除了那些我名正言顺饲养的猪仔，我还与另一只动物有过交道，而这桩事近来老是挂在我心上，叫我十分不安。那是一只猫，在我打算袭击这些青蛙的前夜，我心里老想着的正是它，最好让我先谈谈这事的来龙去脉吧。

我已经讲过莉莉在我地产上翻修一幢房子的事。修好之后，她租给一对夫妇，男的是位数学教师。这幢房没有安装绝缘设备，乘着房客抱怨，我把他们撵走了。为了他们和他们的猫，我和莉莉大吵了一架，而勒诺克斯大妈倒在地上死去，就在我们吵架的时候。那是一只年轻的公猫，一身灰褐色的皮毛。

房客曾先后两次到我们住处，讨论暖气设备问题。我假装什么也不知道，却密切注视这桩事儿；他们一到，我就在楼上监视着。我听见他们在客厅里谈话，莉莉设法安抚他们。我穿着红绒睡衣，踏一双惠灵顿长靴，悄悄躲在二楼的过厅里。后来莉莉找我谈论这事，我对她说："那是你自己找些虱子在身上爬。我从来不想在这附近看见陌生人。"我不怀疑她招徕房客是为了和他们交朋友，可我是持反对态度的。"他们有什么事儿不称心？这些猪把他们惹恼了不成。""不是的，"莉莉说，"他们对猪没有说过半句话。""哈，煮猪食的时候，我见过他们。"我说,"我简直不明白,你自己的住宅都料理不好,为什么偏偏还要再修整一处出来。"

他们第二次也是最后一次来找我们抱怨时,态度更加坚决,我一面梳理头发,一面从卧室里注视他们,看见那只灰茸茸的雄猫跟在他们身后,跳过朽坏的栏栅,进了冰雪覆盖的菜园。甘蓝经霜冻之后,在地里倒更显得精神。他们在楼下谈开了,我再也无法容忍,便使劲跺客厅上面的楼板。后来,我索性朝他们叫喊:"给老子滚,滚出我的地界!"

房客说:"我们会离开的,但要求退还押金,还得付我们搬迁费。"

"好吧,"我说,"你们上楼来,到我这儿领钱吧。"我站在楼梯口,一面跺着穿长靴的脚,一面大声吼叫:"滚蛋!"

就这样,他们走了,但糟糕的是猫给留了下来。我不愿看见屋里有一只发疯的猫,猫要疯了可不是桩好事,会变成一头很厉害的动物。我见过它追耍过金花鼠。五年前,我们就见识过这样一只猫,它住进池塘附近一只土拨鼠的古老洞穴里,和守仓房的所有公猫厮斗,抓得它们浑身伤痕,甚至把它们的眼睛给挖了出来。我想弄死它,试过蘸上毒药的鱼,烟幕弹,整天整天地蹲在它洞口旁边,等候捕捉它。因此,我对莉莉说:"要是这只猫也像那只一样发起疯来,你会懊悔的。"

"人家会回来领去的,"她说。

"我才不信呢。他们明明把它遗弃了。你不知道发了疯的猫是怎么回事。哼,我宁愿在家里见到一只山猫。"

我们雇了一个叫汉洛克的人,我到仓库去问他:"那两个不负责的家伙留下的猫在哪儿?"那是晚秋季节,他正在那儿贮藏苹果,被风吹落的苹果则被扔给那些剩下的猪吃。汉洛克很讨厌猪,因为它们把草地和花园糟蹋得不成样子。

"亨德森先生,它不会肇事的,它是一只好猫。"汉洛克说。

"他们是不是给了你钱,要你照看它?"我说。他害怕说实话,对我撒了谎。事实上,他们给了他两瓶威士忌,一包干奶粉。

他说:"不,他们没给,可我愿意。我看这猫不会惹事的。"

"我的地产上不允许有任何被遗弃的动物,"我说。接着我走过农舍,"咪——咪!"地呼唤,那猫终于到了我手上,我拧起它的颈背时也没有遇到反抗;我把它抓到顶楼,锁在一间房里。我向它的主人寄出一封特挂,要他们第二天下午四点钟以前来领。不然,我威胁说,要把它干掉。

我给莉莉看了挂号信的收据,告诉她猫已掌握在我手里。她极力想说服我,甚至涂脂抹粉,穿上盛装出现在晚餐桌旁。我感觉得出她在颤抖,知道她已打定主意要和我论理。"怎么回事?你不吃东西。"我说。平时她吃得很多,餐馆的人曾对我说,他们从来未见过能吃下那样多东西的女人。两大块牛排,六瓶啤酒,当她高兴时全然不在话下。说实话,我真为莉莉的肚量感到骄傲。

"你不也同样没吃,"莉莉回答说。

"那是由于心里有事儿。我心情坏极了。"我说,"我有点想横了。"

"亲爱的,用不着那样。"她说。

可是我真激动万分,不管这是股什么样的激情,搅得我浑身上下毛焦火辣的,难受极了。

我没有向莉莉说明我打算干什么,可是到第二天下午三点五十九分,房客仍然没有回音,我上楼去实践我的威胁。我提了个格鲁森市场的商品袋,里面放着手枪。顶楼那间糊了壁纸的小房间里,光线十分充足。我对猫说:"他们扔下了你,猫咪。"它的身子贴向墙,然后弓起腰,竖起毛。我想从上方瞄准它,可后来又只好坐在地板上,从一张牌桌的桌脚之间瞄准它。地方很窄,我打算一枪就结果它的性命,由于读过潘恰·维拉的书,我掌握了墨西哥式的射击法:即用食指附在枪身上当瞄准器,用中指扣扳机,因为食指是我们最精确的瞄准器。于是我用食指瞄准它的头颅正中(稍为偏一点)放了一枪,但是我并不真想要它的命,所以没有击中;在八英尺之内,这也是惟一可能的解释。我开了门让它逃走。这时莉莉赶到楼梯口，伸出她漂亮的脖子，脸色吓得惨白。在她看来屋里放枪只能意味着一桩事，这令她想起父亲的死亡。这一枪给我的惊骇也经久不散，我呆呆地让空袋子悬在身边好一会。

"你干了什么？"莉莉问。

"说到就做到呗，他妈的！"

这时电话铃响了，我从她身旁过去答话。电话是房客的妻子打来的。我说："你干吗等这样久？现在差不多太晚了。"

她一听便哭起来，我自己也感到很难堪，于是叫道："赶快来把那该死的猫领走。你们这些城里人简直对动物漠不关心。哼，你不能扔下猫不管。"

令人大惑不解的是，我总是产生一些真实的本质性的冲动，但为什么老把事儿弄糟呢，我自己也摸不着头脑。

所以这会儿站在水池边，如何消灭青蛙的问题在我心中不知不觉地勾起了另一桩事。"然而这回不同啦，"我暗暗在想。"这事儿很明显，而且我对那猫的一段回忆也表明了我的心迹。"尽管我希望达到目的，但往事的回忆却折磨着我的心，我感到万分难过。那次差一点把猫结果了——几乎造成一桩无法挽回的罪恶。

不论怎样，面临着眼前的情景，我考虑过各种不同的办法，诸如捕捞，放毒，但似乎没有哪一样可取。我对罗米拉尤说："惟一可行的办法是爆炸。只消爆炸一次就可以肃清这些坏家伙，当它们炸死后浮上水面，捞起来就完事了。从此，阿纳维人又可以让牛饮水。这很简单。"

我好容易才让他明白了我的想法，可他说："哦，不，不，先生。"

"什么，'不，不，先生！'别装蒜了，我是个老兵，我明白自己说的是怎么回事。"可是，与他争论没用，他已被爆炸的想法吓坏了。我说："好吧，罗米拉尤，咱们还是回小屋去，先睡一觉再说。忙了一整天了，明天要做的事还多着呢。"

就这样我们回小屋去了，他开始做祷告。罗米拉尤开始摸熟我的脾气，我相信他是喜欢我的，不过他渐渐明白，我很不走运，而且性情急躁，没有经过深思熟虑就想瞎闯。他跪坐在地上，臀部压着小腿上的肌肉，背后露出一对大脚跟；他把两手合在一起，掌心相对，手指头叉开支着下巴。这时我常常告诉他，或者低声说："帮我说两句吧。"其实我一半是说着玩的。

罗米拉尤做完祈祷便侧身倒卧，一只手插在朝前屈伸的两膝之间，另一只手贴在面颊下——他睡觉的姿态总是这样。我也在毛毯上躺下，睡在月光无法照到的黑暗地面。我很少有失眠的情形，但今天晚上，心里萦回着万千心事：但以理的预言，那只公猫，水池里的青蛙，这片古老的地方，嚎哭的人群，跟依特洛的角力，以及那位看透了我心灵并告诉我"格朗—图—摩拉尼"的女王。这一切都交织在我脑海里，使我激动不已。我不断思考着什么是消灭青蛙的最好办法。当然，我懂得造炸弹的常识，我想只消把两节电池取出来，用我的枪支子弹里的炸药装满手电筒，便可以造出一枚精巧的炸弹。相信我吧，这爆炸力一定很大，用来炸大象都行。我那支零点三七五口径的枪是我读了《生活》杂志或《观察》杂志后，专门为非洲之行购买的。我知道有一个密执安人也买了一支，假日一开始便上阿拉斯加去了。他是乘飞机去的，到达后雇了个向导去追踪一头科底亚克熊；他们发现了这头熊，追过山岩和沼泽，隔着四百码的距离击中了它。我自己原来对狩猎也有兴趣，可是随着年纪渐长，感到以狩猎的方式与大自然打交道有点滑稽。我的意思是说，一个人步入外部世界，他所能做的难道只有向大自然开枪吗？这没有道理。所以在十月里，当狩猎季节到来，火药烟从树丛中冒出，野兽惊吓得四处逃窜，我就出现在自己宣布为禁猎的个人产权地带，把打猎人抓起来带到地方法官面前，罚他们的款。

因此，在屋里作了用弹药来改装炸弹的决定后，我不禁躺在那儿笑了，既为那些青蛙将遭到突然袭击而笑，也暗自庆喜，因为我预料薇拉塔勒、蒙塔巴、依特洛和所有的阿纳维人将会感激我。我甚至想象女王会提升我到一个与她相等的地位，可是那时我会说："不，不成。我不是离开家乡来觅权力和荣耀的，我做的任何好事都是无偿的。"

心里有这些思潮起伏，我怎么也睡不着；可是假如明天我要准备好炸弹，我非睡一觉不可。我的睡眠习惯有点怪，要是我只睡了七个钟点零一刻而不是八个钟点，我就会无精打采，拖不动步子，尽管别的任何毛病都没有。这完全是思想作怪。而我脑子里要有了什么想法，只要我醒着，就会越想越远。

就在我躺在那儿睡不着的时候，蒙塔巴来拜访我了。她一进来，便挡住了门道的月光，然后在我旁边的地面上坐下来。她叹息着拿起我的手，柔声细气地谈话，拉我的手去摸她的体肤。她的皮肤自然是十分细嫩宜人的，她蛮有理由为它感到骄傲。虽然我的手摸着她，但我却显得无动于衷，没有任何反应。我全身舒展地躺在毯子上，两眼盯着茅屋顶，集中心思想改装炸弹的事。我拧下手电筒的顶端（在想象中），倒出电池，切开铅皮，把药粉抖进手电筒里。可是怎么引燃呢？水给我出了个难题。用什么当导火线呢？怎样才能使它不浸湿呢？或许我可以采用奥地利打火机的芯子，先在油液里浸泡一段时间；要不就用鞋带，涂过蜡的鞋带最好不过。这便是我思维的线索。与此同时，蒙塔巴公主一直坐在我身旁，不住地舔吻我的指头。我感到很不安，心想，她要知道我这双手作过多少孽，她把我的手举到唇边之前一定会犹豫的。这会儿她正吻着我扣左轮扳机瞄准那猫的那根指头，我突然感到手指上有一股刺痛，通过它传入我的手臂，然后再蔓延到整个神经系统。她要是能听懂我的话，我会说："美丽的公主，"（她的确被人视为一位大美人，这我也看得出来）——"美丽的公主，我不是你想象中的男人。我的良心上承受着莫名其妙的重压，我的性格很鲁莽，连我自己饲养的猪都畏惧我。"

避开女人可不总是容易的事儿，她们的确会迷上诸如酒鬼、笨蛋、罪犯之类的男人。我猜想那是爱情给了她们力量，使她们将对方身上那种种恶劣行径置之度外。我不是瞎子,也不是哑巴,早注意到了女人的爱情与人生基本准则之间的联系。即使我自己没有观察到,莉莉也早向我指出来了。

罗米拉尤没被扰醒,仍睡着不动,一只手托在带有伤疤的面颊下,头发乱蓬蓬地倒向一边。明净的五彩缤纷的月光泻在门口,户外燃着用牛粪和荆棘烧起的处处火堆,阿纳维人还守着他们奄奄一息的母牛深夜未睡。蒙塔巴不停地叹息,老是抚摸着我,拿我的指尖在她皮肤上划来划去,或者送到她的唇边亲吻,我慢慢意识到这个深蓝色头发的巨型女人是为了某种目的而来的。我把胳膊伸到罗米拉尤的脸上,他睁开眼睛,但没有移动面颊下的手掌,也没有改变一下睡的姿势。

"罗米拉尤。"

"什么事,先生?"他说,仍然躺在那儿。

"坐起来,坐起来,有客人来了。"他对此没有任何惊异的表示,只是坐起身来。月光从门边和柳条篱笆缝隙照进来,这时月色变得更加明净皎洁了,仿佛不仅照彻夜空,而且为它增添了馨香。蒙塔巴坐在那儿,双臂靠在斜倚的身上。我说:"问明她来访的目的。"

于是他开始同她交谈。罗米拉尤是一个非常拘泥形式的人,他庄重地称呼她,即使在夜半三更,仍坚持非洲式的宫廷礼仪。接着蒙塔巴讲话了,声音甜润,时而口若悬河,时而拖声拖气。从这段对话得知,她要我买下她,怕我没有这笔聘亲的礼款,她今晚特地给我带来了。"先生,娶女人,要给钱的。"

"这个我知道,伙计。"

"您,不给钱,女人没脸面,先生。"

于是我说自己是个富翁,再多钱也出得起,但我觉得钱与这事儿毫不相干。我说:"哈,她真阔气。虽然她像珠穆朗玛峰一般高大,也还颇有秀气的地方。告诉她我很感谢她,现在送她回家去。这会儿是什么时候啦!我的天,今晚上要睡不好,明天就没有精神去对付那些青蛙了。罗米拉尤，你难道不明白那得由我一个人去干吗？"

可是他说，她带来的所有东西都堆在外面，她要我去看看。我很不乐意地站起身，一起走出户外。她带来了一个护卫队，当他们看见我戴着遮太阳的头盔出现在月光下，都一齐欢呼起来，好像我已经是新郎了——但已是深更半夜，他们压低了声音。礼物堆在一张宽大的席上，堆成了一座小山——礼服，装饰品，小鼓，颜料，染料，等等。她还交给罗米拉尤一张礼物清单，由他念给我听。

"她是一位尊贵的人，一位伟大的人物。"我说，"难道还会没有丈夫吗？"这个问题不可能有确切的答案，由于她是比塔式的女人，她结多少次婚都没有关系。我知道，告诉她我已经有了妻子是没有用的。我已经结婚的事实未能挡住莉莉，对蒙塔巴当然更不起作用了。

为了炫耀堂皇的嫁妆，蒙塔巴和着木琴的音乐一件件地试穿华服。木琴用骨头制成，由护队中的一个人演奏，他的手指上戴着一枚大戒指，满面笑容，像是在为这位比塔公主送亲。与此同时，她拿出一件又一件长袍和晨衣，披上肩头，又缠绕在臀部周围，这需要她的身姿大幅度地摆动。有时她把一顶阿拉伯式的半截面纱架在鼻梁上，衬托出一双脉脉含情的眼睛；时而又用棕红的手，铮的一声摘下来。那双活泼的大眼扭过来望着我，鼻唇翕动，情真意切，表露出深沉的爱。随着木琴节奏的变化，她有时缓慢移步，有时周身摇摆。（木琴像是用一段被蚂蚁镂空的犀牛脚骨制作而成。）这一切表演都在淡蓝色的月光下进行；在远处地平线的地方，依稀可见零散的火堆，映出明亮的光焰。

我说："罗米拉尤，我要你告诉她，她是一个很有魅力的女人。不用说，她的嫁妆给人留下了深刻的印象。"

我相信，罗米拉尤一定会把这译成一句陈旧的非洲恭维话。

"然而，"我补充说，"我有青蛙的事需要办，明天和它们有一场好戏；在我与它们彻底了结之前，我不可能认真考虑别的任何重要问题。"

我以为这样一说会把她打发走，但她继续展示她的服装，继续跳舞——宽阔的臀部，粗实的大腿，扭动起来显得笨重，但也给人以美感。同时她还不断蹙眉相望，暗送秋波。随着夜的消逝，我开始感到她的舞蹈具有迷人的魅力，那就是诗，我应当感受它，让它与消灭池中的青蛙的具体任务协调起来。当我进入河床，第一眼看见这些茅屋顶时，我感到的古朴印象就相似于现在的感觉——诗，诗一般的魅力。说来我还是个追求美的人，甚至只信任美的事物，虽然我似乎总在与美捉迷藏，美对我从来没有持久地存在过。当我感到快接近它时，我的脏腑会隐隐作痛，神思变得恍惚，内脏像在消融，然后啪的一下美感消失了，我又回到麻木不仁的状态。然而，阿纳维部落的人，这些阿纳维人，似乎拥有持久的美。我想，完成消除青蛙的大业之后，阿纳维人会视我为贴心人。我已经赢得依特洛的信任，女王也很喜欢我，蒙塔巴又想嫁给我，现在我得做的是，证明自己配得上他们的好感和信任。（机会就在眼前，而且这再适合我的能力不过了。）

于是，蒙塔巴最后一次愉快地用舌头舔我的双手，把她带来的礼品一齐给我——无论怎样说，这是一个令人兴奋的场合。我说："谢谢您，晚安！还有诸位，晚安！"

他们齐声说："阿福。"

"阿福，阿福。格朗—图—摩拉尼。"

他们也回答："图—摩拉尼。"

我感到心花怒放，激动万分。现在我想的不是睡觉，而是生怕他们离开后，一合上眼睛所有的陶醉感便会烟消云散。罗米拉尤再次跪在地上祈祷，双手合掌，像一个就要超度的人。他入睡后我仍然睁大着眼睛，陶醉在亢奋的激情之中。

第 九 章

亢奋的激情伴着我,直到天明起床的时候。那是一个晴朗的早晨,火红的天空,小屋内反倒显得暗淡,像是一间储藏块根植物的地窖。我从篮子里取出一个烤甘薯,像剥香蕉皮那样剥开当早餐。我坐在地上,迎着凉爽的晨风啃甘薯,看见罗米拉尤还侧身睡在门边,浑身的皮肤皱巴巴的,活像一尊雕像。

我想:"这将是我最不平凡的一天。"昨晚的兴奋还没有消失,这在我是不曾有过的。而且我至今深信不疑,当时种种迹象以及整个客观世界,都在向我发出前进的信号。我原本期望这种情形觐见薇拉塔勒女王时就会出现的,我以为她会摊开手心,给我看生命的胚胎,人生的奥秘。你还记得起吧,如果忘了,我再对你说一遍。不,眼前发生的事是压根儿没料想到的:黎明时分,阳光照在我身边的白土墙上,造成一种特殊的效果。我立即感到牙龈痒痒的,预示有好事降临,同时胸间感到压迫,隐隐作痛似的。对羽毛或花蕊过敏的人会理解我说的意思;见到它们时,他们心里会有一种极微妙的感受。在我的情形,当我看见旭日映在墙头的颜色,随后色彩又逐渐加深,我只好放下手里正在啃的烤甘薯,双手支撑地面;因为这时我感到天旋地转,这时要是骑在马背上,我一定会伸手去抓鞍辔。换个比方说,这时仿佛脚下有一种强大的神奇力量,而这正是像西瓜汁那样的粉红颜色引起的。我立即意识到这种现象的重要性,想起我一辈子生活中曾经历过的稀奇时刻:看见哑子开口讲话,听见物体作声,目睹颜色雀跃;这时周围世界开始皱折、变形、起伏、熨平;见到这种情景,似乎连狗也得背靠大树,惊慌战栗不已。

就这样，这道粉红的霞光映在白墙的鸡皮疙瘩似的表面，像旭日升起之际，飞翔在一万英尺的高空，飞越朵朵白色浪花的海面所见到的景象。至少有整整五十个年头，我没有见到这种颜色了。我仿佛记得还是个小不点的时候，一觉醒来，发现独自躺在一张黑色的双人床里，眼睛凝望着天花板上那一大片老式的椭圆形的泥灰浮雕：上面有梨子，竖琴，麦束，还有天使般的面孔；而外面有堵十二英尺高的白色百叶窗，上面映照着同样的粉红色。

我刚才说过小不点吗？我认为我的个儿从来不小，刚满五岁就像十二岁的孩子，而且已经很莽撞了。我们常去阿底隆代克乡镇度夏，我的哥哥狄克就是在那儿淹死的。那儿有一家水磨坊，我爱拿根棍子跑进去猛敲面粉袋；当面粉满屋飞扬，我便跑了，惹得磨坊主一顿臭骂。老头子喜欢带着狄克和我下水塘，一手抱一个孩子站在瀑布下。他体魄健壮，长着一把胡须，笑容可掬，看上去像个半人半鱼的海神。池水清凉碧绿，看得见长条长条的鱼在几码以外的地方闲游，看得见黑黝黝的鱼，身上带着火红的斑点，印上水迹的影色，那优哉游哉的劲头跟人行道上闲逛的小伙子没什么区别。我还告诉你，一天黄昏时候，我跑进磨坊，用棍棒猛击一袋袋面粉，弄得白面满屋飞腾，自己几乎也呛住了。磨坊主大叫："你这发疯的龟孙子，我抓住你要像对付小鸡一样一把折断你的骨头。"我放声大笑，跑出屋外，进入粉红色的夕阳余晖之中，而通常的黄昏却没有这种色彩。流水冲着水磨的转轮，我在出粉的磨旁看见过这种色泽，一片明净的淡红的玫瑰色飘在空中。

我发誓，万万没料到会在非洲看见这样一种颜色，我担心它会在我把握住之前消失掉。因此我把脸鼻凑近墙壁，仿佛在闻一朵名贵的玫瑰花；我一双老膝跪在地上，满脸皱纹，一副愁苦样子；用力把气吸进鼻腔，又用面颊去轻轻抚弄墙壁。我的心灵振奋昂扬，但不是头脑发热似的冲动，而像这颜色本身那样淡雅温和。我自言自语："我早意识到这是一个古朴的地方。"意思是说,我一到这儿就有种感觉,可能会在这儿发现古朴的事物,——我只在天真无邪的岁月见过,自那以后便可望而不可即,倘若再见不到的话,我这辈子就**完蛋了**。我可以坦率告诉你,我当时的心灵不在沉睡,而我在连连说的却是:"啊,啊,啊……"

逐渐地,墙上的颜色变化了,但至少我再次见到了它,像见到涅槃的光圈。我静静地等待它的消失,希望再过五十年还能见到它,否则我将注定在临死时仍然是一个空有三百万美元的大傻瓜或流民,稍有不安和动乱,便不能控制自己。

但是,当我的心思转到阿纳维人的苦难,我却变成了另一个人,这起码是自己的感觉。我又获得了一次至关重要的经验,这完全与我在法国时从水箱里看见章鱼的情形相反。它向我述说死亡,看见它那僵冷的头直顶着玻璃,并越来越泛白,我感到这辈子再莫想干什么大事了。现在领会了粉红颜色的吉兆之后,我满怀信心,开始制作炸弹,尽管问题还很多,绝不是轻而易举的,需要运用我的全部知识。尤其是关于引火线和定时的问题。我必须把它握在手里,直到最后一刹那才扔进水。这时我蛮有兴味地想起曾在纽约报纸上登的一则关于炸弹的恐怖故事:那家伙和电气公司发生了争吵,存心进行报复,他制造炸弹用的蓝图被人在纽约中央地铁站的一个柜子里发现后曾登载于《纽约新闻》或《纽约明镜》上。我读报时入了迷,坐过了地铁站(当时我膝间夹着小提琴盒)。我对炸弹的制作图案还有相当清晰的印象,并一直感到饶有兴趣。我记得他用的是煤气管。我想要是在家里,我可以做一枚更好的炸弹。我有有利条件,上过陆军军官学校,受过一些游击战的训练。然而,即使是工厂造的手榴弹,用于这个水池也可能失败。总之,这是一场相当大的挑战。

我坐在泥地板上,头盔掀向脑后,制造炸弹的材料摆在两腿中间,聚精会神地剥开电池锌皮,把粉末倒进电筒里。我有一个长处,干起活儿来颇能专心致志。这也难怪，因为我在乡下与邻里发生的冲突太多了，要找人帮忙愈来愈困难，我只好大小事儿都靠自己动手。木工粗活、修盖屋顶、涂刷油漆——这几桩活儿我最在行，也还说得上是一个挺不错的电工，管子工。我说自己干起活来颇能专心致志，也许不够准确，应该说是我有点不肯罢罢甘休的认真劲头，就连玩单人纸牌也是这样。我取掉电筒装有玻璃和小电泡的一端，嵌进一块刨成圆形的木板，板上穿了个孔来安引线。接着是最棘手的问题——炸弹是否能炸决定于引线燃烧的速度。这个我得先试验试验。我很少扭头去看罗米拉尤的动静，但当我偶然瞥他一眼时，只见他满腹疑虑地直摇头。我尽量不予理会，可最后还是憋不住了："他妈的，别在那儿吹冷风。难道看不出我知道该怎么做吗？"然而我明白，他对我所做的缺乏信心。我一面在心中咒骂他，一面继续试验——用打火机去点长度不等的各种引线，观察它们的燃烧情况。要是我不能得到罗米拉尤的支持，至少还有蒙塔巴，她一大早又来了。这时，她穿了一条紫色的透明裤子，戴上一张齐鼻的半截面纱。她轻快地拿起我的手掌，满热情地贴上她的胸部，似乎我们昨晚已经达成了默契。她劲头十足，伴和着犀牛脚骨做成的木琴和间或用手指吹奏的嗯哨，开始迈步起舞——像涉水（这词用得对吗）那样举步，周身丰腴的肌肉直晃动，——满面笑容，媚态百出。她还高声向宫廷的人宣扬她在做什么，我在做什么（罗米拉尤替她翻译）："比塔式的女人爱上了角力的大力士，他魁梧得像两个人并在一起，昨天夜里她拜访了他。""她拜访了他，"其余的人附和着唱道。"她给他带去了新娘的聘礼"——这之后便罗列礼物的项目，其中包括二十头母牛，每头的名字，连谱系都一一点明——"新娘的聘礼非常高贵，因为她是比塔，人又很美丽。新郎的相貌堂堂。""相貌堂堂，堂堂。""面上长着髭须，面颊丰满得下垂，强过许多头公牛的力气。新娘已准备停当，她的心扉已经敞开。新郎正在制造一件东西。""一件东西。""用火烧。""火烧。"有时，蒙塔巴亲吻自己的手以示吻我，并向我伸出手，未被面纱罩着的下半部面孔，显露出她内心正受着爱情折磨的种种痛苦神情。与此同时，我的头深深地埋在两膝之间，燃烧浸过打火机油的鞋带，仔细观察它燃烧时的情形。看来不坏，很有希望，只有一点烧焦的灰屑掉下来。对于蒙塔巴来说，她向我表示爱情的时机选得真不巧，要在别的什么时候，我或许会更认真地对待。可是，我老了，耳边已刻下深深的皱纹，偶一抬头，我从镜子里望见鼻孔中露出一根白毛。于是我对自己说，她爱上的是一个想象的亨德森，是她心目中的幻影。想到这里，我垂下眼帘，点头称是。但我一直不停地试验，用打火机芯、用鞋带，甚至纸捻，终于发现在打火机油里浸过两分钟的鞋带更为理想。于是我从一双破靴上切下一段，穿过木板中心的钻孔。然后，我对罗米拉尤说："我想这玩意儿行啦。"

埋头工作一大阵之后，我感到后脑有些昏沉，但还不算严重。由于见到了墙头上的粉红光影，我信心十足，毫不动摇。我不能允许罗米拉尤如此公开地表示怀疑和不吉的预感，我说："喂，罗米拉尤，你可别老这样满怀狐疑的。我应当得到你的信任，即使就这一次也罢。告诉你，这玩意儿准行。"

"是，先生，"他说。

"我不想让你认为我什么好事也干不成。"

他答道："是，先生。"

"有一首关于夜莺的诗，夜莺唱道：人类承受不了过多的现实。但非现实的东西人类又能承受多少呢？你听清楚了吗？懂我的意思吗？"

"我懂，先生。"

"我的问题是直接回答夜莺的。所以，现实要很严峻又怎么样呢？总比不过我们迄今所遭遇的。"

"是，先生，是。"

"好吧，我不和你争了。事情不会比我已经领受过的更糟。但是每个人都打心里感到,他必须使自己的人生达到一定的深度。唉,我必须继续往前走,因为我还没有达到那一步。你明白了吗?"

"是,先生。"

"哈,人生或许认为,它已经把我从它的记录簿上勾销了。亨德森:某某类型的人,与短翅蹼足的海雀、鸭嘴兽以及别的实验品一道,证明了如此这般的原则,于是被撇在一边。但是人生可能会惊讶地发现,说到底我们是人。我是人,尽管相貌与众不同,也是人。很多时候,当人生自认为已经使人就范,却会遭人嘲弄。"

"好。"他耸了耸肩,从我身旁走开,一面摊开那双厚实的黑手表示认输。

发了这一大通议论之后,我自己也十分疲倦。于是我站起身来,手里握着用铝壳电筒改装的炸弹,准备去实行我对依特洛和他的两位姑母许下的诺言。老百姓知道这是桩大事,都成群地出来观看,有的在叽叽喳喳地议论,有的一面拍手一面歌唱。蒙塔巴离开了一会,现在换上一身红艳艳的盛装又出现了,紫蓝色的头发新涂了油,耳垂上悬了两个大铜环,颈上戴着一个大铜圈。她的随从也穿得花花绿绿的,虽然有些褴褛。有的还牵来了母牛,用的却是鲜艳的缰绳和皮带。这些牛显得有些虚弱,人们走上前去亲吻它们,问起它们的健康情况,真像是自己的同胞亲人。有的少女手里抱着玩耍的母鸡,或者让它们栖息在肩上。天空高远,没有半片云彩,火热得要命。

"依特洛就在那儿,"我明白他也一样忧心忡忡。"这些人中没有哪一个信任我",我暗暗在想。尽管我知道为什么人们缺乏信心,我的热情并不因而受到损伤。"嗨,殿下,"我说。他像别的人一样神色严肃,也同别人一样把我的手放上他的胸膛,透过他的白短褂,我感到了他身上的热力。他今天的穿戴同昨天一样——宽大的白裤子,系一条绿绸巾。"喂,这是关键的一天,"我说,"关键的时刻。"我把安上鞋带引线的铝壳炸弹呈请他看,并对罗米拉尤说:"我们应当做些打捞和埋葬死青蛙的准备，还有些葬坟的细节。殿下，部落的乡亲们会对死去的青蛙作何感想？仍然不敢轻举妄动吗？"

"亨德森先生，水是……"依特洛找不到适当的字眼来描写水是多么宝贵，他用拇指直搓其余指头，像是在抚摸天鹅绒一样。

"我知道，我完全明白眼前的处境，但是有一点我可以对您讲，像我昨天说的，我热爱这些土著乡亲。我得做点什么事表示我的友谊。我知道，既然我从老远的外地来到这儿，这事得全由我负责了。"

尽管我戴着沉重的白色头盔，蚊子还是不停来叮咬；这些蚊虫是牛带来的，牛总是有蚊虫跟着。于是我说："该出发了。"我们朝水池走去，我手握炸弹走在前头。我摸了摸短裤口兜，看是不是带上了打火机。由于取掉了鞋带，一只鞋拖拖沓沓的，但我还是迈开步子朝水池前进，同时我把炸弹高举过头，像是纽约港口高擎着自由火炬的女神。我暗暗对自己如此这般地说："对啦，亨德森，这才像话。你最好实践自己的诺言，别胡闹啦。"你完全可以想象得出我当时的感情！

迎着火辣辣的阳光，我们来到水池，我独自走近池边的水草，其余的人都留在后边，连罗米拉尤也没有跟上来。那也没什么。危难之中，一个人必须有单枪匹马进行冲刺的思想准备，而单枪匹马恰好对我很适合。我暗自思忖："老天保佑，我应当把事办好，独个儿办事我一向是很有把握的。"我左手拿着炸弹，右手拿着垂下细长白引线的打火机，举目朝水面望去，只见青蛙俨然以水池为家。青蛙蝌蚪长着肥大的脑袋，细长的尾巴，正伸出小脚爪；而那些成蛙，眼睛像熟透的鹅莓一样鼓起，在水下游来游去。我亨德森呢，像一株高大的松树，盘根错节地站在那儿——可是这会儿别管我。我这个将给它们带来厄运的人临池站定，它们当然不知道大难临头。与此同时，我所熟悉而又憎恶的种种疑惧都在我身上神秘地发生了：光线在我眼前晃动，我口干舌燥，五脏六腑像在收缩，颈项的肌肉也变硬了。我听见正期待着我的阿纳维人手里用彩绳牵着牛在窃窃私语，像溺水者能听见岸上的沐浴者谈话的声音。我看见蒙塔巴站在人群与我之间,周身穿着台面呢的红装,看上去像朵罂粟花,耀眼的红色中露出黑皮肤。这时,我吹了吹炸弹的引线,把灰尘吹掉(或者为了招来好运),转动打火轮,打火机着火之后,点燃用鞋带改做的引线,带金属头的一端先掉下来,火花稳步地燃向爆炸筒。这时我惟有紧紧地捏着它,密切地注视它,我裸露的双腿都发麻了。燃烧了好一会,当引线燃进爆炸筒盖板上的孔道时,我仍然握在手中,不敢冒险让它过早落水而熄灭。这以后,我只有依靠我的直觉和运气了。我闭上眼睛,不想看见周围的世界,耐心等待心灵的召唤。还没有到时间,还没有到。我用力捏着爆炸筒,仿佛听见了火花咬着鞋带直往火药里钻。最后一刹那,我拿好一块事先准备好的绷带布,封住盖板上的孔道,然后垂下炸弹,往下手方向抛扔出去。爆炸筒撞着水上棚盖,接着在空中只一转,便掉进黄色的水里。青蛙闪开,破开的水面重又合拢,涟漪向四周扩散开来。就在这时,出现了新的动静,池中心的水膨胀开来,我明白那玩意儿起作用了。要说我的心情没有随着池水激扬高涨,那才是怪事。还不等水花翻腾,冲破水面,我便禁不住对自己说:"哈利路亚!乌拉!亨德森,你这莽汉子,这回你成功啦!"接着,水花向上飞溅。当然,比不上在广岛爆炸的原子弹,但已经够我惊讶的了。随着爆炸的气浪,被弹出的青蛙躯体像雨点般乱飞,泥浆、石块、蝌蚪……溅满了棚盖。我简直没有料到,十二三颗零点三七五口径的子弹火药会有这么大的爆破力。我在感到庆幸的同时,从最灵敏的神经末梢又传到中枢神经,最先闪过脑际的念头却是毫不相干的东西,这念头是:"母校的人会为亨德森感到骄傲的。"(在上步兵学校时,我的成绩平常,没有得过高分数。)长腿白腹、周身气鼓鼓的幼蛙浮满水面,我自己也溅上一身泥浆,但我高声嚷开了:"喂,依特洛——罗米拉尤!你们瞧吧,怎么样?轰隆隆!你们还不相信我呢!"

我很快明白,效力超过了预期的结果,我听见的不是欢呼,而是众人的尖声惊叫。我定睛一看,发现池水和青蛙尸体一齐往外涌。水池前方的护堤被炸开了。大块大块的石头垮塌下来,池里的黄水迅速流走。"啊!见鬼!"我感到晕眩,双手抱头,面对眼前的灾难恶心极了:池水带着炸死的青蛙急剧地往外奔流。"快呀,快呀!"我大声叫嚷,"罗米拉尤!依特洛!哦!天啦,这是怎么回事!动手呀,大伙儿帮忙呀!帮帮忙呀!"我朝着夺堤奔流的池水冲去,企图用身子挡住流水,把塌下的石头搬回原位。青蛙朝我冲来,像无数干梅子似的灌入我的短裤和没有拴鞋带的敞口鞋里。牛开始骚动,挣着缰绳想往水边来。但水已被污染,没有谁敢让它们饮用。这真是可怕的时刻:牛受着自然需要的驱使要去喝水,土著人则苦苦哀求它们,痛哭流涕。整整一池水不一会渗透进了地面,被泥土喝个二净。罗米拉尤蹚水到了我身边,奋力帮助我,可是那些大石块太沉重了,我们无力搬动;水池本由一道堤坝拦成,池水居上临下直往下冲。不论什么原因,水流光了——完全流光了!在短短的几分钟内,我便看见了(真恶心!)黄泥池底和那些横七竖八的死青蛙。对它们来说,一惊之下,生命及一切都了结了。可当地的居民怎么办!牛群被驱赶离开时,不断为流逝的水哞哞哀鸣。人群很快散了,只剩下依特洛和蒙塔巴。

"哦,我的天。这是怎么搞的?"我对他们说,"这成了大破坏,我给你们带来了灾难。"我拉上溅脏弄湿的衬衣下摆,紧紧捂住脸。我于是露出胸膛,透过衬衣说:"依特洛,杀了我吧?我只有以生命相抵了。请杀吧,动手吧,我正等着呢。"

我静听他走近的声急,但我听见的不是他的脚步声,而是蒙塔巴伤心欲碎的啜泣。我把腹部挺起,等他用刀来戳。

"亨德森先生,怎么回事?"

"向我戳来吧,"我说,"别问我。喂,戳吧。你要是没有带刀,就用我的,反正都一样。别原谅我。我真受不了,甘愿死掉。"

我不是说着玩的,全是真话。就像炸垮的水池一样,我把自己的一切给毁了。我仰起用湿衬衣捂着的面孔,心里满是无法忍受的混乱。我等着依特洛来剖开我的腹,载满狂热和痛苦的赤裸腹部准备接受极刑。脚下,渗入泥土的池水正化作热气往上冒,阳光开始晒得青蛙尸体发出腐臭。

第 十 章

我听见蒙塔巴喊叫着说:"阿侬,耶里,耶里。"

"她在说什么?"我问罗米拉尤。

"她说,再见,永别了。"

依特洛用颤抖的声音对我说:"请您,亨德森先生,别再捂住脸。"

我问:"怎么回事?您不打算杀死我吗?"

"不,不,您曾胜过我。您要想死,得自己去死。您是我的朋友。"

"还是朋友,"我重复道。

我听得出来,他讲话时喉头里哽哽塞塞的,那阻塞的东西一定很不小。"为了帮助您,我本来愿意献出生命的,"我说,"您刚才亲眼看见的,我让爆炸筒在手里停了多长的时间才扔出去。我真希望它在我手里爆炸,把我炸个稀巴烂倒好了。我这辈子老这样,每当我置身大众之中,总会把事情弄糟——总是闯祸。我在这儿一露面,他们便哭哭啼啼,看来那是对的;他们一定嗅出了问题,知道我会造成灾难。"

脸依旧笼在衬衣里,但我再也抑制不住感情,既伤感又怀着感激。我呼吁道:"我为什么一次也不能满足心愿!难道一次,就那么一次也不行!我注定要坏事闯祸吗!"我认为我的生活模式已清楚地说明问题;真相大白之后,生与死便没有什么区别了。

可是,依特洛既然不向我开刀,我只好放下溅满污泥的衬衣说:"好吧,殿下,如果您真的不愿让我的鲜血沾您的手。"

"不,不,"他说。

于是我说:"那就谢谢您了,依特洛。从此以后我得继续行程了。"

罗米拉尤咕哝了一句："先生，我们干什么？"

"我们将离开这儿，罗米拉尤。这是为了朋友的利益我所能做的最大贡献。再见，殿下。再见，亲爱的公主。请代我向女王道别。我曾期望从她那儿获悉人生的真谛，都怪我太性急了，我不配出现在她的左右。但我热爱她，热爱你们所有的同胞，愿上帝保佑你们。"我接着又说："我愿意留下来，至少帮你们把水池修好……"

"最好算啦，先生，"依特洛说。

我听信了他的话，毕竟他最了解这儿的情形；而且我太伤心了，不便与他争论。罗米拉尤回小屋去取行李的时候，我走出了冷清的街道。大街小巷都不见一个人影，甚至牛也被关进屋内，以免它们再看见我。我到城墙边等待罗米拉尤，他出现后我们又一起走进沙漠。这就是我在毁了他们的水池，也毁了我的希望之后，满怀羞愧、灰溜溜离开时的情形。自此以后，我再也无法进一步学到格朗—图—摩拉尼的奥秘了。

很自然，罗米拉尤想回帕汶台去；我知道他的合同已经满期，我对他说，吉普车归他所有了，无论他何时需要都行。"然而，"我问道，"我现在怎么能回美国呢？依特洛不愿杀我，他是个高尚的人；对他说来，友谊是珍贵的。或许我最好马上用这支零点三七五口径的枪叫脑袋开花，也算回老家了。"

"先生，您在说些个啥？"罗米拉尤大惑不解。

"我说的是，罗米拉尤，我投生人间是为了达到某些目标，而结果你亲眼看见了。所以，假如我现在便灰心丧气，停步不前，我可能会变成一具僵尸，面孔苍白如蜡，摊在床上直到断气。这算是我罪有应得。你愿意怎么办就怎么办吧，现在我不能再发号施令了。一切由你选择决定，假如你要到帕汶台去，你就自个儿去吧。"

"您要单个走，先生？"他说，惊异地望着我。

"是的，假如必须那样，伙计。"我说，"因为我没有任何退路了。没关系，我还带有一些口粮，帽子里还有四张一千块的支票，我想沿途还可以找到食物和水。我可以吃蟥虫为生。假如你想要我的枪,也可以拿去。"

"不,"罗米拉尤没有多加思索便说,"您不能去,一个人,先生。"

"你真讨人喜欢,真是个大好人,罗米拉尤。我是个倒霉透顶,处处失败的人,凡是我沾手的事都给弄糟了,我似乎具有与迈达斯相反的本领①,所以我的意见不足挂齿,但我确实是那样认为的。那么,"我接着问道:"我们前方是何处?我们往哪儿去?"

"我不知道,"罗米拉尤说,"或许到瓦里里?"

"哦,瓦里里。依特洛王子和那儿的国王一道上过学——他的名字叫什么来着?"

"达甫。"

"对,叫达甫。那么,咱们朝那个方向走好吗?"

罗米拉尤面带难色地说:"那好吧,先生。"他似乎对自己的建议没有把握。

我扛起比往日该我扛的更多的包袱,说:"咱们走,也可以不进他们的城,到时候看情形再说。现在咱们就动身吧。我不抱多大希望,但我明白,呆在家里,我只会是行尸走肉。"

就这样,我们朝瓦里里出发了,我心里却想着俄狄浦斯②在科罗纳斯的葬礼——他死后起码给人们带来了幸运,我也希望自己能有同样的结局。

我们又跋涉了八天,也许是十多天,越过了与亨查加拉高原极为相似的地带。又走了五、六天之后,周围的景色才开始有些变化。尽管大

---

① 迈达斯:古希腊寓言中的一个国王,性嗜黄金,阿波罗神戏赐点金术,让他触到的一切都变成黄金,结果又令他悔恨不已。
② 俄狄浦斯:希腊神话故事中底比斯王子,自幼被抛弃,被科林斯国王养大后,回到底比斯。他猜破了狮身人面女妖出的谜语,为底比斯人解除了灾难,但与此同时,他却步步逼近自己的毁灭,应验了杀父娶母的神谕。

多数山坡仍然光秃秃的,山顶上却有了更多树木。台地、热花岗石、尖塔和城堡紧偎着山峦(我是说它们耸立地面,却又不愿与企图吞噬它们的云彩分开)。也许由于我心情忧郁,什么景色在我看来都粘糊糊的。这一路的艰难跋涉对罗米拉尤来说算不了什么,他完全适应这样的崎岖旅程,就像水手习惯于水那样——运载、停泊或到港对他都没有区别。他那双脚瘦骨嶙峋,但在他看来,跋涉是理所当然的。他很会寻找水源,知道在什么地方插进一根草管就可以喝到水;还会采摘葫芦和我不曾见过的其他东西,用它们嚼在嘴里来吸取水分和养分。晚上我们有时交谈。罗米拉尤认为,由于水池炸塌后滴水不存,阿纳维人很可能为了饮水而迁徙。想起青蛙和别的许多事,我黯然坐在火旁,凝视着火炭,为自己造成的灾难感到羞耻。可是,一个人得继续活下去,无论他的境遇是好还是坏。这种事将永远如此,所有的幸存者心里都明白。假如你逢凶化吉,幸免一死,你自然会重振旗鼓——我的意思是说,从中汲取经验教训。

我们见到巨型的蜘蛛,它们在仙人掌之间架起的网像一个个雷达站。这一带还有一种体大如铃的蚂蚁,它们的巢穴垒在原野上像一座座灰色小丘。鸵鸟在这样干燥炎热的地带为什么能疾速长跑,我永远也理解不了。我曾走近一只鸵鸟,近到能看清它圆圆的眼睛,这时它用脚拍击地面飞去,羽毛扇起一股热风,身后留下白烟似的尘土。

有时罗米拉尤已经做完祷告躺下,我还让他醒着,滔滔不绝地对他讲述自己的身世。我想知道,经历了这些奇特的异国风光、荒漠、鸵鸟、蚂蚁、夜间的雀鸟、偶尔传来的狮子的吼声——这一切能否消除我的一些罪孽,但事后我总是感到自己比那些蚂蚁、鸵鸟、山峦更加古怪和不可思议。我说:"要是瓦里里人知道我们正朝他们那儿去,他们会怎么说?"

"我不知道,先生。他们人不如阿纳维人好。"

"哦,他们不如阿纳维人善良,是吗?可是,你千万别提起青蛙和水池的事，你答应我吗，罗米拉尤？"

"是，是，先生。"

"谢谢，朋友，"我说。"我并不值得人家信任，但是说一千道一万，我没有坏心眼。说句良心话，想到那些牛没水喝的困境真要我的命。不过，即使我实现了自己最大的心愿，成了一位像格林菲尔或施韦策那样的内科医生，或者成了一位外科医生，又会怎么样呢？世界上找得出一位绝不出差错的外科医生吗？哼，有些外科医生身后也许还会跟一大帮冤魂呢。"

罗米拉尤躺在地上，一只手指在面颊下，他那阿比西尼亚式的端直鼻梁，表现出巨大的耐性。

"瓦里里的国王达甫和依特洛同过学，可你说瓦里里人不够善良。他们到底有些什么毛病？"

"他们，冷煞人地黑。"

"唔，罗米拉尤，你真是一个虔诚的基督徒。"我说，"你的意思是说，他们这一代更加精明狡猾。但是，他们与我之间，你认为谁应更加小心？"

他还是那副躺睡的姿势，那双大而柔和的眼里却流露出一丝奇异的幽默意味，他说："哦，说不定他们更，先生。"

你知道，我已改变了要绕过瓦里里部落的主意，部分的原因正是听了罗米拉尤给我讲过的话；因为我感到，我不大可能在他们中间造成任何破坏，如果他们真是一群强悍狡黠的野蛮人。

我们就这样跋涉了大约九至十天，到最后一两天时，周围的山势大为不同了，远近处处现出圆形的大白石岩，倒塌后形成一个个大石堆。我想大约是在第十天上吧，我们终于在这些圆形大石堆之间碰上了一个人。那是黄昏时分，赤红的夕阳西沉，我们正往高处爬。在我们身后，翻越过的高山古色苍茫，呈现一幅错落的山峦轮廓。前面是丛丛灌木，长在白如瓷器的圆形石岩之间。这时，一个瓦里里牧人出现在我们面前，身上围着一张皮革围裙，手执一根弯曲的木棍，尽管他没有任何举动，看起来却令人生畏。他身上有某种东西叫我想起圣经中的人物，尤其是当约瑟去寻找他的兄弟时遇见的那个人，那人指点约瑟往多坍去①。我相信这位圣经人物是天使，他当然知道那些兄弟要把约瑟投入深渊，然而他仍然指点约瑟前去。我们遇见的这位黑人不仅系着皮围裙，浑身上下也像皮革似的，倘若他长得有翅膀的话，那副翅膀也会是皮的。他的五官紧缩在一张瘦削的脸上，阴阳怪气的；即使在夕阳余辉的照耀下，仍然显得很黑。我们和他交谈了几句。我说"喂，你好！"我说得很大声，想当然地以为他的眼睛深陷，听觉也一定不灵。罗米拉尤向他问路，他用手棍给我们指了去路。旧时候给行人指路就是这样。我朝他躬身致意，他仿佛不以为然，皮革似的脸上没有任何表情。然后，我们沿着他指的路在岩石间继续攀登。

"远吗？"我问罗米拉尤。

"不，先生。他说不远。"

这时我想今晚也许会在城里过夜了。经过整整十天的艰苦行程，我开始期望能够睡在一张床上，吃上烹调的食品，见到一些忙碌的情景，即使是一间能避风遮雨的茅屋也好。

路越走越崎岖，到处是岩石，这使我开始产生怀疑了。假如我们是在逼近一个城镇，此刻早该走上一条小路了。然而相反，遍地是横七竖八的白色大石块，好像是有人专门搜罗来扔在这儿的，或者从什么莫名其妙的高处垮塌了下来。我不是地质学家，但知道"石灰质"这个词与这些石块的质地相称。这些石灰岩含有石灰，我猜最初是浸在水域，眼

---

① 见《圣经·创世记》，约瑟是雷切尔生的第一个儿子，受到雅各布的宠爱，给他一件"多色的彩衣"。于是他的兄弟们嫉恨他。后来约瑟去寻找众兄弟，途中遇见一个人指点他去多坍，他果然在多坍找到了他们。但他们图谋杀害他，后来改变主意把他扔进深渊，这时有一支骆驼商队经过，众兄弟便又把约瑟出卖给商人，被带到了埃及。

前这些岩石却干燥极了,有许多小洞穴,并从中散发出凉爽的空气——假如没有蛇来打扰,这可是在炎热的正午憩息的理想场所。但此刻日薄西山,我们却置身这一片粗犷古怪的石灰岩之间,到处是洞穴。

我们刚转过一堵石壁,准备继续攀援,罗米拉尤的举动令我大吃一惊。他刚把脚往上跨出一大步,便开始双手往前滑动,全身趴倒在石坡上。这真叫我摸不着头脑。当我见他趴在地上,我问:"怎么搞的?你在干什么?这是躺卧的地方吗?起来。"可是他直伸的身躯,连同行李和身上的一切,都紧贴着石坡,一头卷发倚在石间纹丝不动。他没有答话,也没有必要回答;我抬头一看,一切都明白了。在我们前方二十码左右的高处,出现了一支部队;三个土著人跪在地上用枪对准我们,他们身后站了八个,也许是十来个人,也一齐把枪口对着我们。只要一开火,便会将我们轰下岩去。他们的火力完全可以做到这一点。十多支枪瞄准你,可不是件好事儿。于是我放下那支零点三七五口径的枪,乖乖地举起双手。由于我有些尚武的气质,还感到高兴哩。那个浑身像皮革似的小子把我们引进了埋伏,他的狡诈伎俩不知什么缘故,也使我大为开心。世上有些事情,不需经人指教,人们就能心领神会。哈,哈!我一时高兴也学着罗米拉尤趴在地上,把脸贴进小石块之间,一面等候发落,一面暗暗好笑。罗米拉尤趴倒在地并非出于本意,而是在遵循非洲的规矩。最后,一个人在众人掩护下走下山来,照军人的惯例,他不声不响地收缴了我们的枪支弹药、刀和别的武器,并且命令我们站起来。我们站起身后,他又仔细在身上搜了一遍。这时站在高处的那队人才放下枪。这些枪都老掉牙了,不是长枪管的伯布式枪,便是欧洲的旧式武器,说不定还是在卡图姆一役从戈登将军①手下缴获过来分发到非洲各地的。我想起那位到过中国的戈登将军,可怜的人儿,还是个《圣

---

① 查理·乔治·戈登(1833—1885):英国将军,被派遣到过中国,参加镇压太平军,1877 年任英国驻苏丹殖民总督,1885 年被苏丹起义军击毙。

经》迷,像他那样壮烈捐躯,倒比死在腐败发臭的英国好。我对技术发达的铁器时代没有什么好感,我同情戈登那样的人,因为他既勇敢而又糊涂。

起初,我觉得中了埋伏又被缴械还很开心,但被命令背起行李继续前进时,我的感觉逐渐改变了。比起阿纳维人来,这些家伙的个子更矮小,皮肤更黑,但非常强悍。他们都穿着炫眼的狮皮衣,走起路来雄赳赳气昂昂的;走了一小时左右以后,我心里更加沉重了。我对这些家伙感到愤懑,只要稍为激怒我,我会张开双臂,把他们十来个人一股脑儿抱起来扔下岩去。不过,我想起了消灭青蛙所造成的后果,没有发作;我强压住心头的怒火,采取了容忍和等待的策略。罗米拉尤满面沮丧,我伸手去挽着他。由于伏地投降,他那沾上泥土的面孔更皱成一团了;他的卷发上满是尘土,甚至他那残缺的耳朵也苍白得像块白面饼。

我和他讲话,但他忧心忡忡,似乎听不进去。我说:"喂,别这样垂头丧气,他们会把咱们怎样?关进监牢?驱逐出境?软禁起来索取赎金?把咱们绞死?"可是,我的信心丝毫感染不了他。然后我说:"你为什么不问问他们是否正带我们去见国王?国王是依特洛的朋友,我相信他会讲英语。"罗米拉尤有气无力地向一名兵士打听,那人却只说了一个字:"哈拉弗!"而且显然板着一副常见的军人的严肃面孔。我一看就明白。

就这样,时而攀登,时而爬行,时而开步小跑,走了二三英里之后,一个城镇在望了。和阿纳维人的城镇不同,这儿的建筑物高大些,有的用木头建成。在落日余辉的照耀下,城区仿佛很宽广。城那边,夜幕已经降临,星斗开始在夜空闪烁;附近的灰白石岩好像都从圆形、碗形或圆盘形的山顶坠下,城里到处可以看见这类碗形灰白石头做成的装饰。最雄伟高大的一座红色建筑是王宫所在地,宫前碗形石盆里种着花,宫前还围了几道荆棘和白石头砌成的篱笆,摆放了许多石灰石花盆,大小与太平洋中食人蛤蚌的体积差不多,盆里鲜红的花朵怒放。当我们经过那儿的时候,两个哨兵立即挺直站定,但没让我们从他们中间进去。使我吃惊的是,只让我们从旁边走过,然后被领着穿过城中心来到一片小屋的地面。人们丢下饭碗出来看热闹,一面嬉笑,一面尖声尖气地呼喊。这些小屋普普通通:茅草顶,蜂窝形。他们也饲养牛,凭着最后一线阳光,我还隐隐约约地看见苗圃。所以我想,这儿的水源一定充足些,人们不需要我的帮助。对于他们的嬉笑,我不大在意,还采取了幽默的态度,向他们挥手,行帽檐礼。总之我对他们的举动满不在乎,令人感到不快的是,没让我们立即觐见达甫国王。

他们领着我们进了一个院子,命令我们靠着一间屋的墙头坐下,这间屋比其余的屋略为大些,门上涂白了一大块,表明这是一处官方房舍。抓捕我们的一队巡逻兵到这儿之后便离开了,只留下一个家伙看守我们。我可以一把攥住他的枪,一拧就能折为几段,但这样做有什么用呢?我让他站在背后,不理睬他。已经是进笼的时候了,院子里还有五六只母鸡在啄食,几个赤身裸体的小孩在玩类似玩绳的游戏,一面嘴舌不灵地重复唱着。和阿纳维的孩子不同,他们不走近我们。天空老是赤褐土色,接着变成淡红的口香糖,我的鼻子不习惯闻的味道。最后天全黑了。母鸡和孩子也不见了,只剩下我们两人孤零零地坐在那个武装看守的脚边。

我们等待着,对一个性情暴躁的人来说,等待常常会惹出一大堆麻烦。我相信,那个让我们等待的人,瓦里里的行政官、地方官或者检察官什么的,准是有意给时间让我们清醒清醒;也许趁着天黑以前的余光,他已经从门缝瞧见了我的面孔。或许他感到惊骇,这会儿他正在冥思苦想,捉摸该采取什么对策。当然,他也可能像蚂蚁那样安然地蹲在自己的老巢里,考验我们的耐性。

这自然很影响我的情绪。我感到烦躁不安,因为我可能是世界上最缺乏耐心的人。我不明白耐心是怎么回事,什么也忍耐不了,一忍耐心里就发毛。我坐在地上,精疲力竭,满怀忧虑,占首要地位的自然是恐惧。这时,暖融融的黑夜,显得很恬静,夜空开始闪亮出星星,模糊的一弯残月也缓缓升起。那位不知名的检察官也浸在这片夜色之中吧,也许他正得意扬扬呢——扫了一个白人游客的尊严,缴了他的械,又让他空着肚子干等。

就在这时,命运之神总不愿放过我的一桩事发生了。当我一边坐着等待、一边嚼硬饼干时,我把假牙桥咬断了。我一直担心我的假牙——要是在荒凉的非洲出了问题,我将怎么办?这份担忧曾使我避免参加不少打斗。当我和依特洛角力,面部朝地摔下去时,我首先想到的是牙齿。在家那阵,看电影嚼奶油糖,在餐馆啃鸡骨头,我不知有多少次突然粘住牙齿,凿上牙床,便慌忙用舌头在嘴里探一圈,紧张得心脏几乎都停止了跳动。现在这桩可怕的事真的发生了,嘴里的硬饼干与咬断的牙混在一起,甚至能舔到牙桥的凸起部分。我气昏了,既厌恶又恐惧。真他妈的见鬼!我陷入绝望之中,眼里噙着热泪。

"什么这样大问题?"罗米拉尤问。

我掏出打火机,打燃火让他瞧我摊在掌心的碎牙瓣,咧开嘴唇,举起火光让他往嘴内瞧。我说:"我咬坏了颗牙齿。"

"哦,糟了!您感痛的很,先生?"

"不,不是痛,而是心里难受极了。"我说,"没有比在这个时候发生这样的事更使人伤脑筋的了。"他看见我掌心里的臼牙瓣时,流露出惊骇的神色,我意识到这点,便吹熄了火光。

接着,我不由自主地沉入了配假牙的往事。

第一次大的牙科手术,是战后在巴黎由蒙泰库科利小姐做的。她为我配了最初那副齿桥。你可知道,一个叫贝尔特的小姐,她是管我两个女儿的家庭教师,是她向我推荐她的。蒙泰库科利将军[①]是蒂雷纳元

---

① 雷蒙多·蒙泰库科利(1609—1680):服务于神圣罗马帝国的意大利将军,以在三十年战争中的战绩而著名,后派往匈牙利与土耳其人作战;在1672—1678年间的荷兰战争中,率领帝国部队与法国元帅蒂雷纳作战。

帅①的最后一位对手。过去，仇敌总是参加对方的葬礼，蒙泰库科利来到蒂雷纳的遗体面前，捶胸哭泣。我很欣赏这层联系。然而，有很多事情老出错。蒙泰库科利小姐胸部宽阔，当她专心致志地工作时，总是压住我的面部，叫我喘不过气来；而且我口里蓄满导液，还放进橡皮木块什么的，想喊叫也不成。这时她瞪着黑黑的双眼，严肃郑重地注视着口内。她的诊所在圆形剧场街（圆形竞技场附近），有一个石头砌成的黄灰色的院子，摆了不少垃圾箱，猫从箱里翻出扔掉的大白菜，烂扫帚，烂铁桶；还有一个公共厕所，尿槽前沿有一排踏脚地面。室内的电梯像一乘坐轿，开得很慢，你在梯上可以向盘着电梯的楼道里的行人询问时间。那天我穿一套花呢匹装，一双猪皮鞋。如今我坐在院子里的一间有官方办公标志的屋前等候，罗米拉尤在我身旁，身边站立着那个卫兵，我不由得记起这一切往事……电梯缓缓上升，但我的心跳已开始加速，因为马上要见到蒙泰库科利小姐了。她那张约有五十岁光景的面孔呈心脏形，拉长面孔软绵绵地微笑时，带有法国人、意大利人以及罗马尼亚人（从她母亲遗传下来）的哀婉神情。我畏惧地在她庞大的身躯侧边坐下，她立即开始折磨我；在安上齿桥之前，她得把牙神经抽掉。而安上之后，她放一根棍在我嘴里，告诉我："咬！咬牙齿！咬牙切齿的生气样子。"于是我咬下去，尽量做出生气模样，紧咬在木棍上。她还亲自咬紧牙齿，向我示范。

这位女士认为，从艺术审美观点来看，美国的镶牙术太蹩脚了，她打算替我的前排牙镶上新的假牙冠，就像给我的家庭女教师贝尔特镶的那样。贝尔特住院割盲肠时，我的妻子忙于法兰西学院的功果，只好由我亲自探视。我戴上圆顶礼帽和手套去了，贝尔特装出一副疯癫的样子，狂乱地在床上翻滚。她抓住我的手就咬，我这才知道蒙泰库科利

---

① 蒂雷纳（1611—1675）：先在荷兰军中开始军事生涯，不久参加法国部队，1643 年被授予法国元帅的称号，是法国历史上最著名的军事统帅之一。

小姐给她镶的牙挺结实管用。贝尔特的鼻孔粗大，还有一双能蹬善踢的腿。我好容易熬过了那探视她的两个星期。

话说回来，蒙泰库科利小姐给我镶的齿糟透了。我感到嘴里像安了个水龙头，舌头被挤向一侧，甚至我的喉咙也发痛了。我登上小电梯，一边呻吟。当然，她也承认有些肿大，但又说我很快会适应的，并且要我拿出点军人的忍耐气概。我照办了。然而等我回到纽约，一切都得拔了重来。

回顾这些情况是很要紧的。第二副假牙，即我现在咬坏的这副，是由纽约一位叫斯波尔的医生镶的，他是莉莉的肖像画家克劳斯·斯波尔的堂兄。我坐在椅子上镶牙时，莉莉则在乡间坐在凳子上供画家临摹。为了镶牙和学提琴，我每周得留在纽约两天。而每次我进斯波尔医生的诊所时，总是气喘吁吁的；手提着琴盒，乘了两条地铁，沿途又在酒吧柜前停了好几次；我心灵处于争斗，心里老在不停叫唤那两个字。转过街口，有时我恨不得把整幢高楼吞进肚里，咬成两半，就像莫比·狄克①把船只咬成两半那样。我匆匆忙忙撞入斯波尔医生诊所的地下室，在那儿他有一个工作间，一个波多黎各技师正在打样，在小飞轮上磨齿形。

盥洗室的开关在挂工作服背后的墙上，我伸手去开了灯，进了盥洗室。冲洗马桶后，我对着镜子端详，做怪相，自言自语地说："不错吧？""什么时候？""你是谁？当兵的？""我的上尉，竟然没有牙齿！你自己的心灵在折磨你。""这种状况是你自己造成的，现实正是**你自己**。"

门口的招待员总是说："亨德森先生，刚上完了提琴课吧？"

"是呀。"

等候牙科医生的时候，就像这时手里拿着碎牙片坐着等候的情形，

---

① 莫比·狄克：美国小说家赫尔曼·梅尔维尔（1819—1891）的著名小说《白鲸》中的巨鲸的名字。

我不禁想起我的孩子,我的往昔,还有莉莉以及和她一起的生活前景。我知道在这个时候,她正容光焕发地坐在斯波尔的工作室里,由于紧张而又兴奋,她得费好大劲才能使下巴保持不动。她这张画像是引起我和大儿子爱德华之间产生隔阂的原因。那个开MG牌红色小轿车的家伙。爱德华像他母亲,认为自己比我强。可是,他错了。虽然有不少伟大的事迹是美国人创造的,但不是像我或我儿子这样的美国人,而是像修建大水坝的斯洛卡姆那样的人。大机械日日夜夜不曾停息,推到一个个的山丘,铲走泥土,用成千上万吨混凝土把旁遮普谷地填平。象他那一类的人才可能干出大事业。而这对我所属的一类人,爱德华的一类人,莉莉竭力要攀附的一类人,只好望洋兴叹。爱德华总是随波逐流,他干过的最有独立性的事,是给一头大猩猩穿上牛仔服,用一辆敞车载着它开进纽约城里到处乱转。猩猩受凉病死后,他加入了一个爵士乐团,吹奏单簧管,年收入不下两万美元。他住在布利克尔街,隔壁就是密尔斯旅馆的廉价店房,那是醉汉成堆的地方。

可是,父亲总是父亲,为了和儿子谈话,我不惜去加利福尼亚一趟。我发现他住在太平洋海边马利布地方的一间浴场小屋里。于是,我们躺在海滨沙滩上交谈。海水幽暗,懒洋洋地一动不动,沉闷地晃着光亮,像一块铜板;一团团白沫,苍白无力,海面宽阔无边,空空荡荡,烟雾水汽,模模糊糊,阴森可怖。

"爱德华,我们这是在哪儿?"我问。

"在地球的边沿。不就在这儿吗?"

然后我对他说:"在这么个倒霉的地方见面,除了弥漫的烟雾,别的什么也没有。好孩子,我得跟你好好谈一谈。不错,我这个人很粗暴,也许我是个怪人,但世上万事万物都有其原因。'心向善而弗能为'。"

"噢,我不懂,爹。"

"你应当去当个医生。为什么不去上医科学校?爱德华,上医科学校吧，求求你。"

"为什么呢？"

"理由很多。碰巧我得知你担心自己的健康，你在服蜂王片。现在**我知道**……"

"你老远来找我，要和我谈话——就是为了告诉我这些吗？"

"也许你认为你爹不是一个有头脑的人，只有你妈才是。哎，别自欺欺人了，我已经进行了仔细的观察。首先，神志清醒的人很少。爱德华，这会使你感到吃惊吧，不过事实就是如此。其次，奴役现象从来没有真正消除过；无论你怎样警告，总有许多人愿意受各种各样的奴役。把我的基本观点告诉你也没用。不错，我常常糊里糊涂，但同时却又是一名斗士。是的，一名斗士，我在艰苦地奋斗。"

"你在为什么奋斗呢，爹？"爱德华问。

"哼，"我说，"我在为什么奋斗？为真理呗。是，不错，为了真理，反对虚伪。但这些斗争主要是针对我自己的。"

我心里十分明白，爱德华要我告诉他，他应当为什么而活着。而那种要求是不现实的，正是它给我带来痛苦。每一个当儿子的都期望获得清楚的信条，而每一个做父亲的都极力想提出这样的信条。不用说，每一个人都想使自己的子女免于受苦难，要是他办得到的话。

一条小海豹在沙滩上哀鸣，想是被别的海豹丢下不管了，我对它的处境感到十分关切。我叫爱德华去商店买一筒金枪鱼罐头，自己留下守护，怕野狗跑来欺侮它。一个海滩逐浪人告诉我，这只小海豹是个乞丐，专门上岸讨东西吃，假如喂它东西，会鼓励它成为寄生虫的。然后他用力敲它后部，小动物毫不反抗地拍打着鳍肢，一拐一拐地滑向水里，钻进白色的水沫之中，水面上鹈鹕缓缓地飞来飞去。

"爱蒂①，你住在海滩，晚上感觉不到冷吗？"我问。

---

① 爱蒂：爱德华的昵称。

"我不大在乎。"

我为儿子感到心疼,不忍心看他这样生活。我说:"努力去当个医生吧,爱蒂。要是你怕看见血,可以当内科医生;要是不喜欢成年人,你可以当儿科医生;如果不喜欢小孩,还可以专修妇科。你应该读了我在圣诞节给你的格林菲尔写的那些书。我完全清楚,你从来就是连打开礼物包都懒得动手的。看在上帝面上,咱们得和别人沟通思想呀。"

我回康涅狄格州仍然是一个人,但不久儿子回来了,带回一个中美洲什么地方的女人,一个有黑人血统的印第安人,瘦削的脸蛋,两只眼睛挨得很近。他声称要娶她做妻子。

"爹,我在谈恋爱呢,"他告诉我。

"怎么回事?她怀孕了吗?"

"没有,我告诉你我爱她。"

"爱德华,别那样说,"我说,"我不相信。"

"要是她的家庭背景使你为难的话,那么,莉莉的情形又怎么解释呢?"他说。

"别让我听到半句关于你继母的坏话。莉莉是个好女人。这个印第安女人是谁?我要对她进行调查。"我说。

"那我就不明白了,"他说,'你为什么不准莉莉把她的肖像同别的并排挂出来。玛丽亚·费露卡的事,你别管,我就是爱她。"他说,气得脸红脖子粗的。

我瞧着这个宝贝儿子——留个平头,扁平消瘦的身躯,翻扣领下结条普林斯顿领带,穿双白鞋,几乎不像副面孔的面孔。"我的天!"我想,"这会是我亲生的儿子吗?真是活见鬼。要是我任他和这女人混下去,她会几口把他吞掉的。"

说来也怪,即使在那种场合,我对他的爱仍然深深震撼着我。我的儿子!是不安情绪使我变成这样,是悲哀使我这样。所以,我不必耿耿于怀,由他去吧!娶一打像玛丽亚·费露卡那样的女人也罢;假如会有什么益处的话,也让她去画一幅肖像。

于是爱德华带着从洪都拉斯来的玛丽亚·费露卡,一道回纽约去了。

我把自己穿着国民卫队制服的画像取了下来,无论是我的或者莉莉的画像,都不要在大厅里悬挂了。

这还不是全部,当罗米拉尤和我坐在瓦里里的院子里等候时,我还回忆起更多的事情。我对莉莉说过多少次:"每天早上你离开家去画你的像,可你同从前一样邋遢。我发现你把孩子的尿布塞在床下,放进装雪茄的湿度箱里。洗碗槽里尽是白菜屑和油渍;过道里乱七八糟,家里像个鬼住的地方。你纯粹是在逃避我。我完全知道,你把孩子放在后座上,驾着别克车每小时跑七十英里。听我谈起这些事儿的时候,别做出不耐烦的样子。你也许认为干那些事儿低人一等,可到头来还得由我花好多时间去干呢。"

听了这些话,她脸色苍白,转过脸去微笑着,仿佛她画了像会给我带来多大的好处,而我却迟迟不能明白。

"我知道,"我说,"在捐筹牛奶基金的活动中,附近的主妇们派了你一份事做,但她们不愿让你进委员会。这一切都瞒不过我。"

在非洲山里的这天晚上,手握着咬碎的牙齿,我更想起了一件丢脸的事——我和牙医的表妹、画家的妻子之间的一桩往事。第一次世界大战之前(她现在六十多岁了),她被认为是个有名的大美人,战后再也无法振作了。但是,她照样打扮得像个年轻女郎,大花大朵的衣裳,还镶上荷叶边;也许像她自己所声称的曾经名噪一时,但这样做在过时的美人中绝不多见。无情的岁月和大自然不饶人,她凋残得十分厉害。然而,她的性欲不减当年,仍然燃烧在她的一双眼里,那劲头像个西西里岛的强盗。她的头发像辣椒粉一般红,脸上也撒上了同样红的雀斑。

冬天的一个下午,我同克莱娜·斯波尔在纽约中央地铁站遇上了。我刚去了斯波尔的牙医诊所,又上了提琴教师哈朋依的课。我心里不痛快,匆匆进入下层铁道,这样我穿的短裤和鞋子会显得适宜些——在灯光暗黄、往下倾斜的通道里,行人不计其数,许多人走路摇摇摆摆,口里在嚼口香糖。我看见克莱娜·斯波尔来了,她从牡蛎餐馆出来,或者由于姿色消损,每况愈下,不再能趾高气扬,只好汇入这股人流。我经过她身旁时,她拦住我,一把扯住我没拿小提琴的手。于是我们到了娱乐车厢开始或者继续喝起酒来。同一时刻,莉莉正端坐在她的丈夫面前画像。因此她说:"你干吗不同我一齐下车,然后与你妻子一起回家?"她希望听到我这样回答:"亲爱的,这会儿何必回家呢?咱们下车到城里去逛个够不好吗?"可是,车已经开动,很快就到了长岛海湾,窗外夕阳西下,白雪茫茫,残阳笼罩在昏糊的气氛之中,黑色的汽轮"呜——呜!"直鸣,喷出的烟屑落在水波上。克莱娜兴奋极了,滔滔不绝地说个不停,还晃动她那朝天鼻子,极力用那双色情的目光挑逗我。你知道,在这种场合,人的恶习和欲望又会萌动。她告诉我她年轻时候漫游萨摩亚和汤加①的情形,说她曾在海滩边、木筏上和花丛间领略过纵情的热恋,那热烈的劲儿真有些像丘吉尔鼓励人们浴血奋战,流血、流汗、洒泪于海滩。②有时我不得不显出赞同的神情。我的主张是,假如有人向你吐露真情,你不必当面顶回去,应该让他们自圆其说。当我们快到站时,她竟然伤伤心心地哭了。这个老妖婆,真使我狼狈不堪。我对你说过,看见女人啼哭我会产生什么反应。这一次我也被激怒了。我们赶快走下雪地。我扶着她,叫了辆出租车。

进了她的屋后,我帮着她脱掉高统套鞋,可是她叫了一声,扶起我的面孔便亲吻起来。我不但没有推开她,反而傻乎乎地回吻。是的,我也报之以吻,嘴里含着新配的假牙。这真是莫名其妙的一刹那。她的鞋子随着套鞋脱掉了,我们就在明亮暖和的门厅里拥抱在一起,那儿摆满

---

① 萨摩亚:位于南太平洋的一群岛屿,在汤加以北。汤加:位于南太平洋中斐济以东的一群岛屿。
② 指英国首相丘吉尔1940年6月4日在下院的一次关于敦刻尔克战役所说的话。

了从萨摩亚和南太平洋搜集来的纪念品。我们狂热地亲吻，仿佛再过一会我们就要被死亡分开。我永远无法理解那次愚蠢的举动，因为我当时的态度并不消极。我刚才说过，我回吻了她。

啊，啊！亨德森先生。怎么回事？懊悔？淫欲？去亲吻姿色不再的美人？喝醉了？忧伤？疯狂得像一只牛虻贴在窗玻璃上？

更令人难堪的是，莉莉和克劳斯·斯波尔全看见了。画室的门大开着，里面升了一炉煤炭火。

"你们为什么那样狂热地亲吻？"莉莉问。

克劳斯·斯波尔没说一句话。凡是克莱娜认可的事他都不反对。

第十一章

现在我对你讲述了假牙的历史，它用一种叫做丙烯酸的材料做成，据说永远坏不了——能管一辈子。可是，遇上蛮干的我却断了。有人对我说过——是莉莉、弗朗西斯或是贝尔特？我记不清了——我睡觉时磨牙齿，这无疑是很有害的。也许我啃人生这个硬骨头啃得太苦，磨损了整个牙床结构。总之，当我吐出咬断的臼牙瓣时，我浑身直颤抖。我想："亨德森，你也许活得太久了。"我从壶里喝了一口烈性威士忌，舌头上咬伤的地方直发痛。然后我用威士忌冲洗断牙，小心地放进衣袋，说不定也能在这儿遇上什么人，用胶水粘合还原。

"罗米拉尤，他们关什么老让咱们这样等着？"我说。然后我放低声音问："你看，他们会不会听到了关于青蛙的风声？"

"唔，不，我不想会，先生。"

我们听见从宫廷的方向传来一声低沉的吼叫，我问："那是一头狮子吗？"

罗米拉尤回答说，他相信那真是的。

"是的，我也这样认为，"我说，"但是这只野兽一定关在城里。他们会在宫廷里养狮子？"

"他们一定是。"他不敢断定地说。

城里野兽的气味无疑是很明显的。

看守我们的家伙终于收到了信号，尽管天黑我们没看见；他叫我们站起来，走进一间小屋。进屋之后，叫我们在两张矮凳上坐下。两个剃成光头的女人在我头部上方举着火把，趁着火光我才看清她们头部的轮廊，庞大却也雅致。她们咧开宽厚的嘴唇，朝我们微笑。看见笑容，我稍为宽慰了些。我们坐定之后，两个女人勉强忍住笑，以免火光晃动。这时，烟气腾腾的火光中，只见一人从屋后走了出来，顿时我的宽慰感消失得一干二净。当他注视我时，我想："他一定打听到了我的事，不是关于那些倒霉的青蛙，就是别的什么事。"我心里一紧，内疚得脊髓都凉了。这种反应完全没有道理。

他头上戴的是假发吗？他头上罩着麻纤维丝似的官方头饰，在两个火把之间的一张平滑长凳上就座。他手握一根棍或者象牙笏的东西支在膝上，手腕上各缠了一圈长条豹皮，很有些官老爷的架势。

我对罗米拉尤说："我不喜欢他这样打量我们。他让咱们等了这么久，我有些担心。你的看法怎样？"

"我不晓得，"他说。

我打开小包，拣出几样小玩意儿——几个常见的打火机，一面恰好带在身边的放大镜。东西摆在地上，却没有引起他任何注意。相反，他拿出一本又厚又大的书，像是要考考我们是否识字，这使我又惊奇又忧虑。究竟是什么呢，来客登记簿或者别的什么？我一时满怀猜测，完全陷入各种各样的幻想。幸好，那是一本地图册，他两根指头在舌头上蘸湿，灵巧地翻动页面，然后把地图递到我面前。罗米拉尤告诉我："他说让您指家。"

"这倒是个合理的要求，"我说。于是我跪在地上，借着打火机和放大镜的帮助，在北美地图上仔细找寻，找到了康涅狄格州的丹伯里。接着我出示了护照，两个剃光了头的滑稽女人这时又在笑，笑我笨拙的跪站姿势，肥大的身躯，以及我的面孔——看上去有些神经质，凶狠却又在佯装讨好或者怒目而视。这张面孔有时看来同小孩的身躯一般大，总是不停地现出奇怪的变化，像热带海面珊瑚下躺着的一种动物，时而呈现出淡红色，时而红薯色；而且总在蠕动扭曲，忽而向前冲刺，做动作，忽而停下倾听，陷入沉思，具有人在怀疑时的种种情态——我是指那种隐藏在疑惑之中的人性。这时,各种各样的表情都浮上我鼻梁和两眼之间,把我眉头都扭歪了。我得控制住自己的脾气,尽量表现得温和些;进入非洲以来,我的举止可不够理想。

"国王在哪儿?"我问。"这位先生不是国王,对不对?我可以直接和国王谈话,他懂英语。这究竟是怎么回事?告诉他,我要求直接见国王陛下。"

"唔,不,先生,"罗米拉尤说,"我们不告诉他,他警察。"

"哈,哈,你在开玩笑吧。"

可是事实上,这人的确像警官那样仔细打量我。假如你回忆得起我和州警察之间发生的冲突(那次他们到第七号公路附近的劳恩斯凯酒店来制服我,事后莉莉只好把我保释出来)。你可以猜猜,作为一个富翁,一个贵族,一个急性子人,我是如何对待警察的提问的。现在到了这个原始的地方,尤其作为一个美国公民,我真想大发脾气,然而我心里想着许多事,还有内疚感,或尽量表现得圆滑和谨慎。他一本正经,公事公办的样子,我耐住性子回答了这矮小家伙的提问:我们是何时从帕汶台动身的,在阿纳维人中间呆了多长时间,我们在那儿干了些什么事儿。我把好使的一只耳朵凑近,仔细倾听是不是提到了任何类似水池、水或青蛙的字眼;虽然这时我心里很踏实,深信罗米拉尤靠得住,而且会为我说话的。这就像是你在一个有鳄鱼的热带湖边,偶尔遇见一队人来拍电影,你发现他们身上的优点无穷无尽。但是,罗米拉尤一定报告了阿纳维河流域发生严重干旱的事实,因为这位检察官明确地宣称,瓦里里人将很快举行仪式,获得他们所需要的雨水。"瓦克—塔!"他说着,用两手的指头往下比划,表示下大雨的情景。我嘴边流露出一丝怀疑,但我立即沉着地掩盖了过去。然而在这次见面交谈中,我很局促,一周多前的事件把我打垮了,我简直没法振作起精神。

"问问他,"我说,"为什么把我们的枪缴了?什么时候归还?"

得到的回答是,瓦里里人不允许在他们境内的外来者佩带枪支。我说:"那可真是条好规定。我不责怪他们,这些家伙挺聪明呢!但愿我压根儿没和枪支打交道,那么对任何人就更好了。但是无论怎么说,你得叫他留心枪上的瞄准器。我怀疑他们这些人是否见过如此高级的枪支。"

检察官咧开嘴,露出一排残缺不全的牙齿。他在笑吗?接着他讲话了,罗米拉尤替他翻译。我旅行的目的是什么?为什么像这副模样?

又是这个老问题!老问题!这正像丁尼生①询问墙头裂缝里长出来的花朵。要作出回答必须涉及宇宙的整个历史。正像面临薇拉塔勒的提问一样,我同样不知道该怎样回答。我该对这位大人物说些什么呢?告诉他我对生存感到厌恶吗?在目前的处境,这种回答完全不合时宜。我能说这世界,全世界,整个世界,一直在跟人生作对,而且势不两立,非制服它不可?虽然我算活下来了,却发现自己难以苟且偷生?埋在我心中的东西,我的"格朗—图—摩拉尼"在作对,使两者互不相容?不,我也不能这样回答。

也不能说:"你可知道,检察官先生,世事如此玄妙叵测,错综复杂,呃,我们完全成了这个世界演变进程中的牺牲品。"

也不能说:"我是那种不争气的人,安宁意味着痛苦,我只好到处奔波。"

也不能说:"我想在生命结束之前,努力学点什么。"

现在你该明白了,可作的回答是挺多的。经过一番内省之后,我拿定主意最好还是向他吐露一些情况。于是我说,我听说了许多关于瓦里里人的奇闻。不过我举不出任何具体细节,他也没有进一步追问,这倒使我感到宽慰。

"我们能觐见国王吗?我认识他的一位朋友,我非常渴望见到他。"

---

① 丁尼生(1809—1892):英国维多利亚时代的著名桂冠诗人,这里似指他写的一首诗《玛丽安娜》。

我的请求没被理睬。

"那么，至少让我捎个口信给他吧。我是他的朋友依特洛的友人。"

这话也没有引起任何反应，只听见两个举火把的女人在我们背后咯咯地笑。

然后我们被领进一间小屋，撇在那儿不再留人看管了，但也不给我们一点吃的东西。房间里没有肉，没有奶，没有水果，连火也没有，这种待客的礼节太怪了。从黄昏以来，我们就遭到监视，我估计现在可能是十点半或者十一点了。你明白我的意思吗？虽然这黑沉沉的夜与钟点无关，但此刻我饥肠辘辘，武装看守把我们领进小屋之后，便不见踪影。城镇已悄然沉睡，偶尔才听得见动物在夜间发出的些微骚动。眼前就是这间腐败霉臭、毛茸茸的旧茅草棚，而我对睡觉的地方素来很敏感，我需用晚餐。没有吃晚饭，倒不是肚子空空的问题，更严重的是满腹焦虑。我用舌头舔了一下牙桥断折处的齿龈，决心不再咬干粮了。我抑制着想吃东西的念头，我对罗米拉尤说："咱们生堆火吧。"他对我的建议没有反应，虽然室内黑洞洞的，他看见或者感觉到我的情绪在滋长，极力劝阻我别制造任何麻烦。可是我吩咐他："去拾点引火柴来，听见没有，说干就干。"

这样他才蹑手蹑脚地到外边去拾了些小树枝和干牛粪回来。他也许以为我想烧毁城镇，为受到的冷遇进行报复。我粗暴地从屋顶抓了一把茅草，然后打开一包鸡丝快餐面，倒进一只小铝锅，掺了些水，又加些烈性威士忌以帮助睡眠。罗米拉尤在门边生起一堆小火，由于气味难闻，我们没敢到屋内更深的地方。这间屋像是堆放破烂的贮藏室：烂席子，有窟窿的篮子、残损的牛角、牛骨、断刀、烂网、绳索，以及各种杂七杂八的东西。由于火燃得不旺，似乎永远没有煮干的希望，我们先把不冷不热的鸡丝面汤喝了，再勉强吞下面条。吃完后，罗米拉尤像往常一样，跪坐在小腿上祷告。我朝他投去怜悯的目光，因为这地方很不像样，但我们还得在这儿过夜。他把手指头攥在一起支着下巴，从胸间发出呻吟，埋下带有伤痕易于轻信的头颅。他显得忧心忡忡，我说："罗米拉尤，今夜你想做一番特别的祈祷吧。"我差不多在自言自语。

突然我"噢"地叫了一声，整个右半身像瘫痪了似的变得僵直，甚至嘴唇也合不拢了。仿佛从鼻子里灌进了什么古怪的恐惧药水，我又呛又咳，因为借着火堆里突然弹出的闪亮火光，我似乎瞥见一个黑黝黝的庞大身躯靠在我们身后的墙上。

"罗米拉尤！"

他停下祷告。

"屋里有人！"

"没有，"他说，"他们没有人在这儿。只有我和您。"

"听我说，屋内确实有人。在那儿睡觉。说不定这间屋有主人。他们早该说明我们得与别人合住一起。"

恐怖以及类似的感觉常常通过鼻子传给我，就像注射奴弗卡因那样，你会感到那冷冰冰的液体进入粘膜，逐渐扩散到周围的骨层。

"等我拿打火机来照，"说着，我迅速旋动打火机的转轮，火接上了，我举过头让光照到更远的地面，立即看见一个人体。受了恐惧的压迫，我的鼻子似乎就要炸裂。我的面部、喉头和两肩都一齐膨胀颤栗起来，双腿发软，直打哆嗦。

"他是不是睡着了？"我问。

"不，他死了，"罗米拉尤说。

我心里早就明白，只是不想承认。

"他们故意让我们和尸体呆在一起。这意味着什么呢？他们究竟打算干什么？"

"唔！先生，先生！"

我在罗米拉尤面前摊开双臂，示意他坚强些，我说："伙计，得挺住呀！"

可是我自己心里也不踏实，腹内像起了痉挛，我感到虚弱乏力。对我说来，死人并不陌生，我见过的死人够多了。然而过了好一会儿，我才从恐惧引起的麻木状态中挣脱出来。我皱眉细想：这是什么意思呢？为什么近来我一再见到尸体——首先是倒在我家厨房地板上的老妇人，而仅在两个月之后，在灰尘仆仆的杂乱房间里又见到一个？他紧靠在用藤条和椰树叶建成的墙边，我叫罗米拉尤去翻动一下。他不愿去，他已经没有能力服从我了。我只好把烧得发烫的打火机递给他，亲自动手。我看清这人个儿高大，不再年轻，但还很强壮。他留下的表情似乎表明，死前曾被强迫去嗅某种他不愿接触的气味，因而把头扭过去，但最后还是得嗅。看来像是这么回事，但这会儿之前我们不知道。他满面怒容，额头上烙下一道皱纹，像一条标明水位的洪水线，表明他的一生所达到的高度，但至此便消退了。死因不太明显。

"他才死去不久，"我说，"因为这可怜的人还没有变冷发硬呢。罗米拉尤，你动手检查一下，看能否发现什么线索？"

罗米拉尤查不出什么，因为这是一个裸尸，不能说明多少问题。我暗暗捉摸该采取什么对策，但拿不出个主意，因为我越想越恼怒。

"罗米拉尤，这是他们存心干的，"我说，"现在明白了，他们为什么让咱们老等着，那两个举火把的光头女人为什么老在傻笑。他们一直在捣鬼。要是那个挂弯拐杖的人可以引我们中埋伏，这桩事儿他肯定干得出来。我的天，你说得不错，他们是邪恶的子孙。也许这是他们惯用的恶作剧。他们以为，我们天亮醒来才会发现和一具尸体过了一夜。可是听着，罗米拉尤，你马上去告诉他们，我决不在停尸房过夜。不错，我曾在醒来时发现躺在尸体旁边，但那是在战场。"

"谁，我去告诉？"罗米拉尤说。

我开始大发脾气了，我说："快去，我命令你。去，叫醒什么人。他妈的，耍什么赖皮！"

罗米拉尤喊叫着说："亨德森先生，我去干什么？"

"叫你干什么就干什么，"我大声嚷叫，对死尸的憎恶，咬断了齿桥后的愤懑，感到精疲力竭的恼怒，一齐冲上心头。

于是，罗米拉尤只好勉强走出屋子，说不定在什么地方的石头上坐下，哭泣或者祈祷，悔恨压根儿不该跟我来，不该受那辆吉普车的诱惑，或者炸死青蛙之后就该独自回帕汶台去。自然他很胆怯，怕去叫醒任何人。也许像我一样，这时他也想到我们有可能被人控告为谋杀犯。我赶忙走到门边，夜已经深了，静谧宜人，我朝着深沉的夜，尽可能大声地断续呼喊："罗米拉尤，你在哪儿？回来。我已经改变主意了。回来吧，好伙计。"我想我不该把他逼出门去，因为明天我们可能必须为了自己的性命而自我辩护。他回来之后，我们俩蹲在尸体旁边沉思。这时我感到的不是恐惧而是悲哀，一种令人悲痛的哀伤。我张口悲叹，我们俩都瞧着尸体，默默为死者感到难受；而死者也仿佛默默地在向我传递一个信息："人呀，这就是你们的存在，你还以为很了不起。"我也同样默答："啊，看在上帝的面上，别说啦，可怜的死者。"

很快我坚信不疑，这具尸体是放在这儿对我们进行挑战的，我们必须给予回答。我对罗米拉尤说："他们休想把这玩意儿推给我。"我告诉他应当怎么办。

"不，先生，"他显得很紧张。

"我已经决定了。"

"不，不，我们睡觉在外面。"

"办不到，"我说，"那会使我显得软弱。他们把死尸强加于我们，我们非要把他退还回去。"

罗米拉尤又唉声叹气了："唔，唔！我们有什么办法，先生？"

"按我说的办。现在听我说，我告诉你，我已看穿这出把戏。他们也许想以此来陷害咱们。你喜欢受审判的滋味么？"

我用拇指重又开燃打火机，在橘红色的火光下，我和罗米拉尤看清了彼此的神情。死尸造成的恐怖折磨着他，我却为这有意的冒犯和明显的挑战而满面怒容。受了这场恐吓，我认为非得拿出点颜色给他们瞧瞧。我坚定不移，决心把死尸拖出小屋。

"好吧，咱们把他拖出去，"我说。

罗米拉尤执意不从："不，不。我们外面去。我为您铺床在地上。"

"你别干这种蠢事。我要把他拖出去，直拖到宫廷大门外。很难相信，他们的国王，依特洛的朋友，会牵涉进这桩侮辱客人的阴谋。"

罗米拉尤再一次唉声叹气："唔，不，不，不行！他们会抓住您。"

"当然，把他拖到宫廷门外或许难以办到，"我让步了，"咱们把他扔在别的什么地方吧。但听其自然，一点不采取行动，我是受不了的。"

"为什么您一定要？"

"因为我决心已定。我这个人历来如此。这类事我是从来不会置之不理的。他们休想这样对待咱们。"我说。我义愤填膺，任何人也说服不了我。罗米拉尤双手伸向满是皱纹的脸，手影子像一对大虾。

"唔，他们要找麻烦。"

尸体的挑衅真把我激起来了，看见他摆在那儿，我气得发疯。打火机又烧烫了，我吹熄火对罗米拉尤说："尸体得拖走，马上动手。"

这次，我亲自去侦察情况。

明净的夜空，像一片碧蓝的森林，万籁俱寂，一幅宽阔无垠的挂毯！一轮淡黄色的非洲明月高悬，衬映着静谧的碧空，这景色不仅美妙宜人，还在竭力追求达到更美的境界。环视周围银白的山峦，更给人以无穷的美的享受。我仿佛又听见狮吼的声音，但声音沉闷，像发自隐秘的地窖。不过，人们个个都睡着了。我小心地走过沉睡的人家门口，离开屋子约一百码远的光景便到了尽头。往下一看，原是一条深谷。"好，"我想，"把他扔在这儿，让他们指控我对他的死负有责任吧。"在深谷老远的另一头，燃着一堆牧人的篝火，此外，周围再也看不见什么。当然，有老鼠一类以腐肉败物为食的动物出没，他们在哪儿都一样，但我不打算埋葬尸体。一旦扔在幽深阴暗的沟壑里，我犯不着操心他会有什么后果。

皎洁的月光是一大妨碍，但更大的危险来自那些狗。在我回茅屋的路上，一条狗嗅着我追来。我站定不动，它才走开。然而狗对于死人却是特别敏感的，这是一个值得加以研究的题目。达尔文①曾经证明狗具有理智。他有一条狗，当它看见一架伞式单翼机从草地上空飞过时，曾凝神思索这是怎么回事。可是，这群非洲恶犬使我联想到的却是鬣狗。也许你可以和英国狗讲道理，尤其是家里豢养的爱犬；但这些非洲野狗要是在我背着尸体去深谷的途中朝我追来，我该怎么办？我该如何对付它们呢？这时我想起威尔弗雷德·格林菲尔医生，当他带着一群爱斯基摩狗漂浮在冰上时，他只好杀死几条狗，裹上它们的皮以求生存；他还竖起冻僵的狗腿和狗爪子当桅杆。这些当然都是题外话。可是我想，万一要遇上死者自己的狗，又该怎么办？

而且，可能有人正在监视我们。假如我们被安排到那间放尸体的小屋去住是精心策划的结果，也许整个部落的人都卷入了这场恶作剧。这会儿他们可能正在暗暗盯梢，掩着嘴笑得死去活来。罗米拉尤又是哭泣又是叹气，而我却感到义愤填膺。

我坐在小屋的门槛上，等待蓝白色的飘动云彩渐次遮掩明月，好让月色暗淡下来，同时也等睡着的人们睡得更沉。

最后，我站起身来，不是时候成熟了，而是我等不及了。我在颈项下系了一条毯子以防沾上血迹，决定把死人背在背上，以便必要时跑步前进。罗米拉尤的体力背不动这沉重的尸体。我先把尸体从墙边拉开，然后抓住他的手腕迅速朝上一扬，自己再一弯身便背上背了。这时我害怕他从我背后伸出双臂来卡住我脖子。愤怒和厌恶使我眼眶里涌出了泪水，我极力把这种感情压回胸间。同时我想，要是这人变成拉撒路②怎么办？我相信拉撒路的传说，相信死人可能苏醒过来。我敢肯定，起码

---

① 达尔文（1809—1892）：英国博物学家，著《物种起源》，提出进化论学说。
② 拉撒路：《圣经》提到的人物，死后复生。见《约翰福音》第十一章1—44节。

对某些人来说，起死回生是可能的。我从没有像现在这样清楚地意识到自己的信仰，当我大腹便便地弯下腰，面部向前背负尸体，眼眶里充满了恐惧和莫可名状的悲哀泪水。

不过，我背上背的并不是拉撒路。他浑身已冷，我感到他的皮肤也僵直了。他的下巴扣在我肩头上，像一个要拯救自己性命的人那样。我顽强地绷紧嘴边肌肉，咬紧牙关，极力控制住脏腑往上压迫我。我疑神疑鬼的，如果这死人是强加于我，全部落的人正醒着注视我，当我在去深谷的半路上，人们会突然一齐大叫："看偷尸的人哟！食尸鬼，把我们的死者还回来！"他们会朝我头部猛击，以盗尸的罪名结果我的性命。这样，我——亨德森，便完蛋了，我的奋斗和热忱也完了。

"你这笨蛋。"我朝着罗米拉尤嚷道，他正躲躲闪闪地站在一旁。"抬起这家伙的脚，帮着我把他背走。要是遇见人，你只管扔下脚自个儿溜，我会一个人背着他跑。"

他按我的话办了。我仿佛装扮成了另一个人，我的头脑里嗡嗡直响，眼前直晃金光，嘴里呻吟着走进了小巷。我体内有一个声音在说："你这样热爱死亡吗？那么好吧，在这儿领些去。"

"我才不爱死亡，"我说，"谁告诉你的？那是误会。"

这时我听见附近有狗吠声，可我对它构成的威胁比它对我的更大。我暗暗发誓，它要敢于捣乱，我立即放下尸体，把它撕成碎片。它毛发竖立地冲到跟前，我借着月光看清它的颈背，便从喉咙里发出威吓的声音，它惊吓得直往后退缩，悻悻地哀鸣一声溜走了。它那声哀鸣很不自然，本来会把人给惊醒的，但人们照样沉睡。茅屋像一堆堆开口的草垛，而实际上每间都曾精心建造，住在里面的人家正呼呼大睡。这时的夜空更加碧蓝，更似一片蓝色的森林，月亮已经褪去边缘上柔和的黄晕。我跑步前进，四周的山影更显得高大。尸体在背上摇来晃去，罗米拉尤把头扭向一边，却也照我的吩咐抬着死人的双脚。深谷虽不远，但背上沉重的尸体，我的脚深陷松软的泥地，不少泥土涌进了我的皮靴。

我穿的是一双英国步兵在北非常穿的靴子，我临时用一条帆布绳当一条新鞋带，但还是拴不牢实。我费劲地爬上深谷边的斜坡，并对罗米拉尤说："喂，你不能多承受一点重量吗？"他不是往上举，而是从后面往前推，反让我跌倒在地，压在尸体下。这一跤摔得不轻，全身都陷进了泥土。透过湿润的双眼，我看见星星仿佛拉成了长形，每颗星都像一把尺子。

这时，罗米拉尤声音嘶哑地说："他们来了，他们来了。"

我从地上爬起来，挣脱身便把它推下深谷。我心里暗暗向死者请求宽恕——像这类话："啊，陌生人，别难过。我们相会后又分手了。我没有伤害你，往下滚吧，别以此跟我过不去。"我闭上眼，把他使劲一扔，当他的背着底时，我仿佛听见扑通一声。

然后我跪着转过身来，看是谁来了。在我们刚才住进的茅屋附近，亮起几只火把，好像有人在寻找我们，或者寻找尸体。我们要不要也跳下深谷去？要是跳下去，我们就成了逃亡者。幸运的是，我当时已经没有纵身下跳的力气了。我疲乏不堪，嘴边的腮腺疼痛难忍。我们只好停在原地不动，直到被人发现。一个荷枪的人朝我们跑过来，但他的举动没有敌意；如果不是我糊涂了，他甚至是毕恭毕敬的。他告诉罗米拉尤说，检察官要再次召见我们。他连深谷都没有瞅一眼，更没有提关于尸体的话。

我们被领着大步走回院子，并立即带到检察官面前。我发现原来那两个手执火把的女人这时已倒在她们丈夫的铺着兽皮的卧榻两侧睡着了。检察官派来传令我们的人举着火把走了进来。

假如他们要指控我惊扰了他们的死者，犯了盗尸罪，我甘愿服罪。虽然不打算为自己辩护，我也想好了几点理由。于是我等着，一只眼差不多快合上了，静听这位戴着豹皮袖口、头罩一顶麻丝假发的瘦个子检察官要说些什么。我被招呼坐下，便躬身在一张矮凳子上就座，双手放在膝头上，头埋向前，屏息静气地听着。

第十一章

检察官对尸体的事只字不提，却向我提了一大堆可笑的问题，比如我的年龄，基本身体状况，是否结过婚，有没有孩子。可怜的罗米拉尤把我的回答一一翻译过去，他的声音里仍带着恐惧。检察官深深打躬，有时也皱皱眉，但多半带着赞许的神气；他似乎对听到的所有答案都欣然同意。由于他没有提尸体的事，我感到宽慰，甚至可以说带着几分感激和满意的心情，也许还算得上欢欣——我终于通过了他们对我的严峻考验。这桩事曾使我恶心，使我苦恼，可是到头来，我的勇敢行动总算得到了报偿。

我捉摸：需要我签字吗？需要以签字来核对我护照上的字迹吧。我痛痛快快地提起笔，轻巧自在地写下我的姓名，心中不觉好笑："哈，哈！啊，哈，哈，哈！不成问题。把我的笔迹拿去吧。"那两位女人呢？还在那儿睡着，得意地咧着大嘴，两个剃得光光的圆脑袋。举火把的人呢？他们举着燃得哑哑作响的火把，一卷卷的黑烟直冒。

"喂，样样事都办妥了吗？我想差不多了吧。"我感到很快活，好像完成了什么了不起的大事儿。

这时检察官提出一项滑稽的要求。问我脱下衬衣好不好？听了这话，我怔了一会，想知道这是为什么。罗米拉尤无话回答，我有点急了，小声对他说："听我说，这究竟闹的什么名堂？"

"我不明白。"

"那么，问问这家伙吧。"

罗米拉尤照我说的问了，但得到的回答却是同样的请求重复了一遍。

"问问他，"我说，"那之后他是不是会让我们安安静静地睡觉了。"

检察官好像听懂了我提的条件，点了点头。我脱下T恤衫，T恤衫早该洗了。接着，检察官走到我面前，周身上下仔细端详，这使我感到很难为情。我猜想，是不是像与依特洛角力一样，又得和瓦里里人来一场；也许我误入了非洲的一个爱角力的地区，初次见面总要履行这项仪式。然而，这次似乎并不相同。

"噢，罗米拉尤，"我说，"可能他们要把我们当奴隶贩卖。有消息说，在沙特阿拉伯一带还在蓄奴。天啦！我会变成一个什么样的奴隶。哈，哈！"你瞧，我还在那里开玩笑呢。"或者，他要把我扔进一个坑，上面盖上煤炭，烤死我？俾格米人① 就是这样对付大象的，通常得花一周的时间。"

当我这样讲笑话的时候，检察官还在一个劲地打量我。我指着身上的图纹名字——弗朗西斯，那是许多年前在康尼岛上刻的，解释说那是我第一个妻子的名字。对此，他没有表示多大兴趣。

我重新穿上脏T恤衫说："问问他，我们能不能觐见国王？"这回检察官很乐意地回答了。罗米拉尤翻译他的话说：国王明天召见我们，并将以我自己的语言同我交谈。

"那太好了，"我说，"我有一两件事儿要问他。"

罗米拉尤重复了一遍：明天达甫国王要会见我。是的，是的，要在仪式开始前的早晨，明天将进行长达一整天的祈雨仪式。

"哦，真的吗？"我问，"那样的话，咱们得睡会儿觉。"

我们这才终于获得休息，但夜里的时间已剩下不多了。没过多久，雄鸡开始啼叫。我醒了过来，首先看见泡沫状的红云，日出前霞光四射的天空。接着我坐起身，记起国王一早便要召见我们。这时我发现，就在门道的墙边，又立着那具尸体，和我坐的姿势相仿。不知是谁又从深谷里把它搬了回来。

---

① 俾格米人：分布在中非、东南亚和大洋洲一带，一种身体矮小的人。

第十二章

我发誓:"这是在洗脑筋。"我下定决心不让他们把自己弄糊涂。在这之前,我见过死人,而且见得多呢!在战争的最后一年,我在欧洲战场曾和约莫一千五百万人一起呆过,虽然单独面对死人的情形最为糟糕。我扔掉的尸体可悲地倚在那儿,覆满了泥土;既然他们把它搬了回来,我处置过它的事便不再是秘密了。我决定稳坐在那儿,看究竟会有什么后果。我没别的事可干。罗米拉尤还在沉睡,一只手夹在两膝之间,另一只手放在皱折的面颊下。我没有理由叫醒他,便独自走出室外,让他和死人呆在小屋里。我感到自身——要不就是天气,颇有些异样,也许两者都与平时不大相同。我准是在发烧,而且还将为此受苦。伴随着腹内痒抓抓的感觉,有点儿像处于焦虑渴望的状态,这种感觉在胸肋之间的神经特别明显。这是一种复杂的感觉,类似一个人闻到汽油味的感受。暖烘烘的空气吹拂着脸,四周的颜色五彩缤纷,显得分外奇特。毫无疑问,这种种感觉是心情紧张和睡眠不足的结果。

由于这天是节日,城镇上早就活跃起来了。人们匆匆忙忙地来去,他们是否知道我们屋里停放着邪东西呢,我永远无法知道。一股辛辣而带甜味的土产啤酒的气息透过茅草墙,显然这儿的人日出时就开始喝酒,而且喧闹中还听得见喝酒的声音。我谨慎地到户外转了一圈,没有谁特别注意我,我认为这是个好迹象。有好几家人像在吵嘴,一些上了年纪的人脾气似乎特别暴躁,喜欢骂人,这使我大惑不解。一颗小石子打在我的盔帽上,但我相信那不是针对我的。许多小孩子在打闹,有的相互扔石子,有的扭打成一团,有的在地上打滚。一个女人从屋里出来，大声忤气地叫嚷，撞上谁就给谁一巴掌，很快把孩子驱散了。她和我面对面地撞见，也没有表现出特别的惊讶，扭过头又进了她的屋。我上前窥视，看见草席上躺着一个老人，她光着脚板踏在他背上，好像在给他做按摩，以匡直他的脊梁；之后她把油液泼在他身上，熟练地揉他的胸腹各处。他的额头紧皱，灰白胡须散开。他咧嘴露牙地朝我微笑，目光直射在我所站的门口。我暗暗纳闷："这是干什么？"我沿着狭窄的小巷蹓跶，探头探脑地东张西望，当然是小心翼翼的；心里想着还在睡的罗米拉尤和靠墙而立的尸体。几个年轻女子在擦亮牛角，相互化装打扮，插上鸵鸟羽毛、秃鹫羽毛和别的装饰品。一些男人把人颚骨戴在颈项当颈饰。神像被粉刷一新，装点修饰，正享用贡品。一个头发扎成细小辫子的老妇人，将一碗黄色的餐食往一个神像头上撒完后，正把一只刚宰的鸡往神像上浇血。与此同时，各处声音愈来愈嘈杂，每分钟内都有新的声音加入：拨浪鼓声、响弦鼓声、长鼓声、牛角号声、火炮声。

我看见罗米拉尤从屋门口出来，你不需要有观察入微的眼力就可以看出，他多么惊惶。我朝他走去，这时他从聚集的人群中瞥见了我，可能首先看见的是我头上的白盔帽，他伸手捂住面颊，显出莫名的苦状。

"好啦，好啦，"我说，"我们有什么办法呢？我们只好等一等。也可能没有什么大不了的事儿，无论如何，国王——依特洛的朋友，叫什么名字呀！——说好今天早晨要召见我们的。说不定马上就派人来请咱们了，我要向他提起这事儿。罗米拉尤，别发愁，我很快就会弄清这是怎么回事。你什么事儿也别泄露。去把我们放在小屋的东西拿出来，并且看好。"

不一会，一种类似进行曲的鼓点敲响了，扛大鼓的都是些身材特别魁梧的女人，女兵，或者说达甫国王的女卫士。随着鼓点节奏，手执豪华伞盖的一支队伍步入街道。在一顶深褐色的丝绸伞盖下，威武地走着一个粗壮的男人。另一顶伞盖下却空无一人，我猜想（也猜对了）那一定是派来接我的。

"看见了吧，"我对罗米拉尤说，"他们不会派一顶富丽堂皇的伞来迎接他们准备暗算的人。这个推断不是很说明问题吗？就算是直觉吧，我认为没什么值得忧心忡忡的，罗米拉尤。"

鼓队大步向前迈进，大伞随之旋转跳动紧跟。洋洋洒洒的华盖队伍过去之后，瓦里里人群也渐次走远了。那位身材粗壮的人面带微笑，早已看见我，并朝我伸出双臂，向我表示热情的欢迎。他叫霍科，后来才知道他是国王的叔叔。他身上用一块殷红的宽布从脚踝往上缠裹，直至胸部和腋肢窝；这算是他穿的衣服，裹得很紧，把肥胖的肌肉往上挤压，直到他的下巴和肩头。一对玛瑙（也许仅仅是石榴石）结在松软的耳垂上，他的面部给人粗犷有力的印象。当他步出华盖的庇荫，阳光直照上他双眼，把他映得黑红黑红的。他抬起眉头时，整个头皮也跟着往后移动，在额头到枕骨之间形成十多道皱纹。他的头发又密又短，结成一串串胡椒子式的小水珠点似的卷发。

他真诚而又彬彬有礼地向我伸出手来，一面爽朗地笑着，露出一条宽大的舌头，舌头染得红红的，口里像刚哑过脱色的糖果。尸体不尸体的问题抛在一边，我也拿出同样的兴致，大声笑了。同时，我伸手在罗米拉尤的肋间搔了一把说道："你看，不是吗？我刚才不是说过吗？"罗米拉尤很谨慎，不因为这些无足轻重的迹象便感到放心。城镇上的人围上来，同我们一起嬉笑，但比霍科的举止粗俗，还向我耸肩做怪相。许多人喝了土产的旁波啤酒，已经醉醺醺的了。穿着无袖皮裤的女卫兵上来把他们拉开，不让他们太凑近霍科和我。这些女卫兵只穿了件紧身胸衣式的皮裙，身躯更显得臃肿累赘，臀部尤其庞大突出。

"握手，握手，"我对霍科说。他邀请我到空着的华盖下，这华盖可真是件奢侈品，价值百万美元，我还是第一次见到这样华贵的东西呢。

"太阳可厉害啦，"我说，"尽管还不到早晨八点。承蒙远迎，不胜感谢。"我抹了一把脸，露出友好的表情。换句话说，极力利用这个场合，把尸体的事尽量抛向脑后。

"我，霍科，"他说，"达甫，叔叔。"

"啊，你会讲我的语言，"我说，"有幸有幸。达甫国王是你的侄子，对吗？呃，你知道，我们现在就去拜见他？昨晚审问我们的先生是这样说的。"

"我，叔叔，是的，"他说。然后他向女卫士发出一声命令，她们立即向后转，要是穿的靴子，这一转身定会发出不小的声音。鼓声又咚地响了起来，奏出同样的行军节奏。宽大的华盖又开始闪烁飘动，美妙的光影在油光的丝绸上摇曳，阳光也似乎贪婪地躺在上面。霍科命令道："开往王宫！"

"咱们去吧，"我说，"是的，我巴不得马上到那里。昨天进城时，我们打那儿经过的。"

我干吗不承认，直到这时我仍放心不下。依特洛倒是把他的老同学达甫看得高贵不凡，仿佛他是千里挑一的稀罕人物；但以我迄今与瓦里里人打的交道来看，并没有多少理由感到欣慰。

我用高出鼓声的声音叫道："罗米拉尤，我的罗米拉尤哪儿去了？"你瞧，我着急了，怕他们因为尸体的缘故把他扣押起来。我要他随在我身边。他背着我的行李，却只让跟着仪仗队走在我后面。他拿出力量和耐性承受重荷，因为在当时的情景，我完全不可能拿任何东西。我们快速前进。这速度真了不起——试想华盖那么宽大，鼓那么沉重！女卫士组成的鼓队前后簇拥，我们仿佛在往前飞奔。今天城里的景象也大变了。沿途围满了看热闹的观众，有的人甚至弯下腰来打量我在华盖和盔帽遮掩下的容貌。我看见千万双手和移动的脚，千万张充满兴奋、好奇、激情和节日欢乐的面孔。鸡群猪仔横穿过道，尖锐的叫声，混杂的吵嚷，还有猴子的鸣叫，几乎淹没了咚咚轰响的鼓声。

"与昨天相比，"我说，"简直截然不同，昨天到处静悄悄的。霍科先生，为什么如此不同呢？"

"昨天，悲秋日子，所有人都禁食。"

"许多人被处死了？"我脱口问道。我仿佛看见在宫廷左边不远的地方，立着绞刑架，许多尸体倒挂在那儿，由于光线的奇特作用，它们显得细小，像一个个布娃娃。（有时候，某种气氛也会使其中的物体仿佛缩小而不是放大。）我说："我真希望那些是草把人。"但我心里疑惑不安，别有所思。难怪他们丢了一具尸首不作任何查问，一具尸首对他们来说算得了什么呢？他们似乎在成批地杀戮。想到这里，我不禁体温增高，胸间的瘙痒感更加剧了，脸上产生一股奇特的热辣辣的感觉。这是恐惧感，我毫不犹豫地承认。我转过头去看罗米拉尤，由于负荷沉重，他掉后了，一列敲鼓的女卫士已经夹在我们之间。

于是我对霍科说，"好像死的人不少呢。"由于轰响的鼓声我只得大声叫嚷。这时我们已经走完斜街小巷，进入了直通宫廷的宽阔大道。

他摇了摇偌大的头，伸了伸红红的舌头笑了，用手点一下悬着红宝石的耳垂，表示他听不清我的话。

"死人！"我说。然后我提醒自己："别这样绝望地探问情况。"我的面孔已经涨红了，一副焦躁不安的神色。

他纵声大笑，承认无法听清我的话，甚至我做出勒颈悬吊的动作也枉然。我真想就地付四千美金，如果有谁能把莉莉带到这儿来瞅上一眼，看看她那些天真善良的想法能否行得通。还有她关于现实的想法。我们围着现实这个问题展开的激烈争论把蕾茜给吓跑了，她带上从丹伯里捡来的婴儿回到了学校。我一直断言，莉莉既不懂得现实，也不真心喜欢现实。要说我吗？我热爱现实，无论这老刁婆是什么样子，我总是做好准备，应付她最坏的嘴脸。我是生活的真正的崇拜者，假如我不能到达它面庞的高度，情愿亲吻较低的任何部位。谁要能够领会这话的涵义，便不需要更多的解释。

莉莉回答不了关于现实这个问题，这样想着倒缓和了我的恐惧，虽然现在回过头来看，我相信不会有任何问题难得住她。她总是有问必答的。这时我们已跨过宫前的游行检阅地面，卫士打开了红漆大门。这儿有我们昨天看见的凿空石盆，盆内栽上了天竺葵一类的耐热花草，属于宫廷以内的地面了。宫廷是一座三层楼的建筑，四周有游廊和露天台阶，正四方形，像一幢大仓库。底层的房间没有门，敞开着像一间间狭窄的牛舍。就在这儿，绝不会有错——我听见从下面传出野兽的咆哮，那吼叫准是狮子发出的。除了吼叫声外，和街道相比，宫廷一片宁静。院子里有两间玩具般的小屋，里面各供着一尊长角的偶像，今天早晨刚粉刷一新，两屋中间还画了一道白线。塔楼上飘着一面被太阳晒褪色的陈旧旗帜，旗面上有一条弯弯曲曲的白色斜对角线，把旗子斜分为二。

"见国王该往哪儿走？"我问。

可是按礼节规定，霍科必须在达甫接见我之前先招待我一番。他的住所在底层。华盖在隆重的仪式下安置插定，女卫士抬出一张旧式方桌，铺上一块叙利亚小商贩常卖的红黄色台布，布面绣满了精致的阿拉伯图案。接着捧上一只银盘，端出茶壶、果冻、加盖的菜馔等等。还有开水，牛奶冲牛鲜血的饮料（我谢绝饮用），土制啤酒，大枣，菠萝，凉拌甜土豆片，以及别的菜肴果品——其中有老鼠脚掌（拌水糖吃），这碗菜我也不敢领教。我吃了几片凉拌甜土豆，喝了土制啤酒，而且一时高兴，乘兴连喝了几杯。这酒的劲儿可真大，刚一下肚，腿膝上就有了反应。方桌不结实，摇摇晃晃的，周围没有别的东西可以倚靠，只得自己勉强支持，我尝到了快病倒的滋味——这种亢奋感简直叫我难以忍受。我竭尽全力遵循同霍科共餐的繁琐礼仪。他希望我赞赏他的方桌，为了迎合他，我说了好些恭维话。我说自己家里也有一张这样的方桌。我阁楼里的确摆了一张，我打算枪杀那只遗下的猫时，就是坐在方桌下面行动的。我告诉他，我的方桌没有他的好。啊，糟糕的是，我们不能像两个年龄相仿的绅士那样坐在一起，欣赏这个暖融融的非洲的宁静早晨。而且我是一个逃亡者，干过许多蠢事，这时候又为前一晚上发生的事发愁。我期待着见到国王的时刻，好几次我认为该起身了，想挪动庞大的身躯站起来。但礼仪不容我轻举妄动。我竭力表现出耐性，诅咒自己不该自扰自忧。霍科俯身伏在不稳的桌面上抽烟,像树瘤般的指头抓住银茶壶的手柄。他倒了一杯热荼,那味儿像煮干草的水,出于拘谨的繁文缛节,我还是举起杯,彬彬有礼地呷一口。

霍科的款待终于结束,他示意我们可以起身了。女卫士迅速收拾好杯盘碗碟,撤走方桌,然后列队准备护送我们去见国王。女卫士的屁股上布满了凹陷印记,像一口口滤锅。我扶正盔帽,提了一把短裤,双手在圆领 T 恤衫上擦了擦,因为我的手汗湿了,我想,和国王握手时手应当干燥暖和才好,这可关系重大呢。我们开始登上楼梯。我问霍科:"罗米拉尤在哪儿?"他微笑着说:"哦,在,哦,哦,没事儿。"我在楼梯上看见罗米拉尤站在下面,无精打采地等在那儿,一双手懒洋洋地悬在两侧膝部,躬身偻背的样子。我暗暗叹息:可怜的伙伴!我应当给他些好处,这儿的事一完我就去办,坚决去办。我让他遭受了一个又一个的危难,真该给他像样的酬谢。

户外的阶梯宽阔、舒敞,但显得有些凌乱;转了个弯,我们被领到宫廷的另一边。那儿一棵大树,但摇曳不定,吱嘎作响,因为几个人正在树下干一桩滑稽的事儿,他们用绳子和木滑轮吊起大块的石头,然后架上枝干。人们向推举石块的人欢呼,举石人脸上泛起费劲使力的容光。霍科告诉我,这些石块与即将举行的求雨仪式要祈求的雨云有关,我不太明白霍科说的话。但人们似乎都深信不疑,今天有把握会降雨。昨晚那位检察官眉飞色舞地说"瓦克——塔"时,就用手指头描绘了倾盆大雨的情景。可这会儿晴空万里,除了太阳以外,没有一丝云彩。很明显,用来代表降雨云彩的,现在还只是大树枝干间悬着的那些圆形大石块。

我们来到达甫国王住的第三层楼上。霍科领我进了几间面积宽大但屋顶低斜的房间,下面似乎由莫名的东西支撑着,我可不认为是梁柱。室内到处挂着帘子和别的东西,我不适应这儿的光线。窗户狭小,几乎看不清任何东西,只有在太阳光零散地撒落进来的地方,可以看见一架长矛,一个低矮的座位和一张兽皮。到了国王住房的门口,霍科引退了。我没料到他会这样做,于是说:"嘿,你往哪儿去?"但一个女卫士一把抓住我的赤膊,领我跨进了门槛。在我看见达甫国王之前,我发现自己置身于许多女人中间——粗略估计有二三十人——她们赤身裸体,那肉感(只好用一个法语词来表达)的刺激从四周向我袭来。室内热气腾腾,弥漫了女人的气息;温度高而又拥挤,我把它比作孵卵场再合适不过了。屋顶低矮这一点也令人产生这种联想。门边有一张高凳,颇似记账人坐的老式凳子,上面坐着一位头发灰白、身躯臃肿的老妇人,她穿一件女卫士的短裤,头上还戴了一顶军帽,这种军帽在本世纪初意大利军中就已过时了。她上前代表国王和我握手。

"您好,"我说。

看见国王啦!他的妃嫔缓缓地为我让开一条路,我看见他在房间另一头,躺在一张约莫十英尺长的绿色沙发上;沙发呈弯月形,装潢考究,厚实丰满。在这种舒适的家具上,他怡然自得地躺着,一副运动家的矫健体魄,穿一条齐膝的紫色绸绉短裤,颈上系一条金线刺绣的白围巾,脚踏一双色彩谐和的自缎拖鞋,看上去仿佛要飘然飞起似的。我上下打量他健壮的体魄,感到钦羡,所有的焦虑和燥躁情绪顿时荡然无存。和我一样,他的个子高大,估计有六英尺或者更高。他安然自在地躺着,周围的女人无微不至地伺候着他。不时有人用绒布替他揩脸,有人为他轻轻捶胸,有人替他装烟点烟,替他接火不让烟斗熄灭。

我走上前去,有些迫不及待的样子。不等我走得太近,一只手伸过来拦住我,在离绿沙发五英尺的地方替我摆了一张独凳。我坐下身来,看见独凳与沙发之间放着一个大木钵,里面有两个人头骷髅,面颊骨朝上地并排在一起,骷髅头前额骨所特有的黄澄澄的光泽一齐对着我,还有那两双空眼窝、鼻腔和两排狰狞的牙齿。

国王观察到我看他时的窘迫神情,不觉微微一笑。他双唇厚实突出,带有黑人面部的典型特征。他说:"用不着惶恐不安。这两个头颅骨是今天下午的仪式上需要使用的。"

有些声音一旦入耳便会在你的脑海里长久回荡，我刚听了几个字便体验到他的声音就属于这一种。我探过身去，仔细端详他。国王见我双手伏在胸腹上，像护住什么东西似的，他感到我的姿态很有趣，撑起身来细细打量我。一个女人忙在他头下放上垫子，但被他掀在地上，重又躺下身去。这时我想："我还有运气呢。"尽管我经历了中埋伏、被捕、审问以及与尸体同宿的种种令人不愉快的事儿，但这一切似乎都与国王无关。他不会是那种人。虽然这会儿我还不能确切地判定他的为人，我开始为我们的会见感到庆幸。

"昨天下午，我获悉您已到达，并为此深感兴奋。昨晚我几乎整夜没合眼，一直想着我们的会晤。……啊，哈，哈，失眠对我可真不利。"他说。

"很奇怪，我自己也没有睡好觉。"我说，"睡几个钟头算几个钟头吧。陛下，能见到您，万分高兴。"

"啊，我也很愉快，愉快极了。您没有睡好觉，我很遗憾。但对我自己的睡眠，我是满意的。我觉得这是一次难得的会见，意义重大。欢迎光临。"

"我代您的朋友依特洛向您致意。"我说。

"啊，您见到了阿纳维人？我明白了，您想访问一些最偏僻的地方。我最亲密的朋友怎么样啦？我想念他。您和他角力了吗？"

"当然，"我说。

"谁赢啦？"

"我们彼此彼此。"

"噢，"他说，"您这个人满有趣的，您的体魄尤其引人注目，不同寻常。您这个类型的人，我似乎还不曾见过。呃，他可强壮哩，我摔不过他，这使他感到非常得意。他总是那样。"

"我开始感到上年纪啦，"我说。

国王说道："哟，瞎说。我看您结实得像一块石碑。不瞒您说，我有生以来还未见过像您这样独特的彪形人物。"

"陛下，我希望您和我不必角力，"我说。

"哦，不，不。我们没有那种习俗，我们不来那一套。"他说，"我没有起身和您握手，请您原谅。我叫女总管嗒图代我握手，因为我懒于动身。总是如此。"

"是吗？是吗？"我说。

"我动得愈少，休息得愈好，履行我的职责就更容易些。所有的职责，包括应付这群嫔妃。初看起来，您或许不以为然，但这确实是最复杂的生存方式，要求我保养精力。先生，请坦率地告诉我——"

"我的名字叫亨德森，"我说。从他懒洋洋倚靠的模样和抽烟的神情，我总感到正在接受他的特殊考验。

"亨德森先生，是的，我早该问起您的名字，原谅我礼貌不周。可有您在这儿，我总情不自禁地想同您用英语交谈。自从我回到故土，感到缺少很多东西，这些是我在校时绝没有料到的。您是从文明国度来访问我的第一位客人。"

"来这儿的人不多吗？"

"我们愿意如此，甘愿与世隔绝。我们世世代代潜居在深山，日子过得十分美好。我会讲英语，您感到奇怪吗？我想不会的，我们共同的朋友依特洛一定告诉过您了。我很赞赏他的品格，我们曾在一起经历过很多事情。我很失望，没有多少能使您感到惊讶的地方。"

"别那样想，够我惊讶的了。依特洛都告诉我了，您和他在马林迪上学的大小事儿。"我在前面说过，我正处于一种特别状态，发烧而又焦躁，昨晚的事件更使我困惑。可是这人身上有股什么东西令我确信，我们能结成莫逆之交。从他的外表和声调就可以看出，他有些看破尘世，并且正在探测我的想法。至于说瓦里里很偏僻，但今天早晨我处于一种奇特的心理状态，整个世界似乎都变了样。世界像一个有机体，一个有心智的实体,而我正在它的细胞之间游动。心里也许产生冲动,但通过思索会平静下来。因此,世上没有什么东西能真正令我感到惊奇。

"亨德森先生,我向您提个问题,假如您能给我一个诚实的回答,我将不胜感激。眼前这群女人谁也不懂英语,没必要犹豫。您羡慕我吗?"

在这样的时刻,不能撒谎。

"您的意思是问:我是不是愿意同您交换地位?嗯,陛下,恕我直言,您的高位固然很令人钦羡,但于我却大为不利;要是那样,同我相比,谁都会比我强。"

他的黑面膛上竖着一道尖鼻,但不乏鼻梁。他的眼睛黑红黑红的,我注意到他叔叔的眼也是这样,这一定是家族的特征。但在国王身上,具有更高的格调,更耀眼的丰采。现在,他继续向下追问:"是不是因为这些女人的缘故?"

"陛下,说实话,"我说,"我自己也有过好几个女人,与您不同的是,不在同一时候。可是我目前的婚姻生活是愉快的。我的妻子是个大好人,与我在精神上十分投合。当然我绝不是看不到她的缺点。我对她说过:她是我私心的祭坛。她善良,虽然有时也搞讹诈,而且生性有些爱唠叨。哈,哈。"我说过,我当时的心理有点不正常。接着我说:"谈到羡慕您的理由呢?因为您生活在自己的人民中间,他们需要您。瞧,到处是伺候您的人,您要什么有什么。显然,他们非常敬重您。"

"是的,当我具有青春活力,身强力壮的时候,"他说,"可是一旦我变得虚弱,您能想象会发生什么情况吗?"

"会发生……?"

"就是这群女人,虽然现在尽心尽意,将来会密告我;然后这儿称作布纳姆的主祭会伙同其余的祭司,把我抬到野外丛林之中活活勒死。"

"啊,是吗,天哪!"我叫起来。

"事实就是这样。我完全开诚布公地告诉您瓦里里国王面临的命运。

祭司将守在我的尸体旁边，直到发现一条蛆虫，然后他用一块丝帕包起来给人们看。他将当众宣布，这便是国王的灵魂，我的灵魂。他再回到丛林中去，过一段时间，他把一头幼狮带进城里，宣称蛆虫已经变成一头幼狮。又过一些时候，祭司向人民宣布，幼狮已变成下一任国王，即我的继承人。"

"被勒死？您？太残忍了。这是哪来的规矩？"

"您还羡慕我吗？"国王问，他那宽大的像是肿起来的双唇轻柔地吐出这几个字。

我犹豫不语，他又讲话了："从我对您的粗略观察看来，您大概能理解这种感情。"

"什么感情？您是说我羡慕您吗。"我激动地说，完全忘了是和国王在一起。听出发怒的调门，站在嫔妃背后墙边的女卫士开始骚动和警惕起来。国王哼了一声，她们又平静了。他清了清喉咙，在沙发上撑起身来，一位裸体美人立即递上一个托盘，供他吐痰。他吸了一口烟，露出不悦的神情，随手把烟袋扔了。另一位美人拾起来，用块布揩拭烟袋。

我笑了，可是我相信只是一声苦笑而已。这令我嘴边的胡须纠结在一起。我明白没有理由要求他对那段话进一步阐明。于是我说："陛下，昨晚发生了很不寻常的事儿。我并不想抱怨，刚到达就中了圈套，或者告诉您我被缴了械，只想说昨晚我们住的屋里有一具尸体。说来这也算不了什么抱怨，因为我有处置它的能力。不过我认为您应当知道这件事。"

看来国王真被这事儿激怒了，他的愤慨没有一丝儿虚情假意的成分。他说："什么？我相信准是安排上的混乱差错，要是存心捣鬼的话，我一定不饶。这事儿我一定调查一下。"

"陛下，我只好向您直说，我感到蒙受了难堪，并为此而恼怒。我的随从被弄得神不守舍。让我坦白直陈吧，我不想糟蹋死者，我亲自把它搬走了。可是，把尸体放在我的住屋里究竟是何道理？"

"那还有什么道理?"他说,"在我看来,什么道理也没有。"

"哦,那我就放心了。"我说。"我和我的随从可苦了一两个小时。而在夜里,尸体又被搬了回来。"

"抱歉,"国王说,"非常抱歉。真心诚意地抱歉。我能理解,那不仅会令人恐怖,而且也会令人恼怒。"

他没有再问任何细节,比如说:"那人是谁?像什么模样?"他甚至无心问明那是男的,女的,或者是孩子。解除了心里这桩令人困惑的事后,我非常高兴,几乎没对他的淡漠态度感到奇怪。

"这个时节,你们当中死的人不少吧,"我说,"我可以发誓,来宫廷的路上确实看见有人被吊死。"

他没有正面回答,只是说:"我们必须让您搬出那糟糕的住地。所以,请您作为我的客人住进宫吧。"

"谢谢您。"

"您的行李会有人搬来的。"

"罗米拉尤,我的随从,已经带来了,可他还没有用早餐。"

"放心,会有人照顾他的。"

"还有我的枪……"

"当您有机会射击,枪会还到您手里。"

"我老听见狮子吼叫,"我说,"这是否与您说的勒死……"我没能把问题说出来。

"亨德森先生,您怎么到这儿来的?"

我有一种信赖他的冲动——他让我感到信任——但他既然岔开狮吼的话题,而狮吼是我在下面清楚听见的,我便不能那样直截了当地答话了,于是改口说道:"我只是一个旅客。"我坐在一张三只脚的独凳上的地位表明,我低头弯腰地坐在这儿应当避免答问。在我的情形,需要的是沉着镇静,而这正是我所缺乏的。我不住地用印花大手帕揩鼻子或者揉来揉去。我暗暗估量:"这群嫔妃之中谁是王后?"她们大多数都黑黑的，温柔而有曲线美；逐个地注视宫妃是不礼貌的，我把目光移到地板，同时意识到国王正在观察我。他似乎轻松自在，而我却别别扭扭；他伸展四肢，飘然欲飞，我却紧缩一团，手足无措。我的腿上脚上都在冒汗。不错，他像一位精灵翱翔天空，我像一块石头往下坠落。他神采奕奕，包围在眷恋的关注之中，我这双疲倦的眼里不禁向他投去嫉妒的目光（这恰好表明我身上确有他看出的羡慕心情）。假如到头来真要付出那样高的代价，在我眼里，这会儿他不正充分享受着他的福分吗？

"亨德森先生，再向您提个问题好不好？您属于哪一类旅客？"

"啊……那得看情况。我自己也不明白，得再等一等，对不对。"我说，"您知道，像我这样远游，必须很有钱才行。"我该补充一句的（我脑子里当时恰好想到了）：有的人以**存在**为满足。（瓦尔特·惠特曼①写道："只要存在就行！还在呼吸就行！欢欣！欢欣！尽情高兴！"）**存在**。有的人却追求**变化**。满足于存在的人气运亨通，追求变化的人遭尽厄运，总是心烦意乱。求变化的人总在向求存在的人提供解释或说明理由，而追求存在的人所处的状况却启迪人去做那种种解释。我真希望每个人都理解我的这个想法。假如世上真有以存在为满足的人，阿纳维人的王后，比塔式的女人——薇拉塔勒便是一个。还有这位达甫国王。如果我真够敏锐的话，我应该承认，求变化的呼声正响在我耳边。够啦！够啦！该是完成**变化**的时候了！该是**存在**的时候了！打破心灵的沉睡！醒来吧，美国！让专家们去解惑吧。我没有说出这些想法，只告诉这位蛮夷之邦的国王："我大概是一个观光的游客。"

"或者是个云游人，"他说，"我喜欢您表现出来的谦卑态度。"

听他这样说，我真想向他鞠躬致敬，但未能办到，原因很复杂，主要由于肚子紧压双膝的蹲坐姿势不便起身（顺便说一句，这个坐式使我

---

① 瓦尔特·惠特曼（1819—1892）：美国诗人，以诗集《草叶集》闻名于世，此处引的诗句即见于该集的《欢欣之歌》。

感到早该洗个澡了)。

"过奖,过奖,"我说,"在家乡有许多人仅仅把我当作无业游民呢。"

会见到了这个时候,我试着仔细揣摩情势,像用指头感觉,找出基本特征要点。情况似乎挺顺利,但究竟顺利到什么程度呢?依特洛认为,这位达甫国王是个了不起的人物,曾荣获代表最高荣誉的蓝色绶带。用依特洛自己的话来说,叫做顶呱呱。事实上,我已经对他抱有很大好感,虽然仍有必要记住当天早上见到的情形:我置身于野蛮人中间,曾与尸体同处一室,看见不少人被倒着悬挂,国王也曾躲躲闪闪,至少有一次避免正面回答。此外,我的体温在增加,必须费很大的劲儿才能维持警觉状态。由于这个缘故,我的脖子后部和双眼都紧张得发麻了。我直愣愣地看着周围的东西,包括那些嫔妃,观看她们本来应该以完全不同的目光。可是我的目的是看实质,只看实质,非实质性的一概不理,避免产生幻觉。无论怎么说,事物不是它们表面给人的印象。

在国王方面,他对我的兴趣似乎不断增长。他抿嘴笑着,越发仔细地端详我。我怎么能猜透他葫芦里究竟卖的什么药呢?上帝赋予给我的直觉能力,还不够我日常需要的一半。假若我不能相信国王,我必须努力理解他。理解他?怎样才能理解他呢?真要命!这比大海捞针还难。这个星球上住着亿万匆匆过世的人,在他们之前不知有过多少亿万,而无数个亿万还将诞生,在他们之中有谁,不,没有一个人,我可能理解。永远不能!你知道吗?我曾多么自信地认为可以理解别人,回想起来会令人痛哭一场。当然你会问,这与人数有什么关系?是的,问得有理。我们已经吃过人多为患的苦头,再多一些人又有何妨。就体积来说,我们处在恒星和原子的正中间,生活在天文概念里,地球比不过太阳,随便指给你一鳞半爪,你都会感到神秘莫测。这个星球上的人数再多,我们也应当接受现实,和睦相处。在世界史上,许多人过世了,许多人正活着,还将出现许多人,稍为玩味,这真是令人振奋而非沮丧的事儿。许多庸人则被人数过多弄得忧心忡忡,他们认为人太多了会把世界挤爆。真是岂有此理!人太多了固然危险,但也有好处,人们会因此变得谦恭起来。我曾经满怀信心,认为能够理解他人。就以这句名言为例吧:"父啊,赦免他们!因为他们所作的,他们不晓得。"① 这句话有可能被当作人类的希望——总有一天,我们会从愚昧无知的状态中被拯救出来,达到相互理解。同时这也意味着:终有一天我们会醒悟,认识到自己的种种罪愆和过错。而这在我听来像是一个威胁。

我坐在那儿,一副沉思的样子,或者更为具体形象地说,我在静听内心的激荡。这时国王出乎预料地评论道:"千里迢迢跋涉之后,您并不显得疲惫不堪。我估计您的体质一定很好。啊,一眼就可以看出,强壮极了。您告诉我,您和依特洛角力势均力敌,对不对?也许您当时是出于礼貌;但一望便知,您不是那种拘泥于礼节的人。坦率地说吧,您这种类型的人,我不敢妄称见过。"

昨天夜里,检察官撇开尸体的问题,要我脱下衬衫,以便仔细观察我的体魄;而现在,国王又表示同样的兴趣。我本来可以夸耀:"即使背上背一个人,我也能箭步登上一百码高的山顶。"的确,我对自己的体力颇感自豪(自慰心理)。但是我的心情经历了一大段波折:最初,国王的态度、语气以及为人都使我放心,我很高兴,心里像节日般的愉快;之后疑虑丛生;而现在,关于我体质的奇怪问题又提出来了,我不禁紧张得直冒汗。我记起来了,假如她们要把我当作祭品,理想的祭品应当是没有瑕疵的。于是我说,实际上目前我的健康状况不佳,今天我正发烧呢。

"您不可能在发烧,显而易见,您正在冒汗呢。"达甫说。

"这正是我又一个与众不同的地方,"我说,"我可以在冒大汗时发高烧。"他对此置若罔闻。"就在昨天晚上,"我说,"我啃硬饼时发生了

---

① 此见《圣经·路加福音》(23:34):这是耶稣钉上十字架后说的话。

一桩可怕的事儿,一场真正的灾难——我把齿桥咬断了。"我仰起头,张开嘴,指着嘴请他看断齿的空隙地方;同时还解开衣袋掏出断牙给他看(我本来是为了安全保存放进衣袋的)。他朝我洞开的大口,空阔的齿龈望了望。他究竟获得了什么印象,我无法猜测,但他说:"看来可真是个麻烦事儿。什么时候发生的?"

"哦,就在那人来盘问我之前,"我说,"您叫他什么来着?"

"布纳姆,"他说,"您发现他十分威严,对不对?他是祭司中地位最高的人。不难想象,您的齿桥断了会感到多么恼火的。"

"该我倒霉,"我说,"我恨自己太傻,巴不得把自己拳打脚踢一顿。当然我还可以用残余部分咀嚼,但要是齿根部分也掉出来怎么办?陛下,我不知道您是否熟悉牙科,牙齿的每个部分都牵连到牙髓,如果牙根的地方漏进了风,请相信我,那滋味难受无比。我的牙齿总是与我过不去,我妻子的牙齿也一样。自然,谁也不能期望牙齿管一辈子,牙总会磨损的。但这还不是一切……"

"难道您还有别的什么毛病?"他说,"看起来您倒是蛮结实强壮的。"

我红着脸回答说:"陛下,我有相当严重的痔疮,而且还容易昏倒。"

他满怀同情地询问:"该不是癫痫症——轻度的还是严重的?"

"不是,"我说,"我这毛病难以归类。我在纽约找遍了治这种病的权威,他们都说不是癫痫。可是几年前,我开始昏倒,事前全然没有征兆。可能发生在我读报的时候,或者站在楼梯上挂窗帘的时候。我曾在拉提琴时,眼前一黑便不省人事了。最近一次是在一年前,当我乘坐快速电梯,登上克雷斯莱大厦的时候,引起的原因很可能是速度太快失去了重心。当时有一位穿貂皮大衣的贵妇人站在我身旁,我的头靠到她肩上时,她大叫一声,我立即倒下了。"

许多年来我不把苦乐当回事,对于自己患的疾病也就不善于陈述,使人信服。我读过不少医书,十分清楚心情,仅仅是心情本身,是造成我发病的基本原因,当然还有酗酒之类的明显原因,就不用提了。性格反复无常导致我昏倒。还有,我心里老在嘀咕**我要**,我感到应该解脱一下,并且发现偶尔昏倒一次可以得到休息。尽管如此,我开始意识到国王可能利用我,他虽是个好人,但在一群嫔妃中间,他还得保持某种尊严。既然他不可能活得长久,便没有理由特别优待我。

我大声说道:"陛下,这次拜会太愉快太有趣了。谁想得到呢!而且在非洲内陆!依特洛在我面前高度地赞许您,他说您超群绝伦,我看的确名不虚传。这一切令人永世难忘,可是我不打算停留过久,讨人生厌。我知道你们今天准备求雨,我在这儿或许碍脚碍手的。所以,感谢在宫中接见的美意,祝你们千幸万幸,求雨仪式获得成功。我看午饭后我和我的仆人最好是开路的好。"

当他得知我想离开,不等我说完便开始摇头;而他一摇头,女卫士的表情便不再友好了,仿佛我在惹国王生气,或者说了什么使他激动,而这些都会耗费他另有更好用途的宝贵精力。

"啊,不,亨德森先生,"他说,"您刚到达就要离开,这真是不可想象。亲爱的客人,您举止大方,和蔼可亲。请您相信,假若不能和您交往,我会感到十分痛苦和怅惘的。无论怎么说,我想既然命运有意作美,我们应当更加亲密友好。告诉您吧,当我听到您从外界到来的消息,我是多么激动啊!现在仪式马上就要开始了,我邀请您作为我的客人参加。"

他戴上一顶特大的宽边帽,颜色和短裤一样呈紫色,但却是天鹅绒的。为了保护他免受邪恶的目光,王冠上缝上了人牙。他从绿色的沙发起身,但马上又在帆布吊床上躺下了。身穿紧身皮裆的女卫士成了抬杆人。每侧四个卫士扛起床杆,虽是卫士,她们的肩膀并不结实。人的体力常常令我激动,尤其是女人的。我爱去时代广场① 看奥林匹克运动的

---

① 时代广场:美国纽约市内的一个有名广场。

电影，特别喜欢观看矫健的女运动员赛跑和投掷标枪。我爱说："瞧呀，先生们女士们——瞧瞧女人的本事！"观看女人的竞赛表演不仅投合我爱美的嗜好，也适合我的军人性格。我想这八个卫士能否以八个我所熟悉的女人去代替——弗朗西斯，蒙泰库科利小姐，贝尔特，莉莉，克莱娜·斯波尔等，但她们之中，只有莉莉的体魄够格。我想不出一队可以匹配的女人。贝尔特强壮却太臃肿，蒙泰库科利小姐个子庞大两肩却又无力。我的这些朋友、知己和心上人都不可能抬动这位国王。

应国王陛下的请求，我走在他的身旁，沿阶而下到了庭院。他并不懒洋洋地躺在吊床上，而是仪态端庄地倚在上面，显示出他有良好的教养。假如我在他与依特泽求学贝鲁特期间相遇，他此刻的高贵仪态是见不到的。我见过许多来自非洲的学生，他们穿的西装总是宽松下垂，衣领折皱，因为打领带穿西装的规矩，不合他们的习惯。

在院子里，我们的队伍与霍科的华盖队，女卫士，妻妾，孩子汇合一起。孩子拿着长长的玉米棒子，武士扛着偶像神祇——刚用赭石、泥浆涂抹过，奇丑无比。有的露牙龇齿，有的鼻孔若洞，有的手执庞大过人的器械。院子里霎时间变得拥挤不堪。烈日炎炎，炙热灼人，乙炔剥落油漆的威力远不及阳光照射在我心扉上的火辣劲。我傻里傻气地对自己说，我感到又要昏倒了。（这想法很傻，因为就凭我这样大的身躯和力气也不会。）我感到这像是在纽约的夏日，我乘错了地铁，本想到达百老汇大街北段，反而到了列诺克斯大道和第一百二十五街的交叉路口，我只好费劲地往人行道上赶路。

国王对我说："阿纳维人也缺水吧，亨德森先生？"

我想："这下糟了，这家伙一定听说了炸水池的事。"但事实非如此。他的表情里并没有那种意味。他正从吊床里凝视那没有一丝风一片云的蓝空。

"唔，陛下，告诉您吧，"我说，"在雨水方面他们的运气可不佳哟。"

"哦？"他若有所思地说，"您知道吗，说到他们的运气倒有一段奇闻。传说我们两地原是一家,一个部落,但在运气这个问题上分道扬镳了。他们所说的运气这个词,在我们的语言里叫做里巴,译成英文便是unlucky①,毫无疑问,这就是我们说的里巴的意思。"

"真的吗?瓦里里人很幸运,是吗?"

"唔,不错,很多例子可以说明。我们不这样自诩。但有句谚语说:瓦里里依巴,意思是说:幸运的瓦里里人。"

"啊,真的?有趣,有趣。您对此有什么看法呢?那句谚语正确吗?"

"我们瓦里里人幸运吗?"他说。自然他是在纠正我,因为我对那个问题表示了疑问。我告诉你,这是条经验,一条教训。他只消这样轻描淡写地一反问,便叫人不知不觉地感到了他的尊严。他又说:"我们幸运,这是无可辩驳的事实。您做梦也想不到它是多么灵验。"

"您认为今天能祈下雨来吗?"我问,阴郁地笑了。

他轻松地回答说:"我见到雨的迹象已经几天了。"随后又补充道:"我想我能够理解您的态度。这是由于阿纳维人对您友好和善,他们总是给人这种印象。您没有忘记吧,依特洛是我特别要好的朋友,遭到危难的时候,他总在我左右。喔,对啦,我懂得慷慨、温和、善良这些品质。那是冒充不了的,我完完全全赞同这些德行,亨德森先生。"

我以手覆额仰望天空,不禁笑了一声,心想:上帝保佑!离家万里倒在这儿遇上了一个有趣的人。是的,旅行大有益处。世界是一个精神领域,旅程即是心路历程。我心里一直有这种感觉。我们所谓的现实只不过是迂腐的空谈而已。我真不该高高地倚在共枕的床头和莉莉那样争吵,把蕾茜给吓得带上婴儿逃跑了。我敢说,我比莉莉更理解现实。是的,一点不假,世界上的客观现实是真真实实的,不容取代更替。物质的世界整个儿在眼前,属于科学的领域。但是还有一个本体的世界,在那儿我们进行着创造,创造,再创造。这样,当我们匆匆入

---

① unlucky:"不走运"、"倒霉"的意思。

世时，我们以为知道什么是真实的。而且我也可以说是曾向莉莉阐明真理。不错，我更加明白什么是真理，我之所以明白是因为我曾亲身经历——实实在在的经历，随着我自己的形影移动。她的呢？则随着**她的**形影。啊，这是何等重要的启示！真理向我说话了。向**我**——亨德森！

国王闪烁的目光直视着我的眼睛，意味格外深长，我感到他能够看透我的心灵，假如他愿意的话。他感到他能革洗我的心灵，但我对高尚的事物幼稚无知——由于我那该死的性格，在这些事情上我是个嗷嗷待哺的可怜虫——我心里十分茫然。然而，在达甫国王的锐利目光注视下，我意识到尽管炸塌了水池，我并没有丧失最后的一线希望。没有，绝对没有。

国王的叔叔霍科仍然指挥着仪仗队伍。宫墙之外爆发出淹没一切的欢呼吼叫，我一生中从未听到过从人的喉头或肺部能发出这样大的声音。但一旦声音静息下来后，国王对我说："旅行家先生，不难猜想，您出门远行是为了完成一桩重大的使命。"

"说对了，国王陛下，百分之百的正确，"我说着，打了一躬，"否则，我不如躺在安乐床上翻地图册或者欣赏吴哥窟^①的幻灯片，我有整整一纸盒幻灯片，还是彩色的呢。"

"啊，那我猜对了，"他说，"而且您把自己的心献给了阿纳维人。不错，他们是好样的。我有时甚至猜想，那也许是他们的自然环境或天性决定的。我总是倾向于相信先天的本性而怀疑后天的熏陶。有时我渴望见到我的朋友依特洛，要能听到他的声音，我宁愿付出宝贵的代价。遗憾的是，我抽不开身。我所在的地位……我肩负的职责。他们那儿给了您深刻的印象吧，亨德森先生？"

迎着耀眼的太阳，我眼里泛起金光，什么也看不清了。我点了点头

---

① 吴哥窟：位于柬埔寨西北，高棉人古都中的一座寺庙遗迹。

说:"是的,陛下。不是说着玩的,印象深刻。天知道,丝毫不假。"

"喔,我明白您的想法,"他说,带着一种奇特的温柔感,一种渴求的心情。我简直不敢相信,能从任何人身上见到这种情怀,至少没有料到会从他这样一个人身上——他斜倚在华贵的吊床上,头戴紫色的宽边帽,帽上缝着人牙,一双柔和而又固执的微红大眼,一副粉红的膨胀外突的嘴唇。他继续说道:"人说好事不出门,恶事传千里。在我看来,这是错误的,或许只适用于一般的好事。啊,是的,有许许多多的好人,他们的良知告诉他们做好事,他们也做了,但这是多么平凡,司空见惯!'我应当做的某些事未能做,而不应当做的反倒做了。'这能算是人生吗?啊,流水账似的一生多么可悲。我总的观点是,好事不应当是勉强而为或内心斗争的结果,这看来有些自相矛盾。伟大而高尚的事情是超凡脱俗的,亨德森先生,这比我们想象的更卓越,它和自发的灵感相连,与内心的矛盾斗争绝不相干;因为一个人要陷入了内心冲突,他就会沉沦,执剑者往往刎剑而亡。意志平庸的人只能做出平常的好事,没有意义;而勇者奋然挺身而出,虽然他多半会死去,但他的死却是他伟大毅力的见证。"

我急切地说:"啊,达甫国王——啊,尊敬的陛下!"他的话太使我激动。他说完这些话,又倚靠在吊床上了。"您知道他们的女王薇拉塔勒吗?她是一位比塔式的女人,依特洛的姑母。她正在教我关于格朗—图—摩拉尼的奥秘,但不巧的事接连发生了……"

但这时女卫士扛起吊床又开始行进了。处处是一片欢呼、沸腾激动的场面!喧嚣声、击鼓声,仿佛是野兽通过它在他们身上的兽皮又在吼叫。巨大的声浪完全可以和新年之夜的康尼岛、大西洋城或者纽约时代广场的情形媲美。国王出了宫门之后,庞大的仪仗队才把我刚才经历的声浪抛在后面。

我直起嗓子问:"去哪儿……?"

我凑近身听他的回答:"……一个特别……地方……竞技场。"

别的什么也没有听清。这样狂乱的场面，一定是全城都出动了，男男女女，神祇，偶像，令人眼花缭乱。狗吠似的嚎叫，磨刀般的尖鸣，朝空高奏的号角——一片沸腾的声浪高得简直无法录制下来，声音之间的联系也被扯得粉碎。我用拇指攥进没毛病的一只耳里加以保护，另一只不灵的耳朵也轰鸣得无法承受。起码有一千居民混入了喧嚣的人群，他们大多数赤身裸体，不少人涂上五颜六色，大家一齐鼓噪叫喊。天气沉闷，我感到浑身痒痒的不是滋味。而且空气中还扬着讨厌的尘埃，好几次我仿佛笼罩在尘土之中了。但是，被抬着行进在国王左右，我没有工夫注意这一切不适感觉。队伍终于进了体育场——姑且用个夸张的词语——一块用木桩围起来的宽阔地面。里边环绕了四圈石条凳，用前面提到过的石灰石做成。还为国王特设了讲究的看棚台，我和国王的嫔妃、朝臣和其他王室成员都坐在那儿，棚顶是结满飘飞彩带的棚盖。女卫士穿着紧身背心，光滑粗壮的身躯，剃得精光的头颅扁圆不一，像各种不同的瓜果——圆的像西瓜，扁的像甜瓜，长的像葫芦，大家都侍卫在看棚周围。在随从和华盖的簇拥下，霍科走到国王面前躬身行礼。由于亲缘上的一致，他俩只消传递个眼色，彼此便能心领神会，有时也真是如此。他们有着同样的鼻梁和眼睛，与整个种族的人相同的含蓄神情。霍科不声不响站在那儿，但在我看来，却在敦请他的王侄做某项事先商定好的事。可是国王神情严肃，没有表露可否。他在这儿处于发号施令的地位，这是毫无疑问的。

四个女卫士，每人抓住一条腿，抬出一张方桌来。桌上一个钵里摆着两副头颅骨，正是我刚才在王宫里见过的一对，只不过现在通过空眼窝拴了一条长长的闪闪发光的深蓝绸带。它们被摆放在国王面前，国王只瞟了一眼便不理睬了。这时，身躯肥大的霍科抬起头来，脚跟站得笔直，套在紧身的深红衣衫里的浑身横肉挤上了下巴和双肩，他模仿起我的表情来了。在他脸上，我至少看出他学着我摆出了一副愁容。我毫不介意，还略为欠身承认，他把我的表情模仿得挺像。他像政客那样，得意而轻率地向我挥了挥手。接着，鲜艳的华盖退去，他回到国王左边的看棚，与检察官坐在一起；检察官就是让我们昨晚老等的那位，国王管他叫布纳姆。和他们坐在一起的还有那位浑身折皱像皮革似的老家伙，他从白岩石边出来引我们中了埋伏。他就像约瑟遇见的那人，他叫约瑟去多坍。然后兄弟们看见约瑟便说："你看，那作梦的来了。"① 大家都应当读读《圣经》。

说实话，我的确感到像个做梦的人，这绝不是谎话。

"那个浑身皱得像橄榄的人是谁？"我问。

"您说什么？"国王说。

"同布纳姆和您叔叔坐在一起的人。"

"喔，知道了。一位资深的祭司，占卜一类的人。"

"昨天我们见他拄根弯拐杖，"我正这样说着，几十个女卫士列成一排，朝天举起滑膛枪。我四处张望，不见我那支零点三七五口径的枪。女卫士开始鸣枪致礼了，首先向国王致敬，然后向国王的先父格米罗致敬，接下去为别的许多人。之后国王这样告诉我，这一次鸣枪是向我致意。

"向我？您别开玩笑，陛下，"我说。但他并不是说着玩的，于是我问他："我应当站起身来吗？"

"我想那会使大家高兴，"他说。

我刚站起身，人群中便爆发出一片欢呼。我想："半夜里处置尸体的事儿一定早传开了，他们知道我并非胆小如鼠之辈，而是一位强者和勇士，精力充沛。"我开始感受到现场的气氛——由狂热的激情渲染，我心中刺痒痒的感觉更加剧了。我没法答谢女卫士表达的敬意，既无话可说，也没枪没炮可放。但是我不可能一声不吭，于是发出了一声像古代亚述人的大公牛的吼叫。你知道，成为众人瞩目的对象总是令我激动

---

① 见《圣经·创世记》第 37 章第 19 页。

万分又不知所措。面对阿纳维人成群哭泣和聚集在水池旁的情景,我也有这种感受。同样,在意大利的萨莱诺,我周身被剃得精光,站在吉斯卡多斯家古堡附近示众,也是如此。我父亲出席盛大的场合,也有容易激动的倾向。有一次,他竟举起讲台,朝演奏池扔去。

总之,我放声大吼了,引起了惊人的热烈反应。他们听见我的声音,看见我吼叫时两手抓住胸膛,一个个都快发狂了。我得承认,他们随之发出的呼喊狂叫,令我心里乐滋滋的。我暗暗在想:原来这就是人们在公众生活中能够得到的享受。是的,是的。我现在明白了,这个达甫为什么从文明世界退回来做了自己部落的领袖。真的,谁不愿当一国之王,哪怕是小国?这可是千载难逢的机会。(对达甫这位年轻强壮的人来说,结账的时间尚且遥远,而他的嫔妃不可能虚情假意地百般殷勤爱戴,他是她们心中眷恋的情人。)

我长时间地站在那儿,喜笑颜开,尽情享受人群的欢呼,当我不得不坐下时才重新坐下。

就在这时,令人惊骇的事儿发生了。我看见一副嬉笑的面孔,口张得像个大圆圈,额上现出无数道皱纹。这副形象的面孔,或许在纽约第五街的橱窗里能见到,但当你想看清这究竟是何种鬼怪时,却又不见踪影了。然而眼前这副面孔,就出现在国王的看棚里,朝着众人咧嘴嬉笑。一柄发绿的旧刀正无情地向他砍去,一道道血迹斑斑的刀痕不断加在这人胸膛。啊,这人正遭攻击杀戮。住手,住手!神圣的上帝!我说,这岂不是青天白日谋害人命吗!我内心受到深深的震憾,就像一列火车钻过隧道时,隧道上面的建筑物所受到的震动那样。

幸好伤痕不深,只从表皮向两侧划去,脸上涂色的祭司挥刀速度虽然神速,但他的技艺很高,完全按着仪式的要求行事。他一面砍,一面往刀痕揉赭石粉,这样造成的疼痛会叫人发疯的,可是这家伙一直嬉笑着。国王说:"亨德森先生,这项仪式并不稀奇,不用担心。这人会因而晋升祭司的等级,所以他很高兴。流血的目的,在于诱使苍天效法,打开天上的水道。"

"嘿嘿!"我苦笑了一声,大声问道:"喂,陛下!这究竟是怎么回事?啊,天啦——又干起来了吗?天上的水道?太妙了!"

然而,国王无暇顾及我。这时只见霍科的看棚里发出一个信号,全场立即沸腾,欢声四起,金鼓齐鸣。国王缓缓起身了。称颂之声震天,赞誉之词盖地!人人洋溢着自豪,个个神情振奋。从一片黑肤色的人海里,顿时浮起——涌现出红色的波涛,人们一齐从白色的石灰石座位上站起来,高举手中的深红旗号,挥舞招展。深红是瓦里里人在神圣日子里昭示的颜色。女卫士挥舞起紫色的旗帜,那是国王的旗号。罩在国王头上的紫色华盖也高高擎起,绷紧的顶盖在空中晃动。

国王已不在我身边,他早从看棚步入竞技场。在圆形广场那边,一块约莫棒球场大小的地方,站立着一位个子高大的女人,半身裸露,一头细绒绒的卷发。当她走近时,我看见她脸上蒙了一层伤痕图案,看上去像秀丽的盲文。两绺卷发垂过耳边,一绺拂过鼻梁。她的腹部涂成黄褐色或暗金色。她的年纪尚轻,两个小小的乳房还未发育完全,不像成年女人的乳房那样,走起路来直晃动;她的胳膊又细又长,三个主要的骨骼均清楚可见:骯骨,桡骨和尺骨。她的脸蛋瘦削,当我最初隔着场地看见她时,她的身影像一根旗杆,脸蛋像只金色的苹果。她穿一条紫色的裤子,与国王的紫色相称,她正是即将开始的一场表演中的国王的对手。这时我才发觉,竞技场中心立着一队盖住的身影,约有土丘那么高,我没猜错,那些是神像。就在这群神像周围,国王和金面女郎开始用那两个头颅骨表演了。先是抓住长长的丝绸带将头颅骨在空中旋转,然后短跑一段,朝空扔去,抛过那群盖住的偶像——其中最高大的偶像有老式钢琴直立起来那么高。两个头颅骨飞过偶像之后,国王和女郎分别接着,动作敏捷,干净利落。这时全场肃静,刚才的喧嚣全然停息,就像布上的折皱在熨斗下霎时不见踪影。第一轮抛掷后更加万籁无声,连用手接住头颅骨的声响都能听见。过一会,甚至头骨飞过空中的嗖嗖声也鸣响在我听觉不灵的耳畔。女郎掷出头盖骨，紫色的丝带飘在空中像一朵花盛开，我敢对神明发誓，这和龙胆紫花一般无二。从国王手里抛出的头盖骨也飘在半空；两个头颅骨一齐带着紫蓝色的飘带迎风摇落，像两只珊瑚虫浮游在大海。我很快明白了，这不仅仅是表演做戏，而是一场竞赛。我自然是站在国王一边的。但我当时还不知道，谁要是扔落了头颅骨便会遭到惩罚，丢掉性命。我和死亡已经十分熟悉了，这不仅是由于我的年纪的缘故，还有许多不必在此赘述的原因。死亡和我简直成了亲密无间的表兄弟。可是，一想到有什么不测的事会降临在国王头上，我便恐惧万分，虽然他信心十足，弹跳有力，转身灵活，像一个网球手或短跑健将那样。他上场活动一会之后，更加得心应手，稳重自如——总之，他娴熟的程度叫人惊绝，使种种担心忧虑成为多余。然而，这样一位人物也得自食其果，真令我不寒而栗。当然，我也为那女郎捏着一把汗。万一他们之中有谁不小心滑一跤，或者丝带溜了手，或者两个头骨相碰，便要付出最高的代价，落得和我在小屋里发现的那个可怜人同样的下场。显而易见，他不是寿终正寝的。谁也骗不了我，要是验尸的话，我可以露一手。但是，国王和女郎的竞技状态极佳，由此看来，他并非整天躺卧不动，沉浸在那群嫔妃之中。他像头狮子般跑跳，浑身是劲，而且显得镇静自若，从从容容。他甚至连缝上牙齿的紫色绒帽都没有摘下。他完全与那位女郎旗鼓相当，我看得出来，她是以挑战者的姿态出现的。她的举止像一个女祭司，一定要让国王达到规定的要求。当她走近时，我看见她脸上涂得斑斑斓斓的像是凸现的盲文，她看上去有点不像人样。她弹跳跑动时，一对乳房紧贴着像两团金似的；她的身材高而瘦，纵身跳起时显得有些怪异，活像一只大蝗虫。

然后是最末两人抛掷，双方接住便告结束了。之后像击剑者摘下面具一样，各自将头颅骨夹在腋下，并且相互躬身施礼。这时，场上又爆发出巨大的声浪，深红的旗帜再次挥舞飘扬。

国王回到看台时还在喘粗气,他戴着弗兰西斯一世①式的帽子,这是提香②的画面里会出现的。他一坐定,嫔妃们便牵起一幅布围在他周围,以便他饮酒时不被公众看见。当众饮酒是禁忌的。然后,她们替他揩干身上的汗水,松开紫色裤子的金色裤带,按摩他两腿的肌肉和仍在起伏鼓动的腹部。我多想迫不及待地说出我的观感,告诉他表演得多么成功。比如说:"啊,陛下。那简直是无与伦比,真像个武术家。真不假,一位武术家!陛下,我爱看崇高而优美的动作。"可实际上我一句话也没说,我生来就这副沉默寡言的怪脾气。这也是受时代奴役的结果,时代期望我们少说为佳。③我也对我儿子爱德华谈过关于奴役的话。当我说我热爱真理,他认为我是个古板守旧的老顽固。啊,那真伤人感情!总之,每当我想发表议论,想说的话却又留在心里。因此,那些话实际上并不存在;而要是没有表达出来,你也就不能因它受到称赞。比如刚才提到天空时,国王给我点明了话题,我满可以立即对他发一通议论的。讲什么呢?比如讲混沌在天上并非一切,人生在世也并非匆匆过旅,孤苦伶仃,像梦幻般消逝。不,先生!认真干一件事就会捉住人生的。譬如说,从事艺术活动,匆匆的速度便会受到控制,易逝的光阴就会自然分离。掂量一下这伟大的思想吧!何等奥秘!天使的声音!我为什么耗费时间去拉提琴?在法国各大教堂游览时,我为什么浑身无力,而不得不借酒浇愁,还向莉莉发脾气?我想,假如我把心中这些话都尽情地向国王倾诉,他可能成为我的朋友。可是,他的嫔妃夹在我们之间,她们光着大腿,臀部还朝着我,要不考虑到她们是野蛮人,这真是无礼到了极点。所以,当我心潮激荡,神思泉涌之际,却没有机会向

---

① 弗兰西斯一世(1494—1547):在位法国国王期间为1515—1547年,接近人民,保护文艺。
② 提香(1490—1576):意大利文艺复兴时期威尼斯画家,擅长肖像画、神话和宗教题材画。
③ 此小说于1959年出版,五十年代美国人被称为"沉默的一代"。由于麦卡锡制造的恐怖气氛,盛行少说为佳的风气。

国王讲述。几分钟以后，我可以和他交谈了，我说："陛下，我有种感觉，要是您们之中有谁失误，后果一定不妙。"

他回答之前先舔润了一下嘴唇，他的胸膛仍在起伏。"亨德森先生，我可以向您表明，失误并没有什么了不起。"他龇牙对着我，喘息使他仿佛在笑，虽然并没有什么可笑的地方。"总有一天，丝带将从这里穿过。"他用两根指头指了一下他的双眼。"我自己的头颅将对空抛掷，凌空飞起。"他做了个飞翔的手势说，"飞起。"

我问："那是老国王的头颅或是您的亲友的？"我没有勇气直接讯问他与那些头颅的亲缘关系；心中想着一个类似的接握动作，我感到手上的肌肉都在发抖刺痛。

但是，没有工夫细想这些。发生的事太多了。现在，宰牛作祭品的活动开始了，直截了当，没有多少仪式。一个头上四周插满鸵鸟羽毛的祭司，用胳膊挽住一头母牛的颈项，一把抓住嘴部扬起牛头，像在短裤屁股上划根火柴似的，划破它的喉咙。牛倒在地上死去，没有谁给予多少注意。

第十三章

接着表演了部落舞蹈和日常节目,但严格说来,不过是些歌舞杂耍而已。一位老妇人和一个侏儒角力,侏儒摔得生气了,便想伤害她;老妇人住手,破口大骂。一个女卫士上场抓起小侏儒,夹在腋下,大摇大摆地走了。在座的众人报以热烈的欢呼和掌声。接下去是另一场娱乐性表演:两个人相互用鞭子抽打对方的大腿,同时向上腾跳。这些古罗马式的娱乐节目并没有使我的心情缓和下来。我感到神经紧张,忧心忡忡,满腹疑虑,预感到即将发生不愉快的事情。当然我不便请求达甫事先讲讲。他深沉平静地呼吸着,一副无动于衷的旁观神气。

最后我说:"做了这一切表演,太阳仍然光灿灿的,不见任何云彩的踪影;虽然很闷,我怀疑空气中的湿度有了任何增加。"

国王回答说:"您的观察似乎不错,我不想和您争辩,亨德森先生。但是,我见过像今天这样的日子,看似希望渺茫,却终于降了雨。真的,一点不假。"

我眯起眼睛瞅了他一眼。这个眼色意味深长,我不打算向你掩饰,也许还带有几分傲慢的神情,但它表明的基本意思是:"咱们别逗了,亲爱的陛下,您以为从大自然获取您需要的东西会那么轻而易举?哈,哈!我从来没有如愿以偿过。"然而我实际上说的却是:"陛下,我很想和您打个赌。"

我没料到国王会立即对此当真,他说:"是吗?太好啦。您想下赌注吗,亨德森先生?"

既然提起了这个问题,我心里便跃跃欲试,一言既出,驷马难追。

虽然很不明智，我却答道："哦，当然啰。假如您愿赌，我一定奉陪。"

"我愿意，"国王说着，微微一笑，同时露出倔强的神色。

"怎么，达甫陛下。依特洛王子说过，您是信奉科学的哟。"

"他这样告诉您的吗？"他显得很得意，"他是不是说我上过医科学校？"

"不是吗？"

"一点不错。我修过两年医学课程。"

"不会吧！您或许不明白您透露的这件事与它之间的关系多么密切。您要知道的话，咱们还打什么赌呢？您怕是在和我打趣吧。陛下，您可知道，我的妻子莉莉订阅《美国科学》杂志，所以我对降雨的问题颇有了解。用干冰造雨的技术还没有过关。有一种新近的观点认为，雨是外层空间刮风沙的结果；当风沙吹进大气层，便促成了降雨。另一种理论在我看来更有道理：海洋里卷起带盐的水汽，或者说泡沫，是构成雨的主要因素。空气中浮动的水晶体总是与潮湿的成分相结合，聚集在一起。陛下，您瞧，可不是说下雨就下雨的。假如没有海水飞溅的泡沫，就不会降雨；而要是天不降雨，地上便没有生机。让聪明人想想这个道理吧。倘若大海不翻卷奇特美妙的浪花，大地将会一片荒凉。"我带着逐渐增长的自信心和亲切感，爽朗地笑着说："陛下，您不知道我对这一切多感兴趣。生命源出于大海的精华。在学校里我们爱唱一支歌：'啊，玛丽安娜。来吧，啊，来吧，把我们化作浪花。'"我压低声音，哼了几句给他听。看得出来，他挺喜欢。

"您的声音不同寻常呢，"他说，满心高兴地笑了。我开始感到他喜欢我。"您讲到的知识太令人神往了。"

"哈，您那样看问题，我很高兴。嘿，真有点儿道理，对不对？可是，这样一来，咱们打的赌就吹啦。"

"那才不呢。咱们照样赌。"

"喔，达甫国王，我瞎说一气了。请允许我收回关于降雨的话，算我出尔反尔也罢。不用说,您作为一国之王,理当支持祈雨仪式。请您原谅,您何不这样说一句:'亨德森,简直胡扯!'然后把这事儿忘了。"

"哦,决不会的。干吗那样说呢。咱们继续打赌吧,为什么不呢?"他说得斩钉截铁,叫我毫无退路了。

"好吧,陛下。恭敬不如从命。"

"一言为定。咱们赌什么呢?"他问。

"您想赌什么就赌什么。"

"很好,由我来定。"

"这对我可不公平,得向您让步啰。"我说。他挥了挥手,手指上闪现出一颗大红宝石。他时坐时躺,这时他又躺回吊床了。看来打赌使他很开心,他喜欢赌博。我的眼睛盯着他的宝石戒指——一颗石榴红的大宝石嵌在一块金上,周围还有一圈细粒宝石。他问:"这只戒指中意吗?"

"倒是一只好戒指,"我说,表明我不愿意指定实物作赌注。

"您拿什么作赌?"

"我身上带有现金,但我想您不会对它感兴趣。我旅行包里有架高级的罗勒克斯照相机,这并不意味着我拍了多少照片,只不过偶尔照照,到非洲后太忙了。此外,还有一支零点三七五口径的枪,配有远程瞄准器。"

"我看不出这些东西有什么用处,即使我赢了。"

"家里还有一些我愿意下注的东西,"我说,"我还有几头漂亮的猪。"

"哦,是吗?"

"我知道,您对它们也不感兴趣。"

"以随身之物作赌注岂不更合适些,"他说。

"噢,对啦。戒指是随身之物,我明白了。要是我能把切身感受的烦恼分割开来,我倒愿意拿来当赌注,它们可是属于个人的。嗬,嗬。

只是我并不希望把它们转嫁于人。唉,想想看,我有什么东西对您有用,有什么东西配得上送给国王?地毯?我的演奏间有一张漂亮的地毯。还有一件鹅绒睡衣,您穿在身上一定受看。还有一把加纳雷提琴① 可以考虑。嘿,对啦,想起来了——还有画像,我自己有一幅,我妻子也有一幅,都是油画。"

这时候我看他并不再听我啰唆,他说:"您完全不用考虑自己有什么可赌的东西。"

于是我问:"是吗?那我输了怎么办?"

"那就有趣了。"

他这一说倒使我顾虑起来。

"好啦,就这样决定吧。咱们以戒指对油画,或者这样说吧,我要赢了,您就作为客人留下来,留一段较长的时间。"

"行,但究竟多长呢?"

"哦,那完全是假设,"他说着,把视线转开。"咱们暂时别说定吧。"

商量好之后,我们都一齐抬头望天。晴空万里,一丝儿风也没有,高山之巅托着一片蔚蓝。我想这位国王一定十分敏感,他想弥补昨晚由于尸体引起的不快,也希望我多住些时日。国王以一个非洲式的灵巧手势结束了谈话,一个像是脱手套或脱戒指的动作。我满身大汗,但体温依然不减。为了好受一些,我张大嘴出气。

然后我说:"嗯嗯,陛下,这场赌博真叫人费解。"

就在这时,场上发出激烈争吵般的喧哗,我心想:"哈,仪式的轻松部分过去了。"几个身插黑色羽毛的人,肩下挂着褪色的羽翼,像几只可怜的鸟儿,开始揭开偶像的遮盖物,粗暴地推开神像。你可知道,这种亵渎行为绝非偶然。这样做的目的是为了引人发笑,人们也的确大

---

① 加纳雷提琴:一种有名的意大利小提琴,由加纳雷家族的人制造。

笑不止。几个鸟人受到笑声的鼓励,开始表演滑稽可笑的怪动作:踩踏神像的脚,推着小神像往前滚,从神像头上跳越,耍弄它们。刚才那位侏儒坐在一位女神的膝头上,把自己的下眼睑扳开,伸出舌头,活像个疯子,逗得人们前仰后合地大笑。这一群神像,全都腿短身长,任人摆弄。它们大多数都不成比例,小头脸装在长颈项上。总之,不像一群威武的神;不过,仍然具有自身的尊严——神秘莫测。无论怎么说,它们都是神,赐人以幸运,管辖着天空、高山、野火、庄稼、牲畜、运气、疾病、云层、生和死。连最不起眼、一脚就能踢翻的神,也有主宰的对象。部落的人似乎认为,可以在神面前公开表现邪恶,既然朝生暮死的人所干的一切,没有哪桩逃得过神的眼睛。我领会这种意思,但总觉得那是大错特错。我想对国王说:"您是不是打算向我表明,这种种恶行是必要的?"我感到大惑不解,他居然甘当这群乌合之众的首领。可是,他心平气和地看着眼前这一切。

　　不一会,他们开始搬动那群神像了。先是搬体积小的神,恶作剧地处置它们——粗暴地将它们打翻在地,沿着地面推滚,还一面咒骂它们太笨拙。我心想:混蛋!这太鄙了。虽然客观地说,我也明白他们对神的愤懑不是没有理由的,然而我对这种做法很不以为然。我戴着头盔坐在那儿,心里咕哝着,但表面上装出一副与己无关的漠然神气。

　　当这几个黑鸦似的人动手搬大一些的神像时,尽管他们又推又拉,仍然搬不动,只好向人群求助。一个又一个身强力壮的大汉健步走上竞技场,当他们举起神像,从原位逐步移向不大的空地中心时,座上观众便爆发出喝彩和欢呼。上场搬神像的力士愈来愈高大健壮,我意识到这种炫耀力气的做法是传统仪式的一部分。有的力士从神像背面下手,拦腰横抱;有的则用肩背去扛,像从卡车上卸面粉袋那样。有一个力士则扭住神的手臂,像我昨晚背起尸体的办法。看见有人采用我的技巧,我不禁嘘了一口气。

　　"怎么回事,亨德森先生?"国王问。

"没事儿,没事儿。"我说。

神像群——被力士搬走,愈来愈少。最后上场的几位大力士可真是彪形大汉,我一看就知道他们的特征。我生活中也有一段时间,对举重非常着迷,曾练过杠铃。众所周知,腿力的锻炼是很关键的。我想过让我的儿子爱德华也产生兴趣,假如他受我的影响,练出了一副好筋骨,说不定就没有爱上玛丽亚·费露卡那回事了。总而言之,我长大后身材魁梧,粗壮结实,具有大力士的种种畸形特征(像阿拉斯加的那种特大草莓)。啊,我的躯体,我的躯体!我们为什么从来没有真正成为朋友呢?我的躯体载满了罪恶,像一只木筏,一艘游艇。啊,谁能把我从这行尸走肉的躯壳中拯救出来?从这堆畸形的腐肉,从这团紊乱如麻的思绪中解救出来?有时候,心里有一个声音狂乱地怂恿我:"把大地烧成焦土吧。好端端的人干吗去死?躺进坟墓的人是些该死的混蛋,让他们见鬼去吧。"邪恶!堕落!哎,一个人的内心里多么错综复杂!

然而,我下意识地要自己只当个旁观者。只剩下最庞大的两尊神像了:掌管群山的胡玛和掌管云雨的姆玛。好几位大力士上场后都失败了。是的,都败下阵去了,他们都掀不动胡玛。胡玛像鲖鱼一样长满髭须,头额上满是尖刺,一副圆圆的像两块大石头的肩膀。几位大力士纷纷败退并遭到人们讥笑之后,这时一位头戴红色圆毡帽、腰系一条遮身油布裤的大汉上场了。他迈着矫健的步伐,挥动手臂,就要去搬胡玛。他先拜倒在这位山神面前——这种虔诚的举动还是第一次见到呢,然后绕到神的背后,把头部钻进神的一只手臂下。一撮小胡子闪现在他方形的脸上,他跨开双腿,两脚试了试该站的位置,踏了踏尘土的地面;接着,双手在自己膝头上抹了一把,从腋下环抱山神,并从下面抓住腿叉。这时他使出全身力气,只见他眼睛都湿润了,嘴咧开到颌骨贴近锁骨,筋腱绷得像自行车的纤细轮辐,臀部的肌肉在沟股边结成块状般突现在油布短裤上。巨大的山神终于被他搬动了。好样儿的,我朝他投去赞赏的目光。他与我同属一个类型:你在他面前摆一副重担,他就会毫不犹豫地接受；他会挺起胸，把它举起来，直到精疲力竭。我说："成啦，再把背部肌肉的力量用上去。"除了达甫国王之外，每个人都在欢呼；我也站起身来高声叫喊："哟，加油！你把它搬动了，会成功的，你真棒。推——对啦！现在朝上！嘿，就是这样！干得呱呱叫。啊，上帝保佑他。多可爱的人！这才是真正的人——我所敬爱的人。继续，加油！哇，行啦！成啦！噢，谢谢上帝！"这时我才意识到自己叫喊得多起劲，慌忙在国王身旁坐下，对自己这般疯狂劲儿感到奇怪。

这位冠军把胡玛上了肩，背到二十英尺远的地方后，再平放在其余神像之中。他喘了一口气，转过身注视着女神姆玛，现在她是剩下的惟一的神了。姆玛比胡玛更加庞大。在一片欢呼声中，冠军上上下下把她打量了一番。她也在等待着他。不说这尊威力女神的模样难看吧，起码她周身太臃肿粗实，人们有意把她塑造得笨重无比。大力士站在她面前，似乎显得气馁了。并不是她不让人一试。不，尽管她模样可憎，却显得颇有耐性，也像其余的神那样，全然不在乎被人摆布。当然，她也流露出岿然不动的自信神情。人们都怂恿他试试，大家都从座位上站起来，甚至霍科以及与他一起的显要人物也不例外。霍科的伞盖投下一道玫瑰形的阴影，他从紧身的红袍里伸出胳膊，用拇指横指着姆玛。庞大的木雕神像泰然耸立在那儿，沉重的胸腹压得她两膝微微弯曲，她只好用指头支在腿部，承受上体的重量。像某些身躯笨重的女人那样，她也有一双优美漂亮的手。她正等待着那些大力士去搬她。

"老兄，你搬得动她，"我也跟着叫喊。我问国王："这位老兄叫什么名字？"

"这位大力士？哦，叫图若蒙波。"

"怎么回事，他认为自己搬不动她？"

"显然，他缺乏信心。每年他能搬走胡玛，却对姆玛无可奈何。"

"啊，他一定行。"

"恐怕恰好相反，"国王带着重浊的鼻音，以非洲人讲英语的歌唱语调说。他宽厚的嘴唇比部落里其余人的更红,更加引人注目。"正如您看见的,这位汉子力大无比,是一个出类拔萃的人物,我也听见您这样称赞他。但在一年一度的仪式上,他搬走胡玛后便精疲力竭了。您明白吗,胡玛得先搬走,否则便不能为云层开路,让云层从山上飘过来。"

宽厚仁慈的姆玛,她那臃肿的面部迎着太阳熠熠发光,木雕的头发像白鹳的巢,散开往上翘——她的容貌不扬,甚至笨拙傻气,但充满耐心,落落大方,邀请图若蒙波或者别的任何大力士去试试自己的力气。

"您知道是什么原因吗?"我对国王说,"这是受了往日失败记忆的压迫——往日的失败。关于这,您可以问我。好兄弟,我真的可以讲个一清二楚。我完全知道这种滋味,现在他吃的就是这个苦头。"

图若蒙波的个子很矮,与他的力气和腰围很不相称,看来他心里的确在经历一场激烈的斗争。他那双抱住胡玛时睁得大大的湿润闪光的眼睛,现在黯淡了下来,充满阴郁。他预料到会失败,他的目光投向我们又转向人群,便充分地显示了这点。坦率地告诉你吧,我很不喜欢看见这种表情。终于他把红毡帽扔给国王这种不顾一切的献身举动,也表明了他准备遭受失败。他对搬动姆玛没抱任何幻想。不过,他要去试一试。他用指关节擦了擦自己的短须,朝着姆玛缓步走去,端详着她,考虑如何下手。

在图若蒙波的一生中,雄心壮志一定没有起过多大作用,而在我的心间却总有一股细流——不,绝不止于此——冲击着一条湍急的河道,一片充满希望和理想的广阔海湾。现在该我来显露一手,我知道自己干得了。啊,天啦!我激动得浑身直哆嗦。我十分明白自己能够搬动姆玛,我感到血液沸腾,迫不及待地想去一试。渴望炫耀自己的心情燃烧在胸间,像我用打火机为阿纳维孩子们点燃的灌木丛,烧得火燎燎的。不用说,我比图若蒙波更强壮;但当我去证实这点时,我的心会裂开吗?好吧,要是这副老皮囊真的破裂,就让我死去。我不把它当回事儿了。当我抵达阿纳维部落,目睹他们深陷困苦的境地,我多想为他们做点事。但事与愿违，我太草率盲目，一逞心愿，巴不得灭掉那些青蛙。到达时我似乎浑身光焰，离开时却笼罩在阴影和黑暗之中，完全没脸见人。所以，要依了我抵达时的自发冲动就好了：当我看见年轻女人痛哭流涕，我曾暗暗想过，应当扔掉枪支，到荒无人迹的地方去洗心革面，直到我适合与人类打交道为止。我渴望在那儿做点有益的事，因为我太喜欢阿纳维人了，尤其是那位瞎眼的薇拉塔勒女王，她是那么诚恳和热情。可是这会儿置身国王的看棚里，坐在半野蛮的身着长裤、头戴紫色绒帽的国王旁边，我没有一丝儿类似的兴致。燃烧在我心间的只是**逞能**的强烈愿望，因为我明白自己能够办到。让这些我至今尚无好感的瓦里里人（由于昨夜的尸体等等原因）——让他们遭到比索多玛和蛾摩拉两座城市①的子孙加在一起更坏的命运吧。然而我不愿错过这次逞能的机会，我想达到炫耀自己的目的，要趁机在命运的图案上织几针。所以，图若蒙波的胆怯使我高兴，我甚至巴不得他胆怯。他还没有触到姆玛便自认无能，甘拜下风。我心里捉摸着：她是我的了。我很想对国王说："我搬得动，让我去吧。"可是话还未出口，图若蒙波已经从女神背后动手了。他半蹲着身子，用粗壮的手臂环抱着她的腹部，开始往上用劲。这时，我看见他的面孔从女神的臀部侧边露出来，鼓足了力气，做好了承受重压、威胁和苦难的准备，仿佛姆玛会倒下来把他压得粉碎。可是，女神毕竟在他手中开始动摇了，她额上那绺白鹳窝似的头发往上晃动，像在坏天气的海面，你站在船首看见地平线在晃动。我这样形容，因为它在我心里的确引起了这种感受。图若蒙波像在拔一棵古老的大树，站在女神的底部喘气。就这样他奋力苦斗着，虽然摇动了女神，却无法把她举离地面。

当他最后承认无能为力的时候，人群中爆发出嘲弄和讥笑。没有别

---

① 索多玛和蛾摩拉：《圣经》中提到的两个邻近的城市，由于当地人犯下罪恶，两座城池一齐焚于火。

的办法，他只好甘拜下风了。我为他的失败感到庆幸，这样承认当然很不得体，但实情恰好如此。我暗暗在想："强悍的人，你很健壮，但我却比你更强。这毕竟不是私人之间的利害冲突，这纯粹是命运——命该如此。如同依特洛失败的情形。眼前这活儿该我来干。去吧，去吧！退下去！看我亨德森来了！只消让我把手搭在姆玛身上，上帝保佑！"

我对达甫国王说："他没成功，我真为他遗憾。这对他来说一定太艰巨了。"

"哦，像往常一样，他没办法，"国王说，"我早就心中有数。"

于是，我开始十分严肃慎重地说，如果我可能严肃的话。"尊敬的陛下——"我激动到了全身快爆炸的地步，昏昏然像害了病，周身的血液奇怪地奔流着——既昏眩又陶醉。我感到脸上火辣辣的，像有许多针在扎，尤其是鼻子，扎得仿佛要掉下来似的。脑子里像灌满了油在猛烈地燃烧，我受着熬煎，于是我说："尊敬的先生，陛下，我想……让我去吧！非去不可！"

这时国王即使回答我，我也不可能听清他的话，因为在这燥热的空间，就在我的左边我只看见一张面孔，而对人群愤怒诅咒图若蒙波的声浪充耳不闻；这张面孔直直地转向我，仿佛它与整个世界都割裂开了。这就是那位检察官的面孔，昨晚和我打交道的便是他，达甫国王管他叫布纳姆的人。这张面孔射出犀利的目光，凝聚着老于世故的经验。我感觉得出他血管里的血液这时如何流动。呵，万能的上帝！这家伙在对我毫不留情地讲话。他面孔上的皱纹，蹙聚在一起的双眉，鼓动着的隆起血管，都一齐向我发出信息。我明白他在说什么。我听见了。我隐秘的心灵已习惯于倾听世上无声的言语，这时我听得更加真切。从我身内——从身内听见了。啊，我听见了什么！第一个严峻的字眼便是：**笨蛋**！这令我大吃一惊，但确也有些道理。说得不错，我很感激，听下去是我不可推脱的责任。你到底还是个男子汉。听着！专心听我说，你这傻瓜蛋！你这瞎了眼的。脚步可以任你乱迈，但归宿却无法更改。因此,现在别软下来,啊,不,老兄,应当加强斗志。这是你惟一的出路——加强斗志。你这势利鬼,假如你压垮了,假如你躺倒在自己肥腻的血泊里,失去知觉,感觉不到大自然的赐与,这个世界将很快从你身上收回它错施的恩惠。整个世界的心房跳动不息——那颗古老的心房,每桩独特的事物只是它不息的脉搏的一次跳动。最终目标总会显现,虽然不一定呈现在你眼前。这声音不是变弱而渐次消失,而是戛然停止,干脆地收住,当它讲完要讲的一切。

现在我终于明白那具尸体为什么放进我过夜的屋里,背后的操纵者正是这位布纳姆。他上上下下打量我,便是想弄明白我是不是强壮到足以搬动这座偶像的地步。他妈的!我经受了一场严峻的考验,不惜一切代价地闯过来了。当我抓起那具死尸,我感到那重量和我自己沉睡时的体重一样,可我终于克制了嫌恶的情绪,把它背走了。而此刻检察官沉静的面孔,严肃的表情,眉头深锁、青筋鼓突的急切神色,正在宣布他检查的结果。我通过了他的检验,而且获得高分,满满一百分。

我大声说:"我一定得试试。"

达甫问道:"试什么?"

"陛下,"我说,"倘若不会被视为外国人的干预,我想我能搬动那尊偶像——姆玛女神。我真心诚意地想竭尽薄力,我应当把区区微力付诸使用。告诉您吧,和阿纳维人在一起时,我也有过类似的激情,但效果不理想。陛下,我曾怀着强烈的愿望,想干一桩纯洁无私的事情,以表达我对更崇高的事物的信念,可是落得了一个糟糕的结局。向您坦率地说明这一切,我认为是很必要的。"

这时我已经失去自制,不知道把话抖清楚没有,虽然我要表达的基本意思再简单不过了。从国王的脸上,我看见一种交织着好奇与同情的复杂表情。

"亨德森先生,您不觉得在世上的步履太匆忙了吧?"

"哦,是的,陛下,我心里很不安宁。但问题的实质是,我无论在哪儿也不能再像从前那样活下去,一个人总应有所作为。假如我没到非洲来,我别的惟一选择便是躺卧在床上。理想的是——"

"对,谈到理想,我再感兴趣不过了。理想该是什么呢?"

"哎,说实话,陛下。这完全是个谜。我只感到有某种恩意服务的思想追随着我。我一直崇敬威尔弗雷德·格林菲尔医生。您可知道,我对他简直着了迷。我真想去行慈善,当然不一定像他那样带上一队狗,只是细节不同而已。"

"喔,我感觉到了,"他说,"或许最好说,我对您的这种倾向早有直觉。"

"好吧,我乐意改日同您谈论这个,"我说,"现在我请求您告诉我:您对形势有何估计?我可以在姆玛身上试试力气吗?我说不清楚究竟是怎么回事,但我确实感到能够搬动她。"

他说:"我必须直言不讳地告诉您,亨德森先生,可能会有不测的后果。"

我当时应当抓住他这话,问到究竟是什么意思;但我相信他,没预料到会有什么恶果。火燎的心情、热切的愿望、奔腾的激情——明白我的意思吗?——勃勃的雄心攫住了我,而我是一个说干就干的人。何况国王微笑着,把他刚才的警告冲淡了一半。

"您真有把握搬动她吗?"他问。

"陛下,我现在只能说让我试试,先让我把手臂搭在她身上再说。"

我无心去领会国王态度的微妙之处。现在他感到问心无愧(如果他确有良心的话),而且他这一问把我难住了。有谁比他更高明呢?我感到已陷进这事儿了,多年来没完没了的事儿又掠上心头:**我要,我要**的声音,莉莉,格朗—图—摩拉尼,我女儿从丹伯里捡回家的黑崽子,我打算枪杀的猫,勒诺克斯大妈的命运,牙齿,提琴,池中的青蛙,以及这一切的往事。

然而,国王对我的请求还没有正式同意。

布纳姆围着豹皮的披风，迈着紧缩的小步，从他与霍科就座的看棚走过来了；背后跟着他的两个妻子，她们娇嫩的大头颅剃得精光，快活地龇露出短牙，她俩的身躯都比丈夫的肥大，逍逍遥遥地跟在身后。

检察官布纳姆在国王面前停步，打了一躬，两个女人也跟着躬身施礼。她们与国王的众嫔妃交换眼色致意。当检察官向国王禀告的时候，他在耳边竖起食指，像赛跑发令员举起的信号枪，同时不断笨拙地弯腰。他讲话的速度很快，但有规则；看来他颇能窥视国王的心思。当他讲完时，再次低头致意，然后又像刚才那样意味深长地凝视着我，额上的青筋显得更加突出。

达甫倚在豪华的吊床上，这时转身面对着我，他的指头还攥在套着头颅骨的丝带上。

"布纳姆认为，您是我们所期待的人物，而且您来得很巧……"

"陛下，至于那……谁说得准呢？要是您认为兆头吉利，我就照您的话办。听我说吧，陛下，我看起来像个莽撞肇事的粗人，但我有些天生的奇能，多半表现在体力上。我也是一个很敏感的人。刚才您向我提起羡慕的问题，我得说那有点儿伤害我的感情。这正像我读过的一首叫做《狱中诗简》的诗，我记不全了，其中有这样的诗句：'我甚至羡慕／苍蝇的些微欢乐／在绿色的丛林。'诗的末尾是：'我羡慕的苍蝇栖息在向阳的绿叶上／希望我的目标如愿以偿。'国王，您同我一样清楚，我谈的目的是什么。陛下，我真不希望按照任何腐朽的法则生活。告诉我吧，这个世界还必须维持现状多久？为什么苦难没有结束的希望？我相信可以有所作为的观念，因此我跑到你们这儿来了。当然还有别的种种动机，有我的妻子的缘故，也有我的子女的缘故。您自己也一定有不少子女，也许能理解我的想法……。"

我从他脸上看到了同情。我用从伍尔沃思店里买的印花大手帕揩了汗，鼻子里兀自痒痒起来，叫我似乎没法对付。

"假如我伤了您的感情，我真诚地表示悔恨。"他说。

"唔,不用提啦。我鉴别人相当内行,我看您是好人,您说的话我不介意。何况,事实就是事实。推心置腹地说,我的确羡慕过苍蝇。这就更有理由要冲破监牢了,对不对?假如我能设想自己生活在一粒胡桃核内,并认为那儿山河无限,自封为王,岂不很好。可是我不属于那种人。陛下,我是一个追求变化的人,您是一个怡然自得的人,您的处境与我的截然不同。我一定得结束求变化的状态。可是天哪,什么时候我才能怡然自得呢?我已经等待了老长时间。也许我应当更有耐心,但是陛下,看在上帝面上,您必须理解我现在的心境,这也是我对您的请求。您得允许我去试试,我说不清这是为什么,但我感到有什么东西在召唤我,这也许是我的一大机会。"我对检察官说:"请稍等一下,先生。"他披着豹皮披风,手执骨笏站在那儿,我朝他伸出几根手指头说:"一会儿我就同你去。"我周身发热,心里发烧,讲起话来完全没有节制,我说:"陛下,我将要向您作彻底的自我剖白,愈彻底愈好。每个出生在世上的人都必须把自己的生命引向某个深度,不然还有什么意义呢!嘿,陛下,我快要看到自己的深度了。现在,您不希望看见我回头吧?"

他说:"对,亨德森先生,我真不希望您那样。"

"噢,这正是那样的一个时刻。"我说。

他倚在那儿,态度宽厚、神情冷静地听完了我的请求。"好吧,无论结局如何,我慎重允许您去。我个人看不出有什么理由要反对。"

"谢谢您,尊敬的陛下,感谢您。"

"大家都在等待您了。"

我立即站起身来,脱掉圆领短袖汗衫,挺了挺宽阔的胸膛,双手先在胸口抹了一把,又在脸上抹了一把;尽管短裤与身躯毫不相称,却感到自己高大魁梧,迎着当头高照的太阳,我健步走入竞技场。我在女神面前跪下——但只跪下一个膝头。我端详着她,一边用汗湿的手抹了一把尘土,又在短裤上擦擦。瓦里里人的欢呼,甚至咚咚的鼓声,在我听来都很轻微；这些声音仿佛从一个遥远的圆形大广场传来，越到近处越是微弱。这些野蛮的爱聒噪的非洲人，他们粗暴地摆布神像，残忍地将死人倒挂，但这种种行径都影响不了我的情绪。我要做的事自成一体，与他们的举动全然无关。我心中只有一个伟大的目标：我必须双手抱住这个庞大的姆玛，并把她举起来。

我走近她之后，才看清她的身躯多么庞大，伸展得多宽阔，臃肿得多不成形状。她浑身上下刚涂过油，在我眼前晃光；许多苍蝇在上面爬动，其中一只正站在她的唇上刷洗身子。受惊的苍蝇飞逃得多快！举翅便飞，没有什么惰性需要克服，也没有多余的过场。当我动手时，所有附在上面的苍蝇一齐扑扑地飞进炎热的空中。我没有半点犹豫，伸出双臂抱住姆玛。不干则已，要干必成。我半蹲着，伏在女神身上，闻到一股像活着的老妇人的气息。实际上，我正是把她当做一个活人，而不是一尊偶像。我们既是挑战者和被挑战者，又是亲密的朋友。我把面颊贴在她的腹部上，像在梦中领略到喜悦，又像在风和日丽的消闲日子里感到惬意。我蹲下双膝对她说："亲爱的，起来吧。想变得沉重些也没用。哪怕再重上一倍，我也要把你抱起来。"这尊木偶像对抗不了我的力气，挂着微笑的和善姆玛向我屈服了。我让她离开地面，抱着她走了二十英尺，把她安放到了偶像重新聚集的地方。瓦里里人在白条石凳上欢跳起来，又是尖叫，又是歌唱，胡言乱语，相互拥抱，不断称颂我。

我一动不动地站在姆玛新搬到的位置旁边，完全沉浸在幸福之中。成功给我带来无限的喜悦，我感到浑身暖融融的，仿佛沐浴在柔和而圣洁的霞光里。早晨以来一直感到的病痛，完全变成了截然相反的感受；先前那些不愉快的情绪化作了温暖和自豪。你可知道，我曾经有过这种体验：当我看见一位美人儿走近时，剧烈的头痛忽然转变成了牙疼，然后牙疼从齿龈消失而出现在胸间，却成了愉快的扑扑心跳。我还经历过一次胃痛的转变——从腹腔消失之后，化作一股宜人的暖流，直接注入生殖器。我这个人就是这么怪。所以这时候，发烧的感觉变成了精神振奋。我的精神苏醒了,它欢迎新的生命。别胡扯啦!有了新的生命!我还活着,精神抖擞,还拥有古老的格朗—图—摩尼拉。

我满面笑容,满心欢喜,是的,容光焕发,我回到达甫的吊床边坐下,用手巾擦着脸,因为我满脸是汗。

"亨德森先生,"国王操着非洲英语腔调说,"您的力气真是超凡,令人钦羡不已。"

"谢谢您,"我说,"给了我一次难得的机会,不仅举起了那尊女神,而且探索了我自己的深度,真实的深度,我一直就具有的深度。"

我很感激他。这时,我已成了他的朋友,事实上,我爱上了这人。

第十四章

作了这番搬动神像的力的表演之后,天空果然开始聚集乌云。我并不像预料之中那样感到十分惊讶,看着乌云密布,我倒暗自得意,视为自己的功劳哩。

"呃,这正是医生指示需要的阴凉,"当第一朵乌云掠过天空时,我对达甫国王说,因为看棚纯用紫蓝二色的绸带织成,即使再加上丝伞,也挡不住黄灿灿的阳光。然而,那一大块乌云从东边飘过来时,它不仅给我们提供了庇荫,也解除了俗丽的棚帐色彩。出过大力之后,我安静地坐着。强烈的情感似乎已经消失,或者已经转化了。可是,瓦里里人还在为我挥舞旗帜,摇动手鼓手铃,高兴得乱蹦乱跳。由他们去吧,我并不希望我做的贡献获得如此特殊的荣耀,更何况我认为这主要是自我的胜利。因此我静坐在那儿,满身大汗,对瓦里里人所做的一切视而不见,听而不闻。

"瞧,谁又来啦,"我说。不是别人,又是布纳姆。他站在看棚前,双手抱满了青草、绿叶、花环和松枝。他的身边站着一个健壮的女人,我被领去觐见国王时,达甫叫来同我握手的就是她,被称做女将军,所有女卫士的首领;她骄傲而又神气地站在那儿,头戴一顶怪样的意大利式军帽,陪同她的还有不少身穿皮背心的武装女卫士。那位身材修长、与国王比赛抛掷头颅骨的女子,也出现在她们背后,穿得金光耀眼的。当然,她不属于那队女卫士,而是一位身份高贵的人物,每个重大的场合都离不开她。看见布纳姆脸上挂着笑容,我并不感到高兴;我心里纳闷着,他是来表示谢意的,或者又另有所求;他抱着那些花呀、草呀、叶呀的一大堆，叫人好生奇怪。同时，那群女卫士的装束也很奇特。其中两人用生锈的长铁棍抬着一串头颅骨，其余的人则手执难看的用皮条子做的驱蝇拂尘；但从她们握的姿势看来，又不像是拿来驱赶苍蝇的。实际上是一根根小皮鞭。现在，鼓队又加入进来，站在国王看棚的前沿。我猜想他们又要开始什么新的繁琐仪式了，正等着国王发出号令。

"他们要干什么？"我问国王，因为他注视的是我，而不是布纳姆、那些粗壮的裸体卫士和头戴旧式军帽的女将军。她们也直盯着我。她们不是来见国王而是来找我的。那位手执拐杖、身穿皮衣、天使般冒出来、引我和罗米拉尤进入埋伏的家伙也在其中，而且引人注目地站在布纳姆身旁。他们的目光里充满着阴郁、期待、野蛮和力量。而我呢，刚出过大力流过大汗，还半裸着身子在喘气。但在他们黑眼睛里射出的目光的一齐注视下，我开始忧虑起来。国王曾警告过我，搬动姆玛可能带来后果，但我不曾失败呀，而且取得了辉煌的胜利。

"他们要找我干什么？"我问达甫。

当你深入地观察，会发现他也很野蛮。他手里仍在耍弄套着光滑长丝带的头颅骨（可能正是他父亲的头骨），头上的宽边帽缝着人牙。我为什么期待他发慈悲呢？他一旦身体虚弱不也自身难保吗？我想，假如这时他不是恰好受着善良动机的驱使，没有理由相信，他会不让罪恶降落在一个不速之客的头上。是的，他会容许一切灾难朝我袭来。可是，从他那顶有折纹的王冠式的宽边帽檐下，他张开了厚实的嘴唇说道："亨德森先生，告诉您个好消息：搬动姆玛女神的人将成为瓦里里人的雨王。这个职位的称号叫桑戈。现在，您就是我们的桑戈了，亨德森先生。这正是他们拥到这儿来的原因。"

我抱着警惕和怀疑地说："请用简单明白的英语告诉我，这是什么意思？"同时我却暗自思忖道："帮他们搬了女神，这样报答我倒也不坏。"

"今天，您成了桑戈。"

"当不当桑戈倒无关紧要。老实说吧,他们的举动开始有点令我不放心。他们好像带着某种目的来的。什么目的呢?听我说吧,尊敬的陛下,别把我出卖了。您懂我的意思吗,我想您是喜欢我的。"

他用手推了地面一下,让摇晃的吊床更靠近我一些。他说:"我的确喜欢您,迄今发生的一切更增加了我对您的好感。您干吗不放心呢?您是他们的桑戈了,他们只要求您跟他们走一趟。"

不知怎么的,这时候我难以完全相信他说的话。我说:"请您答应我一件事。要是有任何不测发生,请给我的妻子捎个信,只消道个别,说我爱她,总的来说,她待我不错,是一个善良的女人。还有,请别伤害罗米拉尤,他没有干什么坏事。"这时我仿佛能听见故乡的人们说话,比如像是在一个社交场合:"大个子亨德森终于罪有应得。怎么,难道你没有听说吗?他到了非洲,在非洲内地失踪了。也许他欺侮了土著人,人家把他杀害了。他死了倒也干净。听说他的财产值三百万元呢。我猜他知道自己疯了;他欠了人命出走,反倒看不起人。哎,他真是糟糕透了。""你们自己才糟糕透了,你们这群杂种。""他这个人尽走极端。""听着,你们这些家伙,我最大的极端是想生存。也许我的确把世界上的一切都看作了良药。就算是那样吧,与你们这些家伙有什么相干?你们还懂不懂道理?你们还相不相信获得新生?你们以为一个人只有往下沉沦,一沉到底?"

"啊,亨德森,"国王说,"产生这等怀疑。什么东西使您想到您或您的人即将大难临头?"

"可他们为什么用那样的眼神盯着我?"

布纳姆,周身像皮革似的牧人,还有那群野蛮的黑女人,仍然站在那儿。

"您一点不用害怕,"国王说。"这没有任何歹意,没有,绝对没有。"这位奇怪的非洲国王说,"他们需要您去清扫池塘和水井,认为这是您的天职。哈,哈,亨德森先生,方才您说过活在她们之中值得羡慕。现在，您也在她们之中了。"

"不错，但是我对此一窍不通，而您却生来就和她们在一起。"

"呃，别不领情，亨德森。您生在世上不也为着什么目的吗？"

是的，我听了这话便站起身来。就以我脚下这块奇形怪状的白色石灰石来说吧，它自身也是一个世界，或者不止一个世界，世界中的世界，存在于一系列梦幻之中。我走下看台，只听见一片哄哄嚷嚷的声音，像是到了广播棒球赛的休息时间。那位检察官从我背后走来，揭了我的盔帽；那位年老、身板僵直的女将军艰难地弯下腰，脱掉我的鞋。接着，反抗也没有用，她脱掉我的短裤，这样我便只剩下一条肮脏的内裤了。这还不算，当布纳姆用青藤绿叶把我装束一番之后，女将军开始脱下我身上最后的一根纱。"不行，不行，"我叫道，但这时候内裤已脱至膝头。最糟的事终于发生了，我被脱得精光，空气成了我惟一的衣衫，我极力用树叶遮盖身子。我感到全身麻木，口里发干。心急如焚，嘴动着却没发出声来。我极力用双手和树叶掩盖身体，女将军塔图却掰开我的手指，把一条多股织成的皮条鞭塞进我的手里。衣服剥光了，我差不多想叫喊起来，然后倒在地上羞愧而死。可是，那位女将领用手架在我背后，催促我往前走。人们开始齐声叫喊："桑戈，桑戈，桑戈哩。"桑戈便是我，雨王亨德森。我们朝前跑，把布纳姆、国王以及竞技场丢在后边，很快进入了城里的斜街小巷。我的双脚被石块划破了，我感到昏眩，内心充满恐怖。我成了求雨的祭司，不，成了王，雨王。女卫兵们叫喊着，大声而又单调地重复着几个字音。这群个子高大、剃成光头的女卫兵，张开大口，和着那几个字的节奏和力量跑得愈来愈有劲——这些身穿皮背心的粗壮女人好不厉害！她们跑着，我夹在她们中间，她们一丝不挂，我也赤条条的，除了束在身上的少许青草和藤蔓。我划伤的双脚在烫人的石板路上跑跳，还得跟着叫喊。女将领凑在我面前，大声领叫："雅——纳——布——尼——霍——洛——姆蒙——玛！"一些先离开人群的男人，多数是老年人，恰好走在路上，便被女卫兵鞭打，打得他们四处逃散；而我赤身裸体，连跑带跳的神情，更使他们惊慌。我们跑时，用铁棍抬着的头颅骨随着我们一道前进。我们绕城跑了一圈，来到竖绞刑架的地方，死人还悬挂在那儿，每具尸体都招来一群秃鹫。我从他们旋动的头部下边经过，但没有工夫去看，因为我们跑在路面不平的道上了。我一边喘气，一边啜泣，心想：究竟要朝什么鬼地方跑去？我们确实有个目的地，那是一个很大的滚牛池塘。女卫兵跑到池边，又跳又唱，然后大约有十人一齐冲到我跟前，抓起我就往池塘扔，扔进了滚烫发臭的水中，里面还有几头长角牛在打滚。水倒只有六英寸深的光景，但淤泥却深得多，我直往泥里陷。我原以为她们要让我陷在那儿直陷至塘底，可是抬头颅骨的人却把铁棍伸过来，让我沿着棍爬出池塘。我倒宁愿老陷在那儿不动，我的情绪低落极了。发脾气没有用。这一切她们都做得一本正经，没有任何戏弄人的意味。我从池塘爬出来，沾着的烂泥直往下掉。我本来希望它至少可以遮丑，因为身上挂的草叶飞散开时会裸现身躯。这些粗野的女人并没有注视我，不，她们简直不在意。可是，她们拿着皮鞭、头颅骨和土枪，拖着我——她们的雨王——一路乱跑，我满身污泥，只好跟着她们像刚才那样疯狂地叫喊："雅——纳——布——尼——霍——洛——姆蒙——玛！"是的，他是这儿搬动了姆玛的人，竞技冠军，雨王。这是来自美利坚合众国的亨德森——亨德森少尉，荣获过紫心勋章，到过北非、西西里、卡西诺等地的老兵，巨人般的身材，血肉丰满的肌体，永不停息的追求者，性格暴躁而又富于同情，一个倔犟、坏了牙桥的老酒鬼，动辄威胁要杀人和自杀。啊，苍天的主宰！啊，处决一切的力量！啊，我宁愿突然昏倒！我情愿突然死去，让他们把我抛入粪坑，让秃鹫飞来掏食我的五脏六腑。我拼命叫喊："天啦，饶了我吧！"然后我又叫："别这样，得讲公道！"这之后我改变主意，又叫："不行啦，不行啦，得讲真理，真理！"接着又叫："照上帝的旨意办吧。不论我怎样，照上帝的旨意！"这个可怜的粗人，这个笨拙的流浪汉，高声向苍天讲求真理。天呀，您听见了吗？

我们连喊带跑，伴着脚步声和鼓点声，旋风般穿过条条衖巷。与此同时，天空开始聚集灰色长脚的暗影和炎热带雨的积云，但这时我被折腾得七颠八倒，在我看来那些云彩却像许多风琴堆放在一起，又像无数古生代时期的化石。女卫士的喉咙都肿了还在不停地喊叫，我夹在她们中间扑爬翻滚地跟着，却极力记住自己是谁。记住**我**。溅满泥浆的树叶已在我身上变干。作为一个雨王，我想这副形象仍然有些荣耀，究竟是何种荣耀，我却说不上来。

带雨的云层愈来愈浓密，天色渐次阴沉，刮起一股炎热的微风，这风带有一种烟味，给人沉闷、压抑、窒息、黏糊糊的难受感觉。这空气倒有点宜人，令皮肤感到膨胀而又凝重。凝重得很，像是有生命的东西，巴不得减轻一些负荷。女将军浑身汗淋淋的，转动着一对大眼珠，喘着气用手臂推我前进。我身上敷的一层淤泥干了，活像穿了一件泥衣。我体内像维苏威火山爆发，整个上体像着了火，血液像火山岩浆直往上喷。她们挥动手中的皮鞭，发出干燥单调的嘶嘶声，我真不知她们在玩什么把戏。一股微风吹过之后，天空更加阴沉，像纽约大中央干线上奔驰的火车，在炎热的八月天突然钻进隧道，黑暗无边，酷热如炙。在这种时候，我总是合上眼睛。

但是现在，我无法合上眼。我们跑回竞技场时，瓦里里人还在那儿等着。由于雨还滞留在天空，被一层很薄的、薄得不能再薄的屏障阻挡，他们叫嚷的声音也同样挡住了，在我听来，只有细微的声息。我们又到了国王的看棚前面，我听见达甫国王对我说："亨德森先生，您还有可能输掉赌注呢。"他向塔图女将军发出一声命令，我们又一齐转身，冲入竞技场。尽管我身躯庞大，却上又划了许多伤口，也一劲儿地被拉着神魂颠倒地旋转。我心里发火，头脑发昏，眼冒金星，仿佛看到了我与爱德华一道在太平洋空旷的海边漫步时的情景：一片灰白，云层高耸，海鸟嘶鸣翻飞，争相捕捉鲱鱼。突然，我看见人们站在石灰石坐凳上，为姆玛带来的巨大云层而跳跃，为这些块状积云就要裂开而狂喜。那狂喜的劲儿就别提啦，叫呀，吼呀，一片喧嚣。我这个雨王的头里轰鸣得像个蜂窝，因为所有的叫喊都朝我冲来，钻入我的脑袋。压倒这一切声音，我还听见了狮子的吼声，这真令我不寒而栗，脚下的尘土也在颤抖。

我周围的女人跳起舞来，假如那称得上是舞蹈的话。她们边跳边叫，用身体碰撞我。我们团团围在那群偶像四周，愈来愈靠近。胡玛和姆玛最高大，俯视着其余的神像。一件可怕的事发生了，我真想立地卧倒，避免看见这副惨相：那些女卫士举起手中的短皮鞭，朝偶像身上乱抽乱打。我大叫："住手！别打啦！这是干什么？你们疯啦？"假如这只是象征性地用皮鞭拍拍打打，倒也罢了；她们在对偶像大施暴力，不少小神被打得直翻滚，大的神像则木然地承受着这场凌辱。部落的黑孩子们雀跃而起，像暴风雨到来时欢叫飞腾的海鸥。这时我完全倒在地上，赤身裸体地叫喊："别打，别打，别打！"但是，塔图抓住我的胳膊，把我拉起来跪着。然后，顺着跪立的姿势，拖在地上爬行。这时还抓在我手里的皮鞭被人一再举起来，抽打在神像上，强迫执行雨王的职责。这完全违背我的意愿，所以我不住地叫："啊，我不能干这种事，你们休想强迫我干。任你们打我，杀我，折磨我，火烤我。"我竭力赖在地上不动，处在这种姿势我的后脑勺遭鞭打了，脸上也不例外，因为到这时候，这伙女人开始四面八方胡乱挥鞭，不仅鞭打神像和我，她们相互之间也乱打一气。在一片疯狂厮打之中，我只好原地跪着躲避，看来已经到了保全自身性命的地步了。这种歇斯底里一直持续到空中响起雷声。

接着，嗖嗖刮过一阵强烈的凉风，积云破裂，大雨漫天哗哗而下。雨粒像手榴弹在我周围四处开花。姆玛被鞭打的面孔完全笼罩在银白的雨丝中，地面开始积水，泡沫四溢。女卫士一个个湿漉漉地跑来拥抱我，我惊呆了，无法把她们推开。我从来没见过这样大的暴雨，霎时一片洪水，像在荷兰出现过的那场洪水一样，当海堤冲垮时，阿尔法将军[①]的人马被淹得人仰马翻。洪水横流,人们才离开我。我透过暴风雨看见达甫的看棚,于是用手扶着石灰石座位,费力地绕过竞技场走去。这时我遇见罗米拉尤,他畏畏缩缩,我仿佛构成了他的威胁。暴雨打顺了他的卷发,他的面孔露出无限惊恐。我说:"罗米拉尤,求求你,你一定得帮我一把。瞧我落得这副样子。找找我的衣服。国王哪儿去了?部落所有的人都到哪儿去了?去找我的衣服,我的盔帽,我必须找回盔帽。"

我光着身子,扶靠在他身上,歪歪倒倒地朝国王的看棚走去。四个女人支起一张顶盖替国王遮雨,他的吊床已经抬起,正要抬他回宫去。

"陛下,陛下,"我叫道。

他掀开遮在身旁的东西,我看见他戴着宽边帽坐在里面,我向他呼喊:"这是怎么回事呀?"

他简单地回答道:"下雨啦。"

"雨?什么雨?这是洪水,像是到了世界的末日……"

"亨德森先生,"他说,"您为我们办了一件大好事,经受了痛苦之后,我们也会让您得到愉快的。"他见我那副神情,又说:"瞧,亨德森先生,神理解我们。"说着,八个女人用杆子抬起他坐的吊床走了。他还补充了一句:"您输掉赌注啦。"

我满身泥泞地站在那儿,像一颗特大号萝卜。

[①] 阿尔法(1508—1582):西班牙将军,曾去荷兰、比利时、卢森堡等低地国家镇压反抗。

第十五章

那就是我成为雨王的经过。好管闲事,卷入与自己毫不相干的事,活该报应。当然,这种事也很难避免,一时冲动就染指了。可是我究竟卷入了什么呢?招致了什么后果?我躺在王宫底层的一间小屋地板上,一丝不挂,遍体鳞伤,又脏又累。雨还在下,四周阴霾,雨水沿房顶垂下沉重的水帘,像着魔似的,仿佛要把城镇淹没掉。我冷得颤抖,抓起兽皮裹在身上,一直裹到下巴,管它是什么野兽的皮。我睁大眼睛张望,口里不断唠叨:"呵,罗米拉尤,别埋怨我。我怎么知道会陷入这种境地呢?"我的上唇变长了,鼻子变了形,鞭打的余痛未消,我感到两眼也发肿变青了。"啊,我真不幸,赌输了,现在全靠他发善心。"

像往常一样,还是罗米拉尤帮我渡过难关。他竭力宽慰我,说不会有更糟的事发生,并暗示产生上了圈套的想法还为时过早。他说得很有道理。接着他劝我:"您睡,先生。想明天。"

于是我答道:"罗米拉尤,我愈来愈了解你的长处。你是对的,我必须等待。现在我已被捧上一个位置,虽然不知道它的荣耀在哪里。"

然后他准备睡觉,弯下胫骨,两手合在一起,肌肉在皮肤下颤动,祷词从胸间深沉地发出来。我必须承认,我也从中得到了安慰。

我对他说:"祈祷,祈祷。呵,伙伴,尽管祈祷吧,为咱们眼前的处境祈祷。"

做完祷告之后,他像往常那样钻进毯子,收起膝头,一只手托在面颊上。但在合眼之前他问:"为什么您干,先生?"

"噢,罗米拉尤,"我说,"要是我能讲明白,今天就不会来到这儿了。我为什么莽莽撞撞去炸那些神圣的青蛙?我不明白自己为什么老是有强烈的冲动,这整个事儿都不可思议,任何解释都会叫人莫名其妙。靠猜测是没有用的,我必须等待光明的到来。"但想到前景如此黯淡,光明如此渺茫,我连连唉声叹气。

我不能给他一个满意的回答。他也懒得理会,便呼呼睡着了;很快,我也睡去。雨还在下个不停,我仿佛听见一头狮子,也可能是许多头狮子,在宫廷下面吼叫。我的精神和肉体停止了活动,就像昏过去了一样。梦影飘忽,做了些什么梦我也不必讲了;我只想说多亏自然造化,尽管周身酸痛,脚上脸上布满伤痕,我竟纹丝不动地一连沉睡了十二个小时。

当我睡醒起来时,晴空万里无云,又是暖烘烘的天气,罗米拉尤早已起身做事了。两个女卫兵来到小屋里。我洗完脸,刮了胡须,看见屋角放着一个大盆,我猜想它的用途,便叫两个女兵出去,把身上轻松了。不一会,我叫了出去的两个女兵捧了衣服回来,罗米拉尤说那是雨王桑戈的服装。他坚持要我穿上,生怕拒绝会招来麻烦;况且我现在是名正言顺的桑戈了。于是我仔细地审视了一番服装:绿色,丝绸制品,剪裁得与达甫穿的一个式样——我指的是裤子。

"属于桑戈,"罗米拉尤说,"您现在,桑戈。"

"他妈的,这裤衩怎么是透明的,"我说,"但我看还是得穿上。"我身上穿的仍是前面提过的已经脏了的内裤,我更把绿色的裤子套在外面。虽然睡了一大觉,我的精神还不是顶好,仍然在发烧。恐怕白种人到了非洲,害病是很自然的事情:理查德·伯顿爵士①有一副铁打的身躯,在非洲却害了一场严重的热病;约翰·斯伯

---

① 理查德·伯顿爵士(1821—1890):英国作家,非洲探险家;先受雇于西印度公司,后与斯伯克去非洲探险。后来曾先后充任英国驻非使节,著作甚多。

克①甚至病得更为厉害;芒戈·帕克②也病了,走起路来歪歪倒倒;里维斯通博士③一天到晚病不离身。他妈的!我算老几,居然能幸免不成?一个叫坦巴的女兵,样子丑陋,下巴居然长着胡须,走到我背后,摘下我的头盔,用原始的木梳为我梳头。看来这几个女人是派来替我服务的。

坦巴对我说:"约克斯,约克斯?"

"她要干什么?约克斯是什么意思?早饭?我没有食欲,心里不安宁,什么东西也咽不下。"我只喝了一口随身带来的盒装威士忌,让消化道保持通畅;我想这对发烧的毛病也会有好处。

"她们给您表演约克斯,"罗米拉尤说。

坦巴面部朝下,全身笔直地趴在地上,另一个叫伯布的女人站上她的背,用脚替她揉来擦去地按摩,还弄得她的脊椎骨嘎吱嘎吱直响,一节节地到位。等她用那双难看的脚踩弄一番以后,从坦巴的表情看来,这倒是挺舒服的。伯布做完之后,她们交换了位置。然后,她们一齐向我表明,做了按摩感到多么舒服,多有精神,并用指关节敲打自己的胸部。

"告诉她们,谢谢她们的好意,"我说,"也许是绝妙的疗法,但我想今天就算了吧。"

听了这话,坦巴和伯布伏在地上,轮流向我庄重地施礼,握起我一只脚放在头上,跟依特洛承认我比他更强壮时所做的一样。她们还先润

---

① 约翰·斯伯克(1827—1864):英国的非洲探险家,与伯顿一道抵达索马里兰,1858年发现坦噶尼喀湖。以后又单独发现尼安扎,并认为它是尼罗河的源头之一,著有《尼罗河源头发现记》(1863)。

② 芒戈·帕克(1771—1806):苏格兰探险家,原为外科医生,受雇探索尼日尔河的源头,曾上溯至巴马科,回国后发表了《非洲内陆探险记》(1799)。

③ 大卫·里维斯通(1813—1873):苏格兰人,深入非洲的传教士和探险家,曾横跨卡拉哈里沙漠,1849年抵达恩加米湖,1851年发现赞比西河,企图以开辟基督商业和传教来打破非洲的奴隶贸易。

湿嘴唇，以便沾上我脚上的尘土。她们刚礼毕退去，女将军塔图便上来引我去达甫那儿。她头上戴着那顶军帽，居然同样谦恭地向我施礼。这之后刚才那两位女人用大木盘捧来了菠萝，我勉强咽下一块。

然后，塔图陪我上楼梯，今天她让我走前头。一路上我看见笑脸，听见祝贺、欢呼、鼓掌和齐声称颂，上了年纪的长者特别热忱地招呼我。我还不习惯身上穿的绿色衣装，太宽松了，走起来在两腿之间晃来晃去的。我从楼上的游廊远望，群山尽收眼底。空气特别清新宜人，群山叠嶂，看上去褐黄柔顺，像件印度牛皮制的上衣。近处绿茵草地，看上去则像细绒的皮毛；树木也显得格外新绿，树下白色岩石花盆之间，露出鲜红鲜红的花朵。我看见布纳姆的妻妾打楼下经过，都露出细齿，晃动着漂亮的刮得光光的大脑袋。我想我身上这又肥又大的灯笼裤准会惹她们发笑，除了绿色的桑戈裤子，恐怕还有我的大头盔和胶底沙漠靴。

进了门，我们穿过前厅，进入国王的住地。他那张宽大舒适的沙发床空无一人，嫔妃们躺在自己的垫席上窃窃私语，有的在梳头，有的在修剪手脚指甲，气氛很热和，有说有笑的。但大多数还卧着，她们舒坦平卧的姿势很特别，像我们抄起手似的把两腿交叠着，全身松弛，宛若一堆无骨的肉。我瞧了她们一眼，这景象真令人惊愕。室内有一股热带的气息，像到了热带植物园的某些部分，那气息又仿佛是焦炭气味却又带一点甜香，像在烤荞麦。没有谁瞧我一眼，她们视而不见，仿佛我压根儿不存在。我觉得这似乎不可能，这等于拒不承认看见了泰坦号①巨轮一样。而且，我是当地引起轰动的人物，是搬动姆玛女神的白人桑戈。然而我想，这怪我不应当进她们的闺室，除了装作视而不见，她们还有什么办法呢。

---

① 泰坦号：20世纪初英国建造的一艘最大的客轮，但首次航行（1912年4月）便触冰山而沉没。电影《冰海沉船》和《泰坦尼克号》即描写此次事件。

我们离开这个房间，再过一道低门，我才发现到了国王的私人卧室。他坐在一张低矮而又没有靠背的座位上，座上铺了一块方形的红色皮革。同样的矮凳也为我摆了一张，然后塔图退去，在靠墙的角落里坐下。国王同我又一次面对面坐着，他没有戴那顶缝上人牙的宽边帽，也没玩弄头颅骨。他穿着一件紧身裤子，一双绣花拖鞋。他身旁的地板上堆了大叠大叠的书。我进屋时他正在阅读，这时卷了书角，用指头着实地压了几下，放在一叠书的面上。像他这样一个人，会对什么种类的书感兴趣呢？他究竟是什么样的人？我还有些摸不着头脑。

"啊，"他说，"现在您休息过了，又刮了胡须，模样儿好俊哩。"

"我感到像做了一次庄重的表演，陛下。我明白是您要我穿这身服装的。既然我输了，也不打算赖账；我只想说，要是您肯恩准我脱掉，我会无限感激您。"

"我知道，"他说，"我很愿意依您说的去做，但桑戈的服装非穿不可，只是不必戴盔帽。"

"我得提防太阳暴晒，"我说，"无论到哪里，我头上总是不戴这便戴那的。战争期间我在意大利，晚上还戴着盔帽睡觉呢，而且是顶钢盔。"

"但是无论怎么说，在室内总不需要戴帽子吧，"他说。

然而，我装作听不懂，仍然戴着那顶离不开的白盔帽坐在他面前。

国王漆黑的肤色在我看来特别怪，黑得像——富人的心，与他宽厚的红嘴唇恰好形成鲜明的对照。头发活在他的头上（说长在头上不能达意）；像霍科一样，他的眼睛带一圈红边。即使坐在无背的皮凳上，他仍然静静的，就像躺在沙发或吊床上那样，安详娴静极了。

"陛下，"我说。

从我开口讲话的坚决口气，他明白我想说什么。"亨德森先生，凡是我能解释的问题，尽管问好了。您可知道，布纳姆认定您有足够的力气搬动姆玛女神，当我亲眼见到您的体魄时，也立即赞同他的看法。"

"喔，"我说，"不错，我的确强壮有力，但这整个事儿究竟是怎么搞的？在我看来，您明知道会下雨，却又和我打赌。"

"那不过是想赌赌运气，没有别的意思，"他说，"当时我同您一样，也不知道结果会如何。"

"经常像那样吗？"

"远远说不上经常，极为少见。"

我显得非常机警，把眉头撑起老高，想让他看出我并不满意他对这现象做出的解释。与此同时，我也极力探测他。他没有流露出任何卖弄或夸耀的神情，回答问题虽是深思谨慎，却绝没有思想家那种挤眉弄眼的举动。他谈到自己的身世，与我从依特洛王子那儿听来的完全相符。十三岁时他被送到拉穆，后来又到了马林迪。"一连几代的国王，"他说，"都被送去见世面，都在同样的年龄送去上学。在一个谁也不知道你的地方露面，上了学然后又回来。每一代都要送一个王子去拉穆，由一位叔叔陪同，在那儿等待他。"

"您的霍科叔叔吗？"

"是的，就是霍科，他负责联络，在拉穆等了我足足九年。我不喜欢南方的生活，后来我同依特洛一起到了别的地方。年轻人在学校里被惯坏了。眼圈涂黑，嘴唇擦红，成天无事闲聊，可我不以那些为满足。"

"唔，您挺严肃，"我说，"这很明显，我一眼就看出来了。"

"离开马林迪后到桑给巴尔，从那儿我和依特洛又一道上船当了水手，到过印度和爪哇，后来又沿红海而上，到了苏伊士。在叙利亚的教会学校呆了五年，受到最慷慨的礼遇。依我看，那儿的自然科学课程最有意思。我是去那儿攻读医学博士的，要不是父亲忽然逝世，学位也许到手了。"

"真不简单，"我说，"我正想把这些和昨天见到的情形联系在一起：头颅骨，布纳姆，女卫兵，以及诸如此类的事。"

"我承认，这很有趣。但这不该由我，亨德森——亨德森雨王，来和世界保持一致呀。"

"也许您那时不太想回来吧?"我问。

我们离得很近地坐着,我早已注意到,他漆黑的肤色使他显得很怪。像所有赋予了强大生命力的人那样,我敢说他身上散发出一种特别的光晕,像是朦胧的烟雾,一种电荷。这种东西我曾在莉莉身上发现过,特别是在丹伯里下暴雨那天,她错领我把车开到了集水的采石场,后来又从床头跟她妈打电话。她当时明显地拥有那种东西:光灿灿的,却又有些晦暗;朦胧淡蓝,摇曳不定,像水晶宝石。我在亲吻薇拉塔勒女王的腹部时也仿佛有类似的感觉。可是这位达甫国王身上赋予了更多的生命力,我见过的人没谁比得过他。

回答我提的最后一个问题时,他说:"为了别的更多的原因,我希望父王能活得更久些。"

我猜想,老国王准是给扼杀的。

我不该让他回忆起他父亲的事,这时我脸上一定流露出了懊悔的神情。他爽朗地笑了,以笑声来使我平静,他说:"别担心,亨德森先生——我得称您桑戈,因为您现在是桑戈了。不用着急,这本是一个回避不了的话题,并不一定是您提醒了我。他的大限到了便死,由我继位。我必须找到那狮子。"

"您说的是哪头狮子?"我问。

"呃,我昨天不是告诉过您,或许您忘了——国王的尸体,尸里长出蛆虫,国王的灵魂,幼狮?"我记起来了。是的,他对我讲过。"好,对了,"他接着说,"这头年幼的小动物得由布纳姆放回山去,当它长大时,继位的国王必须在一二年内捕捉到它。"

"什么,您得去猎取它?"

他微微一笑。"单是猎取它?还有别的义务:我得活捉它,并由我把它喂养起来。"

"噢,原来地下吼叫的动物就是它。我敢发誓,我听见那儿有一头狮子。天啦,原是这么回事。"我说。

"不，不，不是，"他以柔和的声音说，"那还不是呢，亨德森——桑戈先生。您听见的完全是另一头动物，我还未能捉到格米罗。因此，我的王位尚未得到确认。您会发现我进退维谷，用您的话来说，我也必须结束这个求变化的过程。"

尽管经历了昨天的种种震惊和打击，我开始理解，为什么一见到这位国王我心里便感到放心。和他坐在一起，使我坦然无忧，得到一种不寻常的慰藉。他坐在那儿，大腿直伸，背略弯曲，双臂交叠在胸前，脸上流露出一副沉思而又和蔼的神色，厚实的嘴唇间不时响起低微的哼吟。这使我想起在纽约的夏夜，从发电厂门前走过时听见的声音；门敞开着，所有的机器都在运转，并映着灯光烁烁发亮；一个身着粗布工作服的怪老头，穿一双拖鞋，默默地坐在那儿吸烟袋，背后是一排排发电机械。我也许是世界上最容易对外界事物着迷的人，和我的相貌相反，我非常细心敏锐。我不止一次地对自己说："亨德森，你是一张缄默的琴，但一触弦就会鸣响。你要是见过野蛮行径，昨天你该明白它可以达到什么地步——竟会把自己父亲的头颅骨拿来抛扔做戏。现在又是什么狮子。狮子！一个差点获得医学博士的人，这一切真不可思议。"我就这样在心里咕哝着。可是我还得考虑这样一个事实：我心里有一个声音在不断重复**我要**，在发狂地提出要求，迫不及待地想达到目的，搅得我心神不安；一次次的期望，又一次次的失望，这一切像驱赶猎物似的迫使我向前。因此，我不用同人壬讨价还价，只消接受它给予我的现实。可是有时候，我乐意这么想：自从离开查理和他的新娘单独探索以来，发生的这一切都由我的热病引起——阿纳维部落，青蛙，蒙塔巴，尸体，穿着青藤绿叶奔跑，同那些大个头女卫兵一道。然而此刻，这位皮肤漆黑的大人物在安抚我——他是不是值得信赖？信不信得过呢？而我自己，穿一身雨王的衣服，绿丝绸的短裤浪在腰间。我感到很困惑，集中注意力倾听，睁大一双怀疑的眼睛。啊，天啦！一个没有稳定现实的人会如何了结！将会如何完蛋！我坐在他的宫里：粗糙的红墙，洁白的石头，白石盆间盛开着鲜花；门外边站着许多女卫兵，尤其惹人注目的是那位凶神恶煞的塔图，张着大鼻孔，戴着那顶军帽，似睡非睡地坐在地板上。

尽管如此，当我们坐在一起交谈时，我感到彼此都是不寻常的人物。信不信得过则是另一个问题。

这时，我们开始了一场举世罕见的对话。我往上搂了一把绿色的短裤，发烧使我的头有些昏眩，但我尽力保持平稳，我从容不迫地说："尊敬的陛下，我不打算赖掉打的赌，我历来信守一些原则。但是我仍然不明白，为什么要穿一身雨王的服装。"

"不仅仅是服装而已，"达甫说，"您的确是雨王了，一点不假，亨德森先生。假如您没有力气搬动姆玛，我也不可能封您为桑戈。"

"唔，就算是吧。但为什么那样对待别的神像呢？尊敬的陛下，我可以坦率告诉您，我感到很难受。我永远也不敢声称，我生活得很满意，只消看看我这副样子就全明白了……"国王点了点头。"无论是当兵或当老百姓，我都干了许多蠢事。直截了当地说吧，我的名字连写在手纸上都不配。但是，当我看见她们胡乱鞭打姆玛、胡玛以及所有其他偶像时，我真受不了，只好一头倒在地上。当时那儿混乱一团，黑压压的，不知您看清没有。"

"我看清了您。那可不是我的主意，亨德森先生。"国王温和地说，"我有许许多多的想法，你会明白的。可是只在咱俩之间说说好吗？"

"尊敬的陛下，您想另眼看待我，大大地优待我？施与我特别的恩惠？"

"当然啰，这还用说。"

"好吧，就这样说定。您要我讲真话吗？那是我惟一的希望，少了它，别的一切就都吹了。"

他抿嘴微笑。"哎，我怎么能不同意呢？亨德森——桑戈，我很高兴，但您得让我提出同样的要求，假如相互不平等的话，那就没有意思了。您期望的'真'以什么形式出现?如果以另一种方式,完全出乎意料的方式,您准备接受吗?"

"尊敬的陛下,一言为定吧,这就是您和我之间的公约。啊,您这样办事,我感到再好不过了。当我离开阿纳维人的时候——我顶好明说,我在那儿闯了大祸,您也许已经知道——我认为一切都完蛋了。我当时正要发现格朗—图—摩拉尼的奥秘,可怕的事却发生了。那全是我的过错,我很不光彩地溜走了。我的上帝,我把脸丢尽了。嗯,国王陛下,我一直在思考精神沉睡的问题,究竟要到哪一天才会苏醒。所以昨天,当我成了雨王——啊,多么令人振奋!我将怎样告诉我的妻子莉莉呢?"

"亨德森——桑戈先生,感谢您讲的这些。我真心诚意地想留您和我住一段时间,这样我们才有可能谈谈重要的事儿,因为我要让部落的人了解我是不容易的。见过点世面的惟有霍科一人,同他也不能自由交换意见。这儿的人都反对我……'

这话他几乎是秘密透露的,讲完之后,两片宽厚的嘴唇闭拢,整个屋内一时静寂无声。女卫士躺在地板上像在睡觉,塔图戴着帽子坐在那儿,还有两个只穿了件皮背心的女人,她们的眼睛虽然没有大睁着,也露出警惕的目光。透过厚实的门板,听得见隔壁房里众嫔妃窸窸窣窣的声音。

"您说得很对,"我说,"这不只是期望别人讲真话的问题,还有另一个问题——孤独,好像一个人独自生活在坟墓里。当他走出坟墓,他已不能辨别是非。譬如说吧,我心里已经捉摸好久了:追求真理与遭受打击之间是否有任何联系。"

"那是怎么回事?您琢磨什么呀?"

"唔,是这么回事。去年冬天我劈柴的时候,一片柴花飞起来伤了我的鼻子,我想到的第一件事便是关于**真理**。"

国王"噢"了一声,然后开始轻声地推心置腹地讲起许多事来,这种种事我从来没听说过,我眼睁睁地望着他。

"事实上,"他说,"这似乎也与我们探讨的问题有关,虽然我不相信真会如此。我觉得存在着某种人性法则,它牵涉到暴力问题。人不是一种经受得住打击的动物。以马为例吧,它永远不想报复。牛也是如此。但人是具有报复心的动物,假如他遭受惩罚,他会千方百计地逃脱它;倘若无法办到,他心里会难受得要命。因此,就产生了这种情形——亨德森——桑戈先生,您不这样认为吗?——兄弟之间挥起拳头动武,儿子动手打老子,(多么可怕!)老子也打儿子。这种情形一直如此。假如老子没有打过儿子,也不存在有其父必有其子的问题,这完全是相沿传袭,代代如此。哎,亨德森先生,人在遭受打击时不可能束手待毙。要是他非如此不行,他只会暂时低下头,接着便要静静地思索脱身之计。打击自古有之,现在大家仍然感觉得到。第一个动手打人的被认为是该隐①,但那是怎么回事呢?混沌初开之时,就有人动武,所以人们迄今仍龟缩自危。人皆避危就安,独善其身,把打击推给别人。我认为这就是世俗的法则,而要论暴力的真实内容,那又是另一码事了。"

房间里投进阴影,弥漫了户外植物燃烧气味的热空气。

"请停一下,先生,"我说,这之前我一直皱着眉头,咬紧嘴唇。"让我想想是不是把握住了您说的意思。您是说人的心灵如果不使别人尝到它所受的苦头便会死去?"

"是要死一会儿,然后它会暂时感到宁静和喜悦。我讲这种话,心里也很难受。"

我费力地扬起眉,因为我面部还留下疼痛难忍的鞭痕。我从眼角狠狠地瞅了他一眼:"尊敬的陛下,您说感到难受吗?这是不是诸神和我被鞭打的原因?"

"嗯,亨德森先生,您说对了,当您表示要去搬动姆玛时,我该对

---

① 该隐:亚当和夏娃生的大儿子,当上帝赏视他的弟弟亚伯的祭品,他便产生嫉妒,动手打了亚伯。见《圣经·创世记》第四章 1—17 节。

您讲得更明白些。"

"但是，您认为我是合适的人选，而且在我见到偶像之前就是那样认为的。"接着，我改变了责备的口气对他说："您可知道，陛下，确有人能做到以德报怨，像我这样傻的人，心里也明白。"说着我不禁浑身战栗，因为我知道自己在这个问题上所采取的一贯立场。

奇怪的是，我发现他居然赞同我的说法，并且为我讲的话感到高兴。"每个勇敢的人都会这样想，"他对我说，"真正的勇士是不会以报复度日的。甲欺侮乙，乙欺侮丙——恐怕我们还没有足够的顺序词来描述这整个情形。一个勇士会设法使邪恶止于其身，把灾难留给自己，不让别人遭受危难。这就是他崇高的抱负。因此，有人将自己投入无穷的苦难，同时声称他不相信苦海无边，就这样，许许多多的勇士牺牲了生命。但是为数更多的人却缺乏勇气，更少耐心，他们说：'咱们过够了忍辱负重的日子，再也无法忍受脖子上的束缚，这顿苦羹再也咽不下去了。'"

我想在这儿插一句，达甫国王的健美至少同他的谈话一样令我折服。他皮肤油黑发亮，仿佛是作物在茁壮猛长阶段透出的黑油油的滋润光泽；他的背部长而肌肉发达，高突的双唇红润有光。人体的健美难以持久，然而我们却往往过分地迷恋。我自己就总是情不自禁地表现出来。每当这种时刻，我便感到牙床一阵剧痛，于是知道自己已经动了情。

"不过，从长远的观点看，您是对的，以德报怨才是真正的出路。我赞成您的说法，但就整个人类来说，实现的希望似乎还很遥远。桑戈，也许不该由我来预言，但我认为崇高的精神终有临世的一天。"

我受到很大震动，听到这话真叫人喜出望外。上帝！要是我能再听见别的人这样对我说，我情愿舍去我拥有的一切，我的心情万分激动，仿佛觉得自己的面部不断在延伸，直到有一个街区那么长。心情振奋加上发烧，我感到浑身灼热。这席高尚的谈话不仅使我加倍地看清了事物的真相，而且每件事物周围都像闪烁着五光十色的绚丽光环。带上光晕，达甫在我眼里高大了三倍。他显得比生命更伟大，巍然屹立，讲话的声音也似乎不止一个。我紧紧抓住穿着绿绸短裤的双腿，我相信自己一定有些发狂了。不是说着玩的，当时我真有点儿心荡神驰。国王以典型的非洲式的庄重态度接待我，堪称待人接物的楷模。我不知道在别的地方是否还有这样庄严的人。在离赤道不远的山坳里，在一间狭窄阴暗的小屋，在同一个城镇，我借着蓝森森的天穹和月光背走过一具尸体。是呀，这像是一只蜘蛛挨了一棍，突然开始写起植物学或者别的什么大文章来——一只脱胎换骨的害虫，你懂我的意思吗？这就是我听了国王关于崇高的精神终有临世之日以后的感受。

"达甫国王，"我说，"我希望您把我当作您的朋友，您的话深深震撼了我。虽然我有些被这儿的新奇——所有的奇异事儿弄得糊里糊涂，但是能到这儿我觉得很幸运。昨天我挨了一顿揍，但没有什么，我本来就是一个多灾多难类型的人。我很高兴它起码给我带来一个转机。不过，请允许我问问您：崇高的精神何时临世——将如何出现呢？"

"您想知道是什么使我深信自己的预言终将实现？"

"噢，是的，"我说，"当然，我的好奇心很强。我想知道，您认为以什么方式实现更好？"

"亨德森——桑戈先生，我不隐瞒对此我有自己的观点，而且说实话，我不打算对此保守秘密，而且更急于告诉您。您把我当作朋友，我听了很高兴。坦白说，我心里对于您也正孕育着这种感情，您的到来使我欢欣。我真诚地为您当桑戈所受的折磨感到难过，我们劳您大驾也是情况所迫，请您原谅我吧。"这话实际上是一项命令，但我心悦诚服地听从，马上原谅了他。就算我败坏了，被人生打垮了，还不至于不能认识非凡的事物。我发现他是某种天才，不仅仅是天才，而且具有同我一个思想类型的天赋。

"唔，当然，陛下，那是毫无问题的。昨天是我请求您启用我的，我亲口提出的请求。"

"好，谢谢您，亨德森——桑戈先生，不必再提那事了。您知道吗，单以您的体格而论，您便是一位奇人。您确实称得上彪形大汉，我是从人类躯体学而言。"

听了这个，我有些愣住了，这话仿佛带了点可疑的味道，于是我说："真是这样吗？"

国王郑重其事地说："亨德森先生，别让咱们背离关于讲真话的协议。"

这使我马上消除疑心。"噢，不，陛下，无论发生什么事，协议总是有效的，"我说，"那不是空话，我说的每个字都饱含诚意，我希望您监督我实行。"

这话使他高兴，便对我说："谈到真实，我曾经作过观察，一个人除非见到他意料中的真实，否则是难于接受的。不过，我刚才指的是您的外在体型，那也能说明许多问题。"

他的眼睛扫视了一下身旁的一堆书，似乎那些书与他讲的事有关。我侧过头去看书名，屋里光线太暗，看不清楚。

他说："您的模样看起来很凶恶。"

这话对我并不新鲜，但从他的嘴讲出来，却伤害了我。"嗯，您要我做什么呢？"我问，"我是那种不遭皮肉之苦就活不下去的人。人生一直折磨着我，那不止是参加战争的经历……您知道吗，我受过重伤。但是人生给我的打击……"我狠狠拍了一下胸膛，"瞧，这儿！您懂我说的意思吗，陛下？当然，即使像我自己这样的一生，我已不想随便抛扔，尽管我有时威胁说要去自杀。假如我不能作出积极的贡献，起码也应该阐释一点什么，即使我什么也不懂，什么也阐释不了。"

"啊，您说错了，您阐释的东西很多，"他说，"在我看来，您是一座阐释的宝藏。我不是挑剔您的外貌，但从您的体格即可以窥视世界。在我的医学研究中，进行这种观察最使我着迷，我曾经独立地就类型作过深入彻底的研究，找出了一个完整的分类体系，如忧伤的人，贪食的人，顽固的人，不受影响的人，机灵的人，易于冲动的人，视死如归的人，性欲旺盛或性无能的人，容易入睡的人，孤芳自赏的人，爱傻笑的人，迂腐的人，死不瞑目的人。啊，亨德森——桑戈，真是形形色色的人，不可胜数！"

"是呀，这确实是一门大学问。"

"唔，不错。事实上，我花了多年的工夫，从拉穆到伊斯坦布尔和雅典，一路上我都在仔细观察。"

"走了一大片地带，"我说，"那么告诉我，我最能阐释的是什么？"

"哎，"他说，"亨德森——桑戈，您的整个身心似乎都在呼喊：'拯救，拯救吧！我怎么办呢？我应当干什么？快呀！我会落得什么下场？'如此等等。这太糟糕了。"

这时，即使我获得过隐瞒专业的博士学位，也无法掩饰自己的惊愕。我暗暗在想："是的，这就是当初薇拉塔勒要对我讲的，格朗—图—摩拉尼只是一个开端。"

"我知道阿纳维人的那个说法，"国王说，"我也到过那儿，与依特洛一道。我明白格朗—图—摩拉尼的涵义，真的。我也认识那位尊贵的夫人，她是自己所属的那个类型的巨大成功、胜利和骄傲——我又谈到自己的分类体系了。当然，格朗—图—摩拉尼是挺不错，但它本身还不够，亨德森先生，还需要更多的东西。现在我就可以让您见识点什么——少了它，您永远无法彻底理解我的特殊目标和我的观点立场。跟我来好吗？"

"哪儿去？"

"我不能说，您必须信任我。"

"那当然。好吧，我猜想……"

他所需要的是我的一声同意，于是他站起身来。一直坐在墙边的塔图，虽然军帽往下遮住了眼睛，这时也跟着起身了。

第十六章

　　这间小屋有一道门通到一条茅草盖的长廊。塔图让我们出去后，随后跟上。国王大步走在供他专用的长廊，我没法跟上他的步伐，这才发觉昨天的伤痕妨碍着我快速行走。我一瘸一跛，跌跌撞撞地往前赶，塔图却步履稳健地跟在后面。她把小屋的门反锁上，没有人进得来了。当我们走完这条约莫五十英尺的长廊，她又把尽头的一道沉重的木栓门打开。这道门一定跟铁门一样沉，看塔图膝部弯曲费力开门的情形就知道了；不过这老妇人身材魁梧，浑身是劲，动作熟练。国王一步跨入，我看见一道阶梯通向下面，宽倒挺宽的，但黑——漆黑一片。一股腐烂霉臭味儿散发出来，我感到有点儿呛气。可是国王直往发霉的黑道里走，我一面驱逐心中的恐惧，一面想："要有一盏矿灯或者一只金丝雀笼就好了！""好吧，"我想，"假如非往下走不可，那就走。一、二、三，开步走，亨德森少尉。"你明白吗，在这个时刻，我只好求助自己的军人气质了。我强迫双腿移动，勉强控制住惶恐的心情，走进了黑洞洞的地道。"陛下呢？"我一进里面就问，但没人回答。我听见自己的声音震颤回响，随后又听见下面吧嗒吧嗒的脚步声。我伸出双臂乱摸，既没有摸着栏杆也没有墙。然而我警惕地用脚探路，发觉阶梯平坦而又宽阔。塔图砰的一声关了门，地面上的光线一丝儿也看不见了，接着又听见沉重的插上门闩的声音。现在一切希望都没有了，我要么跟着往下走，要么坐在地上等待国王回来。但要选择后者，我将丧失他对我的敬意和昨天搬动姆玛所挣来的一切荣耀。于是我继续前进，一边嘀咕着：国王是多么罕见的人物，必定是一位奇才，他的健美多么令人吃惊，他哼唱的歌声叫我想起了在炎热的夏夜纽约第十六街发电厂的情形，我们如何成了朋友，如何达成了说真话的协议，以及他作的预言——崇高的精神终有临世的一天。我想起这一切，最后一点尤其使我感动。因此，我不顾双脚疼痛，摸索着跟在他身后，同时不断鼓励自己："拿出信心来，亨德森，这是该你树立信心的时候了。"不一会，微光映入眼帘，阶梯也走到底了。阶梯宽阔与王宫建筑的粗犷是一致的，这时我们完全到了王宫的地下。阳光从头顶一道狭窄的缝口漏下，本来呈黄色，映着石岩又转成灰色。举目四顾，我发现一条从石岩间凿开的小缝道，开口地方拦上两根大铁钉，连小孩也爬不进来。往下又是一道石头阶梯，但比刚才的更长更狭窄。走了一会，我发觉阶梯中断，缝隙间长出了青草，泥土也露了出来。"陛下，"我叫道，"嘿，你在下面吗，陛下？"

但是，除了冒出股股热气掀起蜘蛛网外，没有任何回音。我心想："这家伙干吗匆匆忙忙的？"我的双颊抽搐，继续往下走。下面的空气不是愈来愈凉爽，反而变得更热。漏进石道的光线像灰黄的液体，石壁表面仿佛成了一面滤色镜，整个气氛像一汪融融的水。我走到了底，最后几步是泥土阶梯，墙基与泥土连在一起，这使我想起在巴尼乌尔斯水族馆见到的斑驳的黄昏景象，在那儿我看见一条章鱼把头抵压在玻璃上。但在那儿我感到寒冷，在这儿却感到暖和。我再走下去，似乎身上的穿戴——首先是头盔，甚至轻盈的雨王丝绸短裤，都成了负担和累赘。墙壁往前增宽，一直扩展成为一个岩穴似的地方。地道向左通入一片黑暗，我自然没有胆量进去，另一边是一堵半圆形的墙，中间有一扇大门，安了木柱栏栅。门半开着，过了十来秒钟的光景，我才看见达甫的一只手扶在门边，这便是他身上我能看清的惟一部分。这下我不用思索他把我引到何处了，门后边发出的低沉而强烈的吼叫不言而喻。这是狮子居住的巢穴。门既然半掩半闭，我想最好一步也别动。我固立在原地，因为狮子与我之间只隔着国王，我开始看见狮子眼里射出的闪光。这狮子并不是他必须捕捉的那头。我还不太明白他与狮子之间的关系，但一看便知，他毫不迟疑地走近它。然而他得让它准备准备才好见我这个生人，不用说他希望我同他一起呆在穴内。当我听见它发出撕人脏腑的危险吼声，我感到仿佛跨在一条绳索上，绳子似乎就在丙膝之间。我给自己下了严厉的命令：拿出信心！但作为军人，我得想想退路，而陷在这儿却无路可退了。假如我朝阶梯上跑，顶端的门已经闩了；敲门喊叫没有用，塔图绝不会开，我仿佛看见自己一路被追逐到楼梯口，末了倒在血泊里，狮子用血抹洗它的脸。像通常对待猎物那样，我想它会首先掏食我的肝子，把体内最富有营养的宝贵器官吃掉。我可能逃跑的另一条路是左边的黑地道，同样会遇到一扇堵死的门。所以，我只好呆立在那儿，身上穿着那晦气的绿裤子，里面还有那条弄脏的紧身内裤。这时嗥叫声忽起忽落，我也开始辨出国王的声音，他在对野兽讲话，时而用瓦里里语，时而用英语，说英语的目的恐怕是为我打算，让我听了放心。"别急，别急，亲爱的。得了，得了，宝贝儿。"原来是一头雌狮，他轻言细语地讲话，让它平静。他用同样的声音对我说："亨德森——桑戈，它现在知道你在这儿了，你得慢慢地靠近过来——一步一步地。"

"是吗，陛下？"

他拿开扶在门边的手，手指朝我挥动着。我向前挪动了一步，我得承认，这时我脑际掠过方桌下那头我打算干掉的猫的阴影。除了国王的手臂外，我什么也看不清，他不住地向我招手靠近，我穿着胶底鞋的双脚以最小的步子挪动。狮的吼声震耳欲聋，银币大的斑影在眼前晃来晃去。当它在栏栅边走动时，我看清了它的全貌——沉静却充满杀机的面部，炯炯的目光，沉重有力的脚步。国王回过头向我伸出手来，用指头抓住我的胳膊，拉我靠近他身旁。当他抓住我的胳膊时，我问："陛下，你要我到这儿来干啥？"我悄声悄气的问话声刚落，这头雌狮就朝我冲来，当我摸到它时不禁倒抽了一口气。

国王说："别抽气。"他又开始对狮子讲开了："啊，我亲爱的，好姑娘，这是亨德森。"它用身子擦着国王，从他的身上我感到了狮的推挤力量，它站在我们身旁，高过我们的臀部。当他抚摸它时，它咧开长着须毛的嘴，显出须根的黑点。它从我们面前过去，又从背后绕过来，现在开始探查我了。它的口鼻先向上触到我的胳肢窝，然后又伸到我两腿之间去嗅，这自然使我胯下部分一齐收缩，巴不得缩进肚里去。国王紧紧地抓住我，扶我站稳，一边柔和地对雌狮谈话，而它呼出的气息几乎把我的桑戈绿绸裤给掀了起来。这时我拼命咬紧牙关，连断牙的地方也顾不上了，同时慢慢闭上两眼，清楚地意识到自己的面孔逐渐缩成一团，面对着死神。我的神情仿佛在说：这是我残存的余生，拿去吧！真是活受罪。可是雌狮把头从我胯下抽了回去，又开始来回走动。我的安抚者国王对我说道："亨德森——桑戈，没事儿了，它会平易地接近你了。"

"你怎么知道？"我问，喉咙里直发干。

"我怎么知道！"他用奇特的自信口气说，"**我**怎么不知道呢？"他轻声地笑了，"嗨，我了解它——它叫阿蒂。"

"真了不起。在你看来轻而易举，"我说，"但我……"我来不及把话说完，因为它又转身过来了，我瞥见它眼里射出的亮光，那双眼睛清澈若镜，浩瀚无边，像怒火闪动着光圈。它走过我身旁，倚靠在达甫侧边，它的腹部微微起伏，再一转身，将头埋进国王手下，让他抚摸。一会儿它又走到石壁洞穴的另一端，石墙反映出灰黄的微光。它沿着石壁过来，当它吼叫时，胡须根旁的斑点显得平滑而又黝黑。这时国王愉快地操起他鼻音很重的非洲腔调，像唱歌似的呼唤它："阿蒂，阿蒂。"他问我："它不是挺漂亮吗？"接着叮咛我："你站着别动，亨德森——桑戈先生。"

我着急地小声说："不，不，你别走。"但他不理睬我，"陛下，看在上帝面上吧。"他暗示我不用担心，但他只想着狮子，要让我看看他们之间的亲密关系，他从我身旁走开时步履矫健得跟他昨天在竞技场上抛头颅骨时差不多。是的，他昨天穿上绣着金边的便鞋，一双有力的腿连蹦带跳。这双腿穿上干净的紧身裤子,的确令人钦羡,而且似乎还带着吉祥的意味。虽然这时我毛骨悚然,仍然感到有这样一双腿的人一定是很幸运的。然而,我希望他别太逞幸运,也不要那样显露他与狮子间的亲昵,因为过分的信心往往成为失败的前奏,否则我的经验不值一文。狮子还在他身边漫步,不断把头埋向他手心。他领它离开我到洞穴的另一端,靠墙处有一张木板架,又像是张长条凳,他到上面坐下,捧过它的头,放在自己的膝头,轻轻地拍它搔它,而它举起爪装出要抓他的样子,它的腿和臀部蹲坐着,脚爪抓地。当他伸手去拉它又小又圆的耳朵时,我看见它肩部的反应。我站在原地丝毫不敢动弹,连盔帽盖住了眉头也不敢伸手去扶一下;我神情紧张,盔帽沿着皱额直往下滑。不仅如此,我站在那儿几乎视而不见,听而不闻,只觉得喉头紧塞,所有的括约肌都不听使唤了。与此同时,国王支着胳膊,摆出一副惯常的自在姿态。那轻松潇洒的劲儿使他尘世的生活也泛出格外的光辉——具有非凡禀赋的标志。阿蒂的前爪放在木架的边缘,用舌头舔国王的胸膛,舌头一伸一卷地在他肌肤上移动,国王却抬起一条腿,戏虐地跨在它的背上。看着这情景,我感到窒息,差不多要昏倒过去。不知这是为他的安全担心的缘故或是别的什么原因,也许由于过分兴奋或对他的钦佩。他进而全身卧在木架上,卧倒本来没有什么值得一说的,但这位国王的躺法不同寻常。他的躺卧简直是一门艺术,他说过这会使他保持强壮,看来他不是说着玩的,因为这的确增添了他的生命活力。狮子骨碌碌地撑起身,踮起后脚跃上木架,在他身旁来回走动,不时朝我望望,像在守卫国王。当它凝望着我时,从那圆圆的幽深的眼里射出严峻的目光;目光里没包含直接的威胁,也没有针对个人的恶意,然而尽管我戴着盔帽,头发也一根根竖了起来。我仍然暗暗担心,怕我蓄意杀害猫的罪恶被这儿的人知道了。我也对打破灵魂沉睡的时刻感到关切,也许我完全误解了这个时刻的性质。我怎么知道这不正是裁判我的时刻?

眼前别无其他可行的选择,我除了呆呆地站在那儿,还能干什么呢。我站在那儿。狮子在国王躺着的木板架上大步来回走动，最后国王从狮子后面伸出手来，指着门叫道："亨德森先生，请关上。"随后补充了一句："门开着使它感到不安。"

我问他："动一动不会出事吧？"我的喉咙里像生满了锈。

"慢慢走动，"他说，"不用着急，它完全听我的话。"

我蹑手蹑脚地往门边退去，当我慢慢退到门口，我真想溜出门外，坐在外边等候。但是，我无论如何不能削弱与国王的关系，哪怕是把命丢掉。因此，我倚靠在门上，用体重把门推上；我一面靠着门往下蹲，心里一面叹气。我完全崩溃了，无法像这样一次又一次地经受危机。

"亨德森——桑戈，现在往前走，"他说。"您迄今的表现很值得钦佩，只是动作得快点儿，但也不要忙忙慌慌的。你愈走近愈有利，狮子都是远视眼，专门作远距离观察。走近些吧。"

我一边走近，一边暗暗诅咒他和他的狮子，看见狮子的尾巴像节拍器那样有规则地摆来摆去，真令人不寒而栗。走到洞穴中央地面，我完全失去了任何倚靠，除了双脚站在石地上以外。

"再往前，往前，更近一点，"他说，并伸出两根指头打手势。"它会习惯和你在一起的。"

"要是我不会被吓死的话，"我说。

"哦，不会的，亨德森，就像它对我的影响一样，它将对你产生影响。"

当我走到他伸手可及的地方，他一把拉我到身旁，同时用左手把狮子的面部推开。我费了好大的劲才爬到他身边。我抹了抹面部——多余的动作，我在发烧，当然没汗可抹。阿蒂踱向木架的一端又踱回来，国王用手挡开它，不让它接近我的后脑勺，可我的头发立即一根根竖起，活像一只刺猬。它在我脑后嗅了又嗅，国王会心地笑了，认为我们干得不错。我叫了一声，狮子又走开了。国王说："别这样惶恐不安的，亨德森——桑戈。"

"哦，陛下，我办不到。那是我自发的感觉。我的确怕它，但也不仅仅是由于害怕，除了害怕还有别的原因。这是一种错综复杂的感情，它侵袭了我全身，一种非常复杂的思想情感。我闹不明白的是，恐惧对我的袭击和折磨，已经次数够多了，为什么还是承受不住呢！"我禁不住啜泣起来。但声音不大，我不想惹起任何后果。

"你最好静下来欣赏这头动物的美，"他说，"别以为我是为了考查你而让你经受严峻的检验。你认为这是在检验你的神经吗？洗你的脑子吗？我敢以自己的荣誉担保，绝不是这么回事。假如我信不过自己对它的约束力，我不会引你到这个场合来。要真是那样，太可耻了。"他把戴着红宝石的手抚在狮子颈上，又说："要是你继续呆在这儿，我会让你感到完全放心。"

他从木板架上跳下来，这出乎意外的行动使我大吃一惊，吓得我心口怦怦直跳。狮子也立即跳下，与他一起走到洞穴中央。他停下来对它发号施令，叫它坐它便坐下，他又叫它直躺在地上，张开嘴。他蹲下身，把胳膊送进它的口里，靠在它折皱的唇间，这时，它的尾巴在地上强有力地扫过一道弧形。抽回胳膊之后，他又命令它站起来，然后他钻入它身下爬行，朝它背部举起双腿，穿着白拖鞋的双脚跨上它的腰部，两手搭在它的颈项上。就这样面对着面，它带着他踱来踱去，他还一边同它谈话。它吼叫，但似乎不是针对他。他俩一起在洞内转了一圈，又回到木板架边。它站在那儿，一面蠕动双唇，一面发出呼隆的低吟。他穿着紫色长裤倒挂在它身上，仰望着我。在这以前，我以为世间所有稀奇古怪的事儿我都见过了，但实际上却显然是孤陋寡闻。当他那宽厚的嘴唇含笑朝着我时，我才明白自己原来一窍不通。老兄，这才是你称的本领——天赋。狮子自己也明白，作为一头动物，它的举动最清楚不过地表明了它喜欢他，爱他！动物的爱。我也爱他，谁能不爱他呢？

我说："这比我见过的一切都妙。"

他脱手下来，用膝头把它推开，又跃上板架；同时阿蒂折回身来，摇动架子。

"亨德森先生，现在你的感觉不同了吧？"

"陛下，不同了，大大地不同了。"

"然而，"他说，"我发觉你仍然胆怯。"

我想否认，但我的面部开始抽搐扭曲，怎么也说不出话来。我开始咳嗽，拇指放在掌心里捏成拳头掩住嘴，眼里泪汪汪的。最后我才说道："那是习惯性反应。"

狮子从我们面前走过，国王禁不住一把抓起我的手腕，拉着去摸狮子的腰身。它的皮毛缓慢地从我手指尖下滑过，我的指头霎时变成了五只灼热的锥体，手指骨火燎燎的像被烧到了白炽程度，这种令人惊骇的烫灼感一直通过手臂传到胸膛。

"现在你已经摸过它了，有什么想法？"

"什么想法？"我竭力用牙齿咬住下唇，"哦，请原谅，陛下。别在一天之内把一切都领教完。我已尽到最大的努力。"

他表示赞同："不错，我有些操之过急，但我希望你尽快攻克第一道难关。"

我闻了闻手指头，一股狮子身上的奇特怪味。"唉，"我说，"我为性急的毛病吃了不少苦头。但我得直说，我一次只能承受这许多，我脸上还有昨天留下的伤疤，我担心这狮子会嗅出鲜血的气味；一旦野兽嗅出血腥味，我想谁也无法控制住它们。"

这人真不可思议，他竟嘲笑我说："噢，亨德森——桑戈，你太敏感了。"（对此，我的确从未怀疑过。）"真难得遇上你这样的人，但你知道吗，亲手摸过狮子的人是不多的。"

我本想回答说："我这辈子不摸也没啥。"可是，他太珍视狮子了，我闷在心里没说出来，只在嘴里咕哝了一声。

"你可吓得够呛！一点不错！完全给吓坏了。我看了十分开心，从未见过这样的恐吓神情。在我看来，像是一副焦虑的可爱相。你知道吗？许多强者最喜欢恐惧与得意交织在一起。我想你也属于这种人。而且，当你的眉毛乱动时，我看着最高兴，那真是妙极了。还有，你的下巴缩在一起像个桃核，你的面部隆起，呈现出一副被人扼住喉咙时的神色，你的嘴大大咧开。啊，还有你叫喊时的神情！你开口叫喊的神情真讨人喜欢。"

我知道这些话并不是人身攻击，而是他对那种种表情所进行的科学的或医学的审视结果。"你老咬住下唇是怎么回事？"他说，仍然对我的下巴发生兴趣。"你那儿的肌肉为什么折叠重重的？"（这对我倒是全新的发现。）他比我高贵多了——皮肤黝黑，发出烁然的神采，格外庞大的身影，自由驾驭狮子的神情，我完全被他征服了，由他说这说那，我一点也不争辩。国王对我的鼻子、腹部和膝部的肤纹作了更多不同凡响的评论之后，他告诉我说："阿蒂和我相互影响，我希望你也成为其中的一部分。"

"我？"我不明白他说的是什么意思。

"别因为我评论了你的体格，你便以为我不赏识你在其他方面的长处。"

"陛下，你不是说过关于野兽和我之间，你有什么计划吗？"

"是的，我正要解释呢。"

"嗯，我想咱们得谨慎行事，"我说，"我拿不准我的心能承受多大的压力。我不时昏厥的事实表明，我能受的压力很有限。而且，要是我昏倒在地，你知道它会怎样对待我吗？"

这时他说："也许你第一天里接触阿蒂的时间够长了。"他离开木架，狮子随后跟着。有一道用绳索开启的大门，绳子通过离地面约莫十八英尺高的一个带齿槽的木轮，国王吊起大门，让狮子进入一个单独隔开的围栏。我从未见过任何猫科动物穿过一道门，除非它们自己愿意那样做，这头狮子也不例外。它在门口磨磨蹭蹭，踯躅不前，国王只好老操着吊门的绳子。当它跨在门槛，我想建议朝它屁股上踢一脚，帮它下决心，他毕竟是它的主人。但在当时的情形，我不敢贸然进言。最后，它终于迈着款款细步，舒缓自如地带着警惕目光进入了隔壁的围栏。国王松松手中的粗绳，沉重的门板滑了下来，碰着石地面发出一声巨响。他回到我所在的木架边，显得非常愉快，非常沉静。他身子往后一靠，青筋突起的眼睑略为沉下，呼吸松缓地休息着。我坐在他身旁，仿佛觉得支撑着他的除了屁股下的木板外还有别的东西，因为我同样坐在木板上，却没有同样的支撑感。尽管如此，我坐着等候他，直到他得到充分的休息。这时我又一次想起但以理向尼布甲尼撒作的古老预言："你必被赶出离开世人，与野地的兽同居。"我手指上狮子的气味还浓，我不停地嗅它，心上又浮现出往事：阿纳维的青蛙，他们所崇敬的牲畜，我企图枪杀的那只猫，以及我饲养的猪仔。毫无疑问，这个预言与我有着奇特的联系，或许意味着我完全不适合与人为伍。

国王稍事休息之后，又准备说话了。

"现在，亨德森先生，"他开始用那特有的非洲腔调讲话。

"是呀，陛下，你刚才正要向我说明让我与这头狮子交往的原因。直到此刻，我还摸不着头脑呢。噢，我被弄得糊里糊涂的了！"

"我会把问题讲清楚的，"他说，"首先，让我告诉你这头狮子的来历。大约一年以前，我捕捉到了阿蒂。在瓦里里人中间，谁要捕捉狮子，得遵照传统的办法。捕猎助手走在前头，野兽被赶进我们称之为霍普的地带，这包括方圆几英里的丛林地面。野兽为鼓声号角惊动之后，被追逐着逼进霍普的开阔一面，然后赶往狭窄的一端，末端便是一个陷阱，而我作为国王，必须担负起亲自捕捉的任务。阿蒂就是这样捕获的。我得告诉你，除了我父亲变成的狮子格米罗之外，捕猎任何狮子都是不允许的，违法的。把阿蒂带到这儿来，遭到了严厉的指责和强烈的反对，引起了极大的不安和不忠的情绪，尤其是那位布纳姆。"

"嘿，那些家伙是怎么搞的？"我说，"有你这样的人当国王，他们还不配做臣民呢。像你这样的人物,满够治理一个大国了。"

国王听了我这番话,我想是挺高兴的。"尽管如此,"他说,"我与布纳姆、我的叔叔霍科和别的一帮人之间,存在的麻烦可不少,当然还包括王后和一些嫔妃。亨德森先生,能被容忍的狮子只有一头,那便是由已故国王的亡灵附体的狮子。其余的统统被认为是肇事乍恶的祸首。你明白了吗?已故国王变成的狮子之所以必须由他的继承人捕获回来,主要原因在于不能让它与这班祸魁混在一起。瓦里里人的巫师据说会与坏狮发生不正当的关系,这种结合所生下的子女具有危险性。我还可以告诉你,假如有人能证实他的妻子与狮子有勾挂,他有权要求对她处以极刑。"

"这真怪,"我说。

"总括起来说,"国王继续往下讲,"我成了双重责难的目标:第一,我还未能捕捉到父狮格米罗;第二,据说因为我饲养阿蒂,我不会有什么出息。然而,无论遭到多强大的反对,我决心收养它。"

"他们打算干什么?'我问,"你得像温莎公爵①那样退位吗?"

他轻松地一笑,然后回答说:"我绝没有这种想法。"洞穴里一片寂静,灰黄色的空气压在我们身上,逐渐变得凝重暗淡起来。

"唔,"我说,"你不予以理会,我全理解。"

"亨德森——桑戈,"他说,"关于这,我想得让你多知道一些事情。继承人尚在年幼时,国王就召他到这儿来,因此我曾经拜访过我的祖狮,他的名字叫苏胡。于是从童年起,我便和狮子打交道,关系融洽,甚至亲密无间,而且这个世界也没有给我别的选择。所以我很想念与狮子的关系,当我的父亲格米罗逝世的噩耗传到我就学的学校,尽管我十分喜爱医学课程,我并不是完全舍不得辍学离开。我甚至可以明确地

---

① 温莎公爵:即爱德华八世(1894—1972),1936年1月继承英国王位,由于坚持要娶美国女人沃利斯·辛普森而遭议会反对,被迫于同年12月退位,被封为温莎公爵。

说，我受不住与狮子长久分离，渴望回归故土重温旧谊。自然，马上捕捉到格米罗是最幸运不过的事了。可是，我捕到的却是阿蒂，既捕到了我不能又放弃它。"

我扯起宽大的裤角，在脸上抹了一把；本来应当汗流满面，由于发烧的缘故，这时却是干干的，真不是好兆头。

"但是无论如何，"他说，"格米罗必须捕到，我会捉住它的。"

"祝你幸运万分。"

他紧紧地握了一把我的手腕说："亨德森先生，我不会责怪你，即使你把这当成妄想或幻觉。既然咱们相互许诺过要讲真话，请你为了我的缘故，拿出耐心来坚持听下去。"

这时我心里却在想，半把磺胺片或许对我大有益处。

"噢，亨德森——桑戈先生，"他说，思索了好一会儿，他的手仍紧握着我的手腕，他的讲话很少是突如其来的。"是，我完全懂得什么是妄想，想象，白日做梦。然而，这不是在做梦，不是沉睡而是醒着。哈，哈！最为强大而富有抱负的人常常是最怀疑现实的人。希望竟会化作悲哀，爱竟会导致恨，一切均归于死亡和沉寂，这些叫他们不能忍受。人的心智有权对事物抱适当的怀疑，但在短暂的一生中，它会觉醒过来，发现和明白同样短暂的人生留下的许多遗迹。很自然，人们拒绝相信短暂的人生能干出什么辉煌的大事业，怀疑人们运用思索便不会犯错误。这便是人们长吁短叹的原因。然而，桑戈，正是这些转瞬即逝的人能够驰骋想象，而此刻这种可贵的禀赋让人想到的仿佛是死亡而不是生存。为什么呢？这是一个十分严峻的事实。啊，多么可悲的图景，亨德森。"他接着说，"总而言之，别怀疑我达甫，依特洛的朋友，你的朋友。既然你和我已经结为朋友。你应对我抱定信心。"

"国王陛下，我一定照办，"我说，"这对我太适合了。我还不敢说理解你，但我乐意继续观察并友好下去。你不用为是不是存在幻觉过分发愁。试想一下，世上有几个人像我这样，为了追求真实的人生而出生入死,历尽艰辛。这是我最基本的忠诚。我一次又一次丧魂落魄,但我总是卷土重来,东山再起。唉,我的上帝,这可不是轻而易举的事。可是我热爱这玩意儿——格朗—图—摩拉尼!"

"是的,"他说,"正是这样。这也是我所珍视的态度。格朗—图—摩拉尼,但究竟以什么形式出现呢?亨德森先生,现在我完全相信,你是一个具有丰富想象力的人,你也需要它……对你来说,尤其需要。"

"**需要**这话说得对,"我说,"实际采取的形式便是,**我要,我要**。"

他大为惊异,问我:"呃,那是什么?"

"那是藏在我体内催我不断向上的东西,"我说,"有时候,它几乎一直不让我安宁。"

这像一声晴天霹雳,震撼得他目瞪口呆,他一动不动地坐在那儿,两手压在大腿上,骇然地凝望着我,厚实的嘴唇隆起,鼻孔张得大大的。

"你真听见了这种呼声?"

"有个时候,我听见它叫个不停,"我说。

他低声说:"怎么回事?要求与生存同等的权利?多么奇怪!这给人的印象太深了,我不记得你谈起过这事儿。它明确说出究竟要什么没有?"

"没有,"我说,"从来没有。我一直未能让它说出个一二三。"

"太离奇古怪了,"他说,"一定使你痛苦难堪,对不对?我猜想,除非你作出回答,它会持续下去的。听到这个,我真受感动。无论那是什么,渴求是无疑的,这仿佛是遭到长期监禁。可是,你说它并不明确宣称要什么?也不特别指出要活还是要死,对吗?"

"唉,陛下,我一直威胁着要自杀。每当什么事儿恼着我,我便跳出来对妻子说,我要用枪把脑瓜崩了。是的,我一直未能使它说出究竟要什么,迄今为止,我只知道它不要什么。"

"噢,死亡。从我们大家都不想要的东西来推断,那是死亡,一切根源的根源。这真是桩奇异非凡的现象，对吧，亨德森？现在，我可以更好地解释你能成功地搬动姆玛女神的原因了。那完全是基于这种潜在的渴求愿望。"

我禁不住大声叫起来："啊，你现在明白了，国王陛下。是吗？你不知道我该多么感激你呵！嗯，我自己就是悟不出这个道理。"我说的一点不假，一股感激崇敬的暖流在我体内奔跑，撞击得叫我难以忍受。"你想知道这种经验对我产生的意义吗？为什么说它离奇古怪或者只是一种幻觉呢？我能清楚地告诉你，当我不断听见**我要！我要**时的情形，我知道这绝不是幻觉。我心里对此很踏实，我才不管什么幻影幻觉呢。我从骨子里明白，推动我行事的就是这玩意儿。我离家之前，曾在一本杂志上读到沙漠里（美洲的大沙漠）有某种花，要四五十年才开放一次，完全视雨量而定。按照这篇文章的说法，你可以把种子浸泡在一盆水里，但它却不会发芽。不会的，陛下，在水里浸泡不能解决问题。水必须是渗透泥土的雨水，只有经过一定时日之后，你才能在五六十个年头里第一次看见百合花，飞燕草花，玫瑰花，还有山桃花。"说到后来我几乎呛住了，接着我声音嘶哑地说："这杂志名叫《美国科学》，我仿佛告诉过你，陛下，我的妻子莉莉订阅这份杂志。她具有一颗非常活泼而古怪的心——"心灵是我想要说的字，说起莉莉也使我十分激动。

"我理解你，亨德森，"他一本正经地说，"好啦，我们相互之间有了某种理解或者说是默契。"

"谢谢你，陛下，"我说，"不错，咱们俩开始结交上了。"

"我请求你暂时别表示谢意，先得请求你有耐心，信任我。还有，我首先得请你相信，我离开大世界又回到所属的瓦里里部落来，并不是为了退却的目的。"

在这里，我也许应当指出，他对狮子，人的心思，心智，想象力，人类的前途，都具有某种预感。因为他说，人的心智是自由的，它可以任意驰骋。他有可能已经丧失清醒的头脑，被自己的种种想法弄糊涂了，因为他不仅仅沉溺于梦幻，而且梦想着行动，是一个有着自己打算的人。我说他丧失了清醒的头脑，不是指他不能作出判断，而是指他被自己的热情和想象带到了想入非非的地步。

第十七章

国王说过,他欢迎我的到来是因为这给他带来了交谈的机会。这的确不是假话。他大谈特谈,谈个不停,我不能装作对他谈的样样都懂。我只能说我先不做出判断,认真听他讲,把他对我的警告暗暗记在心里:真理有可能以我没有准备的方式出现。

因此,让我把他的观点粗略地归纳一下。他对于万事万物,尤其是人,内在与外在的联系抱有一种信念。由于他是一个勤奋好学、博览群书的学生,在叙利亚求学时一直是该校图书馆的看门人,每天关门之后,他还坐在那儿涉猎奇书,充实头脑。譬如他会说:"詹姆斯的《心理学》是一本很吸引人的书。"求学期间,类似的书他读了一大堆。使他入迷的是人的基质转变的观念:无论从表到里还是从里到表都一样,肌肤影响心智,心智影响肌肤,如此轮换不已,相互影响。在他看来,这种过程是很富有生气的。想到我对心智与肌肤关系的理解,我问:"陛下,你真正相信像那么回事吗?"

相信?他岂止相信而已,还引以为荣呢。在信念的坚定上,我认为他与莉莉很相似,无论对什么事抱定信念都会使他们感到喜悦,他们还倾向于作出奇怪的论断。达甫喜欢谈起他父亲,譬如他告诉我,除了胡须和鬃毛之外,他逝去的父亲与狮子在每个方面都相像。他很谦虚,不说自己像狮子,但我看出了相似之处,而且早在他跳跃奔跑于竞技场上,抛接系着绸带的头颅骨时我便看出来了。他从朴素的观察出发这样谈道(在他之前曾有不少人持这种观点):山里人像山,平地人坦荡,水边人灵秀,畜牧人爱牲口。("不是吗?桑戈,你喜欢的那些阿纳维人!")他说:"这有点类似孟德斯鸠①的观点。"接着,他开始没完没了地陈述例证,而这些例子千百万人在生活经验中早就注意到了:养马人爱梳刘海,牙齿大瓣,血管粗壮,笑声野俗;狗与喂养它的主人相似;夫妻之间有明显一致的地方。我穿着绿绸裤蹲在那儿,心里暗想:"猪呢?……"可是国王却说:"大自然是一位刻意的模仿家。如果说人是动物之尤,全在于他最会适应环境。人是联想的艺术家,他自身便是一件基本的艺术作品,这是用血肉塑成的躯体。多了不起的奇迹!多辉煌的胜利!可是同时,又是多么惨痛的灾难!要为之挥洒多少泪水!"

"是的,要照你说的,那的确是悲惨无比,"我说。

"失败者的残余被埋进坟墓,"他说,"泥土重又吞没自身②,然而生命的洪流仍滚滚不息。这就是进化的过程,咱们必须想到的。"

总之,他对人的成形有一套完整的科学论述。在他看来,单是认为大脑可能导致身体机能的失调这一点还不够,**任何事物**都导源于大脑。"虽然我无意贬低我们的讨论的严肃性,"他说,"但为了举例的缘故,我要说女人鼻上长的粉刺多半是她自己思想的产物,并由她心灵追求的变化而促成;甚至可以更进一步地说,她的鼻子本身的形状,部分是遗传的结果,部分是她思维的产物。"

这时,我感到头脑轻飘飘的,像一团灯芯草,我问:"粉刺?"

"我是说粉刺是内心强烈愿望的外在标记,"他说,"你要想责怪的话——不!责怪无补于事。我们远未达到自己能控制自己的地步。同样,任何事物也由内在因素促成。疾病是内心世界的表露,这算是一个适当的比喻。我们可以说百花各有表达爱的语言:百合花表示纯洁的心

---

① 查理·孟德斯鸠(1689—1755):法国政治哲学家,当过律师和法院顾问,著《波斯人信札》(1721),《罗马盛衰原因考》(1734),《法的精神》(1748),他认为气候和环境决定一个国家的政府形式,政府的权力应当分立。
② 按西方基督徒观念,人最初是上帝用泥土造成的,因此人死后埋进坟墓,便有泥土重又吞没自身之谓。

灵,玫瑰表示炽热的情感,雏菊则含情不露。哈!这是我在一张绣花靠垫上发现的。我不是说着玩的,内心世界是一位会多种语言的大师,既可以把恐惧变成征兆,也可以将它变成希望。有的面孔只有面颊表明希望,有的则整个面孔都充满希望,有值得尊敬的脚,有富于正义的手,有显示宁静的眉宇,如此等等。"我脸上流露出来的表情使他感到欢欣,我的面孔一定惊奇得缩成了一团。他见了很高兴:"嗬,我让你受惊了吧?"

在接下去的谈话中,我对他说:"我承认你这套观念确实对我产生了很大震动,但我真对自己的外貌负有责任吗?当然,为了我的外貌,我的确吃过不少苦头。我自己的形体对我也还是个谜。"

他说:"一个人的精神,在某种意义上说,是他身体的主宰。我还没见过谁的面孔和鼻子长得同你的一模一样。从转换的观点看来,我认为这副相貌自身就是一桩全新的发现。"

"呃,陛下,"我说,"除了家里传来死讯外,这是我听见的最坏消息。为什么我得对自己的外貌承担责任呢?我情愿是一棵树,假如我是株柳树,你也许不会这样对我说了。"

"噢,"他说,"你自己太多心了。"他进一步解释,引证了各种各样的医学例子和对于大脑进行的研究。他一再告诉我,表皮不仅接受神经末端的感觉和印象,而且发回命令和指示;还谈到这一切在如何工作,哪部分调节哪种功能,诸如体温、内分泌以及其他等等。我真有点丈二金刚——摸不着头脑。他不断提到什么植物功能之类的术语,他说了一大堆,我最多听懂了一半。

最后,他硬塞给我一大叠专门著作,我只好答应带回住所去读;这些书刊是他从学校带回来的。"怎么带回的?"我问。他解释说,途经马林迪时他买了一头驴;除了一副听诊器和血压测量表,别的一样也没买;没买衣物(他买衣物有何用?)也没买其他物品。当他被召回部落时,他已经在医学院攻读三年了。"医学院,那是战后我应当马上去的地方，"我说，"可我却东游西荡。你认为我能成为一位好医生吗？"他"噢"了一声——他不以为有什么不可能的。最初，他似乎持保留态度，但我的真诚心愿使他信服后，他认为我很有希望。他暗示说，也许到人家退休时我还在做实习医生，但毕竟这不干别人的事，而只是我E.H.亨德森的个人问题。别忘了，我搬动过姆玛。也许哪天一座塔会垮下来打扁我，但要不遇上这种不测的灾祸，我这副身体会熬上九十年。因此，国王终于严肃地看待我的抱负，他一本正经地说："是呀，那是一个很令人羡慕的前景。"另一桩事他也同样严肃地看待，即我作为雨王的职责。当我想对此开个玩笑，他立即止住我说："你应当记住，亨德森，你是桑戈。"

　　这以后，每天我都有一套固定的安排，我总是免去第一项：清晨，两位女卫兵，坦巴和伯布，来伺候我，主动给我做约克斯，即踩踏按摩。遭到我拒绝之后，她俩总是感到惊异而又失望，然后她们相互轮流做起来。每天早上我也和罗米拉尤会面一次，竭力让他对我的行动放心。我知道，我与国王之间的亲密往来，使他大为担心，迷惑不解。但我每次都告诉他："罗米拉尤，你一定得明白，这是一位非凡的国王。"但从我所受的待遇来看，他意识到我与达甫之间并不止交谈而已，还在进行某种试验。关于这，我稍后再告诉你。

　　午饭之前，女卫兵照例要集中起来举行一次仪式。那些穿着紧身背心的女人伏跪在我面前，每人都先润湿嘴唇以便沾上泥土，然后一个一个地握起我的脚，放上头顶。这一切都庄重地进行，周围站着威武的队伍，敲锣打鼓，熙熙攘攘，热闹异常。我还在发烧，体内仍感不适，内心仍很焦急。我的鼻腔尤为干燥，尽管我身为滋润万物的雨王。我身上还带着狮的腥味——究竟有多明显，我说不准。不过，我还是那身绿色的灯笼裤，头顶盔帽，脚踏胶底鞋，出现在女卫士组成的这队人前面。之后她们搬出皱折像重叠的眼皮的华丽大伞，女队员用胳膊肘用力挤压风笛，在一片喧嚣声中，仆人打开折椅，大家一齐坐下用餐。

每个要员都在场，布纳姆、霍科以及布纳姆的助手。也好，布纳姆占不了多大地盘，自然霍科也没留给他多少位置。瘦削的布纳姆老是以一双深于世故的目光望着我，双眉之间纠集成一团；他的两位光头灰齿的夫人倒显得很有神采，像一对喜欢打闹调皮的小姑娘。霍科不时用手整理伸盖在腹上的袍子，或者摸摸坠在耳垂上的红宝石。一个白绒绒的汤圆或者团子摆在我面前，像是淀粉做的，但更粗糙，咸味更重，至少不会再损伤我的牙桥。假如蒙泰库科利女士和牙科医生斯泼尔替我磨短了的牙桩上配的金属体会松动的话，我肯定活活疼死，无法再进入文明社会。我责备自己，本来我有一副备用的假牙，无论如何不该忘了带上。那副备用假牙套着塑料保护层放在一只盒里，盒子在我的别克车尾的行李厢内，备用轮胎的支撑架下安了一个弹簧，为了安全保险，我把装牙的盒也放在这个厢里。我仿佛能看见它，像躺在行李厢里看见它一样——那是一个灰色的硬纸盒，里面填满了粉红色的绒纸，盒上贴着标签："布法罗制牙公司"。我怕掉了残损的牙桥，连嚼咸味的软团子都小心翼翼。带着迷惘深思神情的布纳姆同别的人一样进餐，他和那个像黑皮革似的家伙显得很神秘，后者也在咀嚼，但仿佛随时都可能展开一双翅膀飞走。事实上，宫殿院子里颇有《爱丽斯漫游奇境记》①般的欢乐气氛。甚至有一群孩子，全都只见脑袋和腰部，像一堆黑色的小裸麦粗面包似的，在尘土扑扑的地面上玩小石子游戏。

当阿蒂在宫殿下吼叫时，谁也没说什么，只有霍科惊了一下，但立即化作微微一笑。他总是容光焕发，神采奕奕，他周身的血液一定同家具油漆相似。同国王一样，他生就一副健壮的体魄，具有同样的眼神，只不过他的眼睛更突出些。我想他在拉穆度过的那些年月，当他的侄子在北面的学校上学，他一定过着寻欢作乐的日子。不难判断，他是绝不

---

① 英国作家刘易斯·卡罗尔（1832—1898）：英国著名儿童作家，著有《爱丽斯漫游奇境记》、《镜中世界》等作品。

上教堂的。

每天都举行同样的仪式。午餐仪式之后，我由女卫士陪同去朝见姆玛女神。她已经被六人用笨重的粗杠抬回她的神龛。这是我亲眼看见的。她与胡玛同在一座庙里——宫中的一个单独庭院，周围安上木柱子，还有一弯石潭，里面贮了些不怎么样的水。这便是桑戈的特殊贮水池。每日朝拜姆玛都令我心情很愉快。首先，一天最难受的时刻由此完结了（我将在适当的时候再加以说明），其次，我逐渐对姆玛产生强烈好感，这并不是因为我成功地搬动过她，而是由于她身上的某些品质，她既可以被视为一件艺术品，也可以视为一尊神灵。尽管她模样挺丑，额头覆着鹳鸟窝似的乱发，臃肿的身躯下边伸出一双不牢靠的细腿，我却把她当作慈善的体现。我见了她便说："您好，老夫人，向您致以节日的祝贺。您的老伴儿好吗？"我把山神胡玛当做她的男人，这位笨拙的老山神兽被戴红帽的大力士图若蒙波举起过。这两尊神看似一对好配偶，他们站在一潭污水边，彼此倒满称心如意的。当我去见姆玛的时候，坦巴和伯布灌满几葫芦水，我们一同穿过一条通道，来到许多女卫兵等候的地方，她们举起大伞和吊床，两件东西都同我的裤子一个颜色，雨王桑戈特有的绿色。我被扶着进了吊床，躺在底部，沉重得几乎压断吊床。仰望灿烂的天空，午后的热力使它呈现一片静寂；张开的大伞像轮子一般，忽而下转，忽而上旋，伞边的穗饰懒洋洋地跟着晃动。我们离开宫殿大门的时候，总会听见从下边传来阿蒂的隆隆吼声，汗流浃背的女卫兵常常惊愕发怔，打伞卫兵的手这时也撑不稳了，我只落得挨太阳直接照晒，烈焰般的热力烤得我血液沸腾，像渗滤器中的咖啡，直冲上顶。

狮子的吼叫提醒了我与国王为了特殊目的而进行的试验，于是我们进城只由一人敲鼓相随。人们拿着小杯走上前来，从坦巴和伯布手里要去一杯杯水。要水的以妇女居多，因为桑戈也管生育，这同雨露滋润是一个道理。每天下午都要履行这项排街活动，队伍和着懒散低沉几乎不规则的鼓声前进,短促的鼓声居然也有些节奏感。妇女为了取几滴集水,捧着陶器小杯从小屋走到烈日下;我却躺在阴影里,手指放在腹蜕上,静听催人入睡般的召唤鼓声。到了城中心,我便爬出吊床。这是集市地方,也是地方法官的法庭。法官穿着红色长衫,高坐在畜粪堆成的山顶上,他是一个形象粗俗的家伙,我不喜欢他那模样。每次总逢着诉讼,被告人捆在杆上,用一根分叉的棍从硬腭直插舌头。我到达时审判总要停下来,律师不再声张,人群高喊:"桑戈!阿克—桑戈。"(伟大的白人桑戈。)我起身躬腰。这时坦巴或伯布会递给我一个穿了孔的葫芦,一件像旧时洗衣女工用来喷水的家什,不,——更像天主教堂里用来洒圣水的洒水器。人们笑着围上来,向我躬身施礼,然后把背朝过来,让我朝他们背上洒水。这些人中,有后脑勺只剩几根灰白头发、老掉了牙的长者,有乳房突突的少女,还有肩宽腰圆的小伙子。他们对我的力气和职位的尊敬夹杂着一些嘲弄不恭的成分,这并未完全逃过我的眼睛。然而,我总是让捆在杆上的囚犯得到他的一份水,并且还特别在这可怜人汗淋淋的身上多洒几滴。

大体说来,这些便是我作为雨王的职责,但我得告诉你国王的特殊目的,以及他给我阅读的那些专门文献。我们进行了初次交谈之后,我回避这样做,料到会有麻烦。其中有两本书,看来用的时候很多;还有几本科学书复印本,封面没有了,头几页已经破破烂烂。我浏览了几本,复印件字迹密密麻麻,黑成一片,字里行间的空白处画满了圈圈点点;要不便是字体又粗又挤,像墓碑一般粗厚而又沉重,看了真令人心情压抑——这有些像是乘上高级轿车到拉瓜迪亚机场,途经昆士区公墓地带时给人的沉重感觉[①]。死者被邮寄到了另一个世界,坟前的石碑像是死亡给贴封的张张邮票。

那是一个炎热的下午,我坐下翻阅那些文献,决定究竟该如何是

[①] 拉瓜迪亚机场是纽约市郊区的一个机场,昆士区是纽约市的几大市区之一。

好。我身着正式的雨王绿色服装，戴着顶上有帽蒂的盔帽。还有已穿变形的胶鞋，鞋底已翻卷上来像两片嘲弄人的嘴唇。身体不适又加上发烧，我昏昏欲睡。烈日当空，投下的阴影也显得严峻。热空气懒懒地浮动，远山像糖果般焦黄焦黄，仿佛要碎裂开来，这样的糖果对牙齿会有害处。可我手里拿着文献著作，达甫和霍科用驴驮回来的书；驴子从海边驮上它们，翻越了崇山峻岭。之后驴子却被宰杀，丢去喂了狮子。

我为什么非读这玩意儿不可呢？我的抵触情绪很大。我的第一个顾虑是害怕发现国王是个怪人。为了打破精神的沉睡，我不远千里而来，终于搬动了姆玛成为雨王，到头来要发现达甫不过是一个古里怪气的人，我感到这太令人失望。因此，我把书搁在一旁，独自玩了几轮纸牌。之后，我困倦不已，望着户外阳光照晒的景物——绿色的如油漆，褐色的似焦土。

我是一个神经质的易动感情的读者，拿起一本书在面前，只要读到一个名言警句，整个脑海会顷刻变成一座火山，立即浮想联翩，思想的岩浆便会迸喷出来，顺着我身子两侧泻下。莉莉说我的思想太富于活力，弗朗西斯却称我没有几滴墨水。我自己能说的只是，当我从父亲的书中读到"宽恕罪过是永恒的"这句话时，我感到我头像被一块石头击中。我想已经讲过父亲用钞票当书签的事，我多半把那些书里夹的钞票放进了衣兜，事后却连书名也忘记了。也许我是不愿再听见关于罪恶的说法。自然，这样也好。我担心要是听任国王下去，他会把整个事儿弄糟。总之，我是个凭灵感，而不是靠周密思考来办事的人。而且，假如连那么一句话我都不打算遵守，从头读一本书又有何益？

一点益处也没有，我从未静下心来读过书。有个时候，我差点把父亲的那些书一股脑儿扔向猪群，要是我认为那样会对它们有好处的话。那些书多得令我糊涂。当我读一本关于法兰西的书，我立即意识到自己对罗马一无所知，接下去又想到希腊、埃及，一直回溯到最原始的混沌时期。说实话，我的知识贫乏，任何一本书都读不透。结果，我发现自己惟一能欣赏的是些这样的货色:《外科传奇》、《征服疼痛》,以及像阿斯勒、库辛、西蒙维斯、麦琪尼科夫这些医生的传记。由于对威尔弗雷德·格林菲尔着迷,我逐渐对直布罗陀、纽芬兰、极圈地带以及最后对爱斯基摩人发生了兴趣。你也许以为莉莉会跟我到爱斯基摩人中间去,她可不干,我自然很失望。爱斯基摩人已沦落到最基本的生存状态,我原以为他们会引起莉莉的关注,因为她属于这类基本形态的人。

唔,她既属于又不属于。她生性不说实话,试看她谈到自己的情人时是如何撒谎的。我信不过哈泽德在去结婚的路上朝她眼睛揍了一拳的说法。我怎么能相信呢?她告诉我她母亲死了,而实际上却活着。关于那张她送我的地毯,她也撒了谎,那是她父亲站在上面自杀的地毯。我真想说,动脑筋会使人们不诚实。是的,有了主意往往导致人们撒谎。

莉莉也有些讹诈的习性。你知道我是很疼爱这大个子女人的,我有时为了寻开心,喜欢把她全身逐个部分地加以思量。我从她的手、脚,甚至一个脚趾开始,然后想到她的四肢和所有关节,这给我无上的乐趣和愉快。一个乳房比另一个小些,像一大一小的兄弟,她盆骨有点儿瘦削,也略显突出,但她的整个体形优雅受看。而且,她激动或羞愧的时候脸色发白,这比别的什么事都令我感动。然而,她是一个粗心莽撞、挥霍浪费的人,不善于操持家务,以致家里不干不净的;她还很有手腕,擅长骗取信任,尽量利用我。我们结婚之前,我替她向各处写过大约二十封信,向国务院和其他十多个机构。**她把我当作结识别人的跳板**。她想去缅甸,或者去巴西,以此暗中相威胁,因为她要一走,我再也见不到她了。我感到很尴尬,我不能让她在许多人面前出丑。但是我们结婚之后,我想去爱斯基摩人中间露营度蜜月,她全然不听。还是谈到读书的话题上来吧,我读过弗洛青和冈查·庞金斯的书,冬天在野外露过营。我建造过爱斯基摩人住的那种圆顶屋;在零下的气温,莉莉和我闹翻了,因为她不愿带着孩子和我睡在一起,不愿像爱斯基摩人那样盖着兽皮睡觉。而我却想试一试。

我浏览了达甫给我的所有著作，想当然地认为这些书与狮子有关，但一页又一页地翻下去，却没有哪一页谈到狮子。我读得唉声叹气，直打瞌睡，没有半点心思去啃这样难懂的文字；而且又遇上非洲的大热天，晴空万里，一片碧蓝。我开读的第一篇文章署名施恰明斯基，头一段显得易懂，其实一点也不容易。但我硬着头皮读下去，遇到 Obersteiner's allochiria 这个术语时，我便甘拜下风了。我心想："见鬼！这究竟是干什么！因为我告诉过国王我想当医生，他竟以为我有医学修养，我得把这事对他讲清楚。"这类书太难读了。

但无论如何，我竭尽全力去读，跳过 Obersteiner's allochiria 这个术语，终于能够东一段西一段地读下去。这些文章多半谈论躯体与大脑之间的关系，特别论及姿势，左右概念的混淆，感觉的种种夸张的或歪曲的反映。一个具有正常大腿的人有可能相信自己有一条大象的腿，这种说法本身就很有趣，还有别的一些描绘也挺精彩。我心里老在想："最好快速浏览，把头脑磨得灵光一些，弄清国王究竟安的什么心；因为这是与我生命攸关的事儿。"我正感到幸运，发现人生终于简化到了能对付的地步——好不容易！——可到头来又得在这倒霉的宫里阅读现代医学著作。我猜想，土著部落的王子很少不送去受教育的，各种科技学校都在接纳来自世界各地的不同肤色的人，而其中有的人已经作出了惊人发现。但是，我从来没听说过有谁可与达甫国王相提并论。当然他完全可能是自成一家，不同凡响。但这又是一个迹象，表明我可能陷入困境，因为你不能期望自成一家的人通情达理。我自己也是这一类人，对此颇有亲身体会。

阅读施恰明斯基那篇论文的中途，我停下来休息，正当我喘着粗气，专心地玩单人牌时，国王的叔叔霍科——在这个大热天——进了我在宫殿一楼的房间。跟在他背后的是布纳姆，以及总是不离布纳姆左右的助手，那个黑皮革般的人。他们进屋后侧身让第四人——一个寡妇模样的年长妇女——进来。（谁是不是寡妇，总能准确无误地分辨出来。）

她被引来见我，从他们分立两侧的情景看来，显然她是主要的来访者。我立即起身，却趔趄了一步——房间的面积太有限了，坦巴和伯布躺在地上，罗米拉尤蹲在屋角，屋里差不多没有空地盘了，现在却是八个人一齐挤在这间不够我一人住的房里。床是固定的，无法搬出室外，房里铺着皮革和土布，我刚才正在玩弄的纸牌摆成高低不等的四叠。（我早已把达甫国王给我看的著述推到一边了。）他们领来的这位年长妇人，身穿镶着边饰的外衣，从肩头直垂到腿部。他们从非洲的午后火燎燎的野外突然进来，而我这双刚才一直专注在纸牌上的眼睛，习惯了光亮而肮脏的牌上的红黑牌点，一开始我真看不清这位妇人。可是后来，她走近我身边，我看清她有一副似圆非圆的脸，在下巴的部位有半边不大对称。她的鼻子往上翘，嘴唇宽大，而她那张略向前倾的温和的面孔，仿佛在向我主动凑近。她嘴里好像掉了些牙齿，但我立即认出她："哎，这不是达甫的亲人吗，一定是他的母亲。"从她倾斜的面孔，她的嘴唇和她眼边的红晕，我看出了这种亲缘关系。

"娅斯拉，王太后，"霍科说。"达甫的妈妈。"

"夫人，见到您很荣幸。"我说。

她拿起我的手放在她的头上，不用说头是剃光的，凡是出嫁的女人都剃光头。她的这一举动很方便，因为我们之间身高相差近两英尺。霍科和我比其余的人都高。他身上裹着一条红布，当他躬身对她讲话时，耳垂上的宝石像大公鸡的两片红坠。

我解下头盔，露出祈雨仪式在我面颊和鼻上留下的大块鞭痕和伤疤。我双眼的庄重神情一定显得有点儿异样，因为它引起了黑皮革人的注意，他指了指我的双眼给布纳姆看，还咕噜了句什么。我毕恭毕敬地把太后的手放在我头上，说道："尊敬的夫人，亨德森愿为您效劳，真心诚意地效劳。"我扭头对罗米拉尤说："翻译给她听。"他就在我背后，乱蓬蓬的头发下边，他的额头比平时皱得更厉害。我看见布纳姆在瞧床上的纸牌和书本，我哗哗地一齐掀向身后，不想让他看清是国王的东西。接着我告诉罗米拉尤:"对太后说,她有一个出色的儿子。国王成了我的朋友,我也同样是他的朋友,结识了他使我感到骄傲。"

这时我想:"她不是陷在坏人中间了吗?"我知道布纳姆的职责就是夺去无能国王的性命。达甫亲口对我说过,事实上,布纳姆正是害死太后丈夫的刽子手,而现在她和布纳姆一道是来进行社交访问的吗?这似乎有些蹊跷。

要在家里,这会儿该是举行鸡尾酒会的时刻。迅速转动的车轮将放慢下来,遮蔽天空的高大建筑将变得黯淡;充满钩心斗角、奋发图变的社会,都将松弛一下。

年老的太后一定察觉了我的心思,她流露出悲伤烦恼的神情。布纳姆一直盯着我,显然不不好意,而霍科低着满是横肉的面孔,开始也显得很忧郁。这次访问有两重目的:让我披露有关狮子的事实,要我运用可能对国王产生的任何影响。国王在阿蒂的问题上遇到了麻烦,陷入了非常严重的困境。

讲话的主要是霍科,夹杂使用他在拉穆期间学到的几种语言,英语,还有法语,以及偶尔几个葡萄牙单词。他红光满面,精神焕发,耳坠几乎把耳垂拖下来贴近肥胖的两肩。他讲了几句在拉穆舌住的情形作为开场白,像他描述的那样,拉穆是一座很现代化的城市,小汽车,咖啡馆,音乐厅,能同时听见许多种语言。"非常名气,很是时髦,"他说。我用手堵住听觉不灵的一只耳朵,让另只耳专注地听他讲,并不断点头;他见我对他的拉穆式的非洲法语作出了反应,兴致于始高涨起来。你看得出来,他的心属于那个城市,他在那儿度过了的几年也许是他一生中最难忘的岁月。那是他心目中的巴黎。不难想象,他给自己弄了一幢房子,雇了仆人和女佣,成天呆在咖啡馆,穿着泡泡沙的上装,或许纽扣别上了花饰。他很会这一套。他对侄儿离开他八九年之久很不高兴。"离开拉穆的学校,"他说.'不好。我要说,坏,坏,离开拉穆不要。我们去。他去。爸爸国王格米罗死。我去找达甫,一年整。"他在娅斯拉太后的光头上边举起一根粗实的指头，从他愤慨的神情看来，我猜一定有人对达甫的失踪要他承担责任。把王储带回来是他的职责。

他注意到我不喜欢他说话的语气，便问："你的朋友达甫是？"

"当然是。"

"噢，我，也是。王侄，我爱我侄儿。不吹牛。危险的。"

"好啦，你这是什么意思？"我问。

见我不悦，布纳姆厉声对霍科嚷起来，娅斯拉太后也叫喊道："沙西阿。哀沙西，桑戈。"她仰望着我，一定看清了我的下巴、胡须和大开鼻孔的下面部分，但看不见我的眼睛，不明白我是如何接受她的哀告的，而那正是她要知道的。因此，她反复不停地亲吻我的指关节，有点像蒙塔巴在我对青蛙采取行动的前夕所做的那样。我又一次感觉到亲吻手关节时的快感。由于我滥用自己的一双手，（譬如我的食指，我曾用它瞄准牌桌下的猫。）它们已经大大变形。"噢，夫人，别那样，"我说。"罗米拉尤——罗米拉尤——告诉她别再那样做了，假如我的手指同钢琴的音锤一样多，也会一齐为她效劳的。老太后要求什么？我明白，这些家伙在向她施加压力。"

"救救儿子，先生，"罗米拉尤在我背后翻译说。

"救他什么？"我问。

"让他离开妖狮，先生。哦，很坏的狮。"

"他们把太后吓坏了，"我说，一边向布纳姆和他的助手投去愤怒的目光。"这是一只致人死命的硬壳虫，不把人送入坟墓就不舒服，我能从你身上闻到它。再看看这只皮翅膀的蝙蝠，他的帮凶，他能玩鬼把戏，他的面孔像一只食蚁兽——挖心食肝的家伙。你当面告诉他们，我认为国王是一位出色的高尚人物。"我对罗米拉尤说，"为了太后的缘故，把我的话表达得强烈些。"

无论我怎样称赞国王，也无法改变话题，他们是来向我谈狮子的。除了一头狮子外，别的狮子都带有巫师的灵魂。国王捕获了阿蒂，带回家,却让他的父亲格米罗狮流落在外,他们把这事看得很严重,布纳姆来这儿警告我:达甫正在把我卷入他的巫术之中。"呸!"我对他们说,"我绝不会成为巫师,我的性格恰好相反。"通过对话,霍科和罗米拉尤好容易才使我明白形势的严重性和迫切性。我想避而不理,但无法回避得了,它像一块石板压在我身上。众人都愤怒了。阿蒂正在引起灾难。前世与她为敌的妇女纷纷小产。还有这场干旱,多亏我搬动了姆玛才结束,我也因而受到人们拥戴。(我的脸不禁红了,脸上似乎浮现出阴沉的玫瑰色。)我说:"这没有什么。"可是霍科接着告诉我,太糟糕了,我居然进入了地下巢穴。我被再次提醒,在格米罗给捕获之前,达甫并不完全拥有王位,因为老国王还被迫流落山野,与坏狮为伍。(所有别的狮子,无疑都在作恶。)他们声称,这头雌狮正在蛊惑达甫,使他没有能力履行自己的职责,使格米罗流散在外的也是它。

　　我努力说服他们,别的人对狮子持有截然不同的看法。我告诉他们,除了一头狮子外,把其余的狮通通加以诅咒是不合理的,这里面必定有问题。布纳姆显然是反狮势力的首领,于是我转向他呼吁。他眉头紧皱,额头突现青筋,眼睛周围布满复杂的纹路,表明他持有深刻的思想。(这无论在浩瀚长空之下像一片绿色油田在熊熊燃烧的非洲,或是在故乡的纽约,涵义都是相同的。)"呃,我认为你应当和国王好好相处。他是一位罕见的人物,作为非凡的伟人,往往会做超凡的事情,像恺撒大帝、拿破仑或祖鲁首领查卡。① 在达甫的情形,他的兴趣在科学上,虽然我对科学一窍不通,我猜他把人类视为一体,认为人类已经萎靡不振,需要动物世界在手臂上注射一针。他并不像祖鲁人的查卡,你应当为此感到高兴,他不会干掉你的。他不属于那个类型,算你运气。"我想对他试一试威胁,然而似乎不起作用。王太后还握着我的手低声细

---

① 查卡:非洲祖鲁人的杰出领袖,1818—1828年间曾组织四万部落兵士,征服了许多敌对部族。

语，而布纳姆呢，听着罗米拉尤的翻译，却逐步变得凶狠倔强起来；他全身惟有那双眼睛在动，动得很轻微，但射出咄咄逼人的光芒。罗米拉尤翻译完毕，布纳姆便向他的助手弹指示意，黑皮革人立即从土布披肩下掏出一件东西，乍看之下我误认为是一只皱缩的茄子。他捏住梗节处送近我面前一看，原是一个首级，一双干涩不动的眼睛盯着我，流露出一切都完结了的目光，没有气息的嘴咧现出牙齿，一个鼻孔已被压平，另一只被捅大，整个面容似乎都在喊叫。这是一个孩子或侏儒般的头颅，又黑又干瘪，被人捏在颈项。我的气像吃了芥末直冲上来，当我背起尸体时内心咕噜的话跃跃欲出，但终于没有讲出声来。我认为有的人更能领会死亡，显然我具有感受死亡的巨大潜力。我开始问道（也许更多的是哀求而不是提问）：为什么死亡总追随着我——为什么！我为什么不能离开它一会儿！为什么，为什么！

"呃，这是什么东西？"我问。

这是一个狮巫的头——由狮投生的女巫。她到野外与狮幽会。她毒害了许多人，让他们中了邪。布纳姆的助手捉住了她，经酷刑审问，处以绞刑。可是她又回来了，人们毫不怀疑，她就是达甫捉回来的那头雌狮变的，她就是阿蒂，两者完全一致。

"一头狮子，"霍科说。"像地下那头。"

"我不知道你怎么说得这样肯定，"我说。我简直无法把眼睛从这个皱缩绝望的首级移开。它好像我把莉莉推上火车后在巴尼乌尔斯水族馆里看见的那只动物，它对我说话，像和我当时站在昏暗的馆内所经历的情形一样。我想："这就是死亡！末日到了！"

第十八章

当天晚上，罗米拉尤的祷告比以往更加虔诚，他的嘴唇噘起老高，皮肤下的肌肉直战栗，哀告的声音发自他内心的最深处。"好的，罗米拉尤，"我说，"祈祷吧。有话说尽，尽情祈祷，全副身心地祷告。好的，罗米拉尤，祈祷吧，我来告诉你。"在我看来，他还不够虔诚。我穿着绿绸裤子翻身下床，也跪在他身旁一齐祷告，惊得他目瞪口呆。你知道吗，这并不是几年来我第一次向上帝祈祷。罗米拉尤从覆过额前的一绺头发下望着我，战战兢兢，不住叹息，不知是发现我还残存着宗教观念而欢欣呢，还是听见我的声音突然与他的汇合而震惊，还是因为骤然见我出现在他身旁——我没法弄清楚。哦，我失去了控制！那颗皱缩的首级，太后的可怜形象，都使我感伤万分。我一再祈祷说："啊，您……某种存在。您，由于您，不再全是一片虚无。帮助我按您的意志办事吧。解除我愚蠢的罪恶，给我自由。天国的圣父，打开我沉寂的心扉，看在基督面上，不让我堕入虚无之中。啊，您既领我离开猪仔，别让我为狮子而送死。宽恕我的罪恶和愚蠢，让我回到莉莉和孩子们身边去。"然后我双膝跪在地上沉默片刻，手掌紧紧合在一起。接着又继续祷告，身躯的重量几乎压得我贴近木地板。

我被弄得心绪不宁，因为我现在完全明白自己已陷入困境，在国王与布纳姆集团之间左右为难。国王决心同我一道完成他的实验，他深信，谁想改弦更张永远都不会晚，不管他的毛病多么根深蒂固。他以我当实验，决心让我从他的狮子那里汲取狮的品性。

娅斯拉、布纳姆和霍科访问我的次日清晨，我要求见达甫，被领到了他的私人亭榭。那是一处花园，经过正式规划而后兴建的，四个角落里都种着矮橘树，鲜花盛开的藤蔓覆盖了宫墙。国王坐在一把张开的伞下，头上戴着那顶缝上人牙的宽大绒帽，倚在一张软垫座上，周围站着嫔妃，不断用彩色的小方巾替他脸上揩汗。她们还替他点烟袋，递送饮料，每当他吸吮饮料，她们都用一幅锦缎掩住他。在一棵橘树旁边，一个老头儿在演奏弦乐器。乐器很长，只比低音提琴略短，下端呈圆形，竖在一根粗弦轴上，用马尾弓拉着，奏出的音调很尖细。老艺人瘦骨嶙峋，膝头部向外弯曲地坐着，发亮的长形头上布满一层层皱纹，几茎蜘蛛丝般的白发向脑后迎风飘动。

"哦，亨德森——桑戈，好，你来啦。咱们来点娱乐。"

"嘿，陛下，我得和你谈谈，"我说，一面不住地抹脸揩汗。

"当然，而且还有舞蹈呢。"

"陛下，我有事告诉你。"

"当然啰，但先看舞蹈吧，我这群女人很有趣的。"

他的女人！我心想，一面环视了一眼周围聚集的裸体女人。他告诉过我，假如她们不再对他有用就会被绞死，我便对她们抱悲观的看法了。她们之中确有苗条的女郎，高个子女人的动作具有长颈鹿的风度，她们娇小的脸上画着岩石状的图案，裸露的臀部和乳房比任何服装都更适合她们的身姿。她们的五官粗放但不俗气，鼻孔细小而得体，目光沉静而温柔。她们个个都曾精心修饰涂抹，撒了一种闻起来像甜焦油的麝香水。有的女人佩挂着金黄胡桃壳般的串珠，绕在身上两三圈，直绕到大腿部分。有的饰着珊瑚、珠子和羽毛。舞女肩上戴着彩色的围巾，当她们用修长的双腿在庭院里疾步跳跃，围巾从肩上向下随风飘动；伴着老艺人拉动的琴弦发出刮刺、刮刺、刮刺的声响。

"可是，我有要紧事得马上跟你说。"

"是的，我想是这样，亨德森——桑戈。然而，我们得先观赏舞蹈。那一位名叫穆辟，她跳得好极了。"老艺人挥动粗糙的弓弦，奏出嘶哑的声调,像在哭诉呻吟。穆辟合着乐曲,摇摆了两三圈,然后笔直地抬起一条腿,当她缓缓下腿落脚时,脚尖仿佛在探寻什么似的。然后她开始扭摆,闭上眼睛,双脚一步一步地摸索前进,佩挂在身上的金黄胡桃壳似的珠子窸窣作响。她从国王手里接过烟袋,在腿上敲掉烟灰,用手按在上面;当她这样烧灼着自己的手时,她痛得眼眶里泪水汪汪,但却一直凝望着国王。

国王小声对我夸奖:"这是个好姑娘,很好的姑娘。"

"她显然是为了你才那样做的,"我说。舞蹈继续伴着双弦乐器发出的嘶哑声进行。"陛下,我非谈不可了……"他戴着宽边绒帽的头猛一转,帽上的牙齿咔嚓碰响。在帽荫下面,他的面孔比往常更显得生动,尤其是他的扁鼻梁和厚实突起的双唇给人更加深刻的印象。

"尊敬的陛下。"

"哦,你太固执己见了。好吧,既然你认为如此紧急,咱们就到便于交谈的地方去吧。"他站起身来,起身的行动在这群女人中引起很大骚乱。她们开始大步在小凉亭边来回疾速走动,一面高声叫喊,一面敲击佩饰物品;有的甚至因为国王要走失望得痛哭流涕;有的尖声指责我把国王引走,其中更有几人叫道:"斯杜杜,勒巴!"勒巴在瓦里里语里就是狮子的意思——我刚学会这个字不久。她们以阿蒂警告他,指责他擅自离去。国王笑着向她们洒脱地挥了挥手,显得和蔼可亲,我猜他还在说喜欢她们每个人。我站在一旁等候,忧虑的脸上由于带着伤痕还紧绷绷的。

那些女人说对了,达甫并没有领我回他的住宅,再次带我进了地下洞穴。当我意识到他要领我去的地方,我赶上去说:"等一下,等等。咱们先谈谈这个,只消一分钟。"

"我很遗憾,亨德森——桑戈,可是咱们一定得去阿荠那儿。只有在那儿,我才会听你讲话。"

"哎,陛下,请原谅我这样说话,你真顽固。要是你还蒙在鼓里,你的处境非常不妙。"

"哦，见鬼，"他说，"我十分清楚他们想搞什么名堂。"

"他们找了我，给我看了一个人头，说它是阿蒂的前身。"

国王停下脚步。塔图刚让我们进了门，手里还握着沉重的木栓，站在走廊里等候。"那是他们吓人的惯用伎俩，咱们得顶住。老兄，遇到这种情形，有时候是很不妙的。他们惹你烦恼了吗？这都是因为我喜欢你造成的。"他捏了我肩头一把。

也许由于他捏了这一把，我在阶梯前面差不多站不稳了。"嘿，"我说，"我乐意去干你说的几乎任何事情，陛下。我吃够了人生的苦头，但它并没有吓坏我。我是一个士兵，我所属的民族，人人都尚武当兵，他们保卫老百姓，参加过十字军远征，跟回教徒打过仗。我母系的亲人中还出了一个先辈——喏，美国将军格兰特①离了他还不肯开战呢。将军总爱问：'比尔·沃特尔斯到了吗？''到，先生。''很好，开始战斗吧。'唷，瞧，我血管里流着军人的血。然而，陛下，狮子的事儿真使我受不了。你考虑过你的母亲吗？"

"哦，又谈起母亲，"他说，"桑戈，你以为这个世界而今还只是一枚鸡蛋，需要我们去孵化它不成？我同你谈论一桩大发现，你却和我争论母亲的问题。我知道他们也在恫吓我的母亲，她比父亲格米罗已经多活五个年头了。快进门来，让塔图关上，进来，来。"我站着不动。他大声说："进来，听见了吗！"我跨进门内，眼睁睁地看着塔图费力地搬动那根闩门杠。砰！门闩落下，门关好了，我们陷入一片黑暗。国王迅速跑下阶梯。

阳光从顶上的格栅缝隙间漏下来，是潮湿的经过石头反射而显得昏黄的光线。我上前赶上他。

---

① 格兰特（1822—1885）：美国南北战争中北方联邦军队的将军，战后于1869—1877年出任美国第十八任总统。

他说:"你为什么以惶恐的神色对我说话?流露出一副遇到危难的神情。"

我说:"陛下,我的感觉正是如此。我对你说过,我富于巫师的直觉,现在我感觉遇到了麻烦。"

"不用说,是有麻烦。可是我一旦捕捉到格米罗,麻烦就将全部消失。那时,谁还敢和我争执或对抗?现在每天都有不少人在搜索格米罗。事实上,我已经收到关于它的报告,你尽可放心,离捕到它的日期不远了。"

我激动地说,希望能捕到它,好把这事儿了结;咱们也不再担心那两个刽子手似的人物——布纳姆和黑皮革人了。那时,他们也会停止对他母亲的迫害。听我再次提到他母亲,他看上去生气了。这是他第一次沉下脸怒视我,过了好一会,他才又继续往下走。我吃了一惊,跟在他后面。哼,我心想这位黑国王真是一位天才,像帕斯卡①那样,十二岁便独自发现了三十二项欧几里得命题。

但他为什么与狮子拉扯在一起呢?

我自问自答:亨德森,如果你认为爱可以人为地分割的话,你便不懂得真正的爱的涵义。你只是知道爱而已,就那么回事,那不过是自然的不可抗拒的力量而已。而他一见这头雌狮就爱上了它——一见钟情。我这样自言自语时,一不小心在阶梯的长着草的地段滑了一跤。这时我们快走到了,我屏住气没有吭声。笼罩在我周围的恐惧气氛甚至比头次更加令人窒息,仿佛在主动朝我脸部袭来,我的呼吸也变得别扭了。我全身直冒大汗。听见我们到来,狮子开始在内室吼叫起来。达甫从格栅望去,说:"没关系,咱们进去。"

"现在?你认为没关系?我听见它的吼声像是受了我的惊扰。我等在这儿不行吗?"我说,"直到你把里面的情况摸准了再说。"

---

① 帕斯卡(1623—1662):法国数学家、物理学家和哲学家。

"不行,你得进来,"国王说。"难道你还不明白我在为你效劳吗?一件有益的事?我再想不到有谁更需要它了。真的,用不着担心生命安全,这动物很驯善。"

"对你驯善,但它还不真正认识我呢。我同别人一样,合乎情理的机会,倒是乐意一试。可这真没法,我畏惧它。"

他不作声了。在他沉默的当儿,我想他对我的估价正在疾速地跌落,没有什么比这更刺伤我了。他"哦"了一声,陷入异常的沉思。他默不作声地思索着。这时,他又一次显得比人生更伟大。"我记起咱们谈到打击的时候,提及过缺乏勇气的问题。"他叹了口气说,他的嘴即使在帽影下仍现出鲜红的颜色。"恐惧是人类的主宰,它统辖着最广阔的地盘,使你面色如蜡,使每只眼睛分裂成两半,使恐惧成为世界上最为可怕的东西。作为一种有影响的势力,它仅次于大自然本身。"

"那么,这对你同样适用吗?"

他点头称是,完全同意:"哦,当然啰。适用,适用于每个人。虽然看不见摸不着,却像收音机那样,仍然可以听见,并在所有频道上一齐发声。所有人都心惊胆战,畏缩不前,只不过程度不同而已。"

"你看有法医治不?"我问。

"怎么,我当然相信有法医治;否则,即使更富于想象的人也只好俯首听命了。总之,我不勉强你同我一道进来,不强求你重复我所做过的事,我父亲格米罗做过的事,格米罗的父亲苏胡做过的事,我们世代都那样做了。假如这完全超出你的限度,咱们满可以说声再见,各自分道扬镳。"

"陛下,等一等,别性急,"我说。我感到耻辱和害怕,没有什么能比与他分离更使我痛苦了。我心中怅然若失,眼泪盈眶,我几乎哽噎得说不出话来:"你不能像这样抛弃我,对吗?陛下,你理解我的心情。"

他意识到我心里很难过,然后又重复说了一遍:也许我们还是分手为好。尽管我们是气质相投的朋友,他对我也深有好感,并为有机会认识我感到荣幸,感激我为瓦里里人搬动了姆玛,但是,除非我理解有关狮子的事,加深友谊将不再可能。这究竟是怎么回事?我非弄明白不可。"等等,陛下,"我说,"我感到与你心贴心,我乐意相信你说的一切。"

"桑戈,谢谢,"他说。"我也很贴近你,这种感情是相互的。但是,我要求更深一层的友谊,我希望被人理解,披肝沥胆,真诚相见。通过你同狮子接近的方式,我们之间的关系一定会达到心心相印的地步。要不然,咱们怎么能信守订下的有关真诚的诺言?"

我感动万分,说道:"哦,陛下,感到丧失友谊的威胁太令人难受了。"

丧失友谊的威胁对他来说也异常痛苦。是的,我观察到他几乎同我一样难受。我说"几乎",因为谁能像我那样受苦呢?我受的苦多到了加里城①的烟的程度,加里是世界上机器开工最多的地方。

"我不明白这是怎么一回事,'我说。

他领我走近门边,要我透过格栅窥视阿蒂,他以不同寻常的温和而亲切的口吻,单刀直入地接触问题的核心,他说:"我作为一个学生访问土耳其时,曾去过教堂,我从狮子身上获得的感受与一个基督徒在圣索菲亚教堂里获得的感受一样。它甩动尾巴,却打在我的心上。你问,它能为你做些什么?多着呢。首先,它是回避不了的。你试一试便知道它是无法回避的,而这正是你所需要的,因为你是一个逃避者。哦,你逃避的事儿太多了,可它将改变你。它会使良知生光,会使你发亮,迫使你接受现实。其实,狮子的感受丰富,又不急躁,总是着意地体验一切。有位诗人说过:'愤怒的猛虎比驯导过的马匹聪明。'让咱们也以同样的观点看待狮子吧。而且,你仔细观察阿蒂,认真思索它的举动:它大步行走的姿态,逍遥漫步的样子,以及它躺卧、凝视、休息和呼吸

---

① 加里:美国印第安纳州西北、密执安湖畔的一个工业城市,根据美国工业家埃伯特·加里(1846—1927)的名字命名,是当时美国闻名的污染严重的城市之一。

的神情。我要着重指出它的呼吸，它从不进行浅呼吸。它脊背间的肌肉松弛，腹部灵活，使它全身各部分保持活力。"（我们可以看见它的下腹部，一片白。）"这给它褐黄色的眼睛带来神采。还有更多耐人寻味的地方，比如它如何递眼色，引人爱抚。当然，我不能期望你一开始便全部留意到，它要教你的东西太多了。"

"教？你真以为它可能改变我吗？"

"对极了，一点不差。改变。你逃离了自己的境遇，不相信自己一定得完蛋，又一次——最后一次，到世界上来试试，希望发现别的什么出路。哦，不必为这点认识感到惊讶。"他说，看见我的处境为人理解使我深受感动。"你告诉了我许多事情，你很直率，这使你具有不可抗拒的力量，这是很多人办不到的。你具有高贵品德的基本素质，能够成为一个高尚的人。你身上的某些东西长期被掩埋，还以为消亡了呢。这些东西是否复活得了？这就是将产生变化的地方。"

"你认为我有变化的可能吗？"我问。

"假若你照我的话去做，不是不可能的。"

狮子擦门而过，我听见它不住地狺狺低吟。

现在达甫开始入内了。我的下半身变得冰凉，双膝像阿尔卑斯山寒流中的石头，髭须竖起来直刺着双唇。这使我意识到已经吓得面部肌肉在抽搐了，仿佛是在做怪相。我感到眼前一团漆黑。像头次那样，他牵着我的手入内，我心里暗暗叫苦："上帝，救救我吧！啊，救命！"狮腥味熏得人睁不开眼，因为门口地段空气不畅通。黑暗中现出狮子起皱的面孔，它的胡须像用金刚石在玻璃表面划出的细长线条。它让国王抚摸，接着从他身边走过来打量我，身上披着凸出的棕褐色毛团，带着显而易见的野蛮和愤怒，一副凶恶形象。嘴和鼻孔之间的唇上有一道从中划开的线，直插入鼻孔。它嗅我的脚，从脚往上直嗅到胯下，我的睾丸直缩进肚里。随后，它把头钻进我的腋下，狺狺地大声叫着，这时我的头脑像开水壶般一片嗡嗡鸣响。

达甫小声说:"它喜欢你。哦,我高兴而又激动,为你们俩感到骄傲。你害怕吗?"

我浑身像要炸裂,只是点了点头。

"以后你会觉得自己滑稽可笑的。现在正常了吧。"

"我还不能把手合起来做任何挤压动作,"我说。

"还有瘫痪的感觉吗?"他问。

狮子走开了,厚实的爪垫踏在地上,沿着墙边在洞穴里走了一遭。

"你看得见吗?"他说。

"勉强,只能勉强看见一件东西。"

"咱们开始漫步吧。"

"在格栅外边走倒还差不多。要那样就好了。"

"你又在回避,亨德森——桑戈,"他的目光从绒帽边沿下瞅着我。"那样不会产生变化,你必须养成新的习惯。"

"哦,陛下,我能有什么选择呢?我身上的毛孔眼,无论是前身或是后身,都封紧了,很快会走向另一个极端。我感到口干舌燥,头皮皱在一块,脑后又厚又沉。我可能要昏倒过去。"

我记得他十分好奇地瞅着我,仿佛是从医学角度来观察这些症状,但他只这样评论了一句:"所有的抵御症候都在竭力挣扎。"他面部似乎已黑得无以复加,可是露在帽檐外的头发显得更黑。"好吧,"他说,"让症状出来吧,但我对你有充分的信心。"

我虚弱地说:"你这样想,我很高兴。只要我不被撕成碎片,不被咬个半死,那就谢天谢地了。"

"相信我说的话,绝不可能出现那种情况。现在,你观察它走路吧。不是挺美吗?这是你说的。而且这不是训练的结果,而是天生的美。我相信消除了恐惧之后,你就能赞赏它的美了。我认为,这种爱美的情感正是来自于克服畏惧之中。恐惧消失之处,便是美出现之地。我想完美的爱也如此,如果我没记错的话,克服了自我,爱人之心便油然而生。

哦，亨德森，看它的举止多富有节奏感。你在《解剖学》(I) 解剖过猫吗？看它如何摆动尾巴。我自己仿佛在体验同样的动作。现在咱们跟在它身后吧。"他开始领我跟着狮子转。弯着腰，两腿却不听使唤，像喝醉了酒似的。绿绸短裤不再飘动，像着了电似的紧紧贴在大腿上。国王不停地谈话，这使我高兴，因为听他讲话是我这时的惟一支柱。我不能跟上他的思路——我也不配，但我逐渐明白他要我模仿或者表演狮子的举动。我猜想，这是斯坦尼斯拉夫斯基的方法吧①？这里可是莫斯科艺术剧院？我母亲曾在一九〇五年旅游俄国，在日本发动战争②的前夜观看了沙皇的情妇表演芭蕾舞。

我对国王说："Obersteiner's allochiria 以及你给我读的那些医学书与这有什么相干？"

他耐心地说："这一切都紧密关联，很快你就会明白。首先通过狮子，分辨什么是先天的状态，什么是后天的状态。注意，阿蒂只是一头狮子，别和固有的事物混在一起，百分之百的属于先天的范畴。"

但是我吞吞吐吐地说："要是它不变成人，我何必学它，而且我永远也学不会。要是我得模仿谁，为什么不把你作为对象呢？"

"哦，你别反对这反对那的了，亨德森——桑戈。我就模仿它。经验告诉我，由狮子到人的转变是可能的。"接着他叫了一声"萨克塔"，这是叫狮子跑步的暗语。它慢跑起来，国王跑跳在它后面，我也跟着跳，尽力跟在他背后。"萨克塔，萨克塔，"他叫着，狮子逐渐加快速度。现在，它跑到对面墙下了，几分钟内就会追到我们背后。

我立即呼喊："陛下，陛下，等一下，让我在你前面跑，行行好吧。"

"跑上前来吧，"他朝背后说，可是我脚步沉重，吧哒吧哒跑在后面

---

① 康士坦丁·斯坦尼斯拉夫斯基（1863—1938）：俄国著名导演，莫斯科艺术剧院的两位创建人之一。作为一个导演，他强调演员进入角色以获得总体效果。
② 指一九〇五年爆发的日俄战争。

赶不上他。我暗自哭了。我在想象中看见狮子举爪抓住我之后，大滴大滴的血从皮下涌出来，因为我相信，跑动的我正好是它捕捉的活猎物，它一跑近我就会举爪扑上来。也许它会扭断我的脖子，这会好受些。在一爪击来立即昏眩的一刹那，心里充满黑暗。啊，上帝！在那漆黑的夜里，没有一颗星，什么也没有。

我追不上国王，便假装绊了一下，一骨碌倒在地上，滚向一侧，发出疯狂的喊叫。国王见我长摊摊地伏倒在地，伸手叫阿蒂停步，大声说："塔纳，塔纳，阿蒂。"它向旁边一跳，开始朝木板架走去。我从地上观察它，它腰腿一缩，轻松地爬上它喜欢躺卧的板架，然后伸出一条腿，开始用舌头舔。国王蹲在它身旁对我说："摔伤没有，亨德森先生？"

"没有，只是颠了一下，"我说。

他接着开始解释："我想让你松弛一下，桑戈，你太紧张了。我们刚才跑一跑就是为了这个目的。你的意识倾向于把自己孤立起来，这使你极其紧张畏缩，因此，下一步我希望——"

"下一步？"我说。"什么下一步？我受够了，我已经屈辱到啃泥土的地步。天啦，陛下，你还要我干什么？开始，给我塞来一具死尸，后来推我进牛滚塘，让我遭女卫兵鞭打。好吧，那算是为了求雨。再后又是桑戈的这一套装束。得啦！可现在又是这个。"

他怀着极大的耐心和同情回答我，一边手里抓起浓酒般深色帽饰的一角。"桑戈，耐心些。刚才提到的那些事儿是为了我们瓦里里人。别以为我是忘恩负义之徒，现在这桩事可是为了你。"

"你老是这样说，但狮子那一套怎么能治好我的毛病呢？"

像他母亲的脸形一样，国王前倾的面部仿佛在亲近你。"哦，"他说，"高尚的行为，高尚的行为！没有高尚的行为，就会永远陷于不幸境遇。我知道你离开在美国的家乡正是有感于缺乏高尚的行为。你在迄今得到的机会中干得不错，亨德森——桑戈，但你还得继续努力。利用我的研究成果吧,你恰好有这样的机会。"

我舔了一下手,因为我跌倒时把手擦伤了,然后坐在地上思索。他把胳膊支在膝上蹲在我对面,他的目光越过交叉在胸前的粗壮手臂凝视着我,企图使我正视他的目光。

"你要我干什么?"

"同我干过的一样,同格米罗、苏胡以及所有先辈干过的一样。他们都模仿过狮子,并融会于心。假如你照我的愿望办,你也会模仿得像。"

如果这副躯壳,这堆血肉只是一个梦,也许有苏醒的希望。这便是我躺在地上暗自苦恼时想到的。可以说,我躺在万物的最底层。最后我叹了口气,开始挣起身,这是我平生作出的最艰巨的努力之一。见我起身,他说:"干嘛起来,桑戈,既然我们已经让你俯伏在地?"

"什么意思,俯伏在地?你想叫我爬行不成?"

"不,当然不是,爬行是别的动物的事。但是要你四肢着地,模拟狮子的姿态。"他自己立即四肢着地,我得承认他的确很像一头狮子。阿蒂把脚爪交叉在一起,只是偶尔瞅我们一眼。

"瞧见了吗?"他问。

我回答道:"哎,你应该办得到,你受过这样的训练,而且这也是你的愿望。我可办不到。"我咚地一声又倒回地上。

"噢,"他说,"亨德森先生,亨德森先生!这难道是说过要从坟墓般的孤寂中挣脱出来的人的举动吗?谁向我引述过夕照时栖息在绿叶上的苍蝇的诗呢?谁表示过希望结束求变化的状态?这难道是那个由于体内嚷着**我要**而飞越了半个世界的亨德森吗?而现在,当他的朋友达甫向他献出拯救良方,他却要倒在地上?你拒绝同我友好吗?"

"呃,陛下,你说得不对,完全不真实,你自己心里也明白。我乐意为你赴汤蹈火。"

为了证实自己说的话,我把手脚支撑在地,膝头弯着躬立,头朝前方直视，尽可能模仿狮子的姿势。

"哦，好极了，"他说。"我很高兴，我早就相信你具有足够的灵活性。现在把膝头直起来。嗒，好一些，好多啦。"我把身躯由两臂之间往前伸，他说："你的体格与众不同，你抛弃了刚才躺在一旁的执拗态度，我真心诚意地向你祝贺。现在，再拿出点弹性来如何？你全身仿佛是一整块，中腹部分太难驾驭。你各部分都动一动好吗？再去掉一些勉为其难的态度。干吗这样沮丧，无精打采？你现在是一头狮子了。你从心灵上领会领会狮子的环境吧：天空，太阳，丛林中各种各样的动物。你与它们密切相关，蚂蚁是你的表兄弟，天空是你的思想，叶子是你的生存保障，此外不再依靠任何东西。没有谁打断你整夜与繁星的对话。赞成我说的吗？我说，亨德森先生，你这辈子是不是喝了大量的酒？你的面孔表明喝了，尤其是你的鼻子。这不是个人爱好问题。许多事都可以改变，当然不是一切，但的确有不少的事。你可以采取一种新的姿势，你独有的姿势。这使我想起从唱片上听见卡路梭①的声音，永不疲倦，像鸟儿一样，歌唱是它们的本能。不过，你更令我想起另一种动物，是什么呢？"

我什么也不想说，反正我的声带像煮过了火的面条，已紧紧粘在一起了。

"哦，真的！的确很成功。"他继续说这类似的话。

最后，我感到有声气说话了，便问他："你要我保持这个姿势多久？"

"我一直在观察，"他说，"你在最初的努力中要能感到什么与狮子相似的东西就好了，这是很重要的。咱们现在开始吼叫吧。"

"你看，这不会刺激它吗？"

"不，不会。瞧，亨德森先生，我希望你想象自己是一头狮子，名

---

① 卡路梭（1873—1921）：意大利男高音歌唱家。

符其实的狮子。"

我呻唤了一声。

"不，先生，请答应我，要真正地吼叫。我们必须听见你的声音，刚才这一声有些哽塞不畅。我向你指出过了，你的意识倾向于孤立自己。试想，你见到了你的捕获物，你在警告一个陌生的闯入者。你可以从嗥叫开始。"

既然随他走了这么远，退路是没有的了，也不剩下任何别的选择，我只好照办。于是我试着在喉咙里隆隆作声，但令人失望。

"再来，再来，"他耐心地说。"阿蒂全然没有理睬，可见差距还大呢。"

我增大音量。

"一边出声一边瞪眼。吼，吼，吼，亨德森——桑戈，别怕。尽情吼吧，大声咆哮，感到自己是一头狮子。前脚放下，后部上升。威胁我，瞪起那双了不起的大眼。喏，大声一些。好了一点，好了一点，虽然还很抑郁。用力发声。现在，用你的手——你的爪——攻击！狠狠揍！退回去！再来一次——揍，揍，揍！体会体会，充当一只野兽的劲头！一会儿你会恢复人性的，但此刻要全部心思充当野兽。"

于是我成了一只野兽，而且全力以赴，我的全部悲哀和烦恼都在吼叫时倾吐了出来。我的肺供给空气，但音调发自心灵。吼叫的气流烧灼了我的喉头，冲坏了我的口角，不一会我的吼声充满了洞穴，整个洞像一支低沉的声乐管。这便是我心里老嚷着要到的地方，我终于到达的地方。啊，尼布甲尼撒！我完全明白但以理的预言了。我有爪、头发和牙齿，吵嚷的声音曾叫我难忍；可是当这一切都倾吐出来之后，仍有东西留在体内，最后留下的便是我作为人的渴求。

这时国王兴高采烈，搓着双手称赞我，直端端地盯着我的面孔。停下换气时我听见他这样赞道："好哇，亨德森先生，好，呱呱叫。你正是我心目中认定的那种人。"我想，既然蹲在泥土里，陷在狮子的粪便中，干脆一不做二不休，于是竭尽全力，拼命地吼叫起来。每当我睁开突出的双眼，便看见国王戴着绒帽陶醉地站在我身旁，蹲在木架上的狮子也凝视着我，俨然像一头金身的动物。

吼得精疲力竭再也持续不下云的时候，我便趴在地上。国王以为我昏倒过去了，他摸摸我的脉搏，拍了拍我的面颊说："行啦，行啦，老兄。"我睁开眼睛，他说："噢，没事儿吧？真为你担心。你从胸腹往上用气，面色由红变黑了。"

"不，没事儿。我干得怎么样？"

"妙极了，亨德森兄弟。请柜信我，这会证明是很有益的。我去把阿蒂领开，让你休息一下，第一次干这么多，够啦。"

国王把阿蒂关入室内后，我们俩并坐在木板架上交谈。他似乎很有把握，父狮格米罗很快就会出现，它已经在附近被人发现了。他告诉我，那时他愿意释放阿蒂，结束与布纳姆之间存在的分歧。这之后他又谈到躯体与大脑的联系：整个问题在于要有一个理想的外貌，因为高尚的自我意识是关键的关键，具有什么样的意识便会成为什么样的人。换句话说，你的肌肤与灵魂互为表里。同样的道理，一个人实际上就是他自身的艺术家。体肤和面貌是由人的内在精神描绘的，神秘地通过表皮和神经末梢将生机传遍全身。亨德森——桑戈，这就是我如此兴奋的原因。的确，他这时显得异常兴奋，简直得意忘形，飘飘然若云游太空。想象着他遨游的情形使我头昏目眩，我开始明了他理论中的某些涵义，这使我感到很不是滋味。假如是我自己描绘了我的鼻子和前额，粗壮的腰背和手指，那么，十恶不赦的罪过原是咎由自取。我都干了些什么！我这个拙劣的人。哦，哦，哦——，愿死亡的急流将我冲走，把我这一堆过错消融殆尽。我突然意识到："那是养猪的缘故。那些该死的猪！他养狮子，我却喂猪。我情愿死了干净。"

"你太忧郁了，亨德森——桑戈。"

这时，我差点怨恨起国王来。我早该意识到他的才华并非可靠的禀赋，而正像这座粗糙的红色宫殿，原来建造在可疑的基础之上。

现在，他开始对我宣示新的说教。他说大自然也许具有心智。我不大懂他这话的意思。他怀疑甚至非生物也可能具有思想意识。他说居里夫人曾写道：第二位粒子的放射呈群鸟纷飞的状态。"你记不记得，"他说，"克普勒①相信整个星系都有睡眠、苏醒和呼吸的活动。这是胡说八道吗？真是这样的话，人类的心灵就可能与上帝的意志联系起来进行某些活动。通过想象。"然后他开始反复谈论人的想象创造了多少稀奇古怪的东西。"我已经将它们归入了我提到的种种类别：贪食的人，忧伤的人，易于冲动的人，好斗的穷人，不睬事的人，爱傻笑的人，性无能的人，等等。试想，不同的想象还能创造什么：光明卓越的类型，快活开朗的类型，美的，善的，愉悦的面貌，高尚的品行。啊，啊，我们可能变成什么样的人呢！时势造英雄，机缘引你登高峰。你应当是这样的一座高峰，亨德森——桑戈先生。"

"我？"我说，由于刚才的吼叫仍然头昏眼花，我内心的地平线远远没有澄清，虽然线上边的云雾不再低而阴暗。

"你现在明白了，"达甫说，"你对我谈起格朗—图—摩拉尼，但在一个养牛的环境里，格朗—图—摩拉尼意味着什么呢？"

他最好对我说**养猪**！

现在回过头来责怪尼克·戈尔茨坦没有一点用处。他是犹太人，声称要在喀斯克尔养水貂，这不能算他的过错，而我自己告诉他，我要养猪。命运比这复杂多了。早在遇见戈尔茨坦以前，我已经和猪结了缘。我有两头母猪，赫丝特尔和范伦提纳，斑驳的腹部，锈黄发红的鬃毛油光水滑，却又竖直如针，总爱在我身边转。弗朗西斯说："别让它们在公路上游荡乱窜。"就是在这一次，我警告她说："你最好别碰它们，这些猪已经成了我的一部分。"

---

① 克普勒（1571—1630）：德国的星象学家，数学家。

唉，那些畜生真的成了我的一部分吗？我心里纳闷，不想向达甫明说，也不想直截了当地问他能不能看出它们对我的影响。我悄悄地独自反省，伸手摸了摸面颊骨，它们象树干上长的蘑菇那样隆起，这些蘑菇要掰开的话，里面像猪油一般的白。我把手指头伸向自己的眼睫毛，猪的睫毛只长在上眼睑，我却有一些长在下眼睑，但是稀疏而又短秃。还是小孩的时候，我想学霍迪尼①的功夫，曾在床脚练倒立，用眼睫毛拣起地板上的细针。他办得到，我永远望尘莫及，但那不是我眼睫毛短的原因。嗯，我是变了，但每个人都在变；变是注定的，迟早得变。可是如何变呢？国王会说变化是由主观想象决定的。现在，我摸摸自己的颚骨和大鼻子，却没有勇气往下面的部分瞧。腿部，腹部——五脏六腑一大堆，躯干——一个肥大的圆筒。我仿佛不哼哈就连呼吸都成问题。天呀！我用手捂住鼻子和嘴，愁眉苦脸地望着国王。可是这时他听见我喉头里发出的嗝咯声，便问："亨德森——桑戈，你在发什么怪声？"

"听来像什么声音，陛下？"

"我不知道。像动物的发声，是吗？奇怪，你劳累之后气色还挺好。"

"我自己并不觉得好。我不是你所说的高峰，这你心里同我一样明白。"

"你的形象表明，你具有丰富而独特的想象力，尽管受到了阻碍。"

"这就是你见到的吗？"我说。

他说："我所见到的十分错综复杂。奇异的因素从你体内挣脱出来，成了赘瘤。你是一个少见的由激烈元素组成的混合体。"他叹了口气，又莞尔一笑，这时他的情绪非常平静。他说："咱们不说责怪人的话。如此众多的因素在起作用，在内部躁动，在向外扩散。每个人自成一体，与众不同。千千万万的微小事物都不为接受它们影响的物体所感

---

① 霍迪尼（1874—1926）：美国著名的表演魔术师。

知。诚然,真知灼见最击中要害,但谁能鉴别真知呢?消极因素与积极因素相互斗争,我们却只能在一旁观望、纳闷或者哭泣;当然,有时你也会看到天使与秃鹫发生冲突的明显情形。眼睛显示出灵性,鼻子会翕动生辉,但面孔和身躯却是一本灵魂的书卷,向爱科学的和具有同情心的读者展开。"我哼哼哈哈地望着他。

"桑戈,"他说,"用心听我说,我将告诉你我最执著的信念。"我真的侧耳细听,以为他要讲一些于我有益的东西。"人类的历史表明,"他说,"重复的想象会变得单调刻板,梦想则不同。梦想不仅仅是梦,梦想自有变成现实的途径。我在马林迪上学时,读了布芬奇[1]的全部著作。我说不仅仅是梦,因为鸟会飞,鸟身的女妖会飞,天使会飞,底达罗斯和他的儿子也会飞[2]。你瞧,那不再是梦幻和故事了,现在真正有了飞行,你正是乘飞机来非洲的。人类的一切成就都有类似于飞行的渊源。想象是大自然的活力所在。这难道不足以使人陶醉吗?想象,想象,想象!想象能变成现实,维持现实,改变现实,修复现实!"

他接着说:"你瞧,我在非洲的这个地方坐着,以我自己的方式,竭尽全力献身于想象,我对此完全深信不疑。凡人类想象到的,终会逐渐获得实现。啊,亨德森,你到了这儿我多么高兴!我早就渴望能与某个人探讨问题,与一个志趣相投的人。你真是从天而降。"

---

[1] 布芬奇(1796—1867):美国作家,神话研究家。
[2] 底达罗斯:古希腊神话中的雕刻家,建筑师,为克里特国王建成迷宫之后被囚,后来在迷宫里设计出翅膀,与儿子埃卡洛斯一同飞逃出来。

第十九章

王宫附近有一处倾倒植物和矿物的垃圾场,这儿的树零零星星,上面长满了节瘤。不过,在桑戈住所内倒有一片鲜花盛开的花园,我的女仆浇灌花木,花在白石花盆里开得十分艳丽;阳光照在红艳艳的花朵上,花丛茁壮茂盛。每天我从地下洞穴里吼叫了出来,精疲力竭,喉头干燥,头脑发烧,眼像抹了湿烟灰,两腿无力,尤其是膝部,软得直打颤。这时我最需要的是阳光照在我身上,让我感到像是一个疗养者。你知道有的人害了消耗性疾病住疗养院的情形吧,他们变得很敏感,无论到哪里都一副沉思的样子,任何景色都会刺激他们,变得不胜伤感,原来被忽视的所有角落仿佛都美不胜收了。同样,我在众目睽睽之下到处走动,弯下腰去嗅花朵,躬下身用无神的目光去察看那些盆里的花儿,花儿长在矿渣腐质土壤里;我一面嗅,一面咕咕哝哝,长吁短叹,一副失魂落魄的可怜相。桑戈短裤粘贴在身上,头发——尤其是脑后部分——长得特别茂密。我开始长出又黑又密的卷发,像美利奴绵羊的细丝状羊毛,颜色很黑,我的盔帽都难以戴稳了。我的头脑渐渐开始所谓的易主,我逐渐成为另一个不同的人。

大家都明白我从哪儿爬出来的,大概也听见了我吼叫;我能听见阿蒂的吼声,他们自然也能听见我的。在众人的目光下,尤其在敌人的监视下——我和国王的共同敌人,我拖着沉重的步子来到废物场和花园。我去闻花,花并不芳香,只具有颜色而已。但这就够了,够令人赏心悦目。这时罗米拉尤总是从背后走来,在我需要的时候扶住我。我说:"罗米拉尤,你看这些花怎么样?开得热闹极了。"由于跟狮子接近,我一定满身腥臭，成了危险人物，但罗米拉尤并不回避我，或者悄悄到后院去，寻求自身的安全。他没有令我失望。我是最看重忠诚的人，因此我极力向他表明，我已经免去他对我的一切义务，我说："你真是个好伙计，从我这儿得到一辆吉普车远远不够，我想再增加点什么。"我拍了拍他蓬乱的头——我的手很粗，每根手指都像一条甘薯，然后我哼哼唧唧地回到住所，躺下休息。我吼得一点力气也没有了，骨子里似乎没了骨髓，空空洞洞的。我侧身躺卧，大腹便便地喘着粗气呻吟。有时我想象自己是那只熟悉的动物，从头到脚整整六英尺零四英寸，腹部上有些斑点，牙齿断缺，颧骨宽阔。不错，我内心里流荡着人的激情，但在外部或者说表面，我显露出了这辈子造成的奇形怪状。

说实话，我并不十分相信国王的科学理论。在地下洞穴里，当我历尽折磨苦辛，他却闲散地走来走去，镇静自若，几乎到了无动于衷的地步。他总对我说，狮子使他感到宁静。有时练习完毕，我们三个一齐躺在木板架上，他说："这儿很安静。嘿，我像飘浮起来了。你必须让自己体会一下，试一试……"可是这之前我已累得半死，而且我也不打算让自己飘浮什么的。

洞里的东西都显得黄黑黄黑的。石头本身是浅黄色，还有干草、狮粪。泥土呈硫磺色。狮子的皮毛在脊梁部分呈黑色，往下逐渐变浅，到了胸肋便成了姜黄色，腹部像白胡椒，腿臀之下则像北极圈内一片雪白。但小巧的后脚跟是黑色，眼眶边也是全黑。它呼出的气息有时带着肉味。

"你必须使自己更像狮子，"达甫坚持说，我的确也是这样做的。考虑到我的实际困难，国王声称我在不断进步。他说："你的吼叫还不畅快。不过挺自然，因为你有很多东西要清除。"这倒没有说谎，谁听了都会这样说。可我不愿意看见自己出洋相，听见自己的吼声。罗米拉尤承认听见了我的吼声，倘若土著居民把我当作达甫玩的鬼把戏中的替角，或者以别的什么名义指责我，这都难怪他们。但是我得说，国王称作忧愁的东西实际上成了我的一声喊叫,总结了我从出生到来非洲的整个生活历程。我在吼叫声里也带进一些字句,诸如:"上帝。""救救吧。""求上帝怜悯。"但实际响起的声音却只是"哞——肋!""哞——怜!"真怪,会有字出现。"救命"在吼叫时成了"救救救救救命","从深处"成了"从深深深深深处",还加上从《弥赛亚》中引的片言只语。(弥赛亚遭人鄙视和拒绝,是一位悲哀的人物,等等。)有时法语也不期而至,我曾用这种语言同我儿时的朋友弗朗索瓦谈话,针对他的姐姐取笑他。

就这样,我学狮子吼叫;国王坐在一旁,把手搭在狮子身上,他俩仿佛在看歌剧表演,它的神气特别庄重。呕心沥血地吼叫十多次之后,我感到头脑里一片昏暗,手脚的存在也感觉不到了。

他让我休息一会儿后,又叫我再试。吼完之后,他满怀同情地对我说:"亨德森先生,我想你现在的感觉好一些了吧?"

"是的,好一些。"

"轻松一点?"

"当然,也轻松一点。"

"更沉静一些?"

这时我禁不住"哼"了一声。我体内完全被折腾得乱七八糟,脸上热得滚烫,身子还躺在地上,我坐起身来看着他俩。

"你的情绪如何?"

"陛下,像一口大锅,煮得翻滚的大锅。"

"我看你还在和自己一生经历的积累作斗争。"然后,他几乎是带着怜惜的口气说:"你仍然惧怕阿蒂。"

"对极了,我情愿从飞机上往下跳,那恐惧还不及这个的一半。战争期间我申请加入了伞兵队,试想,陛下,我可以从一万五千英尺的高空往下跳,而且安然无恙。"

"你真幽默有趣,桑戈。"

这人完全缺乏我们所谓的文明气质。

"我相信你会很快体会到成为一头狮子是怎么回事,我对你的能力深信不疑。原来的自我还在挣扎抵抗,是吗?"

"哦,是的,我比任何时候更感到那个自我,"我说。"我无时无刻不感到它,它紧紧地攫住我。"说着我咳嗽呻吟起来,陷入绝望。"我像载了八百磅的负荷——像有一只加拉帕各斯大海龟① 在我背上。"

"有时,境遇好起来之前先变得很糟,"他说着,对我讲起他当学生时从病房了解到的疾病,我极力在心中把他描绘成一个穿白褂白鞋的医科学生,而不是眼前这位戴着人牙绒帽、穿着锦缎拖鞋的国王。他用手抓住狮头,狮子粉红色的眸子老望着我,它那些像金刚石划的胡须显得凶狠无情,它自身的皮毛直往后皱缩蠕动。它天生成凶狠的本性,你对这种本性有什么办法?

这就是我从洞穴回到地面时有那种虚弱感觉的缘故。地面上灼热,白石盆里开着红花。霍科的方桌已经摆在大伞下,预备用中餐;可是我得先去休息喘过气来。我爱这样想:"唔,也许每个人都有自己的非洲,假如去航海,也有自己的海洋。"我的意思是说,我是个性情粗暴的人,便感到非洲是一个粗暴的地方。然而这不等于说,世界为我而存在。不,我的确相信现实,这是大家公认的。

我每天愈来愈明白,大家都知道我上午在什么地方,并为此惧怕我。我像一条龙来到此地,也许国王专门召我来同他一起向布纳姆挑战的,来帮他推翻这个部落的宗教。我努力向罗米拉尤说明,达甫和我至少不是在干坏事。"瞧,罗米拉尤,"我说,"国王可是一位很有品行的人,他当初不一定非回部落来受嫔妃们摆布,他那样做是希望整个世界获益。一个人也许会干出许多荒唐的事儿,但只要他没有一套理论,大家会原谅他;但要是他的行动背后有理论支持,人人都会跟他过不去。

---

① 加拉帕各斯海龟:指太平洋赤道上的加拉帕各斯群岛附近产的一种大龟。

国王的情形正是如此。但他并没有伤害我,伙计。当然听来像是在伤害,可你相信吗?我发出那种叫声完全出于自愿。我要是气色不好,这是因为我一直身上不舒服,我在发烧,鼻子和喉头里都在发炎。(鼻窦炎?)我猜国王会给我点什么的,如果我问他的话,可我不愿告诉他。"

"我不怪您,先生。"

"别误解我。人类现在比任何时候更需要像国王这样的人。变化必定是可能的!否则,太糟糕了。"

"是的,先生。"

"美国人被认为是迟钝的,佢他们愿意在这方面作些探究。这不光是指我,你得想想白人的新教运动、制宪、南北战争、资本主义的成长和征服大西部的过程。所有这一切重大任务和征服都在我之前完成了,留下的最大问题是面对死亡,我们必须对此有所作为。这不单是我,大战后亿万美国人已经着手拯救现实和发现未来。罗米拉尤,我敢向你发誓,像我这样的人,在印度有,在中国和南美各国有,世界各地都有。就在我离开美国前夕,我在报上读到一则访问记,接受访问的是一位从芒西①来的钢琴教师,他到缅甸削发为僧。懂吗,这就是我说的意思。我是一个富于精神探索的人。我这一代美国人注定要周游世界以寻找人生的真谛。这就明白了。要不,我干吗跑到这儿来?"

"我不知道,先生。"

"我不愿意自己的灵魂死亡。"

"我,卫理公会教派②,先生。"

"我知道,但那永远帮不了我的忙,罗米拉尤。而且请你别想劝我皈依,我遇到的麻烦已经够多了。"

"我不打扰您。"

---

① 芒西:美国印第安纳州东部的一个城市。
② 卫理公会教派:基督教中新教的一个分支教派。

"我知道。你在关键时刻总是站在我一边,为了这个,愿上帝保佑你。我也坚决站在达甫国王一边,直到他捕到自己的父亲格米罗狮。罗米拉尤,我要成了谁的朋友,便是一位忠实可靠的友人。我知道有话闷在心头是什么滋味。虽然我是一个难于教化的人,有一件事我很清楚,告诉你吧,国王是一位很有禀性的人。我希望能学到他的秘密。"

罗米拉尤折皱的脸上带着伤疤(他以往的野蛮行为留下的见证),但他那温和而充满同情的眼里闪着光亮(日光绝不会透过他前额浓密的头发所投下的阴影),这时他想知道,我极力想从达甫那里学到的究竟是什么秘密。

"嗨,"我说,"他处变不惊,临危不惧。瞧,有多少事儿该他担心,然而你看他躺在沙发上那副神气,从没观察到么。他楼上有一张古老的绿沙发,那准是一个世纪前用大象搬来的。罗米拉尤,你还不曾见过他躺在上面的神情。周围成群的女人伺候着他,而在附近的桌上却放着两个在祈雨仪式上用过的头颅骨,一个是他父亲的,另一个是他祖父的。你结了婚吗,罗米拉尤?"我问。

"结了,先生,两次,现在只得到婆娘一个。"

"嘿,同我一样。我有五个孩子,其中有一对四岁左右的双胞胎。我的妻子个儿挺大。"

"哦,六个孩子。"

"你担心他们吗?这还是一片荒凉的大陆,没有来往的路。我一直不放心,怕我的两个小孩窜进树林迷了路。我们应当养条狗——一条大狗。当然,我们今后要住在城里了。罗米拉尤,我将去上学。现在我要寄封信给我妻子,你替我拿到帕汶台去寄。伙计,我给你钱,这是把吉普车转让给你的证书。我多想带着你一同回美国,但你既然有家,就不现实了。"他的脸上并没有对礼物流露出多少喜悦,相反更皱在一起了。我很了解他,便说,"呃,伙计,别掉眼泪,这有什么好哭的?"

"您遇麻烦了,先生。"他说。

"是的，我明白，既然我是一个难打整的人，人生已经决定对我施加强大的压力。罗米拉尤，我一向喜欢回避，所以这次该我倒霉。怎么回事。老兄，看来我得遭殃吧？"

"是的，先生。"

"我的感情总是流露到脸上来，"我说。"我就属于这种类型。是不是他们显示的那个女人首级使你担忧？"

"他们杀你，可能，"罗米拉尤说。

"知道啦，那个布纳姆是坏蛋，是条毒蝎。可是别忘了我是桑戈，难道姆玛不会保佑我吗。我这个人也许是神圣不可侵犯的。而且，我的颈子有二十二英寸粗，他们得派两个人才能卡死我。哈，哈，罗米拉尤，你不用为我操心。一旦这桩与国王有关的事结束，帮他捕到了他的爹，我就到帕汶台与你相会。"

"请上帝，要赶快，"罗米拉尤说。

当我向国王提起布纳姆，他纵声大笑说："一旦捉到格米罗，我便是绝对权威。"

"但是那野兽很猖獗，正在平地一带大肆杀戮逞凶呢。"我说，"而你却以为它已经是瓮中之鳖了。"

"狮子总不离经常出没的地方，"他说。"格米罗就在附近，说不定哪天就会遇到。你去给夫人写信吧。"达甫对我说，他躺在绿沙发上轻声笑着，周围站着一大群赤身裸体的黑女人。

"我今天就写，"我说。

然后我去同布纳姆和霍科共进午餐。霍科、布纳姆和他的黑皮革人总是在支着大伞的方桌下等候我。"大人先生……""阿西·桑戈。"大家不约而同地招呼我。我心里一直明白，这些人一定听见了我的吼声，也许还能从我身上嗅到下过洞穴的气味。但我硬着头皮顶住。布纳姆很少朝我看，当他真瞧我时，那目光十分严峻。我心想：'我可能先制服你。这谁也说不定，你最好别太刺激我。'霍科的举动却分外彬彬有礼，他悬着红舌头,双手像树干似的支在小桌上,重得叫桌子摇晃起来。透明的丝伞下笼罩着诡谲的气氛,周围却是一片热闹的景象:伺服的人从太阳坝进进出出,霍科的侍从在一旁为我们舞蹈,那位老乐师在弹六弦琴,更多的人在宫外杂乱的庭院里吹吹打打,院子里竖立着大块的像石化的脑髓般的石灰石,盛开的红花开在腐殖土壤里。

午饭后照例是施水仪式。肩头结上厚厚茧疤的妇女用抬杆抬着我穿街走巷,巷道的泥土已经踏成粉末。有一面鼓在我背后敲着,仿佛在警告人们避开这位亨德森——被狮子玷污了的桑戈。人们仍然怀着好奇心出来看我,但和先前比较起来人数少多了,也不争先恐后地出来接受这位疯雨王洒水。因此,当我们到了城中心法庭所在的粪堆山,我立即站起身来,将水左右乱洒。接受洒水的人稀稀落落。身穿猩红袍子的法官似乎想阻止我,倘若他真有权这样做的话。然而他无能为力。嘴里用木栓叉着的囚犯靠在被固定的木桩上。"伙计,望你胜诉,"我对他说,然后进了吊床。

当天下午,我写了这样封信给莉莉:
"亲爱的,你也许为我担心,但我想你一直明白我还活着。"
莉莉声称她能随时说出我的处境,她具有一种独特的爱的直觉。
"到这儿的一路飞行有趣极了。"
一路上像在一颗宝石里翱翔。
"我们是从两面观看云层的第一代人,多么荣幸!最初,人们幻想着天上,如今他既可在天上也可在地上做梦,这必然会导致某些变化。对我来说,这整个经验像是一场梦。我喜欢埃及,那儿的人大都穿着白裙子。从高空俯瞰,尼罗河口像一条散开的绳带。流域两岸,有的地段碧绿,有的地段褐黄。奔流的瀑布有若矿泉迸涌。我们在非洲着陆的时候,查理和我就开始行动起来。但这一切并不完全同我离家时所期望的一样。"当我走进老妇人的屋里发现一大堆破破烂烂的东西,我就意识到要么作出向前的努力，要么堕落下去。"查理在非洲没有得到休息，我却在读 R.F. 伯顿的《东非的最初足迹》，还有斯帕克的《日志》。无论遇到什么问题，我们的意见都相左，于是我们分道扬镳了。伯顿是一位明哲保身的人，擅长尖剑和长剑，会说多种语言。在我的想象中，他的性格像道格拉斯·麦克阿瑟将军，很注意自己的历史作用，常想着古代的希腊、罗马。而我呢，我决定去走一条不同的路，因为用任何文明社会的标准衡量，我都是一个不可救药的人。然而，天才们非常热爱普通的生活。"

当他回到英国，斯帕克一枪结果了自己的性命，这个细节我瞒过莉莉。我指的天才是像柏拉图或者爱因斯坦那样的人。爱因斯坦所需要的只有阳光，还有比这更普通的吗？

"这里有一位叫罗米拉尤的人，我与他成了朋友，虽然开始他很怕我。我请他带我去非洲尚未开化的地方，这种地方所剩无几了。非洲出现了不少现代的政府和有教养的阶级。我自己就遇到过很有教养的非洲王公，目前我正是一位国王的客人，他差点获得医学博士学位。当然不用说，我现在到了人迹罕至的地方，对此我感谢罗米拉尤（一位忠厚的人），也得要感谢查理。在某种程度上说，事情是可怕的，并且还将如此。有许多次我差点像鱼放出水泡那样轻易地丢掉性命。你知道查理心地不坏，但我不该趁他们度蜜月时去结伴同行，我成了多余的第五个轮子。她是纽约麦迪逊大街的洋娃娃，为了模样儿好看，情愿把后座的牙齿拔掉（塌面颊）。"

但进而一想，这位新娘永远不会忘记我在他们婚礼仪式上的态度。当时我是傧相，那样隆重的场合，我不仅仅没有吻她，而且在仪式后去吉米格兰诺饭店的路上，碰巧是我而不是查理与她单独同乘一辆车。我内层衣袋里有一张音乐片——莫扎特的小提琴协奏曲《土耳其回旋曲》。我喝醉了，怎么老上提琴课呢？在吉米格兰诺饭店里，我的神情很令人讨厌。我问：这是巴马还是伦索干酪？我朝桌子上吐唾沫，之后还捂着手帕擤鼻涕。真他妈的怪,我还记得这样清清楚楚。

"你代我送了结婚礼物没有?咱们必须赠送一件礼物。看在上帝面上,买几把牛排餐刀吧。我想告诉你,我该好好感激查理才是。要不是他,我也许去了北极,到了爱斯基摩人中间。这次到非洲的经历真没料到,很艰苦,很冒险,却又很有意思!二十天里我仿佛成长了二十年。"

莉莉不愿同我在爱斯基摩圆顶屋里睡觉,但我照样进行我的极圈试验。我诱捕了几只野兔,练习投矛刺,按照书本上的说明造了一架小雪橇。滑橇上结了四五层尿壳,滑在雪上像钢似的坚硬。我相信已经到了北极圈内,但我想未必能发现我打算在那儿寻找的东西。要能发现什么,我在北极的行动会是惊天动地的。假如我不能找到自己的灵魂,就该地球遭殃。

"这儿的人不懂得什么叫旅游,因此我不是一个旅游者。曾有一个女人告诉自己的朋友:'去年我们绕世界转了一圈,今年我想咱们该到别的什么地方。'哈,哈!这儿的山似乎有不少气孔,成黄褐色,这使我回想起以前吃过的松泡糖。王宫里有供我住的房间。这是世界上很原始的地方,甚至石头也显得很原始。我不时发闷烧,就像一座煤矿由于燃烧而封了起来。在其他方面,我的身体似乎还很受益,除了老是哼吟不断之外。不知这是新毛病呢,或者在家时你就注意到了?

"两个双生儿子、蕾茜和爱德华都好吗?回家途中我想在瑞士停留一下,去看看小阿丽丝。还可能在日内瓦看看牙齿。你可以替我告诉斯泼尔医生,我在一次用餐时把牙桥咬断了。通过美国驻开罗使馆把备用假牙寄给我,牙在那部两用汽车尾部的箱子里,箱子塞在固定备用轮胎的支撑弹簧下面。我放在那儿是为了安全可靠的缘故。

"我当初答应给罗米拉尤额外的奖赏,条件是他带我到人迹罕至的地方。我们已经在两个地方停留过。人类必须更有意识地朝美的方向摆动。我遇见一个叫比塔式的妇女。看起来她像一个肥胖的老妇人,但她具有惊人的智慧,她看了我一眼便知道我是一个怪人,但那并没使她灰心丧气,她还说了一两桩令人惊讶的事情。首先她告诉我,世界对我来说是陌生的。世界对小孩是陌生的,但我哪里还是小孩子?这使我又悲又喜。"

天国为具有灵性的儿童开放,但这个吵嚷、粗野的幽灵是谁?

"当然,存在着千奇百怪的现象。一种奇怪可能是赐与,另一种则可能是惩罚。我想告诉那老妇人,除了我以外谁都懂得人生——她对此如何解释呢?我似乎是个十分空虚傻气而又莽撞的人。怎么会感到如此彷徨失落?甭管这该是谁的过错?我如何才能改弦更张、回头抵岸?"

这还是人生中很早的时候,我蹲在户外的草地上。阳光四射,普照大地,太阳发射出的热力便是它的爱。我心里同样存在着这番生动的景象。到处是蒲公英,我想采撷这片绿意,我把充盈着爱的面颊凑上蒲公英的黄花,多想钻进这绿色的世界。

"然后她对我说,我具有格朗—图—摩拉尼;这是一个难以解释清楚的当地土语,总的意思是说想生存不愿死去。我多希望她进一步谈谈。她的头发像羊毛,腹部散发出藏红花的气味,一只眼患了白内障。恐怕我再也没有机会见到她了,因为我办了蠢事只得离开。我不能在这儿详谈细节。要不是有依特洛王子的友谊,我也许陷入严重的麻烦了,我认为失去了在一个有大智慧的人的帮助下研究我的人生的机会,为此我感到十分沮丧。但是,我很喜欢达甫国王,我们抵达的第二个部落的领袖。现在我同他在一起,而且被授予了一个荣誉头衔——雨王。我想这不过一个形式而已,就像当年从吉米·沃克尔① 手里得到纽约市的钥匙一样。当然还有一套专门的雨王服装。我只能这样简单地告诉你,不便讲得太多。我正和国王进行一桩试验(我在前面说过,国王差点获得医学博士学位),而且每天都在经受着严峻的考验。"每天那野兽的面孔像一团纯青的火出现在我面前,我只好闭上眼睛。

---

① 吉米·沃克尔(1881—1946):美国政治家,1925年当选为纽约市市长。

"莉莉，也许好长时间我没有说这类话了，可是亲爱的，我真的想念你，有时我的心为此悸动。你可以把这叫作爱，尽管我自己常常认为这个字充满欺骗。"尤其是像我这样的人，浑浑噩噩，不死不生，爱于我有何用？丈夫的爱或者妻子的爱与我有什么相干？我这个人太怪了，与这类事无缘。

"拿破仑被囚于圣赫勒拿岛时，大谈特谈伦理道德，那有些晚了，虽然他很注重他讲的那些话。我不想和你讨论爱情的问题，假如你自认为比我更清楚，你高兴谈就谈去吧。你说过你不可能只是为了太阳、月亮和星星而活着。你说过你妈死了，但她仍然活着，那当然是打胡乱说。你一次又一次找男人，总是慌慌张张的。你骗我，这难道是爱的行为吗？好，不再说了。现在我期待你帮助我。这位国王是世界上最有头脑的人之一，我十分信任他。他对我说，我应该摆脱自己后天造成的境遇，进入先天自然的境遇。譬如，要是我不再老发那种烦恼不安的声音，便有可能听见某种悦耳的声音，也许是鸟儿的歌唱。鷦鷯还在檐口筑巢吗？我见过它们让茅草伸在外边，奇怪的是它们居然能钻进去。"我永远学不像那些鸟儿，我会把树枝统统都压断的，天上的翼首龙也会被我吓跑的。

"我要放弃拉提琴了。我想永远不可能通过它来达到自己的目标。"——使我的精神超脱尘世，离开行将死亡的躯壳。我原来很固执，想从一个世界升入另一个世界。我的一生及活动成了一座监狱。

"然而，莉莉，从今以后一切都将不同了。我回家后要去学医。我的年纪跟我作对，真他妈的太大了，但无论如何还是要学。你想象不到，我多希望进实验室，我还记得起那儿的气味，甲醛的味儿。我将和一群年轻人一起，钻研化学、动物学、生理学、物理学、数学和解剖学。可以预料，那将是非常艰苦的磨炼，尤其是解剖尸体。"死亡，你又一次同我在一起。"然而，我必须和死人打交道，迄今为止，我还没有从死者身上获取任何效益。倘若能变化一下，我也许有可能为生计做点有益的事情。"那是什么？偌大一个乐器？奏走了调，干吗还得奏呢？可是，它为什么能取得如此神奇的效果——甚至传到上帝耳边？"骨骼，肌肉，分泌腺，器官，渗透作用。你去医学中心注册，登上这样一个名字：列夫·E.亨德森，回家后我再告诉你理由。你听了难道不激动吗？我最亲最亲的女人，当了医生的妻子，你得爱干净些，勤洗澡，勤洗下身。你还必须习惯于零碎的睡觉，习惯于夜间出诊之类的事情。我还没有决定在何处开业，我想要是在家乡行医，会吓坏邻居的；要是我这个医学博士把耳朵贴近他们的胸膛，他们会吓得魂不附体。

"因此，我可能要求去从事慈善事业，像威尔弗雷德·格林菲尔医生或艾伯特·施韦策医生那样。嘿！阿克塞尔·芒斯——他怎么样？自然，现在中国算是丢了，要去那儿，他们可能抓住我，给洗脑筋。哈，哈！但是到印度去试试如何。我真想在病人身上试试身手。我要治愈他们。治愈病人是神圣的工作。"我这辈子太糟糕了，但我相信自己身上毕竟还有点长处。"莉莉，我不会再自暴自弃了。"

我想内心的欲望是永远不能满足的。历来的渴求与愿望，愿望与渴求，到头来都是如何了局的？不输不赢，同归黄土。

"假如医学中心不接收我，首先向约翰·霍普金斯大学申请，然后再试其下属的每个分点。我要在瑞士停留的另一个原因，便是想了解一下医学院的情形。我可以在那儿找人谈谈，说明我的情况，也许他们会接受我。

"所以，亲爱的，赶快写信吧。还有一桩事：把那些猪卖掉，连同肯尼思公猪、狄利和明尼，统统卖掉。

"我们都是些滑稽可笑的人，既然看不清星辰，我们干嘛喜欢它们呢？它们并不是小小的金体，而是不熄的火焰。"

奇怪吗？为什么不奇怪呢？本来就奇怪。一切都很奇怪。

"我在这儿没有喝过酒，除了此刻写信时啜饮几口。午餐桌上，他们要端上一种叫'旁波'的土酒，味儿挺不错。他们用菠萝来发酵。这儿的人都生气勃勃的，有的戴羽毛，有的扎绸带，有的披围巾，还有其他种种装饰品：戒指、手镯、耳环、贝壳、金胡桃壳。后宫有的嫔妃走路像长颈鹿。她们的面部朝前倾，国王的面孔的倾斜度更明显，他是一位很有头脑和主见的人。

"有时我感到体内有一大群精灵在翻天覆地地乱跳乱吵，没完没了。这不是怪事吗？而另外一些时候，则又坦然宁静，从来没有过的宁静。

"这位国王相信，人人都应该有一个适当的自我形象……"

我相信我尽力向莉莉解释了达甫的观点，但是罗米拉尤弄丢了信的最后几页，不过我想丢了也好，因为我写信时喝了不少酒，在其中一页里，我想我说过——或者只是在脑子里想过："我体内原有个声音说**我要！我要**？我？它应当对我说**她要，他要，他们要**。而且，是爱使现实成为真正的现实，恨只会使现实受到歪曲。"

第二十章

一大早,罗米拉尤和我道别起程,当他带着给莉莉的信离开时,我感到十分怅然。他满是皱纹的面孔朝缓缓关上的宫门回望的一刹那,我的心仿佛直往下坠。我相信,他期待自己变化无常、缺少理智的主人会在最后一分钟叫他回来。可是我戴着像甲壳似的盔帽,穿了那件绿色的短裤站在那儿,像是一名掉队的落伍者。当大门关闭,不见罗米拉尤带着伤疤的面孔时,我更感到情绪低落。但是,坦巴和伯布上前把我从忧愁中解救了出来;像平日那样,她们跪在地上向我致意,把我的脚放在她们头上。然后,坦巴趴伏在地上,让伯布用脚在她身上做约克斯。她循着坦巴的背部、脊柱、颈部、臀部踩踏,这似乎使坦巴感到其乐无穷。她合上眼,哼哼唧唧地快活极了。我想哪一天我自己也来试试,它既然给土著人如此大的乐趣,一定是很有益的活动;然而今天我太悲伤,不是领略的时候。

空气很快变暖,但仍残留着夜间的余寒,向我阵阵袭来,穿着薄薄的绿色短裤,尤有明显的感觉。那座以胡玛命名的山呈现出黄色,飘在山峦的白云显得十分凝重。白云像衣领似的绕在胡玛的喉头和肩膀的部位。我坐在室内等候早晨的气温变暖,两手交叉在胸前,正在做每日去见阿蒂的思想准备,同时我认真地思索着:我必须改变。我绝不要生活在过去,那将彻底毁掉我。死者成了我的食客,吃得我倾家荡产。我饲养的猪使我受到蔑视,我告诉世界它是一只猪。我必须开始思索如何生存的问题了。我得匡正莉莉讹诈的坏习惯,将爱情摆上真正的轨道,莉莉和我毕竟是很幸运的人。可是,一只野兽能为我效什么劳呢?从长远的观点看，会是真的吗？一头吃人的野兽？即使野兽享有自然的赐福，直到孩提时代结束之前，我们也分享过这种动物所享有的福分。但是现在，难道不是要求我们完成别的什么——第二个目标——获得第二次赐与？我不便向国王说出这些想法，他太迷恋狮子了。我从来没见过谁对动物如此着迷。由于对他抱有好感，我又不便拒绝他的要求。是的，他在某些方面与狮子一般无二，但那不能说这是狮子的造就。这比拉马克①走得更远。上大学时，我们在课堂上一听说拉马克的理论就嘲笑开了。我记得教师说过，这是资产阶级关于个人的心理自治的观念。我们几乎全是富家子弟，然而我们仍然嘲笑这种资产阶级观念，差不多要笑破肚子。我思索着，把眉头皱了又皱，十分想念罗米拉尤，这番思索算是对于从不动脑筋的一生的弥补吧。假如我曾经不顾一切地要枪杀那只猫，要炸死那些青蛙，要搬动女神姆玛，现在蹲在地上模仿狮子的吼声和动作完全是一脉相承了。也许我该在薇拉塔勒的指导下学习格朗—图—摩拉尼，但是我永远不后悔自己对达甫产生的感情。为了珍惜这份友谊，我还应当尽更大的努力。

　　正当我在房里沉思冥想，塔图进来了，照样戴着那顶破旧的意大利军帽。我以为这是每日例行的召请，去和国王一道进入地下洞穴。我缓缓地站起身来，但塔图又比又划地说，我应当在原地等候国王，他即刻便到。

　　"怎么回事？"我说，然而没有人能翻译。于是我收拾了一下，等待国王来访。我已经弄得满面胡须，周身邋遢；因为没有必要搞得整整洁洁去伏在地上吼叫爬动。然而今天，我到姆玛的水潭边去洗脸，擦颈项和耳朵，然后坐在门槛上晒太阳。这很快就完了。我后悔让罗米拉尤离开得太匆忙，因为今天早晨我想起更多需要告诉莉莉的事情。我要讲的话并没有写完。我爱她。上帝，我又出错了。可是我没有多少工夫

---

　　① 拉马克（1744—1829）：法国博物学家，提出了一套生物进化理论。

去悔恨，因为塔图正穿过院子朝我走来，用双臂比划着说："达甫，达甫阿拉麦勒。"我站起身，她领我穿过底楼的过道，到了国王户外的庭院。他已经进入吊床，上面罩着紫色的大绸伞。他手里拿着绒帽向人打招呼。当他看见我时，厚实的嘴唇张开了，帽子放在膝头上，他微笑着说："我想你能猜出这是什么日子。"

"我猜——"

"是，就是这个日子，该我猎狮的日子。"

"真的吗，呃？"

"诱饵被一头年轻的雄狮吃了，它的模样和格米罗一致。"

"那好极了，"我说，"啊，你就要和亲爱的父亲重逢团聚了。但愿我也有这样的好事。"

"嘿，亨德森，"他说，这天早晨他与我相处和交谈显得特别高兴。"你相信永生吗？"

"许多人认为，再活一世是绝不可能的，"我说。

"你真这样认为吗？你对世界的了解比我多。亨德森，我的好朋友，无论怎么说，这对于我是极为关键的时刻。"

"这真有可能是你的爹，已故的国王？要是我早知道，就不打发罗米拉尤走了。陛下，他今天早晨刚走。咱们能派人追他回来吗？"

国王对此不答理，我猜他兴高采烈，没心思考虑我谈的具体问题。在这样隆重的日子，罗米拉尤在他眼里算得了什么？

"你将同我共用一个霍普，"他说，尽管我不明白他指的是什么，也答应照办。供我使用的伞迎了上来，这顶绿轴横骨的透明绸伞更加使我相信，这不是装饰而是实实在在的伞盖，否则还用横骨干哈？大个子女人撑着伞柱。我的吊床也备好了。

"咱们躺在吊床里追狮子吗？"我问。

"到了丛林便下来步行，"他说。

我以惯常发出的一声低哼，进了桑戈专用的吊床，沉重地托在床上。看来只有我们俩赤手空拳地去捕捉那头野兽——狮子，它吃了一头公牛，现在沉睡在附近的草丛深处。

光头妇女在我们身旁匆匆走过，神经质地叫喊，很快聚集起一大群打扮俗丽的人，跟祈雨仪式那天的情形一个样——敲鼓的，化了妆的，佩戴贝壳或羽毛的，吹号角的（号手在试吹号角）。号角约有一英尺长，号口宽阔，金属的号角已经氧化蒙上了一层绿色，这些号角汇合成可怕的震耳欲聋的声音。于是，在号手、鼓手、各种乐器敲击者簇拥之下，我们被抬出了宫门。女卫兵的手臂和着我在吊床里的起伏摆动。进城的途中，各种各样的人都出来看热闹，都朝吊床里瞅。布纳姆和霍科也在他们中间。我感到霍科希望我对他说几句话，但我一声不吭。

我转过我宽阔潮红的脸，回头望了望他们俩。我的胡须已长成乱麻一团，重新起来的高烧，影响了我的视力和听力。使我吃惊的是面部不时颤栗，我对此毫无办法。我想，在狮子的影响下，我的鼻子和下颚部分的神经正在经历不稳定的变化。布纳姆想走近我，与我交谈或者警告我，我能看出来。我想向他要回我那支带瞄准器的枪，可我不知道怎么说"给"字和"枪"字。我的体重几乎使吊床底部撞着地面，抬床的妇女挣扎前进，抬杆粗得与她们的肩头不相称。我这位面孔棕红的白雨王，戴着肮脏的盔帽，穿着俗丽的短裤，露出粗壮多毛的小腿，却安然躺卧在里面。人们穿着破衣和兽皮，呐喊鼓掌，雀跃欢跳，有的挥舞起束束染色头发作为三角旗；人群中有抱着婴儿哺奶的妇女，还有牙齿脱落的老人。我看得出来，他们不是在向国王欢呼，而是要求他捕回应该猎获的狮子格米罗，同时赶出巫狮阿蒂。国王卧在吊床里，不动声色地穿过人群，他的面孔沐浴在紫色大伞投下的庇荫里，他照常戴着那顶宽边大绒帽；他离不开这顶绒帽就像我离不开头盔。帽子、头发和面孔都一齐遮在饰边的绸伞之下，他躺在那儿，安详自在，这副神情我从第一次看见就钦羡不已。他和我的头部上方都有奇特的手臂擎着雕饰的伞把。这时太阳已经显示出威力，高高照在山头和田野。附近的石头在阳光下熠熠生辉，在离地面不远的地方；阳光仿佛凝成了一片片金色叶片；一幢幢小屋像一个个黑洞，破旧的茅草屋顶辉映在阳光下边。

到达城边之前我不断自言自语："现实！啊，现实！该死的现实！"

到了丛林地面，抬杆的女人放下吊床，我跨出床，踏在灼热的地上。这儿的地面是坚硬的闪烁着阳光的白岩石。国王也站在地上，他朝后瞧了一眼，人群停在城墙附近。布纳姆和捕猎助手在一起，紧跟在他后面的是一个浑身上下涂了白墙粉的家伙。透过这层白粉，我还是认出了他。不是别人，正是经常出没于布纳姆身边的刽子手。我是从他狭长脸形上的折皱认出这个变了样的白色家伙的。

"这是什么意思？"我走近达甫站立的草丛石边问道。

"没什么意思，"国王说。

"每次捕猎狮子他都是这副装扮吗？"

"不。不同的日子不同的颜色，根据测定的吉凶。白色不是最吉祥的色彩。"

"他们到这儿来干什么？表示一次不愉快的送行？"

国王表现出一副不屑理会的神情，模仿过狮子的人都会这样。不过，这的确对他有些刺激，如果不是刺伤的话。我笨重地半转过身，注视着那个不吉利的家伙。他在国王与父亲的亡灵相遇的重大时刻，专门来伤害国王的自信心。"这个白怪物神情很严肃呢，"我对国王说。

国王离得很开的两只眼睛可以同时左右侧视，我和他讲话时，他才把两眼的目光合在一起。"他们故意这样。"

"陛下，"我说，"你需要我效点什么力吗？"

"什么力？"

"你说吧。在这样的日子受人干扰是很危险的，对吗？也该让他们感到威胁。"

"哦？不。什么意思？"他说。"他们还生活在原始的天地，这有什么奇怪的呢？那是我与他们的部分交易。"他微微一笑，映着石头的反光更显得明朗。"唔,这是我最重要的日子,亨德森先生。无论什么吉凶祸福,我都无所谓。我捕捉到格米罗之后,他们便无话可说了。"

"我知道竹棍和石头可以折断我的筋骨,但这些玩意儿只是无用的迷信。陛下,假如你这样看问题,那就好,行。"我望着不断加剧的阳光,映着石头和植物的色彩,越发火燎燎的。我原以为国王会责备布纳姆以及他那涂成不祥颜色的随从,但他只简单说了一句话。他的面部在宽边绒帽下边显得十分丰满,帽顶上笼罩着一层时刻变化的光晕。大伞不再跟上前。国王的嫔妃们高高矮矮地站在低矮的城边,一面观看一面叫喊(我猜是告别之类的话)。石头在阳光热力的照晒下越显灰白。她们发出奇怪的喊声,在表示爱情和鼓励,或者表示警告,也许是在道别。她们挥手,歌唱,上上下下晃动两把大伞作为标志。一声不吭的捕猎助手没有停下等我们,带了鼓角长矛,径自往前走。这一队人有六七十之多,开始离去时整整齐齐一队,但逼近丛林时逐渐散开前进。他们像蚂蚁般在金黄色的阳光下深入草丛和圆石之间,这些竖立的圆锥形石块仿佛是被不可知的力量从上而下削成的。

捕猎助手离去之后,便只剩下布纳姆,他的帮凶、国王和我,以及三个持长矛的随从,站在离城墙大约三十码远的地方。

"你刚才对他们讲的什么?"我问国王。

"我告诉布纳姆,无论如何,我要达到目的。"

"你应该朝他们每人屁股上踢一脚,"我斜视着那两个家伙说。

"哎,亨德森,我的朋友,"达甫说,同时我们开始步行,三个持矛的人也跟上来。

"这几个家伙是干什么的?"

"在霍普地带帮着助威的,"他说。"等我们走到狭窄的一端,你就明白了,那比口头解释更清楚。"

当我们进入丛林的深草之中,他扬起前倾的面孔,用扁平的鼻子嗅了嗅空气。我也吸了一口气。空气干燥新鲜,有一股糖浆发酵的味儿。

我开始注意到成群的昆虫在枝干下翻飞,发出嗡嗡的声音。

国王开始加快步伐,不是走而是跑跳前进,持矛人和我紧紧跟上。我发现草丛太深,除了大象之外,几乎可以隐藏任何野兽;而我手无寸铁,何以自卫呢。

"陛下,"我说,"唏,等一下。"我不敢抬高声音,我知道这不是大声讲话的时候。他没有停步,或许不喜欢我这样,但我不断地低声喊他,最后他终于停下等我。我费了好大力气赶上他之后,凝望着他的眼睛,喘了几分钟气才对他说:"一件武器也没带?就像这样?你以为一把抓住这头野兽的尾巴就可以逮住它?"

他着意地克制了一下,我敢发誓,我看出了他的决心。"我希望这头野兽是格米罗,很可能就在霍普圈内。知道吗?亨德森,我不能携带武器。要是伤害了格米罗怎么办?"他怀着恐惧提到这种可能性。怎么搞的,我在这之前竟然没有注意到他激动到了如此程度,没有看清他的态度如此诚挚。

"要是?"

"要是伤了活着的国王身上的任何部位,我得付出生命的代价。"

"我呢——也不许我进行自卫吗?"

他停了一会没有讲话。然后他说,"你跟我一起。"

他没有什么话可说。我决定充分发挥头盔的作用,可以用来揍它的口鼻,叫它莫名其妙。我咕哝道,他要是还在叙利亚或黎巴嫩求学就好了,尽管我说得含混,他还是听清了。他说:"哦,不,亨德森——桑戈。我是幸运的,这你知道。"他穿着贴身的马裤,又继续前进了。我奋力在后面追赶,我的裤子却妨碍行动。同行有三个持矛人,却未能给我增添多大胆量。我时刻都准备看见狮子像一股火向我迸射似的扑过来,把我掀倒在地,撕得我鲜血淋淋。国王爬上一块圆石,伸手拉我上去。他说:"我们接近霍普圈的北墙了。"他用手指给我看,那是用荆棘和枯枝败草垒起的两三英尺宽的一道墙,上面还有红色和橘黄色的野花，但正中却掩盖着黑色的东西，看了叫人喉头发痒作呕。霍普圈呈一个大的漏斗形或三角形，底部敞开，顶端或口部则是陷阱。两个边之中只有一边是人工修筑起来的，另一边是天然的石岩，可能原是一条河的岩岸，足有一道绝壁那样高。在荆棘和草木垒成的墙边有一条小道，长着带刺的黄色杂草，国王循道而去，直走到霍普的末端，那儿铺盖着树枝和藤蔓。国王的臀部不大，但从臀部往上到两肩，却是腰宽臂圆的身姿。他走路时臀部下的一双大腿特别有力。

"你真是心如火燎似的等待着与这头野兽相遇，"我说。

有时我认为，只有独行其是才能感到乐趣，而我不得不承认这是国王从狮子那儿接受的影响。无论有什么陈规陋习，一旦按自己的意愿办了才叫人愉快。他身上有种无形的力量吸引着我紧跟在他身后，他是一个充满活力的非凡人物，他的步履和身影也与众不同；他自信执着，我行我素。所以，我连滚带爬地紧跟着他，没有带一件防身武器，除非你把头盔算上。当然，我还可以临时脱下绿色的裤子去笼野兽——这条宽大的裤子说不上绰绰有余呢。

然后他停下脚步，转身对我说："当你要去搬动姆玛女神那阵子，也同样心如火燎吧？"

"说得对，陛下，"我说。"我明白干那事的后果吗？嗯，不明白。"

"但这事儿我却明白。"

"那么，行，陛下，"我说。"用不着我来问这问那。你叫干啥我就干啥。你刚才说，布纳姆和那个白家伙还生活在古老的天地，我想你早已脱离了吧。"

"不，不。你知道怎样去代替这一切吗？那是办不到的。即使在至高无上的时刻，也是无所谓新与旧的，只有一个造化能够朝我们的安排微笑——笑我们的人生安排，甚至笑我们之所以是人，那本身的内容是无比丰富的。"他说，"尽管如此，人生的戏剧必须照样演下去，必须作各种各样的安排。"他这些话令我感到高不可攀，因此我没有打断。他又说:"对格米罗来说,苏胡狮是他的父亲;对我来说,苏胡是我的祖父,格米罗是我的父亲。假如我要真正成为瓦里里的国王,必须这样办。不然,我这个国王怎么当?"

"好,我懂你的话了。"我说,以迫不及待的口气,几乎像在提一连串的威胁。"你看见这双手了吗?这是你的另一双手,你看见这副身躯了吗?"我把手放在胸口。"它是你的后援。陛下,要是有任何情况发生,我想让你明白我的感情。"我的情绪高涨激昂,面孔涨得通红。我知道他很高尚,于是极力控制住自己粗犷的情感。当时,我们站在霍普墙的庇荫里,头顶上罩着荆棘的枝蔓,墙边的羊肠小道显得黑黄黑黄的;像野草在大白天燃烧,热力似乎灼热可见。

"谢谢你,亨德森先生。我懂你的感情。"他沉默犹豫了一会说:"让我猜猜好吗?死亡又出现在你心上了,对不对?"

"在我心上,不错。"

"哦,是的,完全是这样。你太沉溺于死亡了。"

"过去这些年,我与死亡打的交道太多了。"

"有趣极了,太有趣了,"他说,像在同我探讨我的问题。"有时,我们把埋葬与地壳联系在一起来思考很有帮助。地球的半径是多少?到达地球中心约有四千五百英里左右。坟墓不深,微不足道,离地面不过几英尺而已,仍免不了要产生恐惧与欲望,这同千万代人的恐惧与欲望几乎一样。孩子,父亲;父亲,孩子,也都一样:产生同样的恐惧,怀着同样的期望,一个时候在地壳表面,一个时候在地壳下面,周而复始,循环不已。哎,亨德森,我们这几代人是干什么的?给我讲讲好吗?仍然在重复同样的恐惧与欲望而没有任何改变吗?不能老是这样循环下去,没完没了。凡有志气的人都应当起来打破这个循环轨迹。当然,对那些不想掌握自己命运的人来说,打不打破这循环是无所谓的。"

"哦,请等一下。只要看不见阳光不就行了吗?坟墓需要入地四千五百英里吗?你怎么持这种说法呢?"可是,我明白他的意思。你听人谈论吧,总离不开欲望,欲望,欲望,想这想那,胸中源源不断地涌出欲流;而恐惧呢,突如其来,令人心惊肉跳。够了!是说句真话的时候了,是听句正经话的时候了。否则,像下坡的石头,越滚越快,你很快就会从人生的高峰坠入死亡的深渊,同石头完全一样,冥顽不化,一直不断呼喊**我要,我要,我要**,而且一旦入地便将永远沉沦!事实上,头上是非洲的烈日,这堵荆棘垒成的墙也能暂时为我遮阴;像荆棘这样的刺藜居然能帮你的忙,想起来是令人愉快的。我站在钩钩挂挂的墙边,终于想清楚并且同意这种说法:相对说来坟墓是浅的。在你触到地球的熔岩部分以前,不可能深入地层许多英里。那儿主要是镍、钴、沥青铀矿,或如人们所称的岩浆,像是直接从太阳体内分裂出来的。

"咱们走吧,"他说。作了这番简短的交谈之后,我更乐意跟他往前了。无论谈到什么他都能令我信服,我甚至接受了他让我模仿狮子的训练。是的,我相信自己能够改变,我也乐意改变原来的自我。当然,要办到这点,必须树立某些新的标准,甚至必须迫使自己变成一个部分;也许还得欺骗自己一阵,直到那个新的标准形成;还得让自己的手在反复涂抹过的面纱上再抹。我知道,自己永远变不成一头狮子,但在努力模仿的过程中,也许能学到一些东西。

我不敢肯定准确地传达了国王所说的一切,也许为了融会他说的,部分内容甚至可能有点儿走样。

我赤手空拳地跟着他,一直到了离霍普圈尽头不远的地方。很可能狮子已经醒来,捕猎助手在三英里远的地方便开始呐喊了。喊声听来很遥远,像是从金黄草丛的另一头传来。蓝焰焰的催人入睡的热气在我们前头移动;当我眯起眼睛以抵御阳光的刺射,突然瞥见霍普墙头有一个高耸的东西。那是一个用茅草搭的隐蔽处,坐落在离地二十五英尺或三十英尺的平台上。一张用藤蔓结成的软梯子悬了下来,国王一把抓住这粗糙而又松弛的玩意儿,像水手登梯那样攀缘而上,动作稳健,一级级地直达平台。他从干草枯枝搭起的高台上对我说："亨德森，抓住，"他蹲下身子向我伸出藤梯，我看见他的帽子俯近膝头上方，帽顶上饰着的牙齿历历可见。顿时，疾病、迷惘和危险交织在一起，沉重地压在我身上。我没有答话，却发出一声啜泣。这声啜泣一定在我年幼时便埋藏在心底，这时像大西洋中的一个巨大水泡，突然从海底飞腾了起来。

"怎么回事，亨德森先生？"达甫问。

"天知道。"

"出了什么毛病？"

我低头摇摇。我相信吼叫已把我整个儿弄垮了，我体内深处的一些东西也被释放了出来。这是国王大喜的日子，我不便给他添麻烦。

"陛下，我立即上来。"我说。

"先喘会儿气吧，假如你需要的话。"

他在隐蔽茅棚下走了一圈，然后再回到边缘，从摇摇欲坠的草棚那儿俯身问道："怎么样？"

"上面承受得住我们的体重吧？"

"得啦，得啦，亨德森，"他说。

我抓住藤梯开始往上爬，每爬一级双脚并拢一次。持长矛的随从在下边等候着我——雨王——与国王会合，然后他们绕过梯子，在霍普顶端的角落处进入自己的阵地。顶端的设施很原始，但似乎设想得很周到：狮子被追入顶端之后，一道栅栏门将放下去关住它，手持长矛的人再上前用矛逼它就位，以便国王捕捉它。

沿着摇摆乱晃的藤梯登上平台之后，我坐在用杆子搭的台面上，开始察看周围形势：台面像一个烤东西的支架，架下的整个空间与一头成狮的活动能量相比，实在不够宽裕。

"就是这梯？"我察看完毕后问国王。

"正像你所见到的，"他说。

台面上盖着一层草，我从窥视口看见下面悬着一个编织的笼子，底部装着石头。笼子呈铃形，用半硬半软的藤蔓编成，然而藤条却同铁索一般结实。笼上有一根藤绳穿过一根杆上的滑轮，轮子接在茅屋顶柱的一端，顶柱的另一端插进一堵约十至十二英尺的悬岩壁上。台面下还悬着另一根杆，一端也插进岩壁。国王将靠藤绳和笼网平衡，行走在这根不到手腕粗的横杆上。当狮子被赶入笼后，他将把笼网滑至中央，让它落地，这时就该他动手捕捉狮子了。

"这……？"

"你认为如何？"他问。

我找不到什么话说，尽管我一再克制感情，却难以平静——但我不能在这特别的日子流露感情，我内心在激烈地斗争。

他说："我就是在这儿捕到阿蒂的。"

"是吗，使用同样的行头？"

"同样，格米罗捕获了苏胡。"

我说："听听我的劝告，我……当然算不了什么。但是陛下，我十分看重你。请别……"

"呃，亨德森先生，你的下巴出了什么毛病？老在上上下下地颤动。"

我用上齿咬住下唇，然后慢慢开口说："原谅我，陛下。我情愿割断自己的脖子，也不想在这样的日子使你扫兴。但是，这事非得在台子上办吗？"

"非得如此。"

"难道不可以革新一下？我愿尽力。可以给他一点药吃，……给它服点催眠药……"

"谢谢，亨德森，"他说。我想自己不配受到他如此和善地对待——他没有明说他是瓦里里的国王，可我马上就意识到了这点。他只允许我作为他的同伴在场，我绝不能干预。

"哦，尊敬的陛下，"我说。

"对，亨德森，我知道你是一位多面手，我早观察到了，"他说。

"我也许属于你所归纳的某个坏类型，"我说。

听了这话他忍俊不禁地笑了。他叉着双腿坐在隐蔽小垒的窥视洞口，面对着霍普网的顶端和绝壁，带着沉思神情说道：忧伤的人，贪食的人，不受影响的人，性无能的人，以及诸如此类，不，我敢向你保证，亨德森，我绝没有把你归入任何坏类型。你是一个复杂的混合体，或许有一大堆忧伤，带一点儿不安分守己的气质，但我不能把你完全划入那一类，没有现成的类型完全适合你。这也许由于我们是朋友的缘故，朋友之间知道的东西很多，现成的类型不适用于朋友。"

"为了自身的利益，我同某一类人打的交道过多了些，"我说。"假如能有机会重头做起，情况就会不同了。"

我们坐在不稳固的隐蔽小屋里，头上是黄色的茅草顶，阳光从空隙处筛漏下来。我们蜷曲在根须和茅草下面，耐心等候着，阵阵热风吹来浓郁的草木气息。由于我在发烧，似乎看见半空中有一个光与物相接的变化点。我从内心注视着它，幻觉到有什么东西在外部哭喊。我忍受不了这种幻觉，站起身走上将由国王踏踩的横杆。

"你在干什么？"

"我先试一试。"我说，"我在检查布纳姆是不是搞了鬼。"

"你不能站在那儿，亨德森。"

我的体重压弯了横杆，但杆子没有发出任何破裂的响声，的确是段好材料，我为检查的结果感到满意。我回到平台与他坐在一起，或者确切地说，蹲在一起，蹲在隐蔽墙边的狭长突出部分，那个悬挂着的笼子几乎伸手可及。正对面是那堵陡峭的绝壁，沿绝壁横去至霍普尽头，在持矛人隐蔽等候的上方，我看见那儿的沟壑里有一幢小的石头屋子；由于掩在深沟峡谷之间，这之前我一直未曾注意到。那儿有一片仙人掌属的植物，待绽的花蕾，盛开的花朵，都呈现出鲜红的颜色，部分地挡住了石屋。

"有谁住在那儿吗?"

"没有。"

"被人遗弃了?曾住过人?我们国内农业不景气,到处可以看见弃而不用的旧房屋。但在这儿发现这样的房舍就怪了。"我说。

笼网的吊绳套在门柱上,国王的头靠在绳索的套结处。"那不是房舍。"他告诉我,目光回避了小屋。

一个坟墓?我想。谁的坟墓呢?

"我想他们正在迅速追赶。噢,你能看见他们吗?声音越来越大了。"

他说着站起身,我也跟着站起来,把手搭在眼边遮住强烈的阳光,极目远望。

"嗯,看不见。"

"我也看不见,亨德森。这是最难挨的时刻,我一直在等待,好容易才到了最后这个时辰。"

"喔,陛下,"我说,"这对你应该是轻而易举的事,你很熟悉这些动物,生来和它们打交道,你是内行。我最喜欢观看世上某些有专门技艺的人干活,无论他是装配工、高空作业者、刷洗门窗的人,或者任何别的有胆量和技术的人……。你开始表演抛掷头颅骨的舞蹈时,我真为你担心,但过了一会,我便信心百倍,完全支持你了。"当号角声渐渐高昂,鼓点声愈来愈近,我想使最后的时刻显得轻松些,便把一直存压在盔帽里的钱夹子掏出来,我说:"陛下,我给你看过我妻子和小孩的照片吗?"我开始在胀满的钱夹子里翻来找去,那里边有我的护照,四张一千美元的钞票,都没来得及换成非洲旅游券。"这是我的妻子,我们为她的肖像花了一大笔钱,生活在一起老是别别扭扭的。我求她别把肖像挂出来,这事几乎弄得我神经失常。但是,她的这张照片真美。"这张照片里的莉莉,穿件带圆点花纹的敞领紧身短上衣,看起来挺讨人喜欢;我是用手拿着相机给她摄的,她正朝着我微笑。可能我总是喜欢滑稽取笑,她正娇滴滴地称我傻瓜蛋。由于她这一笑,脸蛋显得格外丰满，从照片里你就可以看出来，她的面容多么纯洁苍白。国王从我手中拿过照片，在这样的时刻他还有心思细看莉莉的照片，我也只好递与他。

"她是个很严肃的女人，"他说。

"你看她像医生的妻子吗？"

"我看她像任何严肃男人的妻子。"

"但是我想，她不会同意你的任何类型观念，陛下。她把我当作这个世界上她愿意嫁的惟一人选，一个上帝，一个丈夫。瞧 这是几个孩子……"

他看着蕾茜、爱德华、生活在瑞士的阿丽丝和两个双生子，但没有吭声。"两个双生子的模样并不很像，陛下，不过他们俩是在同一天长出牙齿的。"下一夹层里有我的一张快照，穿着红袍，戴顶打猎帽子，下巴压在提琴上，脸上是一副我自己从前没有留意到的表情。我赶紧翻到我佩带紫心勋章的照片。

"哟，原来如此？亨德森上尉？"

"我未能保持这个职位，陛下，你或许愿意看看我的伤疤。一颗地雷炸的，我受的伤还不算最厉害。我被掀到大约二十英尺以外的地方。瞧这儿大腿上，看不太清楚，因为往下凹，又长出了汗毛将它遮住。腹部的伤势最重，内脏都直往外掉，我赶紧捂住，弯着腰走到包扎站。"

"你为遇到麻烦感到荣幸，是不是？"

他总爱对我这样说话，然后引入一个意想不到的话题。这类例子我已经忘记了一些，但还记得有一次他问我对于笛卡尔①的看法如何。"你赞同这位先生关于动物是没有灵魂的机器的说法吗？"或者问："亨德森，你认为耶稣基督仍然可以作为人的原型被视为各类型人的起源吗？我经常思考我提出的类型，诸如忧伤的人，贪食的人等等，把它们看作

---

① 笛卡尔（1596—1650）：法国哲学家，数学家。

是历史上伟大人物的蜕变种类,诸如苏格拉底①,亚历山大②,摩西③,以赛亚④,耶稣……"这些话便是他引入意想不到的话题所采用的方式。

他说我对于苦难和麻烦的态度很特别。是的,我明白他的意思。我们坐在鬃毛似的茅草棚旁边的木杆上,这奇形怪状、干燥刺人、乱蓬蓬的茅屋在炎热干燥的空气中像个可怕的骷髅。当他等待着实现夙愿,他对我说,苦难是我知道的一切事物中最接近于令人顶礼膜拜的东西。请相信我,无论他多么不可捉摸,我能理解他。我的确为自己遭受的苦难感到无比骄傲,我认为世界上没有谁受过像我所经历过的磨难。

但这时,呐喊声逼近了,我们不再能静静地坐着侃侃而谈。长鸣的蝉声飘旋在空中,像无数细亮钢丝发出的声音。接着,我们全然听不清周围的声响,只见持矛人从霍普后边升起格栅大门,让追逐过来的动物入内。地上的草丛开始颤抖,一片沙沙响声,像网满了鱼的大网将出水面时那样,一片泼溅的水声。

"瞧那儿,"达甫说。他指着霍普的悬岩那边,一大群盘角的鹿在奔跑,里面是不是夹杂着瞪羚或旋角大羚羊,我可说不清。一只雄鹿跑到前头,旋在头上的鹿角像烟熏烤过的玻璃。它仓皇地跑跳,瞪着两只大眼,口里直喘粗气。达甫单膝跪在地上仔细审视,举起一条胳膊在眼边挡住阳光,几乎把鼻子给遮住了。小动物一潮潮地迅速跑过草丛,惊起的一群群飞鸟像一团团音符凌空升起,然后朝悬崖和深谷飞去。鹿群在我们下边一齐咔嗒咔嗒地奔跑,在这之前我还没注意到,那儿搭的是木板,离地约有六至八英寸高。国王说:"对啦,亨德森,捕捉到狮子后,再装上轮子,狮子就可以运走了。"他蹲下身向长矛手发出指令,这时

---

① 苏格拉底(公元前470—399):希腊哲学家,教育家。
② 亚历山大(公元前356—323):马其顿王亚历山大大帝,军事统帅,帮助把古希腊文化由小亚细亚和埃及传播到印度。
③ 摩西:《圣经》中人物,曾率领以色列人摆脱埃及人的奴役,著名的立法者,犹太教的教义和法典都出自其手。
④ 以赛亚:《圣经》中人物,纪元前8世纪希伯来人的预言家。

我想伸手扶住他，但我从未接触过他的身体，不知道该不该那样做。

带头的雄鹿和三头雌鹿失魂落魄地钻进狭窄的入口之后，涌来一群小动物，像一队移民冲了进去。接着一条鬣狗谨慎地走上前，和先前的动物不一样，它知道我们在平台之上，朝我们瞅了一眼，发出一声蝙蝠似的吱吱尖叫。我环顾四周，打算抓起什么东西向它扔去。但平台上没什么可扔的，我便啐了它一口唾沫。

"狮子在那儿——狮子，狮子！"国王站起身指着说。大约一百码外的草丛中，我看见一个东西在移动，不是小动物的轻微动静，而是一个强有力的身躯呈圆弧形的大涌动。

"你认为那是格米罗吗？喂，喂——是它在那儿吗？国王，你能捉住它，我完全相信。"我从草墙外边突出部分撑起身来，一面说一面挥动手臂。

"亨德森，别这样，"他说。

我朝他走近一步，他却冲着我叫喊起来，满脸怒容。我赶紧蹲下，闭上嘴。我的血液沸腾起来，仿佛要冲着炽热的阳光喷射。

接着，国王踏上细长的横杆，把笼网上的藤绳在手臂上挽了两圈，开始解开他休息时把头靠在上面的绳结。藤笼的网眼不均匀，全靠底部压的蹄形石头，是挂在平台底部结实之处；要是没有石头，这网简直没有什么分量，笼子会轻飘在空中，像僧帽水母漂浮在水上。国王怕帽子妨碍他行动，扔了宽边绒帽，露出只在后脑才长着的一片八分英寸长的短发；周围蓝焰焰的空气仿佛在紧缩，只消在林中点燃几根柴火，就会升起闪烁摇曳的蓝光似的。

我像屋檐边的滴水嘴那样悬在霍普边缘，一直暴晒在阳光下，阳光毒辣得可以在脸上晒起泡，我的面部都给晒变形了。尽管狩猎助手呐喊不止，仍然听得见悠然上旋的蝉鸣声。那堵峭壁亮出了自己的坚强本性，仿佛在喃喃地说，谁也别想钻过去，只有静候发落。深谷峡口的仙人掌花——如果真的是花而不是浆果的话，闪现出红光，遍体的针刺仿佛扎在我的身上,周围的事物像要开口对我讲话。我悄悄为这个一心要捕捉狮子的国王祝福平安。可是我没有听到任何回声。这不是它们讲话的目的,它们各自循着自然法则宣称自身的存在,与国王的平安毫无关系。我蹲在那儿,热得要死,胆战心惊。我对他的关切使我全神贯注,体内的器官也似乎受到了挤压。

鼓号声震天,呐喊声动地,狩猎助手从后边围了上去,一个个在齐肩的草丛里奋力前进。对空放了几枪,也许用的是我那支带瞄准器的枪。前面的长矛手举起长矛乱戳乱晃。

"亨德森先生,你看见那——狮的鬃毛了吗?"达甫站在横杆上握着藤绳俯身向前,装着石头的藤笼悬在他头部上方。看见他那样站在细长的杆上我真受不了,圆形笼网里的石头挤碰得吱吱作响,在离他头部只有几英寸的地方晃动,随时都可能把他撞昏过去。

"国王,这真使我受不了。天啦,小心些!这玩意儿可不是胡闹的。"别多说了,我暗暗告诉自己,这位高贵的人必须在原始的装置上冒险。虽然他不必一定要冒险,但没有别的安全办法可以达到目的。幸好,他动作熟练,颇能在细长的横杆上保持平衡。笼网底部的石头随着他的拉动乱晃,这笨重的装置像旋转木马般咯吱咯吱地打圈儿,网影在地上像走马灯似的转动。

在大约有心跳二十下左右的时间里,我几乎不知身在何处,眼前在发生什么事情。我专注地凝视着国王,倘若他跌下去,我时刻准备纵身跳下去救他。然后,在意识恢复之际,我听见一声嗥叫。当时我双膝跪着,从平台朝下一看,只见一副愤怒的毛发满面的狮子的巨大面容,狰狞的面孔皱折在一起,折皱的黑色纹路之间充满杀机。它咧嘴龇齿地站在那儿,呼呼的热气直冲上我跪的地方,湿漉漉的像喷溅的热血。我禁不住大声祈祷:"啊,上帝,无论您怎样看待我,别让我跌入屠场。照看照看这位国王吧,向他大发您的慈悲。"这个想法立即转念为:要是面临下面这样一头凶恶的野兽,人人都需要向上帝祈祷。接着我告诉自己,这双发怒的眼睛竟会如此澄清,只在显灵的时刻才可能出现这种超然的奇迹。但这绝不是什么显灵,这头野兽的嗥叫便是死亡的呼唤。我想到曾经向莉莉夸耀自己热爱现实,我说过:"我比你更热爱现实。"但实际上一切都是想象,虚构,非现实!那成了我混过不幸而难挨的一生的伎俩。可是现在,狮子冲天的气息震撼着我,它的嗥叫像拳头打在我的后脑上。

格栅门已经放下。小动物仍然发狂似的四处乱窜,设法从空隙处逃命;毛茸茸的一串,有的蹦跳,有的翻滚,有的拼命兜着圈子。狮子在下面疾速转动,用身子去扑门栅。它是格米罗吗?我听说格米罗还是幼狮时,耳朵上做了个记号,然后才由布纳姆放回山林的。但是你得重新捕到它,才能看它的耳朵。这头也许是格米罗。长矛手隔着格栅用矛子刺它,它迎击这些矛头,企图用嘴咬住,但长矛手的动作敏捷,它没法对付。在它前方有四、五十柄长矛向它佯攻,后方无数石块朝它投去;它摇晃着满头打结的黄毛回避掷来的石块,这使它的前部更显得庞大。它那瘦小的腹部飘着一溜皮毛,前腿也一样,像是平原人披的鹿皮马裤。和这头野兽相比,阿蒂最多算是一只山猫。

达甫穿着拖鞋站在横杆上,前臂上挽着的绳松开一圈,藤网往下滑动,底部石头发出撞击声,引起了狮子的注意。呐喊者朝达甫高声叫道:"叶尼图勒巴!"他不顾喊声,仍紧紧握住绳索,转过藤网的沿口;随着网的转动,里边的石头咯吱吱地直响。现在,网口对着狮子的眼睛了,狮子直起后腿,伸出前爪往底部石头一击。这时布纳姆的帮凶从狩猎助手中间一步窜上前去,用矛柄敲打野兽的面部。这家伙从头到脚一身灰白,头上也蒙了一层白灰浆。现在我感到了狮子的重量,它正靠在支撑平台的柱子上;这些柱子不比高跷棍粗多少,狮子撞在上面时,柱子直颤动。我想这座平台就要倒塌了,便立即抓住台面,因为我很可能一股脑儿倒下去,像水塔被越轨的火车撞垮的情形,塔撞得粉碎,水成吨地向空中直喷。达甫的双脚在杆上晃动,但紧抓着绳索和藤网保持平衡。

"陛下,看在上帝面上!"我直想哭。"我们陷入什么境地了?"

无数石块从后边飞掷过来,一些打在霍普墙上,有的打在野兽身上,驱使它走向在旋转打圈的藤网下边。呵,该死的藤网!国王开始往前移,一面操纵着绳索和网里的石头。

我从麻木状态中解脱出来了一会儿,发现又能讲话了。我对他说:"陛下,别性急。小心从事。"然后我感到喉头里升起一团什么,足有蛋形衬垫那么大。

我还能看见东西,这几乎成了我还活着的惟一证据,好一阵子我完全不省人事。

狮子重又直起后腿,向慢慢下坠的网笼一击。已经近到可以动手的地步了,国王立即网住它的爪;在它还来不及挣脱之际,国王马上把藤网放下。绳索迅速从滑轮溜下,振得木板得得直响,像许多匹马奔驰在上面。与此同时,笼网落在狮子头上。我伏在平台上,把手臂伸向国王,但他却自个儿回到了平台边,一面叫道:"亨德森,你看如何,你看如何!"

捕猎助手还在呐喊。狮子已被石头的重量架到地面,但它差不多仍然直立地站着。它的头被网住了,前爪缠进了藤网。它倒在地上还不肯善罢甘休,继续进行着挣扎。它的后半身没有被网住,它放声吼叫,霍普里的空气似乎都被它吼得昏暗了。我的双手仍然伸向国王,但他没有理睬,他正俯视着被笼住头部的狮子,狮子的腋窝和毛茸茸的腹部。这使我回想起自己在意大利萨莱诺大路边受凌辱的情景:因为长虱子,被几个军医按着,从头到脚剃得精光。

"陛下,像不像格米罗?你看是吗?"我说。我对此一无所知。

"噢,错了。"国王说。

"什么错了?"

他吃了一惊,我一直没觉察到他怀着某种担心。狮子的嗥叫和人们的呐喊把我吼昏了，我只注视到狮子后腿在进行可怕的挣扎，黑黄色的利爪像尖刺朝前乱戳。

"你已经捕获到手。见鬼，现在又怎么啦？"

可是我明白是怎么回事了：没有人能走近野兽去观察它的耳朵，因为它在网里还能转动，而且后半部分没被网住，谁也不敢靠近它。

"来人呀，套住它的后腿，"我大声叫道。

布纳姆出现在下边，用他的象牙笏朝上打了个信号。国王离开平台边缘，抓住卡在滑轮上不再动弹的绳子。上面的杆子摆动了几下，他扯住绳头一拉，滑轮开始响动了。这头狮子没被完全网住，国王得走去把它后半部分一齐笼进藤网。

我朝他叫道："国王，想想再干吧。你没法办到，狮子足有半吨重，而且它已经牢牢抓住藤网了。"我不知道这时惟有国王才能补救这种形势，谁也不许介入他与狮子之间。因为这头狮子有可能是已故国王格米罗，捕获它纯属国王自己的事。鼓号声停息了，石头也不再扔；但在狮子吼叫的间歇，听得见人们的喊叫声，他们在向国王提出各种弥补眼前不妙形势的建议。

我站起身说："国王，我下来瞧瞧它的耳朵，只告诉我瞧什么吧，等一等，国王，等一下。"可是我怀疑他也许压根儿没听清我的话。他两脚分开站在横杆中央，杆子在他两腿的重压下成了一张弯弓，并且不住地摆动。滑轮像涂了松脂咯吱咯吱地直响；网底的石头也的的得得地撞在木板上。狮子扭动身躯反抗，整个台架都震撼了。我又一次觉得这座霍普平台要垮了，赶忙抓住一把草。随后我看见国王头部上方烟尘弥漫，灰尘从滑轮轴上散落下来。国王的体重，狮子挣扎时的压力，绳索受不住了，一根已经断裂，撒落出我刚才见到的烟尘，另一根马上又快完蛋了。

"达甫国王！"我大声叫喊。

他跌下去了。滑轮和固定滑轮的木板也垮了下去，狩猎助手纷纷逃散。国王落到狮子身上，我看见狮子后部痉挛地掀动；前爪子一抓，国王来不及滚身过去，鲜血顿时直涌。我用指头抓住平台边沿，一声呼喊跳了下去，心想这算是永劫的深渊吧。国王这时已从狮子身上滚开，我把他推得更远。从衣服被抓破的地方，血如泉涌。

"哦，国王！我的朋友！"我捂住脸。

国王说道："嗯，桑戈。"他的眼皮增厚了，显出异常的神情。

我撕下绿色的裤子替他包扎伤口，这是我身上惟一可用的东西，但不解决问题，马上就浸湿了。

"救救他！救救！"我向人群呼喊。

"亨德森，我没有成功，"国王对我说。

"什么，陛下，你在说什么？我们马上抬你回宫，敷上磺胺药，再把伤口缝合。陛下，咱俩都是医生，你只消告诉我怎么办？"

"不，不，他们绝不会让我回去。它是格米罗吗？"

我跑去一把抓住绳索和滑轮，像挥起一柄大刀直朝狮子仍在挣扎的后腿掷去，再用绳子绑了它十多圈，几乎把皮毛都扯起来，还一面叫骂："你这魔鬼！他妈的，混账东西！"它困在网里犹在反抗。这时，布纳姆走来，看了看它的耳朵。他退了回去，权威性地说了几句什么。那个浑身涂白的家伙递给他一支旧式步枪，他把枪口对着狮子的脑门，枪声一响，狮子的头被炸开了花。

"它不是格米罗，"国王说。

他很高兴，他的血没有洒在自己父亲的头上。

"亨德森，"他说，"请费心，别让阿蒂遭到任何伤害。"

"哪儿的话，陛下，你仍然是国王，得由你自己照看它。"我差不多要哭了。

"不，不，亨德森，"他说。"我不能……回到嫔妃中间了，我会被杀害。"他为那些女人伤心，她们之中一定有他眷爱的女人。他的腹部从撕破衣服的地方露出来，像一个炉火架，一些助猎的人开始发出要他死的叫嚣。布纳姆站在一旁，有意避开我们。

"更凑近我些，"达甫说。

我蹲在他的头畔，把听觉好的一只耳朵朝向他，同时热泪簌簌落在手上。我说："呵，陛下，陛下，我属于运气不佳的类型，一个不吉祥的家伙，死亡总跟着我，形影不离。这个世界向你送错了人，我是传染病的播送者，像伤寒玛丽①那样。要是没有我，你一定成功了。你是我遇见的最高尚的人。"

"恰好相反，你弄错了……你到这儿的第一天晚上，"他解释说，像一个即将全身麻木的人，"那具尸体就是前任桑戈，因为他不能搬动姆玛……"国王的手溅满了鲜血，他慢慢把拇指和食指伸向喉头。

"他们把他掐死了？上帝！那个大力士图若蒙波怎么样，他真搬不动姆玛？噢，他不愿成为桑戈，太危险了。我被瞧上了，成了替罪羊。我上当了。"

"桑戈也是我的继承人，"他说，抚摩了一下我的手。

"我继承你的王位？陛下，你在讲些什么！"

他的双眼渐渐合拢，缓慢地点头说："尚无成年后嗣，立桑戈为王。"

"尊敬的陛下，"我说着，哭得更厉害了，"你这是怎么搞的？早该让我知道会陷入什么境地。能够这样对待一个朋友吗？"

他愈来愈虚弱了，没有再睁开眼睛，只微微一笑"那是规定，我……"

于是我说："陛下，躺过去些，让我死在你身边，要不然你就代替我，继续活下去。反正我从来不知道如何生活，我替你死好了。"我痛哭着捶胸顿足，蹲在死去的狮子与将死的国王之间。"我从精神沉睡中

---

① 伤寒玛丽：玛丽·马伦的别名，爱尔兰女厨，她是20世纪初纽约市的一名伤寒病菌传播者。

醒过来太晚了,我等待太久,猪毁了我。我是一个废人,永远不会和嫔妃们处好。怎么能呢?我马上就要跟你去。那些家伙会杀害我,陛下?陛下!"

可是,国王已经奄奄一息,我们很快分别了。狩猎助手把他抬起来,霍普尽头的门开了,我们开始进入到处长着仙人掌的深谷,朝那幢我早在平台上就瞧见的石屋走去。还没有走拢石屋,由于出血过多,他便死去了。

这幢用石板砌成的小屋有两扇木门,分别通向两间内室。他的尸体摆进了一间,我被领进了另一间。我还没有明白过来这究竟是怎么回事,他们已经把我带进屋去,并且闩上了门。

第二十一章

曾经有个时候——我的早年,苦难带有某种刺激;这种刺激性后来便消失了,只是令人讨厌。正像我在加利福尼亚对儿子爱德华说的那样,我再也无法忍受。他妈的!我对那种可悲的日子厌烦透了。可是现在,国王死了,这话题还有什么可说的。活着没有任何趣味,只令人感到恐怖。被布纳姆和他那浑身涂白的帮凶关进石屋之后,我哭泣悲伤不已。尽管悲痛得说不成完整的字句,我不断唠叨一桩事:"柱自给了笨蛋以生命。""他们把生命给了笨蛋和白痴。"(我们占据了该是别人的地盘。)就这样,我被关在里面,哭得死去活来。我太悲伤了,完全糊里糊涂的。这时,从地板上渐渐支撑起一个人来,我被吓了一大跳,我问:"见鬼,是谁呀?"两只满是皱纹的手伸出来警告我要小心。"你是谁?"我又问了一声。接着,我认出一个像长着盘松般头发的脑袋,一双粗大的沾满泥土的像植物生长体那样奇形怪状的脚。

"罗米拉尤!"

"我也关在这儿,先生。"

他们没让他带着给莉莉的信离开,走到城边就被抓起来了。所以还在捕猎开始之前,他们已经决定不让我的行踪公诸于世。

"罗米拉尤,国王死了,"我说。

他尽力安慰我。

"那位了不起的人物,死了!"

"良好教养人,先生。"

"他认为能够改变我。可是,罗米拉尤,我这辈子遇见他太晚了。

我不堪造化，陷得太深了。"

我身上穿的只剩一件圆领短袖汗衫，一条短裤，头上一顶盔帽，脚上一双鞋；我坐在地上，弯着腰啼哭不止。开始，罗米拉尤完全不知所措。

但是，也许发明时间的目的是让苦难有个尽头，这样苦难就不会无边无涯了。这或者有点道理。与此相反，幸好天堂是永恒的；在极乐的上界，根本没有时间概念，所有钟表在天堂都没有用场，都被扔掉。

我从没有像这样困难地面对死亡。当我去为国王止血的时候，血溅了我一身，并且很快流干了。我用力擦掉。我想，这也许是我应该继他而活下去的征兆吧？怎么活下去呢？尽我最大的努力。但我有什么能耐？整个一生我举不出三样干对了的事。因此，我也为这大为伤心。

就这样，白天过去了，夜晚也随之而去。第二天早晨我感到口渴，浑身乏力，像个大而破旧的空酒桶飘浮着。外面周围都是水，体内空荡、黑暗而又干燥。我神志清醒但空虚无力。透过栏上铁杠的窗户，我看见天空泛起粉红色。布纳姆的助手仍然全身灰白，在外面监视我们，带来了烤甘薯和一些水果。两个女卫兵，但不再是坦巴和伯布，成了他的帮手，个个对我都十分冷漠。这天白天，我告诉罗米拉尤："达甫说过，他死后该我当国王。"

"他们称您亚西。先生。"

"那是国王的意思吗？"亚西正是国王的意思。我沉思地说："有的国王是混蛋。"罗米拉尤对此没有做任何评论。"这样一来，我就得给那一大群嫔妃当丈夫了。"

"你喜欢当，先生？"

"你疯啦，伙计？"我说。"我怎么会想去接管那帮女人？我已经有了自己的妻子，莉莉是我所需要而且难得的女人。国王的死太使我伤心了。罗米拉尤，难道你看不出我悲痛欲绝吗？打击太大了，我完全不能支持。这真要我的命。"

"你看样子不太糟，先生。"

"哦，你是想宽我的心。罗米拉尤，你应当看看我的心。我有一颗跳动有力的心，但遭受的打击已经超过了它能承受的限度，受的蹂躏太多了。别让我这庞大的身躯把你翻弄了，我实际上是很敏感的人。诚然，我不应当在祈雨那天同他打赌下不下雨。当时我似乎并不怀好意，但是国王，上帝保佑他，让我落入了圈套。我并不真比图若蒙波更有力气，他是能够搬动姆玛的，只是不愿成为桑戈而已。这个职位太危险了，他假装无能，蒙混了过去。而我是国王促成的。"

"但是他也危险，"罗米拉尤说。

"是的，他的处境的确危险。我为什么企求比他更好的处境呢？对了，伙计，谢谢你使我明白过来。"事实证明，罗米拉尤是很有头脑的人，我想了一会儿后问他："难道你不认为我会吓坏那些嫔妃吗？"我做了个怪相来解释我的意思。"我的面孔有别人身躯的一半粗。"

"我不这样认为，先生。"

"是吗？"我摸了摸脸。"无论怎么说，我不留下，虽然我再没有别的机会当国王了。"我深深地怀念刚逝世的国王，一位伟大的人物，刚刚去了，溘然长逝，落入黑暗，身后万事俱空。我感到是他有意选定我继承他的王位的。但一切由我，如果我要背离在那儿一事无成的家园。他相信我是当国王的材料，而且还可以作为新生活的开端。因此我隔着石头墙壁向他致谢。可是我对罗米拉尤说："不成，勉强当国王我会受不了。而且我必须回家去，我绝不是好色之徒。别开玩笑，我已经五十六岁，至少马上就满这个年龄。到了嫔妃中间，我会吓得战战兢兢的。我还得生活在布纳姆、霍科和别的一些人的阴影之下。我永远没脸去见国王的母亲，老太后娅斯拉。我曾向她许诺过。哦，罗米拉尤，我当时像任何许诺都可以做似的。咱们逃走吧。我感到自己像个不伦不类的冒名顶替犯。我这辈子干过的惟一值得提起的事，是真诚地爱过一些人。哦，这可怜的人已经死了。哦，哦，哦！这真比要我去死还难受。

要是我们现在都一齐离开人间多好,但愿我们没有心肝,不会感到痛苦就好了。可是我们胸间都挤着一颗心,正是这几瓣可诅咒的斑斑点点的木瓜把我们出卖了。令我感到恐惧的不仅仅是那群女人,而且从此后再没人可以交谈了。我已经到了需要同人交谈听人忠告的年纪,和善与友爱,这是到晚年的一切。"我不禁愈加感到悲伤,关进坟墓般的石屋之后我一直沉浸在悲恸之中。然后我突然告诉罗米拉尤:"伙计,国王的死绝非偶然。"

"你的意思是什么,先生?"

"绝非偶然,那是一个阴谋,我渐渐明白过来了。现在他们会说,他把阿蒂养在宫殿该遭报应。你懂吗,为了杀害国王,他们一点不手软。他们认为我比他更随和一些。你能饶恕这些家伙吗?"

"不饶,先生。"

"当然饶不了。要是这些家伙闯在我手上,我一定像当年砸那些啤酒瓶那样,叫他们粉身碎骨。"我把双手攥在一起,龇齿唏声,表明我要干什么。我毕竟向狮子学习过,也许不像达甫那样学到了闲适的举止和风度,而学到狮子更为粗野的方面;他究竟是在狮子中间成长起来的,而我的学习经历既短又肤浅。细想起来,谁也不能预料会接受什么影响。我突然从悲伤谈到惩罚,使罗米拉尤有些担忧,但他似乎明白我有点儿反常。他是个虔诚的基督徒,秉性宽厚,富于同情,总是很体谅我。我说:"咱们得想法破门而出。仔细看看周围吧,咱们究竟在什么样的地方?有什么办法可想?手中有什么家伙可用?"

"我们带有刀,先生,"罗米拉尤说,他给我瞧了一下。那是一柄猎刀,当布纳姆的人在城边追上来,他把刀藏进了头发。

"哦,好样儿的,"我说,从他手中拿过来做了个行刺的架势。

"撬,更好,"他说。

"唔,有道理。"我说,"你说得对。我希望能抓住布纳姆,但那是奢望。报仇不易办到,我也得狡猾些。罗米拉尤,提醒我,你看该挡就挡住我。你看我有点失常,不是吗?隔壁是什么?"我们开始沿墙仔细察看,发现墙头上两块石板之间有一条缝隙,于是轮流动手用刀去撬。有时我用两臂把罗米拉尤举起,有时我手足趴地,让他站在我背上——望板太低,他站在我肩头上不便操作。

"哎,有人在滑轮上捣了鬼,"我不停地咕哝。

"也许是,先生。"

"还有什么也许不也许的。冇纳姆为什么派人抓你?因为他们在玩弄反对达甫和我的诡计。当然,国王允许我去搬姆玛,让我卷进了一大堆麻烦,这的确是他的责任。"

罗米拉尤不住地转动刀身,撬了又用食指去刨,石灰石碎块落满了我一身。

"可是,国王自己也生活在死亡的威胁下,他能忍受的我也受得了。他是我的朋友。"

"你的朋友,先生?"

"嗯,老伙计,这也可以说是爱,"我解释说。"我猜想,事实上我**知道**,我爹希望在普赖兹堡附近淹死的是我而不是我哥哥狄克。这意味着他不爱我吗?绝不是这样。我也是他的儿子,老头子那样想也是很痛苦的。是的,要真是我淹死了,他会同样悲伤哭泣。两个儿子他都一样爱。但是狄克应该活下来,放纵自己,在他那是惟一仅有的一次。也许是他抽上了大麻的缘故,抽一支大麻卷烟花的钱可多啦。哦,我不责怪老头子。人生就是如此,我们有任何理由责备它吗?"

"是,先生,"他说。他在专心专意地撬,我知道他没有听懂我的话。

"你怎么能责备人生呢?它应当受到我们尊重。很简单,它也有自己的一套。我告诉过隔壁屋里那人,我体内有一个声音说**我要**。究竟要什么呢?"

"是,先生。"(撬出更多的石沙落到我身上。)

"它需要的是现实。它能忍受多少非现实的东西呢?"

他不停地撬着。我手足一齐趴在地上，朝着地板讲话："据说我们认为崇高的思想是不现实的，但那完全是实情。幻想则是另外一回事。一旦产生幻想，就会使我们沉溺于幻想而不能自拔。可我这个人，对幻想没有任何兴趣。人们说：大胆幻想吧。哼，那是骗人的鬼话，又一条商业口号。然而，高尚的品质完全不同。啊，高尚的品质！啊，上帝！罗米拉尤，我指的不是自鸣得意、装腔作势的虚伪品行，不是那种不可一世或趾高气扬的傲气，而是包藏宇宙的胸怀，包容世界的海量，那种与永恒的事物结盟，为追求永恒价值的努力。因此，为人不可鼠目寸光，没有志气。在这方面，我应当有所作为，也许我应当留在家里，也许我应当学会亲吻大地。"（此刻我正在这样做。）"但是，在家那阵，我感到自己就要爆炸，终日不宁。哦，罗米拉尤，但愿我能对隔壁那可怜人披肝沥胆。想到他的逝世，我五脏俱裂，从来没有这样悲痛欲绝过。"

"可是，一旦我有了机会，我将给那些阴谋家一点颜色看看，"我说。

罗米拉尤沉着地撬了又凿，凿了又撬，然后他把眼睛对着撬大的裂口，低声说："我看见了，先生。"

"你看见了什么？"

他静静地从我身上下来。我站起身，擦去背上的泥土，也把眼睛凑近洞隙。我看见国王的尸体包裹在一张皮革里，他的面孔被掩住了，看不清他的五官，臀部和双脚捆上了皮带。两间屋内都很热。布纳姆的帮凶守在那儿，坐在门边的独凳上打瞌睡。他的身旁放着两篮烤熟的冷甘薯，其中一只篮子的手把上拴着一头幼狮，同所有的幼狮一样，身上斑斑点点的，估计生下地才两三周。尽管凳子连靠背都没有，那家伙睡得挺沉，手臂松弛地横在胸膛与两腿之间，青筋突露的双手几乎垂到地面。我义愤填膺地自言自语："等着瞧吧，你这无赖，等我过来收拾你。"由于透入室内的光线不正常，看上去他白得像条沙丁鱼，只有鼻孔和面部上的皱纹才呈黑色。"非治你不可，"我暗下决心。

"嘿，罗米拉尤，"我说。"这次咱们得用用脑筋，别再象第一晚处理尸体那样（那是我的前任桑戈的尸体）。咱们来策划策划。首先，我即将继位，他们不会伤害我；而在我成为部落傀儡时，他们还会大讲排场，热闹一番。他们已经物色到了一头幼狮，即我死去的朋友，可见他们的行动很迅速，咱们也得快些。好家伙，甚至得更快才行。"

"你怎么做，先生？"他问，为我的口气大为不安。

"自然是逃走。你认为我们能回到帕汶台吗？"

他说不准，也许是不愿说出他的看法。于是我说："看来不妙，对不对？"

"你生病，"罗米拉尤说。

"哈，只要你行我就行。你知道我干起事儿来的劲头。开玩笑？我只消用双手就能爬出西伯利亚。而且说实话，伙计，别无选择。绝对不会错，遇上这样的时候，我的潜力会得到充分发挥，这是我身上蕴藏着的伏基谷精神①。是的，情况会很艰难。咱们得把那些烤甘薯带上，会有帮助的。你不想留下，对吗？"

"唔，不，先生。他们杀死我。"

"那么放心好了，"我说。"我想女卫兵不会通宵坐着。现在是二十世纪了，假若我执意不从的话，他们休想立我为王。要说对付那群嫔妃，谁也别叫我胆小鬼。可是，罗米拉尤，我想假装接受王位更妙。他们不想加害于我，而谁要伤害我便会陷入麻烦。而且，他们一定以为我们不会那么傻，居然敢于在没有粮食和枪支的情况下穿过两三百英里荒无人烟的地带。"

见我处于这种心情，罗米拉尤不胜惶恐。"咱们得抱作一团，"我对他说。"要是他们几周后便要绞死我——这很有可能，因而我不能夸口

---

① 伏基谷精神：美国革命初期，英国殖民者疯狂镇压革命，1777年10月华盛顿率领的大陆军严重失利，退到斯库基尔河畔，在附近的伏基谷过冬，情势危急，环境艰苦，部队受到严峻的考验。

或作出重大的许诺——落在你头上的将是什么呢？为了保守秘密，他们会干掉你。你身上有多少'格朗—图—摩拉尼'？你想活命吗，伙计？"

他来不及回答，霍科进来拜访我们了。他满脸堆笑，但举止比往常更加庄重。他称呼我亚西，伸出红红的舌头，这或许是打炎热的丛林走了老远后为了解热的缘故；不过，我却以为是在表示尊敬。

"你好，霍科先生？"

他满心欢喜地深深一躬，同时把食指举在头顶上。他身着宫廷礼服，上身总是束得紧紧的；他的脸上满是横肉，耳垂上悬着沉重的红宝石；当他咧嘴大笑时，我带着仇恨悄悄地瞅了他一眼。然而别无良计可施，我只好把满腔愤恨转化为圆滑。他说："您现在是国王了，罗伊·亨德森，亚西·亨德森。"我回答说："是的，霍科。我们深为达甫难过，不是吗？"

"是的，非常难过。大损失。"他说，挺喜欢使用在拉穆学会的词语。

我暗暗在想，人类还在以伪善的面貌招摇撞骗，不明白这样做已经太落后了。

"不再是桑戈，您是亚西。"

"是的，一点不错，"我说。我吩咐罗米拉尤，"告诉这位先生，我很高兴成为亚西，感到不胜荣幸。什么时候继位呢？"

罗米拉尤翻译说：我们必须等一等，等到国王嘴里爬出蛆虫。然后，蛆虫变成幼狮，这头幼狮再变成亚西。

"假如我喂的猪都在这儿，我会成为皇帝，而不只是在这片丛林地带为王，"我说，语句中含有苦涩的意味，但愿达甫还活着，能够听见这话。"但是请告诉霍科先生，"（他侧过肥头大耳，满面堆笑，耳坠直往下垂；我恨不得拧下他的头，以解心中愤恨。）"这真是了不起的荣誉。尽管已故国王的体魄和才能都胜过我，但我将竭尽全力以赴。我认为咱们将迎来锦绣前程。我远离家乡正是因为我在自己的国度里不能充分施展才智，这真是千载难逢的机会。"我这样说了一遍，喜形于色，而且使欣喜的表情显得自然而又真诚。"我们还得在停尸房呆多久？"

"他说只三四天，先生。"

"行吗？"霍科问。"很快，您就要娶那些嫔妃了。"他摊开五指，双手成十地比划共有多少个女人。六十七名。

"完全不用操心，"我对他说。

他彬彬有礼地告退时，显然以为我中了圈套。他刚一走我就告诉罗米拉尤："咱们今晚离开这儿。"

罗米拉尤默不作声地望着我，上嘴唇耷拉下来，一副绝望的神情。

"今晚，"我重复了一遍。"今晚有月亮，昨晚的月色明朗到可以在月光下查电话簿。咱们到这儿来有一个月了吧？"

"是的，先生。我们怎么办？"

"夜里你大声叫喊，说我被蛇或者别的什么咬伤了。那个皮革人便会带着两个女卫兵过来，看出了什么事。要是他不开门，我们只好另用计策。可是假定会开门吧，那时你抬起这块石头——明白吗？立即塞进门的铰链，让门不再能关拢。这就是咱们所需要的。你的刀在哪儿？"

"我带刀，先生？"

"是的，我不需要，你带在身边吧。好啦，听懂了我的意思了吗？你只管大叫桑戈亚西，或那些杀人犯称我的别的任何名目，说我被蛇咬了，我的腿正在迅速肿起来。同时你得站在门边作好塞石头的准备。"我一一表演给他看了一遍。

夜幕开始降临，我坐着仔细筹划，集中心思不让高烧扰乱我的思路。每到下午我的体温就增加，入夜后升得更高。我必须极力控制自己，不陷入昏迷状态；由于住在这个令人窒息的墓房里，还花了好几个小时贴近墙缝去观察国王的遗体，我的健康状况大大恶化了。有时，我想象自己看见了国王被遮裹着的面容，但这只是心理作用……心理上的幻觉，自我欺骗。这时我已经意识到自己头脑出了问题，尤其在夜里更明白这是怎么回事：处在发烧的状态，我仿佛感到山峰、偶像、牛群、狮子、黑女人、女卫兵、国王的面孔、霍普台上的小屋……进进出出于我的心间。然而，我下意识地控制住自己，等待月亮升起——择定采取行动的时刻。罗米拉尤也没有入睡，他蹲在屋角里，眼睛睁得大大的，单凭他炯炯的目光，我便知道他躺的位置。

"您不改变主意，先生？"他问了一次又一次。

"不，不，不会改变。"

当我判定时辰已到，我深深地吸了一口气，胸骨都咔嚓了一声，肋骨隐隐作痛。"行动！"我对罗米拉尤说。隔壁那家伙一定睡着了，入夜以来我没有听见丝毫动静。我抱起罗米拉尤，感觉得出他浑身在颤抖，让他凑近撬开的裂缝。他开始叫喊起来，同时我发出呻吟，声音仿佛发自我躺卧的地上。布纳姆的帮凶醒了，我听见他的脚步声。他一定站住细听了一会，罗米拉尤不住地呼喊："亚西克姆提！"我听狩猎助手说过"克姆提"这个词，当他们抬着达甫朝石屋走的时候。那一定是国王听见的最后一个字。克姆提即"快死了"。"乌鲁图查哉克姆提。亚西克姆提。"这门语言并不难，我学得很快。

国王枢房的门开了，布纳姆的帮凶开始呼唤。

"哦，"罗米拉尤对我说，"他叫两个女兵，先生。"

我把他放下地，立即躺在地上。"石头准备好了吗？"我说，"到门边去干你的一份事。要是我们出不去，别想活上一个月。"

我从门缝看见了火炬光，这意味着女卫兵赶来了。奇怪的是，这时使我镇静自若的却是我心中的杀人念头。这念头给了我信心。想到我一旦抓住布纳姆手下这个干瘪的家伙，他便死难临头了。这是我的一大慰藉。我不断暗下决心："至少得把他干掉。"我一边这样盘算着，一边发出惊骇而又虚弱的叫唤。这些微弱的呻吟使我感到满意，这时我的确虚弱无力，可是等我的手一碰到那家伙，力气便会突然恢复。一根木棒从门上移开了，布纳姆的帮凶从举起的手电光下看见我抱住双腿痛得在地上打滚。门闩放下了,一个女卫兵开始动手开门。"石头",我像在呻吟似的喊了一声,随即罗米拉尤照我吩咐地把石头横在铰链处,尽管这时女卫兵把一柄长矛直对准他的下巴。我看见他朝我退过来,这是我从火炬发出的摇曳的烟气中看到的,便一掌推倒卫兵。她发出尖叫,长矛的尖端划向墙壁,我暗暗祈祷别戳到罗米拉尤。我把卫兵的头直往墙上撞,情况危急,我顾不得尊重妇女的礼仪了。火光被打熄了,门迅速关去,但卡在石头上,门边恰好容我放进手指。两个女卫兵和那个干瘪鬼都上前推阻我,我还是把门掰开了。我悄悄地行动。现在沉浸在夜间室外的清新空气里,我顿时感到精神大爽。首先,我给了第二个卫兵一下,只用手掌边缘一砍,就够她受了——这是当突击队员时学的绝招。她歪歪斜斜了几下便倒在地上。所有这一切都悄悄进行,他们发出的声音并不比我的呻吟声大。接着我去追那家伙,他朝另一边跑去;我跨前三步便抓住他的头发。我一手把他提起来,让他在月光下看看我的面容。我唬吓了他一声。他被我抓在手上,脸皮皱缩一团,两眼都绷歪了。正当我扼住他的喉咙要掐死他时,罗米拉尤跑上前大声说道:"不,不,先生。"

"我要掐死他。"

"不死他,先生。"

"别管,"我大声说,拧住他的头发乱摇。"他是刽子手。屋内人的死就是他造成的。"然而我还是放开了他的脖子,只抓住头猛摇了几下他灰白的身躯。没发出任何声息。

"您不杀他,"罗米拉尤急切地说,"布纳姆不追我们。"

"罗米拉尤,我真想杀死他,"我说。

"您,我的朋友,先生?"

"那么,我要折断他几根骨头,就算同你讲了笔交易吧,"我说。"你有权对我提出要求。是的,你是我的朋友,但是就不管达甫了吗?难道他不也是我的朋友?好吧,我不折断他的骨,我得揍他。"

然而，我也没有揍他。我把他推进关锁我们的那间屋里，连同那两个女兵。罗米拉尤拿掉她们的矛子，再把门闩上。然后我们到了另一间屋。月亮这时已经高高升起，室内每件东西历历可见。罗米拉尤提了那篮甘薯，我走到国王身边。

"现在咱们走，先生？"

我窥视了一下裹着的尸体，面部已经膨胀，几乎完全变形了。由于热力对尸体的影响，尽管我舍不得他，也只好转开身。"再见，陛下，"我说，然后离别了他。

这时我突然起了个念头。幼狮用鼻子朝我们闻闻喷喷的，我把它抱了起来。

"什么，您干？"

"这头动物得跟咱们一块儿走，"我说。

第二十二章

罗米拉尤立即提出异议,但我还是把小动物搂在怀里,听它细声的叫唤,用它的爪来搔我的胸膛。"国王会赞成我带走它的,'我说。"瞧,他得以某种方式活下来,你明白吗?"月光照耀下的地平线特别清晰,这使我感到头脑清醒。月光从山顶边洒下来,三十英里原野展开在我们面前,这是我们逃命的出路。我估计罗米拉尤会说,这只动物是夺走达甫性命的敌人所生,于是我说:"好吧,咱们别站在这儿争论,耽搁了时间。你瞧,我饶了那家伙的命;既饶了他,就不能把小动物留下来。我坚决不答应。瞧,我可以用头盔装它,晚上我用不着盔帽。"说实话,夜间的凉风对我发烧的头脑更有好处。

罗米拉尤屈服了,我们开始在月下逃跑,从深谷的一侧上山,把霍普地带丢在后面,直往帕汶台方向前进。我抱着幼狮跑在后面,整整一晚我们都在小跑,因此到日出时分,已经到了二十英里以外的地方。

我们走了十天才到达帕汶台,要不是有罗米拉尤一道,连两天我也坚持不了。他知道什么地方有水,哪些草根、昆虫可以吃;因为第四天,烤甘薯就吃光了,我们只好靠刨草根捕虫子为生。'你可以充当空军的教官,教人怎样活下来,"我对他说。"你会成为他们的宝贝。我们终于和圣徒约翰一样以蝗虫为生了——'在旷野里有人喊着说。'①"可是,我们还有头幼狮需要喂养和照顾。我怀疑这样的困苦有谁经历过。我用刀在手掌心挤压草根和昆虫,弄成泥浆后用手一口一口地喂进幼狮

---

① 见《圣经·马太福音》第三章第3—4节。

嘴里。白天我得戴盔帽，便把幼狮抱在腋下，有时让它蹲在系帽的皮带上。它睡在盔帽里，同我的钱包、护照一起；它用嘴啃皮带，到后来几乎把皮带啃光了。那以后，我只好把证件和四张千元钞票卷进内裤。

我瘦削的面颊上，胡须长成各种不同的颜色。在大部分艰苦跋涉的旅程中，我处于神志不清的癫狂状态，一点帮不了罗米拉尤的忙。当他寻觅食物的时候，我坐在一旁逗幼狮玩，我给它取名为达甫。然而在许多重大问题上，我的头脑又很清楚，甚至很敏锐。当我蹲着吃虫卵、幼虫和蚂蚁时，幼狮躺在我的身影里乘凉，我居然能做预言式的讲话和唱歌——是的，我回忆起许多从前在幼儿园和上小学时学会的歌，比如什么《美丽的渡渡鸟》、《白脸小丑》、《栗黄的姑娘》和《西班牙吉他》。我一面唱歌，一面抚弄幼狮，它对我百依百顺。有时它在我两脚之间打滚，或用细爪来搔我的腿。不过由于吃昆虫和草根，它不可能长得很健壮；我担心它会死，罗米拉尤则希望它死了更好。可是我们幸好带着矛子，罗米拉尤用来打了几只鸟，我记得其中有一只是食肉鸟，它逼近我们，反倒成了我们的食品。

第十天，我们到达了帕汶台。（这是罗米拉尤告诉我的，我自己已经忘记天日了。）帕汶台萎缩地立在巉岩之上，但远不及我们萎缩不支的程度。城垣呈蛋白色，棕色的阿拉伯人身裹长袍，颈系围巾，看着我们从荒芜的路径走出来。我像丘吉尔那样伸出两根指头表示胜利，逢人便打招呼，发出一声嘶哑干涩的幸存者的笑声，同时我揪住幼狮的颈背，举起来让每个人观看。男人们默不作声，女人只现出两只眼睛，牧民晒得黑黑的，油脂仿佛从头发边沿往下淌。我对他们说："找个乐队来，找人来奏乐吧。"

不一会我躺下了，但我要罗米拉尤答应照看好小动物。"它就是我的达甫，"我说。"请你别让它出任何问题，罗米拉尤，那会彻底毁了我的。老伙计，我不能恫吓你，我太虚弱了，我只是哀求你。"

罗米拉尤叫我别担心，他说："行，先生。"

"我可以哀求，"我对他说。"我并不是自己原来所想象的那种人。"

"还有一件事，罗米拉尤……"我躺在当地一家居民的床上，他蹲在我旁边，从我手里接过幼狮。"允诺了吗？完完全全允诺了吗？"

"允诺什么，先生？"

"呃，我指的事**很清楚**。难道你不肯吗？罗米拉尤，我指的是理智——**惟一**的理性。它可能会迟到最后一息才能获得，但公理总是存在，我相信有公理，而这是可以应允的，虽然我不是自己原来想象的那种人。"

罗米拉尤正要宽慰我，但我对他说："你不必安慰我。沉睡结束了，我已经回到了自我，这不是孩子们的歌唱声吵醒我的。我想知道的是，为什么每个人都必须为此而奋斗，而且斗争如此艰巨。我们干吗要滋长这些痛苦，难熬的痛苦，无穷无尽的痛苦。"我把凶残敌人的后代抱在自己胸间，由于虚弱和劳累，我只能向罗米拉尤示意，我心头想说："伙计，别令我失望。"

然后，我让他从我手里接过动物，我睡了一会，做了些梦，或者并没睡着，只是躺在人家床上，做的不是梦而是白日的幻觉。有一件事我不停地告诉罗米拉尤和我自己：我得回到莉莉和孩子身边去。除非见到他们，尤其是莉莉，我永远不会心甘。我愈来愈想家，害了严重的思乡病。我自言自语：宇宙是什么？浩瀚无边。我们是什么？渺小可怜。因此，我最好回家去，那儿有爱我的妻子，即使她仅仅是表面爱我，有家总比没家好。无论怎么说，我眷恋她，以不同的方式思念她；她说的一些话又响在耳边，比如，一个人应该为这而不应为那活着，向善不要从恶，要生存不要死亡，以及诸如此类的说教。但是我认为她无论说什么都不要紧，我不会因为她喋喋不休的劝诫而嫌弃她。罗米拉尤不时走近我身旁，当我神志最混乱的时候，他黑色的面孔在我看来像一块防震玻璃，无论发生什么事，它都承受得住。

"啊，罗米拉尤，你逃脱不了节奏，"我记得无数次地这样对他念道。"你完全无法摆脱它,左手与右手协调活动,呼气之后接着要吸气,心脏收缩之后又舒张,双手合捏馅饼,双脚共同舞蹈。还有四季的交替,星辰的转移,潮水的涨落,以及诸如此类。你必须与节奏达成和谐,要是它找你麻烦,你就输了。你斗不过它,它永远持续下去,以至无限。罗米拉尤,真他妈的,我们永远摆脱不了节奏。但愿我逝去的日子不再来纠缠我,让我安宁。坏事总不断浮上脑际,这便是最令人扫兴的节奏。一个人坏的一面老是再现,那是最最折磨人的烦恼。可是,你逃不了永恒的规律。国王说我应当改变,不应该属于忧伤类型的人或者不安分型的人。青草应当是我的表兄弟。嘿,即使死亡自己也不知道迄今有多少人死去,它永远无法查清楚。但是,有些死者逝去,却令我们想念他们,这便是他们不朽之处——活在我们心中。我的背快断裂了,承受的负担过重。这不公平——'格朗—图—摩拉尼'怎么样了?"

他给我看小动物。它经过种种苦难活下来了,正在迅速成长。

我在帕汶台躺了几个星期后开始恢复健康,我告诉罗米拉尤:"喂,伙计,趁幼狮还小,我最好开路。我不能等到它长大再动身,对不对?即使长到半大,运回美国也很费事。"

"不,不,你太病,先生。"

我说:"是的,身体还不够棒,但我受得了,不过是害点什么毛病而已。要不然,我是挺健康的。"

罗米拉尤极力反对,但我终于说服他带我到了巴克特尔。在那儿我买了两件短裤,传教士给我服了些磺胺药物,我的痢疾被控制住了。这花了几天工夫。之后我睡在吉普车的后座上,幼狮盖着黄褐色的毛毯偎在我身边;罗米拉尤驾车,开往埃塞俄比亚的哈拉。经过六天到达哈拉,我在那儿为罗米拉尤买了几百美元的礼物,把吉普车都装满了。

"我将在瑞士停留,想去看看我最小的女儿阿丽斯,"我说。"但是我的气色不好,没有必要让她吃惊一场,最好以后再去。而且,还有幼狮跟着呢。"

"你带它回家?"

"我到哪儿它到哪儿,"我说,"罗米拉尤,你我总有一天还会聚在一起,世界已经不再那么松散无边了。无论是谁,只要他活着,你总可以找到他。你有我的通讯地址吧,写信给我。别这样难受,下次咱们相见,我就会穿着白大褂了。你会为我感到骄傲,我将免费为你治病。"

"哦,您弱得不能走,先生,"罗米拉尤说。"我舍不得你离开。"

我对此与他完全一样地认真。

"听我说,罗米拉尤,我死不了。大自然已经检验过我了,叫我经受了种种难以想象的磨难,而我终于熬出来了。"

然而他明白,我实在虚弱,只消用一根细丝就可以把我缚住。

最后我们终于分手了。当我抱着幼狮在哈拉城里走动,他远远地跟在我后面照看我。我两腿打颤,胡须长得像个德高望重的智叟,带着幼狮在麦纳利克国王的宫前观光,风尘仆仆、忧心忡忡的罗米拉尤却在宫墙转角处注视着我,生怕我摔倒在地。为了照顾他的情绪,我装作视而不见。当我登上飞机,他还在观望我。我乘的是喀士穆①班机,幼狮放在一只藤篮里。罗米拉尤的吉普车停在机场旁边,他坐在方向盘前祷告。他躬着身拱起手,活像一只大龙虾,我知道他正在竭力为我的平安和健康祝福。我站起身来大叫:"罗米拉尤!"好几位乘客担心我会把小飞机颠翻,我对他们说:"那位黑人朋友救了我的命。"

现在我们飞行在空中,越过密集的炎热云层。我坐下来解开幼狮,把它抱在膝头上。

在喀士穆,我和领事馆的人在回国的安排上发生了激烈的争执,尤其是关于幼狮的问题。他们说美国有专门干贩卖动物园动物这一行的,并且告诉我,要是我不按正常的程序办事,狮子必须经过检疫。我说我乐意去找兽医,请他给注射些针药,但我对他们说:"我忙着赶回家去,

---

① 喀士穆:苏丹的首都。

我生病了,不能再耽搁。"那些家伙声称,看得出我的确吃了不少苦头,并想打听我旅途的情形,问我是怎样把所有东西丢光的。"关你们屁事,"我说。"我的护照没问题,不是吗?而且我有钞票,我的曾祖父当过你们这行的头目,他不像你们这样冷漠无情,自视高贵,不可一世。你们这些人都是一个鼻孔出气。你们以为美国公民都是些白痴低能儿。听着,我只要求你们办事快点儿——不错,我到内地去见识了一些东西。一点不假,我见到了一些本质的东西,但甭想我满足你们的好奇心。即使大使问到我,我也不会对他讲。"

他们不喜欢我这席话,我却需要他们解决难题。狮子蹲在办公桌上掀翻了订书机,咬了他们的衣服。他们以最快的速度把我打发走了。当晚我飞到了开罗,我在开罗和莉莉通了越洋电话。"这是我,亲爱的,"我大声说。"星期日我就到家了。"我知道她一定面色苍白,而且愈来愈白,愈显得天真,她激动时总是这样;她的嘴唇也一定颤动五六次之后才开口说出几个字。"亲爱的,我立即回家,"我说。"说清楚点,别咕咕哝哝的。""金尼!"我听见她叫了一声,随后,半个世界的声波、气流、水响,一齐混杂进来了。"亲爱的,我打算好好干,能听见吗?现在我有信心了。"她说的话我只能听清三两个字。浩瀚空间里的奇怪噪音总是混杂进来。我知道她在谈爱情,声音很激动,我猜她又在讲大道理,召唤我回去。我不断地说:"像你那样的大个子,说话的声音太小了。"她倒是能听见我说的话:"星期日,艾德威尔德机场,带上多诺万。"多诺万是位老律师,原是我父亲产业的信托人,现在一定有八十岁了。由于带着幼狮,我也许需要得到他的法律帮助。

这是星期三。星期四我们飞往雅典,我想应当去参观一下古希腊留下来的卫城。我雇了一名向导和一辆车,但我的病远远未愈,神志恍惚,看不了那许多。狮子跟着我,拴在一条皮带上。除了穿上在巴克特尔买的短裤外,我一身非洲人的打扮,仍然戴着那顶盔帽,穿上那双胶鞋。我的胡须蓄得很长了,花白之中夹杂着红、黑、金黄和紫色的根条。使馆的人建议我刮一刮,以便与护照上的相片吻合些,但我没有采纳他们的建议。就卫城之行而言,我望见高处的景象:黄色嶙峋的山冈,罩着玫瑰的色彩,我想那一定是很美的,但我无力下车,向导也没有建议我那样做。整个旅途,他沉默寡言,几乎什么也没说,但他的眼神表达了他心头的想法。"这也很有道理。"我对他说。

星期五,我到了罗马,在那儿买了一件紫红色的灯芯绒外套,一顶饰有羽毛的登山软帽,还买了衬衣和内裤。除了买这些东西外,我一步也没有离开房间。我不想牵着狮子在威尼托大街上出风头。

星期六,我们途经巴黎和伦敦继续飞行,这是我能安排的惟一路线。我没有兴趣重游这两座城市或别的任何城市。对我来说,飞行中最愉快的时刻是越过浩渺的水域;我仿佛是一个脱水的人,永远看不够水。飞机像一把梳子掠过无边无际、幽深莫测的大西洋。海洋的深度令我感到愉快,我靠窗坐着,高入云端。映着夕阳落照,大海显得苍茫朦胧。我们被载着越过深沉的海水,像铅封闭的海面,一望无垠。

别的乘客都在看书,我不明白为什么要那样做。一个人坐在飞机上怎么能这样对窗外的景色无动于衷呢?当然,他们与来自非洲内陆的我不同,没有与文明割断的经历。他们带着书本从巴黎和伦敦登上飞机,而我亨德森呢,满面欣喜,穿着灯芯绒衣服,戴上插着羽毛的帽子,永远看不够无边无际的海水,翻飞密集的云层。我的盔帽放进了藤篮里,我想幼狮需要有件熟悉的东西作伴,才好安稳地度过这令人振奋的奇妙旅程。千姿百态的云彩像是永恒的天庭。(可惜云彩不能持久,它们是缥缈的海市蜃楼,转瞬即逝,不是经久不变的现实。再也见不到达甫了,很快我也不会被人见到了。但是每个人都可以看见同样的东西:水、阳光、空气、大地。)

空中小姐见我太兴奋了,递给我一本杂志,好让我平静下来。她知道我寄放了一头幼狮在行李间,因为我为它要了杂碎和牛奶,而且老在座位与后舱之间来来往往,在飞机尾部徘徊。她是个很体谅人的姑娘,最后我向她说明了这是怎么回事，告诉她狮子对我很要紧，我要带它回家，带给我的妻子和孩子。我说："它是一位亲密的朋友送的礼物。"我真想对她说明，也是那位朋友神秘的化身。她是伊利诺伊州罗克福德的人。每隔二十年左右，大地便在少女身上重现自己。你懂我的意思吗？她的面颊具有只属于年轻人的完美形态，她有一头卷曲的金发，牙齿洁白，无论从什么方向看去都整整齐齐。她长得娇嫩极了，样子甜甜的，十分讨人喜欢。为她的臀部祝福，为她的大腿祝福，为她纤巧的手指祝福——手指被制服袖口遮盖了一部分。为她那头蓬松的金发祝福。她真是个娇小玲珑的姑娘，具有中西部年轻女人的特点：待人像一个伙伴或好友，态度十分随和。我说："你使我想起我的妻子，我已经几个月没见到她了。"

"哦？多少个月？"她问。

这我可没法告诉她，因为我不知道天日了。"现在是九月了吧？"我问。

她吃了一惊，说道："真的，你不知道？下周就要过感恩节了①。"

"这么晚啦！我错过入学注册的时间了，只好等下个学期了。你瞧，我在非洲病了，神志不清，忘记了天日。你要深入非洲，会遇到同样的风险的，你明白吗，小姑娘？"

我叫她"小姑娘"，她感到很有趣。

"你还在上学？"

我说："人们不去发现自我，反倒畸形发展，无法无天。对于这些人，起码是有办法的。你知道吗？当我们所等待的那一天到来的时候。"

"亨德森先生，哪一天？"她说，朝我笑了。

"难道你没有听过这首歌？"我说。"听吧，我给你唱几句。"当时我们在后舱，我在那儿喂狮子。我唱道："我们将等待**他**到来的一天（**他**

---

① 感恩节：在美国，感恩节是每年十一月的最后一个星期四。

到来的一天)？我们将站立，当他出现的时刻(当他出现的时刻)？"

"这不是韩德尔的曲子吗？"她说。"我在罗克福德学院听过的。"

"说得对，"我说。"你是个聪明伶俐的姑娘。我有个儿子，名叫爱德华，他的才智都被冷漠的爵士音乐淹没了。……我的整个青春时代都沉睡过去了，"我一面喂狮子熟肉食，一面往下讲。"我像咱们同机的那位头等舱乘客，一直沉睡，睡个不醒。"(我得说明一下：我们乘的是一架同温层飞机，设有睡舱，我注意到空中小姐端着牛排香槟进那舱去。)那家伙从未露面，她告诉我，他是一位有名的外交家。"我想他花了那么多钱乘头等舱位，只好多睡觉了。"我评论道，"要是他害了失眠症，对他那样身居显位的人来说，可真够倒霉了。小姐，你知道我为什么这样性急地要见妻子吗？我想马上知道沉睡醒来之后会是怎样的情形。我也很想见到孩子，我很爱他们——我想是吧。"

"为什么说'你想是吧'呢？"

"是的，得看看再说。你不知道我们家的人在选择伙伴方面很滑稽。我大儿子爱德华养了一头大猩猩，给它穿一身牛仔装。后来在加利福尼亚，我和他差点捉回一只小海豹。我的女儿抱回一个婴儿，当然我们不得不从她身边拿走。我希望她会把这头狮子当作弥补。我想能够说服她。"

"机上有一个孩子，"空中小姐说，"他显得很不高兴，或许会欣赏这头小狮子的。"

我问："他是谁？"

"噢，他的父母都是美国人，他颈上系着一封说明这一切的信，小孩连一个英语单词都不会讲，只会波斯语。"

"往下讲吧，"我说。

"他的父亲在伊朗为石油业的人干活，小孩由伊朗用人养大。现在他成了孤儿，去内华达州的卡森同他的祖父母过日子。我将在艾德威尔德把他交给一个人。"

"可怜的小崽儿，"我说。"你去领他来吧，让他看看狮子。"

于是她去领了小孩来。小孩皮肤白皙，穿条背带裤，一件小巧的深绿毛衣，一头黑发，同我的头发一样。我一见就喜欢他。你知道突然倾心的劲儿，像秋天清爽的早晨看见一只摔伤的苹果。"这儿来，孩子，"我说，一面去拉他的手。我对空中小姐说："运送这样一个孤单单的小孩作环球旅行，可不是件好差事。"我把达甫幼狮抱给他玩："我想他还不知道这是什么呢，也许认为是只猫咪。"

"但是，他可喜欢它啦。"

小动物的确使小孩不再那么消沉，于是我们让他同幼狮玩。当我们回到座位时，我带他在身边，给他看杂志里的画面，为他要了晚餐。到了夜晚，他便伏在我膝头上睡着了，我只好叫那位空中小姐替我照管狮子——我抽不开身。她说狮子也睡着了。

在这趟航行中，我的记忆大大复活了。我记起一些往事，对我颇有意义。寿命长毕竟不全是坏事，总可以从过去觅得一丝慰藉。首先，我想到马铃薯，它实际上属于有毒性的茄属植物。接着我想，猪不可能垄断唧唧哼哼的声音。

这样一回忆，我记起我哥哥狄克死后我离家出走的事。当时我已经快十六岁了，一年级大学生，留了短髭。我离家的原因是看不惯老头子成天愁眉苦脸的悲伤样子。我们拥有一幢漂亮的房屋——精心建造的艺术品。基脚砌的是石头，足有三英尺厚，天花板有十八英尺宽，十二堵落地窗户，镶上各式各样的旧式玻璃，光线充足，照亮室内每件物品。这些古老的房间里有一种静谧的气氛，我想破坏也无能为力。只有一桩事有问题：接头不现代化。这与后来生活的情形完全不同，因而容易引起误解。我倒是认为应当由狄克继承。可是，满面银须的老头子让我感到，似乎我们的家谱续到狄克在阿迪隆达克山区死去就中断了。狄克在希腊人开的店里向自己的钢笔开枪打穿了店主的咖啡壶而闯祸。狄克同我们家其余的男人一样，有一头卷发，宽阔厚实的肩膀。然而，他却在荒山里淹死了。爹看着我,流露出一副绝望的神情。

一个体力逐渐衰竭而又失望的老人,往往以发脾气来增加自己的活力。这个道理我现在才明白了。可是在十六岁的年纪,我不能理解他,于是闹翻了。那年夏天,我在干拆毁破汽车的活,用吹管拆下零件当旧货,我成了那儿的惟一主宰。这个工场离家大约三英里,在那儿干活对我很有益处。除了拆车外,整个夏天别的事我一样也没干。我满身油污和黄锈,喷火的吹管烫手,火光令人昏眩,可我拆了的挡板、车轴和车内的部件堆成了座座小山。举行狄克的葬礼那天,我也坚持去干活。晚上我回到家里,到屋后用浇花木的水管冲澡,凉水喷在头上,我不住地大声吁气。老头子走到屋后的游廊、站在绿色藤蔓的暗黑处。旁边是一个没人照管的果园,后来我把它拆除了。凉水喷射在身上,同置身外层空间一样冷。可是,我内心却很热,热得比我用来拆毁破车的吹管更厉害。这时,老头子大声武气地冲着我说话,由于悲伤的缘故,还辱骂我,而且我知道他真在骂我,因为他把早日的文雅词语全抛在一边。我猜想,他骂我的原因是我没有安慰他。

于是,我离家出走了。我徒步到了尼亚加拉大瀑布①。站在瀑布面前观看,我真被那湍急直下的激流怔住了。水具有很大的治愈力。接着我乘上"雾中少女"汽船(原先的那条船,后来被烧毁了),参观了瀑布周围的风洞和别的地方。然后我继续往北,在加拿大的安大略省的一个游乐园找到一份工作。这是那个在伊朗长大的美国孤儿伏在我膝上时我忆起的绝大部分往事。北大西洋黑沉沉的水域正在我们下方展开,四只螺旋桨推动我们往家乡飞行。

我记不起那是安大略省的哪一部分,但在安大略范围内。游乐园坐落在一片风景优美的地面,园主人汉森叫我睡在马棚里。夜间,老鼠

---

① 尼亚加拉大瀑布:位于美国纽约州北面与加拿大安大略省南部接壤的边界上,是北美洲最壮观最有名的大瀑布。

偷食燕麦,在我腿上跳来跳去。天刚亮,我就开始饮马,在纬度高的北方,黑夜一结束便是蓝色的晨曦。这时几个黑人来牵马,外边还是濛濛雾气。

我和大熊斯莫拉克一起表演。我几乎忘记了这头褐色的老熊,驯兽人斯莫拉克(大熊是以他的名字命名的)和他的马戏团同事揍了它,然后把它留给了汉森。这头熊老了,又挨了主人一顿打,再不需要跟个驯兽人了。可怜的大熊,一副老相,牙齿快掉光了。可是,汉森却为它想出了一个用场。大熊受过骑自行车的训练,现在老了虽然骑不动,但可以与兔子从同一个盘里进食,然后戴上帽子,穿上围涎,后脚站立着啜吮奶瓶,而且还能坐滑车——这就是我被雇用的理由。离表演季节结束还差一个月,每天我和斯莫拉克一起当着人群在滑行铁道上运行。这头可怜的心力交瘁的老熊每天得单独同我在滑道上高速行驶两次。当我们上起下落,左右回转,忽高忽低,滑动得比阜氏转轮①还要快时,我们相互紧抱在一起,面颊对着面颊;当垂直下坠的一刹那,整个支架仿佛就要脱落,共同的绝望感把我们结合在一起了。当它朝我哼哼哀叫时,我紧靠着它那长期经受磨难的可悲身躯,贴在那件褪色的褴褛衣衫上。有时,这动物会把自己尿湿,可它显然知道我是它的朋友,从不用爪抓我。我身上带了一支用布毯包着的手枪,以防万一受到攻击,但从来不需要使用。我记得曾这样对汉森说过:"我们是同类相怜,斯莫拉克被人遗弃,我则是一个以实玛利②。"当我躺在马棚里,我常常想起狄克的不幸逝世和我的父亲。可是大部分时间我和斯莫拉克呆在一起,而不是和马群,我和可怜的老熊非常接近。因此,在猪进入我的生活圈子之

---

① 阜氏转轮:游乐园里的一种游乐器具,一个垂直转动的巨轮,上面挂着座位。由美国工程师乔治·阜瑞斯(1859—1896)发明而得名。
② 见《圣经·创世记》第16章15—16节和第21章8—14节,以实玛利为亚伯拉罕与其使女夏甲所生之子,后其妻撒拉也生一子,为独得遗产,要求亚伯拉罕将夏甲和以实玛利母子打发走,故后来以实玛利被喻为被遗弃的人。

前，我从熊那里获得了深刻的印象。假如说躯体是精神的影子，可见的形体是无形事物的化身；假如说斯莫拉克和我同样无家可归，在观众面前同是两个丑角，在我们自己心上却是兄弟——我受熊的感染，它受人的影响——我接近猪时已经不是一张白纸了。这是合情合理的，因为当时不少事已经在我身上打上了深深的烙印。我不知道达甫是不是从我身上看出了这点。

再说吧，我获得的任何益处都是爱的结果，而非其他。当斯莫拉克（它的躯体像林中长满苔藓的榆树干）和我一起滑行，当我们置身顶端，即将沿着黄色的支架向无底的深处俯冲，或者当我们重又向碧蓝的天空上跃（啊，在蓝色的赋予生命的微妙气囊的笼罩中完成了何等壮举），下面的观众，那些加拿大的乡巴佬，红红的面堂，粗大的手指，个个兴高采烈——这时，老熊和我却怀着无限的恐惧紧紧抱在一起，在滑行车道上飞速奔驰。我闭上眼睛，把头埋进它稀疏脱落的绒毛里；它把我搂在怀里，给我以安慰。最难得的是它从不责怪我，它饱经人世沧桑，头脑里已经一清二楚：对于一切生物来说，世上绝没有彼此互不相干的事。

我在想，要是我在晚上告诉莉莉这一切，她得陪我熬上整整一夜。

伏在我膝头上睡觉的要到内华达州去的孩子，除了讲波斯语外什么也不会，可是他也许正拖曳着彩云般的荣光呢。天知道，我自己也曾尽可能长久地拖曳我的荣光，直到它变得灰暗，成为一团灰色的迷雾。不过，我心里一直明白这是怎么一回事。

"喂，瞧你们俩，"空中小姐说，暗示我小孩醒了。两颗机灵的灰色眼珠朝我转动，像面对崭新的生活，睁得大大的眼睛里闪亮着新的光泽。带着这种光泽，两眼也具有永世不衰的活力。我绝不相信这是第一次看到。

"我们快要着陆了，"年轻的姑娘说。

"你说什么，咱们这么快就越过了纽约上空不成？我告诉妻子下午来接我。"

"不,这是纽芬兰①,中途加油,"她说。"天快要亮了。你看不清吗?"

"哦,在热带过了好几个月之后,我早就想呼吸点我们正穿过的冷空气了,"我说。"你明白我的意思吗?"

"我想你会有机会的。"她说。

"呃,给小孩拿条毯子来吧,我也要让他呼吸点新鲜空气。"

我们开始往下进入低空,这时迎着朝阳一面的云层在海面上空被染得通红。一瞬之间我又回到灰色的晨曦,看见裹着坚冰的巉岩面对起伏的万顷碧波。我们徐徐下降,灰色的天空下面白茫茫的一片。

"我要去散散步,你跟我一道去吗?"我对小孩说。他用波斯语回答我。"喔,行,"我说。我展开毯子,他站上座位裹进毯里。裹好后,我把他搂在怀里。空中小姐端着咖啡正要去送给那位不露面的头等乘客。

"都准备好啦?你的大衣哪去了?"她问我。

"狮子是我带的惟一行李,"我说。"但没关系,我在乡下长大的,皮子厚。"

于是,我们被允许下机,我抱着小孩下了舷梯,走过几乎永远是冰天雪地的冰冻地面。我深深吸气,感到全身振奋,无限愉快;可是这时,刺骨的寒气透过僵硬的意大利灯芯绒条纹,从四面八方袭击着我。口鼻嘘出的湿气立即冻结,胡须上结成了条条坚冰。我在冰上滑了一跤,我仍然穿着那双翻毛皮鞋,袜子已经烂朽了,可我一直没来得及换一双。我告诉小孩:"吸气吧,孤儿的遭遇使你面色苍白。呼吸这儿的空气吧,让面孔变得红润些。"我紧紧地把他贴进胸膛,他并不担心会同我一起摔倒。这时对我来说,他,还有空气,是我的药物,也是一剂

---

① 纽芬兰:加拿大东部的一个省,英文为 New-found-land,意为"新发现的陆地",暗示终于从沉睡醒来,到达了一个新的境界。

良方。我期待着在艾德威尔德重逢莉莉的喜悦,还有那头幼狮——它也是我欣喜的一部分。加油车停在飞机旁,我一圈又一圈地绕着光亮结实的机身跑跳。一张张黑黝黝的面孔从机窗内朝外张望,四个巨大而又漂亮的螺旋桨停着不动。我感到现在该轮到我行动的时候了,于是我继续跑着——跑呀,跳呀,声音铿锵地跑跳在北极沉静而又灰濛濛的洁白的雪地上。

导 读[①]

◎ 亚当·柯什

在纽约州北部的一家便餐馆，一个年轻人本想用手枪打朋友手中的钢笔，结果打穿了店里的咖啡壶，滚烫的咖啡直往对面的窗边喷射。在一处衰败老宅的书房里，一个中年男子抖动父亲藏书的书页，钞票纷纷扬扬飘落到地上。在加拿大的一个游乐园里，一个男孩与一头心力交瘁的老熊在滑行铁道上紧靠在一起，上起下落。在非洲一个偏僻的村落，一个身材魁梧、沮丧、不擅辞令的美国人用他根本不懂的语言求雨——而雨，居然真的来了。

对于像《雨王亨德森》这样充满超现实主义画面的小说，一部从大陆穿越到另一个大陆、从荒唐升华到崇高的小说，也许我们最好从一个小小的怪词说起：Obersteiner's allochiria。小说中拖着步子的朝圣英雄尤金·亨德森在阅读瓦里里国王达甫递给他的深奥晦涩的医学书籍时，说："我硬着头皮读下去，遇到 Oberstein's allochiria 这个术语时，我便甘拜下风了。""我心想，'见鬼！这究竟是干什么！'"这个术语听起来有点怪，似乎是索尔·贝娄的又一个发明，其实，早在十九世纪，奥地利的确有一位神经学家叫海因里希·奥贝斯坦纳，他诊断出一种罕见的神经综合症，即：大脑会对身体左右两侧的感觉进行调换。

这种现象吸引着达甫，也吸引着创造达甫的小说家，因为这种现

[①] 此文译自英国企鹅经典《雨王亨德森》导读。作者亚当·柯什（Adam Kirsch）是美国诗人、文学评论家，哥伦比亚大学美国研究中心研讨会成员。

象似乎从根本上颠覆了精神和肉体之间的关系。身为科学的理性主义者,我们知道,精神是肉体的产物;在前人看来是心灵或精神的东西,在我们眼里只不过是大脑的偶发现象。但借助异侧感觉,我们可以窥见另一个真理,即:肉体——我们借助肉体去感知和生存——也是精神的产物。

如果精神强大到能把左边变成右边,把右边变成左边,那么,它是否也可以影响肉体的成长和形态呢?肉体会不会不仅是自我的躯壳,而且是自我的真实写照呢?对这个问题,达甫是持肯定态度的:"有的面孔只有面颊表明希望,有的则整个面孔都充满希望,有值得尊敬的脚,有富于正义的手,有显示宁静的眉宇,如此等等。……一个人的精神,在某种意义上说,是他身体的主宰。"听到这儿,亨德森回答道:"呃,陛下,……这是我听见的最坏消息。"亨德森做出这样的反应是很自然的,因为贝娄时刻让我们牢记亨德森长得是多么奇怪,他的力量和形体相互结合后表现得多么凶残:"我大而无力,看起来是个庞然大物,却像一根孤立的图腾柱子,或者像只加拉帕戈斯海面的龟,笨重无能。"当亨德森和他的向导兼翻译罗米拉尤第一次进入阿纳维部落的时候,见到的第一个年轻女子突然放声大哭。对年轻女子的这种反应,亨德森几乎无法责难:"我暗暗在想:'我必须跑回沙漠去吗?呆在那儿直到我身上的邪恶消失,直到我能和和气气地会见别人,不致让人一见到我就绝望伤心?'"

诚然,把亨德森赶出美国的,首先是他对所有人做过的坏事,这一点他心知肚明。贝娄似乎在通过列举不幸遭遇来驱赶主人公,他没到非洲前的小说前四章就像是一部喜剧性歌剧的前奏。拿着枪驱赶家里的猫,时时刻刻威胁要自杀,一边摇着头一边说"去—去—去",最后居然高声吵嚷、拍桌子打巴掌地把他家胆小的老女厨给吓死了,这就是亨德森。小说如此滑稽可笑,以至于读者肯定会纳闷,我这是在读什么小说啊:太混乱、太搞笑,根本不是一部哲理小说,当然,要说是喜剧嘛，又太凄惨，太无情。唯一的办法就是紧随贝娄的脚步，因为在贝娄眼里，人物创造从来没有描摹一副肖像画或讲述生活史那么简单。让贝娄的主人公跃然纸上的正是他的狂躁，思想和情感的"无序冲动"，这种冲动我们在小说的开头就领略了，而且一直持续到小说的结尾。尤金·亨德森内心的这种无序冲动与他面相和体型的极度丑陋是相辅相成的。

由此看来，《雨王亨德森》可以看作是间于小说和诗歌之间的作品。小说的关键在于，与其说在叙述事件，不如说是在召唤某种生存方式——正如亨德森自己所说，"倾听我内心里的喊叫"。贝娄创作的第二阶段中其它鸿篇巨著也是如此，这一时期始于一九五九年发表的《亨德森》，一直延续到一九六四年发表的《赫索格》以及一九七五年发表的《洪堡的礼物》。（他在给友人小说家理查德·斯特恩[①]的信中说，"这三部小说让我终于恢复了正常呼吸。"）其后来作品中的主人公，摩西·赫索格和查理·西翠恩，创造了现在被广为接受的贝娄式英雄：咬字过分清晰、悲惨、多愁善感、有知识、生活在城市里的犹太人，而这些都是明显打上索尔·贝娄标签的人物。《赫索格》虽然讲述了诸多通奸和苟且，但故事情节与贝娄创作、发表《雨王亨德森》时所经历的东西是完全一致的。

但在创作《亨德森》时，贝娄从来没有去过非洲。他对非洲的了解仅限于大学人文课的课本上，有关阿纳维和瓦里里部落的一些习俗，他是从课本中了解的。当然，他与亨德森——古老而又显赫家族的继承人，二战老兵，一张口便是俚语和陈词滥调且不擅辞令的人，一个蛮力的活标本——也没有任何共同之处。最初激发他创作亨德森灵感的是阿

[①] 理查德·斯特恩（Richard Stern，1915—2001），美国小说家，于二十世纪五十年代开始创作以私家侦探为主题的神秘传奇小说，并于1959年因其《通往恐惧的金光大道》而获得埃德加·爱伦·坡最佳小说奖，但其最受欢迎的小说为《塔》。

斯特和约翰·杰伊的后裔尚勒·查普曼,他是贝娄二十世纪五十年代在巴德学院教书时曾经租住在纽约巴里敦的房东。(这也可能激起了贝娄和妻子的创作灵感,创造了那对书生气十足的小夫妻房客,因为亨德森不愿意为房子增加过冬的暖气设备,最后愤而搬离,临走时还留下一只猫让他照顾。)

但当一位采访者问贝娄,他创作的人物哪一个最像他本人时,他说道"亨德森——以荒诞的方式追求高品质生活的人"。诚然,除去外表,亨德森拥有一个贝娄的心——即,一个饱受渴望折磨的心。在小说中最著名的片段中,亨德森道出了他内心喧嚣的这种悸动:

> 我曾讲到我内心里感到困扰,有一个声音在那儿说:我要,我要,我要!它在每天下午出现,我愈想抑制它,它变得愈强烈。它只一个劲儿地说:我要,我要!
> 于是我问道:"你要什么?"
> 别的什么也没说,得到的回答仍是那句话:我要,我要,我要!

假如亨德森是赫索格和查理·西翠恩,他可能会解释,这个"我要"就是笛卡尔①和莱布尼兹②所谓的"天然生发力"(生命中天生的一种运动与持之以恒的趋势),或者叔本华③所谓的"意志"(世界万物中隐藏的自我主张力)。但是,正如贝娄所赋予他的那样,亨德森的悲喜

---

① 笛卡尔(Descartes,1596—1650),法国著名哲学家、物理学家、数学家、神学家,是欧洲近代哲学的奠基人之一,同时也是勇于探索的科学家,被誉为"近代科学的始祖"。
② 莱布尼兹(Leibniz,1646—1716),德意志哲学家、数学家 被誉为十七世纪的亚里士多德,1671年提出"抽象运动的理论"及"新物理学假说"。
③ 叔本华(Schopenhauer,1788—1860),德国著名哲学家,唯意志主义的创始人和主要代表之一。

剧是，面对这种"我要"，他居然完全失声，既找不到这种"我要"的理智根源，更无法在思想上抑制它或找出合理的答案。他能做到的就是去体验它，对他来说，体验这种"我要"就是用身体去体验。贝娄一再暗示，在亨德森眼里，思想与情感只不过是物理过程，其方式如同副感觉，即"看见哑子开口讲话，听见物体作声，目睹颜色雀跃"的时刻。

T. S. 艾略特曾经控诉，当代诗人已经丧失了感觉思想和思考感情的能力，而亨德森正是在感觉思想和思考感情："我的牙齿总是由于某些激动情绪而作痒……每当我赞赏美好的事物，我的齿就剧烈疼痛，像是牙龈要翻出来似的。"同时，他还通过人的外表来判断人的性格，就像他觐见女王薇拉塔勒时那样："你也许会懂得我这话的意思，如果我说她手臂上的肌肉松弛地垂向胳膊。我看这也是福禄身份的标志。"亨德森似乎生活在精神和肉体分离之前的某种状态，而这正是当代知识分子典型的苦情。这使他成为倾听达甫相面术说教的合适人选，而这种说教既充斥着前现代古风，同时也在为体液免疫说和颅相学招魂。

在亨德森看来，强烈的欲望是一种诅咒，使他不可能平平静静地和自己的妻儿和邻居一起生活。但这也是他获得救赎的种子，因为这是让他避免落入贝娄所暗示的那种完全致命的状态——沉睡。小说的副歌之一源于雪莱的诗歌"伊斯兰的反叛"："我清楚记得打破我心灵沉睡的时刻。"这些话不停地冲击着亨德森，而亨德森也把自己描写成"必须打破心灵沉睡之类的"人。

这种朦胧的欲望把亨德森带到了非洲，然后，在亨德森因他朋友查理的精良装备和摄影器材可能会阻碍他和他追求的直接体验而与查理分道扬镳之后，非常关键地把他带进了遥远的内心世界："我来这儿的目的是为了把许多事情忘却。"这也是一次时光倒流的旅行，因为在亨德森看到非洲部落时，那里的生活方式让他想起了《圣经》中的圣祖："不简单，看样子像是一处原初的地方，一定比亚伯拉罕的出生地尤尔城①还要古老。"

要弄懂贝娄是如何对待非洲和非洲人的,就必须牢记,亨德森是以探求者(差不多是乞求者)的身份走近他们的。当然,把一个大陆及其人民看成自遥远古代延续下来的,本身就是东方主义的一种形态。小说中,阿纳维村落和瓦里里村落只是在现代西方人的灵魂剧中扮演非常重要的角色,而没有当成独立的角色来对待,这一点是毫无异议的。比如,我们无从得知亨德森去的究竟是哪个国家;尽管他是在去殖民化的风口浪尖上游历非洲的,但遇到的人似乎生存在历史和政治之外。(不过,小说告诉我们,达甫国王年轻时曾在美国大学贝鲁特分校留学。)亨德森有时也会挑动人的种族神经,尤其是许多非洲人讲那种老调的"Me here too, sah(我,这,也是)"等洋泾浜英语时,更是如此。

不过,小说的意图是旗帜鲜明地站在种族主义的对立面的。小说对种族的态度可以用亨德森观察达甫的话进行概括:"国王漆黑的肤色在我看来特别怪,黑得像——富人的心。"因此,小说把非洲描绘成充满古代神圣智慧等精神财富的家园,而这正是现代美国所丧失的——贝娄是抱着一种将之艺术化的敬畏来对待这个问题的。坚持认为其它国度能弥补我们所缺失的倾向是非常美国化的,正如在小说的后半部亨德森所说:"像我这样的人,在印度有,在中国和南美各国有,世界各地都有。就在我离开美国前夕,我在报上读到一则访问记,接受访问的是一位从芒西来的钢琴教师,他到缅甸剃发为僧……我这一代美国人注定要周游世界以寻找人生的真谛。这就明白了。"这就不难想象,亨德森十几岁的女儿,被寄宿学校开除,救了一个弃婴后,成长为一个佩花嬉皮士,像甲壳虫乐队的成员一样跑到瑞诗凯诗的嬉皮士公社去了。

不过,亨德森本人并没有赶潮流,如果说他在逃避,那是因为他在

---

① 尤尔城:古代撒拏亚人的城池,在幼发拉底河上,位于现代的伊拉克南部。

某种程度上是被幽灵追着跑的。他心里一直想着死亡，正如他不止一次说过的那样，因为他已经见过太多的死亡："对我说来，死人并不陌生，我见过的死人够多了。"尽管我们只偶尔听到他谈论在第二次世界大战中的经历，但美军在罗马附近奋力抵御德军的蒙特卡西诺战役却是最血腥、最惨烈的战争经历。蒙特卡西诺是公元六世纪圣本尼迪克特修建的修道院遗址，结果被美军的炮弹彻底炸毁。把亨德森放在这个地方，放在一个西方现代文明摧毁西方文明发端的地方，贝娄似乎希望亨德森感受战后世界所有的绝望和混乱："当然，在一个疯狂的时代，想要避免受疯狂的影响，这本身就是一种疯狂的表现。"

值得注意的是，亨德森所发现的非洲并不是一个确切的地方，而是他求索的一道风景线。（正如亨德森所说："我是个性情粗暴的人，便感到非洲是一个粗暴的地方。"）这是一种对觉醒的求索，或者用小说家最喜欢用的一个词来说，是对现实的求索。但对亨德森来说，现实却是一种不稳定的东西，而且总是演变成它的反面。早先，在他没去非洲之前，在一次吵架中，他对妻子说："我过的桥比你走的路还多。你别忘了，我是最懂得现实的。"

但是，他所了解的现实就是"欲望"与"痛苦"，一旦到了非洲，他便开始怀疑，如果现实如此肮脏，那么他真正需要的可能就是非现实。因为，当今时代的一个特征就是，世世代代视为终极现实的美好事物——上帝、天道、复活、无边的正义——此时此刻在我们眼里似乎不真实了；相反，我们视之为最真实的东西却是令人恐惧的、卑鄙肮脏的——死亡、空虚、无序、盲目。在这样的世界中，要把一个古老的希望喊出来——比如，相信死者能够复活——听起来就有点愚钝和疯狂了，正如亨德森大声疾呼的那样："我这个人也怪，怎么也不能令自己相信，死者已经完全死去。我赞赏理智的人们，羡慕他们有清醒的头脑。可是，我何必勉强相信，自己欺骗自己呢？"

在其所有作品中，贝娄对待这种非理性主义都是非常开明的。在其后期的小说中,他便把鲁道夫·斯坦纳①的人智学拿来为其创作宗旨服务。正如我们看到的那样,在《亨德森》中,他又拨弄起生物学近代思想来了。他的理由很简单:如果理性创造的世界不可能让人类生活在其中,而我们又想活得快乐的话,我们也许就需要探索非理性的世界。亨德森提出质疑:"我能说这世界,全世界,整个世界,一直在跟人生作对,而且势不两立,非制服它不可?虽然我算活下来了,却发现自己难以苟且偷生?"如果如此,那么,现实——这个让人听上去带着冷冰冰的责备口气的词语,比如在"你最好别那么幼稚,要面对现实"这句话中——可能真的会变成非现实,反之亦然。亨德森提出如是质疑:"有一首关于夜莺的诗,夜莺唱道:人类承受不了过多的现实。但非现实的东西人类又能承受多少呢?"(此时此刻的亨德森想起了艾略特的《烧毁的诺顿》——"去吧,去吧,去吧,鸟儿说:人类//忍受不了太多的现实。"这时,我们才意识到,就连贝娄笔下最算不上知识分子的主人公亨德森也读过不少书呀。)

要想保证我们体验的东西是真实的,方法只有一个,那就是探索"真理":真理必须带来痛苦,以所有的成长和教育带来痛苦的方式带来痛苦。在小说的另一个著名片段中,亨德森回想起一次意外伤害:

> 去年冬天,我在地下室门边劈柴——有位修树工留给我一些松树枝干——一段木片从砧上飞起来,击中了我的鼻子。由于天寒地冻,我一点没有感觉,直到看见方格纹衣襟上的血痕才明白发生了什么事。莉莉惊叫:"你的鼻子给划破了!"不,还没有破,我的保护皮层很厚。不过,后来鼻子青肿了好长时间。然而在我受到撞击时,我才领略出"真理"的味儿。真理来源于打击吗?如果是的

---

① 鲁道夫·斯坦纳(Rudolf Steiner, 1861—1925),奥地利神秘主义者、哲学家、社会改良家和建筑师。二一世纪初,在德国唯心主义哲学和神智学基础上,提出了"人智学"学说,即以科学的方法探究人、生命和世界的本质。

话，那是军事上的概念。

后来，他又进一步明确说道："太不幸了，忍受苦难几乎是唤醒精神沉睡的惟一可靠的办法。"这就是亨德森开始第一次求索尝试后所得到的教诲，亨德森来到以养牛为生的阿纳维人居住的地方，发现那里土地荒凉，青蛙污染了水源，使得牛群无法饮水。这就是圣杯国王传说中的经典假设，即：一个饱受苦难的国家必须通过抚平其饱受苦难国王的创伤才能得到救赎——这个传说是贝娄在读人类学的时候就熟知的，也是读詹姆斯·弗雷泽的《金枝》以及对其进行反思的艾略特《荒原》长大的这代人所熟知的。（很显然，贝娄在向艾略特及其文化悲观主义所赋予现代人的一切发起抗争——用贝娄在《赫索格》中的话说，就是"荒原视野的老调重弹"。）

为了证明自己才是阿纳维人所需要的冠军，亨德森接受挑战，与依特洛王子角力，当然，由于亨德森块头大，他轻而易举地赢了。但贝娄同时也说明，这次胜利来得太容易了——只有到了一定的程度，也就是说，遭到足够的打击，亨德森才能领略到足够多的真理。他追求的品质是阿纳维人所谓"比塔式"的品质，而这种品质他在阿纳维王后薇拉塔勒身上看到了："比塔是一个有血有肉的人……她已经超脱了普通人的局限，由于她在各个方面都出类拔萃，完全可以随心所欲。"但是，过早的胜利并没有让亨德森得到满足，相反，却赋予了他一种危险的狂妄自大。在轻而易举地战胜依特洛之后，他又轻而易举地瞄准了青蛙，用临时制作的炸弹把它们全给炸上了天——结果也炸毁了整个蓄水池，让阿纳维人失去了生命的水源。

"我为什么一次也不能满足心愿！难道一次，就那么一次也不行！"亨德森哀叹道。但他必须学会，要想平复那个"我想"的声音，方法并不是得到你想要的东西，因为欲望总是另有所指，另有目标。要想找到真理，他需要一个导师，一个哲人——没准儿还需要一个理疗师。因为，一旦亨德森到达瓦里里人居住的地方，他和国王达甫之间发展起来的关系显然就像病人和精神分析医生之间的关系，这一点是毋庸置疑的。就像心理分析要求我们要面对心理压抑和恐惧，而不是把心理压抑和恐惧埋藏起来一样，达甫强迫亨德森去面对面正视最大的恐惧：狮子。

在第十六章，亨德森第一次面对雌狮阿蒂的场面也许是小说最具震撼力的场面，部分原因应归于贝娄近乎具备实景描写的超自然天赋。你会觉得，与狮子面对面时正是这种感觉：

> 狮的吼声震耳欲聋，银币大的斑影在眼前晃来晃去。……吼声震耳欲聋，银币大的斑影在眼前晃来晃去。惧埋藏起来一样，达甫强迫亨德森去面对面正视最大的恐惧：狮子。传说是冻，我一点没有感觉，直到看见方格纹衣襟上的血痕才明白发生了什么事。莉莉惊叫："你的鼻子给划破了！"不，还没有破，我的保护皮层很厚。不过，后来

亨德森邂逅狮子的过程中，最可怕的不单单是面临命丧狮爪的危险。正如贝娄在文学作品中谴责象征性狩猎一样，阿蒂的象征性份量是显而易见的——它暗示了亨德森内心里必须面对的所有原始暴力。通过安排亨德森和阿蒂的这次邂逅，达甫扮演了医生的角色，甚至使用了理疗师的语汇："不错，我有些操之过急，但我希望你尽快攻克第一道难关。"

值得一提的是，这些场面都是对威廉·赖希[①]激进疗法的狡猾效仿，二十世纪五十年代，贝娄本人曾经体验过这种疗法。赖希是从弗

[①] 威廉·赖希（Wilhelm Reich，1897—1957），美籍奥地利精神分析学家和社会学家。

洛伊德心理分析原理演变出来的一个异端分子,他本人也有点精神错乱,他认为,心理健康的关键是打破一个人的"性格盔甲",增强他所谓"倭格昂能(自然力)"的原始性高潮活力。要做到这一点,方法之一就是坐在一个按照赖希的要求制作的、和电话亭一样大小的盒子里,即:臭名昭著的"倭格昂能存储器"。有一段时间,贝娄曾在皇后区自己的公寓里装了这样的盒子,用以潜心研究赖希的诸如"原始尖叫"等技法。(他考虑得很周全,将一块手帕塞到自己嘴里,不让自己发出声来。)亨德森也是如此:"我在吼叫声里也带进一些字句,诸如:'上帝。''救救吧。''求上帝怜悯。'但实际响起的声音却只是'哞——肋!''哞——怜!'"

诚然,正如贝娄在给评论家莱斯利·费德勒①的信中所说,"《亨德森》并不是赖希式的紊乱,而是喜剧。"同时,要理解贝娄处理这些可怕而又解放的场面时使用的手法,也没有必要先得听说赖希的名字。重要的是方法,即:在整个小说中,对待非理性,对待现代科学所鄙视的思考生命和自然的种种方式,亨德森一直抱着的开放胸怀。(亨德森回想起"上大学时,我们在课堂上一听说拉马克的理论就嘲笑开了,"但贝娄并不愿意这么快就笑。)听从达甫有关物理类型的那套理论,亨德森开始相信,他的生活不快乐,使他简直像猪一样的——他毕竟曾经养过猪——为了得到救赎,他必须变得像狮子一样。而达甫也使亨德森相信,"它会使良知生光,会使你发亮,迫使你接受现实。"

一头狮子真的能做到这一切吗?贝娄未能给出确切的答案,小说的结尾让亨德森在亲眼目睹了狮子强大能量和典范的好坏两面之后,又重新回到了文明世界。但,像索尔·贝娄所有的优秀作品一样,就描写而言,《雨王亨德森》是无可比肩的。它会使良知生光,会使你熠熠生辉,

---

① 莱斯利·费德勒(Leslie Fiedler, 1917—2003),美国早期的后现代主义文学评论家,因其对神话艺术感兴趣和倡导类型小说而著称。

会迫使你接受现实。就像你读其他现代小说是为了寻求比任何教条都更弥足珍贵的智慧和洞察力一样,如果你身上缺少狮子的品德,你不妨去读读贝娄的作品:"包藏宇宙的胸怀,包容世界的海量,那种与永恒的事物结盟,为追求永恒价值的努力。

(李和庆 译)

企鹅经典丛书书目

第一辑

长夜行	【法】塞利纳
大都会	【美】唐·德里罗
纪伯伦经典散文诗	【黎巴嫩】纪伯伦
磨坊文札	【法】都德
去吧,摩西	【美】福克纳
人间失格	【日】太宰治
苏菲的选择	【美】威廉·斯泰隆
丧钟为谁而鸣	【美】海明威
神曲	【意大利】但丁
人间天堂	【美】菲茨杰拉德

第二辑

我是猫	【日】夏目漱石
看不见的人	【美】拉尔夫·艾里森
流浪的星星	【法】勒克莱齐奥
微物之神	【印度】阿兰运蒂·洛伊
漂亮冤家	【美】菲茨杰拉德
玻璃球游戏	【德】赫尔曼·黑塞
绿房子	【秘鲁】马里奥·巴尔加斯·略萨
炼金术士及其他鬼故事	【英】蒙塔古·罗兹·詹姆斯
老虎!老虎!	【英】吉卜林
小王子	【法】圣埃克絮佩里

第三辑

契诃夫短篇小说选	【俄】契诃夫
死屋手记	【俄】陀思妥耶夫斯基

双城记	【英】狄更斯
洪堡的礼物	【美】索尔·贝娄
局外人	【法】加缪
一九八四	【英】乔治·奥威尔
世界末日之战	【秘鲁】马里奥·巴尔加斯·略萨
圣殿	【美】福克纳
魔山	【德】托马斯·曼
暗店街	【法】帕特里克·莫迪亚诺

第四辑

飘	【美】玛格丽特·米切尔
海底两万里	【法】儒勒·凡尔纳
罪与罚	【俄】陀思妥耶夫斯基
了不起的盖茨比	【美】菲茨杰拉德
交际花盛衰记	【法】巴尔扎克
少年维特的烦恼	【德】歌德
一个女人一生中的二十四小时	【奥地利】斯蒂芬·茨威格
奥吉·马奇历险记	【美】索尔·贝娄
美妙的新世界	【英】阿道斯·赫胥黎
英国病人	【加拿大】迈克尔·翁达杰

第五辑

简·爱	【英】夏洛蒂·勃朗特
虹	【英】D.H.劳伦斯
坟墓的闯入者	【美】福克纳
雨王亨德森	【美】索尔·贝娄
汤姆·索亚历险记	【美】马克·吐温
你好，忧愁	【法】萨冈
茵梦湖	【德】施托姆
上尉的女儿	【俄】普希金
莎士比亚悲剧选	【英】莎士比亚
施尼茨勒中短篇小说选	【奥地利】阿图尔·施尼茨勒